剜烂苹果·锐批评文丛

牛学智／著

当代社会分层与流行文学价值批判

作家出版社

牛学智

1973年生，宁夏西吉县人，现供职于宁夏社科院，文化研究所副所长、副研究员。著有《寻找批评的灵魂》《世纪之交的文学思考》《当代批评的众神肖像》《当代批评的本土话语审视》《文化现代性批评视野》等理论著作；在《文学评论》《文艺理论研究》《小说评论》等刊物发表论文200余万字；荣获中国文联文艺评论三等奖、宁夏社科优秀成果一等奖等奖项和宁夏回族自治区人民政府特殊津贴专家、“四个一批”人才等荣誉。

出版前言

2014年10月，习近平总书记在文艺工作座谈会上发表重要讲话，科学回答了新形势下影响文艺发展的各种重大理论与实践问题，对文艺事业的大繁荣大发展提出了殷切的希望，是我党继延安文艺座谈会讲话之后，对马克思主义文艺理论的又一次创造性发展，是马克思主义中国化的重要文献。2016年12月在中国文联十大、中国作协九大开幕式上总书记又发表了重要讲话，指出“文脉同国脉相牵，文运同国运相连”，把文艺的地位提到了前所未有的高度，体现了党对文艺事业的充分重视和信任。总书记的两次重要讲话，高屋建瓴，语重心长，既指明了文艺发展的方向，又对当前文艺发展中存在的种种问题进行了深入的解剖，为文艺的发展把了脉、定了调、鼓了劲。尤其对于文艺评论工作，总书记给予了高度重视，既肯定了文艺评论工作的重要意义，又一针见血地指出了文艺评论中存在的各种不良现象，并对文艺评论工作提出了明确的要求，号召批评家要做“剜烂苹果”的工作，“把烂的剜掉，把好的留下来吃”。

为全面贯彻落实总书记在文艺工作座谈会上的重要讲话精神，切实提高当代文学批评的针对性、战斗性和原则性，营造讲真话、讲道理的文学批评氛围，作家出版社决定推出“剜烂苹果·锐批评文丛”，集中展示敢说真话、有力量、有风骨、敢于亮剑的文学批评著作。首批推出李建军、洪治纲、陈冲、刘川鄂、杨光祖、牛学智、石华鹏、李美皆、何英、唐小林十位在文坛有影响有代表性的批评家，每人推出一本以对于中国当代文学不良现象、思潮以及作家作品不足为研究内容的评论集。这些评论家关注文学现场，敢于说真话，敢于亮剑发声。他们针对某一个具体作家作品的批评也许有偏颇、有争议，不是所有人都认同，也不代表出版社的观点，但他们的批评姿态、批评精神是值得肯定的，他们代表了中国当代文学批评的一个极其重要的维度。作家出版社希望通过这套丛书，集中展示这些批评家的形象，让他们的批评方式、文学观点为更多的读者所了解和熟悉，并以此积极营造“好处说好，坏处说坏”的健康批评生态。

本丛书将采取开放式的结构，今后有符合丛书宗旨的新的批评家的作品，我们将陆续推出。

作家出版社

2017 年 5 月

目　录

自 序

这本小书的写作过程，比较漫长，跨度大概在四五年之间；构思也比较散漫，很有东一榔头西一棒子的感觉。之所以把它们拾掇在一起，勉强构成某种“整体”，是因为如此零打碎敲、似断似续的思维，其实正好符合我本人对某些“如鲠在喉”问题不吐不快的特点。正因为充满困惑，才总要去反复思考，而且思考还不是直线性的，是一种带有否定之否定性质的需要调动多方知识、资源、经验求证的过程。这样的一个沉淀，多数时候的确是建立在对自我和其他认知来源的怀疑基础上，全然没有快刀斩乱麻、真理在握的底气。

四五年的时间跨度，若放到 20 世纪 80 年代及以前，完全不是问题。因为 80 年代及以前，我们的社会和精神文化生活，根本不可能用“日新月异”“瞬息万变”来形容，它们异常“稳定”，变得很快的内容无非是政治运动。但日常生活实质和精神文化内容，却是穷极经年很少有起色，可谓“清一色”。然而，在今天，短短几年，就很不一样了。它可能是一个代沟、一个断裂，甚至一个你完全不了解的生活图景。正因如此，这本小书所收入的文章，忽忽悠悠，在不自觉中便形成了某种自觉，即反抗不由分说的断裂，反抗自私自利的叛逆，反抗毫无根据的自我表彰等等。这样一个大致意思，可以说贯穿了我很多年的写作与研究，然尤以近年来为最焦虑和突出，也便促成了这本以批判为主的书的最终成型。

若稍微仔细一点归类，它们分别由三个基本主题组织起来。

第一编是“‘危机’的深层根源与‘内在性’误区”。不言而喻，这个题示下所收文章，差不多都围绕这个议题而展开。“危机”可以是身份危机、自我危机、民族危机，也可以是更深一层的认同危机、价值危机、意义危机等等；“内在性”当然也是见仁见智，甚至人云亦云。不过，若把这两个时髦概念放一起看，端倪便出来了。起码，两者之间看起来严丝合缝，实际上充满致命错位和误解的地方，不独暴露在文学创作上，很大程度还因理论批评而生，而理论批评说到底则又深受其他学科理论的蛊惑最为直接、最为严重。之所以是不吐不快，之所以是如鲠在喉，其本意正在这里。文学批评在此处只是一个说话的由头，促成其所以如此的背后原因，遂构成了该编系列文章的不同角度、不同侧面和不同论证方法。

第二编是“批评错位与文化现代性缺席”。“文化现代性”可能是该编系列文章明里暗里总会出现的一个概念，现在不能说它是一个生僻词语或概念术语，因为就我所知，自从“现代性”进入文学及理论批评话语生产流程以来，人们言说“现代性”时，就已经涉及“文化现代性”了。需进一步强调的只是，“文化现代性”比通常的审美现代性、社会现代性、哲学现代性更世俗，眼光也就更微观，内涵也就更贴身。最新以该思想为尺度论述问题的学者，比如英国文化理论家阿兰·斯威伍德《文化理论与现代性问题》（2013）和吉尔·布兰斯顿《电影与文化的现代性》（2012）等，往往不会以具体学科为界限小心谨慎地封锁其边界，而是把人作为目的，认为无论大众流行文化、文学艺术，还是相关人类社会学、政治经济学等，它们本来塑造并培养着处在观念意识深位的个体的价值走向。如果不以如此意识土壤为总底盘，那么，分解后隶属于各种不同学科的“现代性”诉求，就很有可能只是一种不痛不痒的话语繁殖，或者彻底堕落成扛着专业主义大旗的“室内游戏”，久而久之，一定会丧失其思想能量。只要不把各学科的知识生产仅看作是例行作业式的寻找“增长点”，而是视为人文知识者的“以言行事”，现代文化秩序的完善，就不会成为某种轻描淡写的装饰。紧接着，把“传统”仪式化也好，给“传统”封加一些包治百病的徽号也罢，其本质上与文化现代性之间的机制错位，就不可能不显在。归结在本编的文章，就其写作意图而言，大致处在这样的追问张力之间。

第三编是"'地方'的负重与普遍性的淡出"。福柯著名的解构"权力话语"理论，想来许多人文社科研究者是受了大惠的，对于有些风格趣味的研究者恐怕已成了其神经组织之一部分了。这时候，福柯用以达到其理论批判目的的地方的、民族的、社区的、边缘的知识和经验，势必被滥用。毫不掩饰，我作为地方人文研究者，道德伦理上，肯定会支持解构主义的那套方法论。然而，正因如此，暂不说底层，就说基层，我所感知和体悟到的情况却与大多数解构主义者全不相同。直接的一个体会是，他们给"地方"赋予了超重的意义砝码，导致普遍性在慢慢淡出人们的视野。所以，这一编所辑几篇文章，其所用心，便是想解掉给"地方""少数民族"加上去的超负荷意义砝码，尽可能还原"西部"以本来面目。这个研究价值尺度当然是普遍性的，而普遍性的衡量标准，一方面来自成熟现代社会、现代文化及其价值机制；另一方面直接产生自新型城镇化（文化城镇化）内部需要。不管是哪一种，其目的都是为着警惕特殊个体或偶然因素，对基本现实真相的误判与错置。

以上三种情况，其实是我对当前中国文学及其理论批评突出流行价值乱象的三种归纳，而这三种现状之所以成为批判之对象，就在于剧烈的社会分层使它们成为了问题。如果没有社会分层、没有立足于认同社会分层并宏观抽象地输出如此价值，也许我的批判对象看上去非但没有问题，反而还很值得追求呢！事实证明，我所批判审视的东西，实际上多数也是以"很文艺""很文学性"的面目行世的。这是以"当代社会分层"与"流行文学价值"统摄全书的根本理由。前者是源，后者是流。至于文章观点是不是稳妥、论述是不是合逻辑，诸如此类，已经不是我个人能够考虑得了的了。

牛学智

2017 年 4 月 13 日于银川

第一编：

“危机”的深层根源与“内在性”误区

文学的“个人主义”与社会学的“个体化”

点灯熬油为文学研究或批评，也算是耗去了近20年的时间和精力，然而，回过头来反复思考所阅读的文学与文学理论批评著述，对于一些核心的或关键的概念和术语，似乎是越来越糊涂了而不是越来越清晰了。当如此之莫名焦虑经常性缠绕在心头之时，要获得身份认同就非常难，甚至许多时候竟很怀疑所谓的文学共同体。我想得最多的倒不是责怪不同意见者，而是深感，之所以在语言共同体、地域共同体、生活共同体中，还有如此之大的分歧，主要原因恐怕在于我们对我们所置身的社会认知不清所致。

这时候，想到了几年前我读过的一本书，叫《消费社会》。

该著的作者是法国哲学思想家让·鲍德里亚，有些译者的介绍中，可能还会加上“后现代”“社会学家”，或者“当代世界最著名的后现代社会学家”等名目。总之吧，《消费社会》完成于1970年，距今已40多年，当然也是鲍德里亚青年时的一部重要论著。关于作者，用鲍氏自己的话说，“20岁是荒诞玄学家——30岁是情境主义者——40岁是乌托邦主义者——50岁是横跨各界面——60岁搞病毒和转喻。”所谓搞病毒和转喻，大概指的是1993年完成的《罪恶的透明》。至于其他各阶段的著述，最早的有《物体系》(1968)、《符号政治经济学批判》(1972)、《象征交换与死亡》(1976)，还有《不可能的交换》(1999)等等数十部。我只读过《消费社会》《象征交换与死亡》和别人专门研究他本人及其哲学思想成就的著作。

关于《消费社会》，其思想来源于列斐伏尔和德波。或者说他是把列斐伏尔的“消费被控制的官僚社会”，和德波的“以景观控制为显性社会结构的消费社会”，进行了更细致、更细腻、更彻底的展开论述。为此，鲍氏甚至断言，“我们处在‘消费’控制着整个生活的境地”，消费控制当代人的全部生活，这即是他对消费社会最重要的初始定义。

消费者与物的关系竟然不再是人与物品的使用功能之间的关系，它已经转变为人与作为“全套的物”的有序消费对象的被强暴关系了。换言之，就是人们今天在消费中更受吸引的不是物品本身的功能，而是某种被制造出来的象征性符码意义。这意思是说，即便你是活脱脱的“泥腿子”、是地道的弱势者和边缘人，但为了表明你在这个现实及该现实所硬塞给你的“文化”中显得有“成就”，你就必须变得像掌握了幸福的手段和腔调——明明活得充满焦虑，追求一点蝇头小利却经常得不到，但每个人都会摆出身段，装出幸福，说大众想听的话。按照“消费社会”的定义，这其实正是唯“消费”是举、不“消费”都不行，乃至于不在“消费”中就不能证明是切切实实生活在当下的一种“概念强迫症”。把幻境变得像真生活，把真生活变得像幻境，然后反过来理直气壮地唾弃活生生的现实，久而久之终于成为“高大上”这个符号的实际奴隶，这便是或者至少是今天社会占主导的大众文化趣味。紧接着，在这个大众文化逻辑框架中，一而再、再而三地生产物质并且当作“成功”，人被深刻物化的消费主义意识形态便形成了。

说穿了，认知社会的渠道不外乎这样几个方面，切身经验（感性）、媒体话语（故事）、知识分子论述（理性）和红头文件（主导意识形态）。当这些话语比较集中地讲述一个问题时，《消费社会》大概能给你一个比较理性的观察视角，这是我重提这本书的主要理由，即便它绝不能算是新书，盖因它从目前社会结构的细微纹理之中，令人信服地解释清楚了我们的文学及其理论批评中，不厌其烦征用的一些核心价值软件。正是因为这些价值软件，无论编织虚拟叙事世界，还是推演虚拟与现实逻辑关系的理论批评话语，似乎才有了十足底气。可是，直接使用这些元素是否有问题，在目前我们的文学语境中，好像并没有太多的人去关心。

一

诸如私人、个人、个体、个体化一类概念，以及与此紧密相关的另一组词语，私人经验、个人主义、主体性等等，无疑是最近几年文学理论批评使用率最高的一些术语，它们已形成了某种新的文学价值观念。

最初遭遇这些词语及其相关概念，当推文学及其理论批评。先锋文学是一个标志。比如余华的短篇小说《十八岁出门远行》，因入选中学语文教材，影响经久不息。小说无非写了一个“辍学”少年，身无分文，一路狂奔，在路途中的所见所闻和所遇。主旨是说，生活是没有逻辑规律的，个人的命运也是不可把握的，喻指历史毫无可信之处，唯个人体验为实。你体验到了，它就是历史，你经验过了，它就是现实。否则，塞给你、围绕在你周身的那些“知识”“信仰”“价值”，统统都值得存疑。你看，在这里，私人、个人、个体乃至个体化，与这么一个涉世不深少年的莽撞经历——其实也是有意为之，给画上了等号。我们的教科书一度咬牙切齿教我们的东西，比如规律、历史、人民大众、现实社会等等，几乎失去了它们原来的权威和唯一的内涵，也可以说，我们的唯一经验来源被锁定在私人为中心的个人、个体、个体化身上了，社会经验、社会性、社会意义、社会价值、社会走势，一夜之间成了无效的代名词。因文学的表达，我们同时也接受了生活是荒诞的、历史是诡异的、现实是不可捉摸的一系列判断软件。也就是说，我们只能相信自己，其余别无他法。

当然，余华等先锋作家，也没那么简单。个体化历史观、个体化生活观、个体化人生价值观，也是这批文学作品携带而来的一个观念形态。一言以蔽之，往好了说，它们革集体主义、权威主义命的终极诉求在于，让个人最终确认个人意义。毫无含糊，这样的一个文学思想意义，如果能被更多的人所接受、认同，人的现代化程度就会大大推进一步，文化现代性水平就会上一个台阶，紧接着，现代性主体就会得到基本构建。

不幸的是，20 世纪 90 年代至今，这样的思想诉求却被打断了。各种原因这里无法详细勾勒，需要强调的一点是，从 80 年代先锋文学思想继承来的一个有用观念不是别的，它叫“个人主义”。个人主义最为深远的支持者还不是文学艺术本身。联产承包制第一次有力地填充了无数个人的物质世界，在优裕自足的个体作业区，个人找到了个人主义，也尝到了个人主义的甜头。当然，当市场经济有一天终于未如人愿地变异成市场主义，面对随之而来的几乎所有不确定性，都不由分说由个人买单时，人们才恍然大悟，个人主义原来是把双刃剑。这把锋利的双刃剑，一面深插在个人物质欲望的深槽里，不停地锯往深处和痛处，直到耗干生命为止；一面毅然决然伸向无限匮乏下去的精神空间，致使个体能量无力解决精神疑难终而至于永久性赤字。在这里，个人主义成了看起来美观自由、承诺多多的思想保障，但实际用起来却相当困难。对于一些诗人作家来说，长期训练的个人主义文艺观教导他们，好像盯住一个具体个体追问才绝对正当而深入。否则，就很不人性、很不文艺，也就意味着文艺不是在发现真相。个体为个体买单，个体为个体负责，个体确认个体，就是这样被深深镂刻在我们文艺神经的结构中去的。

我们听到的最多的声音，即是如此个人主义声音，是以屏蔽他者为旨归的个人主义声音。

毋庸讳言，与以往相比，这里的个人主义似乎要比先前任何主义更有拥戴者，也就更加符合艺术规律。正是这个很文艺也很审美的声音，支持着我们所见的大多数文学艺术骨架，我们也多数时候在该骨架的起承转合中，貌似主动地、积极地安排着我们的卑微人生。经济学把这样的一个下放分包，叫增加绝对利润；社会学把这样的一个分解，叫社会分层；文化上，这样的一个级级最小化过程，叫自我确认。当前的中国个体，不同于古代中国社会宗法宗族秩序下的集体主义个体，也不同于现代中国特别是五四时期的个性主义个体，而是20世纪90年代以来尤其是新世纪至今的经济主义个体。

我们所期许的内在性个体，并非建立在精神自足的基础上，而是被市场所重新打扮。正是在这个时候，经济学上无数次下放分包、社会学上无限分层和文化上接近原子化的自我确认所构筑的实际社会运行法则，吞噬了“国学”或“传统文化”中本有的道德理想主义，留下了权谋和人事，包括阴阳八卦、奇门遁甲一类具有麻醉性和欺骗性的“心学”与“心术”（一段时间网上网下热衷的翟鸿燊、刘一秒等的“成功国学”，玩的就是这一套技法）；也瓦解了现代文化特别是鲁迅思想传统中的怀疑精神和求真意志，留下了“鸳蝴派”或金庸等新武侠小说极力张扬的小市民趣味。思考性影视票房萧条，但宫闱秘闻特别是打着情爱幌子的《甄嬛传》《芈月传》《琅琊榜》等却火到了烧焦的程度，不就是明证吗？说到底，我们今天所谓的主流文艺批评，就其价值选择而言，实际上就摇摆在以上二者之间。是对分包、分层和自我确认的求证，而非质疑分包、分层乃至自我确认，并带领个体走出如此语境的思想言说。本质上说，这样的文艺批评只是事实描述，绝非价值叙事。

而价值叙事，一定意义上需要对流行的个人主义的审视和反思。但审视与反思需要苦痛的体验和总体性视野，这显然不如干脆变成一个乐呵呵、随物赋形的庸人主义者省事。

正是这个时候，孙隆基的《中国文化的深层结构》[①]和阎云翔的《中国社会的个体化》[②]进入了我的阅读流程，并成为枕边书。从一定意义上说，它们是我阅读史上的一个必要衔接。上迄麦克卢汉、波兹曼、鲍德里亚、吉登斯、卡林内斯库、鲍曼、伯曼等，下接黄宗智、孙立平、李强、贺雪峰等人。中国社会的个体化处境、个体化之所以不能发展的社会机制问题才算构成一个较完整的知识谱系。

---

① 孙隆基：《中国文化的深层结构》，中信出版社，2015年。
② 阎云翔：《中国社会的个体化》，陆洋译，上海译文出版社，2016年。

二

这当然还得从个体化说起，因为个体化程度差不多是决定现代性主体的唯一条件。而现代性主体，正是20世纪80年代中后期余华等一批先锋作家，希望通过文学叙事来撬动中国当代主流意识形态大厦，并使之靠近个体并兼容私人经验的一个思想企图。

现代性主体，是相对于政治组织型集体主义个体和经济利益集结型经济主义个体而言的一个概念。就当代中国社会而言，政治组织型集体主义个体产生于计划经济时代并被塑造，经济利益集结型经济主义个体产生于市场经济时代并被塑造，而现代性主体理应产生于文化城镇化时代并被塑造。在这大致的三个阶段，分别贯穿着文化传统主义、新自由主义（经济自由主义）和现代主义文化，个体化也就被相应的文化所影响和制约，因此，要看今天中国的现代性主体水平，一定程度上取决于今天中国社会的个体化程度。

《中国文化的深层结构》属于向内看中国个体化形成的文化心理及其制约因素，也就多注重分析中国个体的文化心理构成结构；《中国社会的个体化》属于向外看中国个体形成的制约因素，也就多注重中国社会变迁及其相应的国家力量。

向内看的个体形成文化心理结构，或用该著称呼“深层结构”，研究者可能受“用结构观念”研究历史的法国年鉴学派代表人物布罗代尔“时段”说的影响。一个世纪可以是一个“时段”，中国上下3000年也可以当作一个“长时段”。所以他说“深层结构”显然并非历史时序，但也不属于普遍适用于任何时空的因果关系范畴，确切一点，该说是一种针对特定范围——中国——的共时性（synchronicty）设定。故这个概念并非指中国历史从无出现变化，而是辨认中国历史上由古至今比较稳定的某些规律，它们是使“中国”在历经变化后仍保持它自身特殊认同的因素。也可以看出研究者仍受“已经失败”的列维·斯特劳斯人类心灵基本文法规则的启发，用语言的文法结构去比喻文化的深层结构，并试图罗列这个结构的“内在的关联性、其可能性的扩散以及扩散的形态”。当然，更重要的恐怕是作者扎实的中西方生活经验和实例分析，这使他的结论建立在了坚实的实证基础上。

简而言之，关于中国社会的“个体化”问题，该书研究发现，中国社会是“社会”对“个人”的权威主义笼罩，自我压缩的人格，“个人”的不发展，乃至于不发展的“个人”对别人的伤害。“社会”对“个人”的权威主义笼罩，产生了“人”被当作生育的工具的后果，“天理”不是“个体化”的超越意向，是“二人”或男女之间的生殖原理。所以，这种“身体化”的“人伦”关系，作为主要的宗教经验，强调的是“不孝有三，无后为大”，而个体整个的心灵结构不一定要成熟，个人也无须全面成长。这就导致了普遍“非性化”，即中国私人状态的不发达，包括不发达的私人生活和不发达的私人意识。中国人个体的私人状态，“正因为莫可名状，反倒像集体主义经济下的‘自留地’，维持着一种非全面合法化也很少具尊严的存在，而且，因其缺乏自觉性，私与公的界限亦无从明朗化，前者也就对后者产生侵蚀作用”。自我压缩的人格，主要通过“让”外必先“按”内的行为表现出来，概括说就是没有原则，怕惹事。“只同情加害者而不同情受害者的心理，最终是使自己作为‘受害者’的地位永恒化”。这一点，可谓上接“存天理，灭人欲”，下迄“不敢为天下先”。如此，对世界只能采取“静”的态度，致使生存状态像“一潭死水”。不过，貌似“弱者之道”，其内里却是先造成“无私”形象，再去拐弯抹角“谋利”，虚伪人格恐怕也是自我压缩的一个产物。放到当下就更不难解释了，一边咬牙切齿骂美国，一边挤破脑袋移民美国，就是明证。

至于“个人”的不发展，突出表现为没有“个性”。中国人喜欢冒充十几亿人的代表，也力求“保持团结”“不脱离群众”“不掉队”和“正常”，因此多有“小丑化”“儿童化”倾向，也多依赖感，推卸责任、人格的不完整性，甚至与马克思阶级论结合后化合生成的好与坏等简单类型化道德评价倾向，是其衡量社会及其他外部人事关系的主要话语方式和价值标准。如此不发展的“个人”，正像鲁迅曾经说过的，没有“个人的自大”而只有“合群的爱国的自大”①。其对别人的伤害，特别是对于思想异见者的伤害，就是产生自后者的搞“党同伐异”；对于利益，没有开诚布公的“逐利”行为，也没有开诚布公的“逐利”方式。长期以来，中国的文化行为倾向于把“人”变成工具，而不是当作目的的意识形态就形成了。即便是“现代化”的今天，对绝大部分的中国人来说，“良知”是既不对自己负责，也不导向一个超越世俗的符号，而是以“自己人”的小圈子为归属。因此，“人类”的思想、公德心，即使像日本式的大团体的凝聚等等，都不会很发达，“发达的倒是对具体个人的效忠”。研究者把这种个体化行为与中国人之生男育女的“养儿防老”构想，都归结为是中国人将人“工具化”的最原初的模型，它决定了其后的一切人际关系的模式。

如此等等，这些“稳定”的文化认同和自我认同，一般不受政治、经济及其他外部因素的影响，它是中国文化的深层结构。

向外看的中国个体化形成之路，研究者显然已经不满足于涂尔干和韦伯的社会分层理论，更多受科兹莫·霍华德作为话语场域的个体化理论，和鲍曼、贝克、吉登斯以及贝克－克恩斯海姆等人的个体化命题影响。所以，该著一般从社会的个体化开始，即研究者所说的“新型社会性”开始分析问题。所谓新型社会性，是指作为个体的个人之间的社会互动，而不是作为家庭或其他社会群体的代表参与互动。即是说，个人即使结婚后还认为自己是个体并像个体那样行动。这种新型社会性的出现，打破了约束个体的集体界限，开始把个体当作社会生活的独立单元来看待。值得说明的一点是，无论社会的个体化还是新型社会性，都指贝克提出的“第二现代性”，即解放、丧失稳定性与重新整合。具体说，包括个体从历史限定的、在支配和支持的传统语境意义上的社会形式与义务中撤出（解放的维度）；与实践知识、信仰和指导规则相关的传统安全感

① 鲁迅:《热风》，人民文学出版社，1973年。

的丧失（去魅的维度）；以及再嵌入——其含义在此已转向与个体化的字面意义完全相反的一面——即一种新形式的社会义务（控制或重新整合的维度）。

基于以上理论和视角，研究者把中国当代社会个体化发展特征，分为毛泽东时代部分的个体化和20世纪70年代以来的个体化两个阶段。

在毛泽东时代，中国社会的分层是通过国家主导的四种机制完成的。第一，成分制度将人划分为从“革命干部”“工人”“贫农”“中农”到“富农”“地主”“资本家”乃至“反革命”的不同类型。第二，户籍制度将中国人口划分为城镇居民与农村居民，唯有享有城镇居民身份的人才能享受就业保障、免费医疗、退休金等国家提供的各项社会福利。第三是农村的公社制度和城乡的单位制度塑造的“组织性依附”。即个人在社会经济上依附于单位，在政治上依附于国家管理，在人身上依附于党员干部。第四是政治档案制度，单位保存着雇员的个人历史与行为的详细记录。所以毛泽东时代的个体，因置身于高度集体主义社会，一般没有自由与自主性，有的只是“小我”与“大我”之分，并且“小我”是第二位的。

20世纪70年代以来的个体化，途经1983年的取消人民公社，1984年的企业改革，1998至2003年开始大中专毕业生与市场并轨、国企改革，2006年取消农业税等等。农民也由就地务农到大量外出打工。流动促成了脱嵌，使个人得以摆脱各种形式的集体之荫，因而在社会转型中发挥了重要作用，这正是农村劳动力转移的直接社会影响。工人却不同，他们为转向市场经济做出了牺牲。然而正是在这里，个体化变成了党和国家采取的发展策略，并不可避免地转变成为一个充满竞争的过程——即产生成功者，也产生失败者。在国家的推动下，尽管少数人可以通过认同政治和爱国主义来抵制这一趋势，但多数人却不得不内化个体化的负面影响，担负起更多的责任、更卖力地工作。特别在住房、教育和医疗的市场化这个国家发起的体制改革中，个人不但要承担更多风险，同时也变得更加具有自反性，皆因为这种体制和政策的转变卸除了国家的大部分责任。在这个社会大流动过程中，不难看出，真正受惠的个体其实是经济主义个体，即前面所说的新自由主义（经济自由主义）思想所塑造的个体。由于从政治型集体主义那里继承了丰厚经济资源、占有了足够的社会资本，顺理成章成了市场的宠儿并开始领导市场风潮，乃至到今天的“赢家通吃”为止，作为既得利益集团，他们所崇尚的个人主义个体化，以物质攫取为目标，以消费时尚为人生最大乐趣，以炫富与感官刺激为身体审美旨归，引领着 GDP 分析指数，从而构成了今天时代中国最耀眼最具吸引力的个体化。

然而，绝大多数底层个体，依旧是被规划被掌控的对象，以复数形式支撑着国家的基本走向，而不是能动于社会并推动社会变革。如果把发展主义看作是国家现代化的需要，在由国家掌控的个体化中，那么，无疑的，为了实现民族国家的富强，或者说为了实现国家的现代化，个人依然是实现现代化的手段。“这与关于个人的传统定义相吻合，即个人总是服从于更大的集体，不论那个集体是指家庭、祖先还是民族国家。其结果是，中国个体化的核心是个体与国家之间关系的变迁，而不是西欧那样的个人与社会关系的范畴转型。”很清楚，中国的社会所展现的绝非西欧那样的第二现代性，而是混杂了前现代、现代和晚期现代的情形，中国的个人也就必须同时应对所有这些情形。这是由中国的个体化是由国家掌控的这个现实所决定的，其内里缺乏文化民主、福利国家、古典个人主义和政治自由主义这些西欧个体化的前提条件。也就是说，中国的个体化进程依然停留在第一现代性的解放政治的阶段。当然，这不影响中国的个人同样生活在由市场经济的全球化和消费主义的意识形态所打造的高度流动的劳动力市场、灵活的职业选择、上升的风险、亲密和自我表达的文化，以及强调个人责任和自我依赖的世界中。这可以通过与西欧第二现代性的对比看得更明白。

首先，在西欧，脱嵌主要是指由于社会群体不再界定个人身份而发生的转变，个体从以前的社会范畴中脱离出来，通过各种制度机制，例如教育、职业或生活方式，重塑自我。中国模式中的脱嵌主要表现在解放政治领域，即生活机会和社会地位的日常政治，个体努力实现自我的首要目标是提高生活水平和社会地位。在中国模式里，作为认同政治的核心，个体身份认同更多地与要求个人权利和重新界定个人—群体—制度之关系相关，而不是与寻求自我相关。其次，文化民主和福利国家的存在或缺失构成的差异。在西欧，个体化进程依赖“文化民主”，并且作为一种日常生活和社会关系的准则而得到长期的实践，以至于它已经成为西欧文化的一部分，而不仅仅是政治体制。“个体化也离不开教育系统、社会安全、医疗保健、就业和失业津贴的支持，但这些都是福利国家提供的公共产品。”在中国，这些社会条件并不完全存在（少数农村贫困户的“低保”、60 岁及以上人员的老年生活补贴和少数城镇贫困人口自己所购买的最低生活保障）。国家所推动的主要体制变革是给个体、国有企业和地方政府松绑，这样可以从底层激发工作热情、创造力和效率。更为攸关的还在于，国家还从以前的社会主义福利体系中抽身而出，用许多方式摆脱提供公共产品的责任，以达到减轻财政负担的目的。换句话说，中国的个体化进程确实给个体公民带来了更多的流动、选择和自由，但国家却没有给予相应的制度保障与支持。“中国的个体为了寻求一个新的安全网，或者为了再嵌入，被迫回到家庭和私人关系网络中寻求保障，等于又回到他们脱嵌伊始的地方。”第三，西欧目前的个体化浪潮具有第二现代性或自反现代性的特点，它既是与工业化、城市化和自由主义化（第一现代性）相联系的早期个体化趋势的发展，又是对早期个体化的反映。中国的个体化引进的西欧个人主义，仅是西欧第一现代性中的功利个人主义或简单的自私自利。第四，同样是国家推动个体化，但中国有至少三个层面的“软性管理”，而西欧没有。

这三个软性管理是：（1）国家在推动和支持个体在经济生活、私人生活和一些有选择的公共生活中崛起的同时，做出各种努力防止个体对政治权力的诉求；（2）当来自社会各阶层的个体在维权运动或寻求自我发展机会方面向国家提出公开诉求时，国家会根据这些个体所处社会群体的等级不同而给予不同的回答；（3）国家更倾向于接受孤立个体的维权行动和自我利益诉求，但是不能容忍由个体组织起来的群体性行为。

三

这样，政府就成功地控制了一个独立的市民社会的发展，使得个体无法自然地再嵌入和维护自主身份。

话说到这里，文学圈里的读者，可能多少有点犯糊涂。心想，不就个体化吗？怎么又是第一现代性、第二现代性的？又怎么还把文学里的个人与社会学扯上关系了？简单解释一下，这个不扯还真不行。原因很直白，如果不引进社会学发现，文学里那个闭着眼睛繁殖到今天的个人、个体、个体化，中国古人就有了，那叫个人性情或有个性的文人风格，与现代社会、与现代社会机制、与公民意识即文化现代性没有一点关系。只因它仅仅是个人的经验，没有牵一发而动全局的思想能量。真正的个体化，之所以不同于个性及其私人经验，重要的一点是，它能与社会产生积极互动，并最终成为现代社会结构的一部分而存在。

所以，工业化、城市化和自由主义化，是第一现代性的一般物质症候，也是现代化最显著的属性，这是世界通行的标准。而第二现代性，它是第一现代性的高级阶段，关键区别是，第二现代性需要发展的个体化，并由这个发展的个体化来重新组织社会，实现意义的自我确认。毫无含糊，平均来说，中国基本处于第一现代性前期甚至前现代阶段，而中国西部则一般还停留在第一现代性前期甚至传统与现代化，而不是现代性交织重叠的阶段。

如此来看，“现代性”与“现代化”就不难区分了。首先，从因果关系上说，“现代化”属原因，而“现代性”则是其结果，是科学技术、经济生活、社会转型等这些现代化过程的推动，才产生了作为现代社会的“属性”的现代性。其次，现代化与现代性本质上分属“实证的”与“规范的”两种不同范畴。现代化问题归入“是”的范畴，属于事实性的、可用量化指标来衡量的实证问题；而现代性则属于价值的问题，即它的目的取向、内在原则、行为方式等的合理性如何的问题[①]。

至于现代化标准，1960年欧美和日本学者在日本箱根举行的“现代日本”国际研讨会上首次确定的八项标准，成为了国际上第一次认真而又系统讨论现代化问题的成果。（1）人口相对高度集中于城市中，城市日益成为社会生活的中心；（2）较高程度地使用非生物能源，商品流通和服务设施的增长；（3）社会成员大幅度地互相交流，以及这些成员对经济和政治事务的广泛参与；（4）公社性和世袭性集团的普遍瓦解，通过这种瓦解在社会中造成更大的个人社会流动性和更加多样化的个人活动领域；（5）通过个人对其环境的世俗性和日益科学化的选择，广泛普及文化知识；（6）一个不断扩展并充满渗透性的大众传播系统；（7）大规模的制度的存在，如政府、商业和工业等，在这些制度中各层管理组织不断成长；（8）在一个单元（如国家）控制之下的大量人口不断趋向统一，在一些单元（如国际关系）控制之下的日益增长的互相影响[②]。

当然，中国学者罗荣渠曾根据中国国情，归纳并整理欧美和日本现代化理论，出示了有关社会主义现代化的具体界说，其开放性，给中国现代性研究留足了空间。其一，现代化指在近代资本主义兴起后的特定国际关系格局下，经济上落后国家通过大搞技术革命，在经济和技术上赶上世界先进水平的历史过程。其二，把现代化视为工业化，是经济落后国家实现工业化的进程。其三，现代化是自科学革命以来人类急剧变动的过程的统称。意思是人类社会在现阶段发生的史无前例的变化，不仅限于工业领域或经济领域，同时也发生在知识增长、政治发展、社会动员、心理适应等各个方面。其四，现代化主要是一种心理态度、价值观和生活方式的改变过程，换句话说，现代化可以看作是代表我们这个历史时代的一种

① 陈嘉明：《现代性与后现代性十五讲》，第10—20页，北京大学出版社，2006年。

② 陈嘉明：《现代性与后现代性十五讲》，第23页，北京大学出版社，2006年。

"文明的形式"，这主要是从社会学、文化人类学、心理学的角度考察现代化的[①]。

到此为止，通常所界定的现代性主要内涵与特征，便是世俗化过程、理性化程度和把自由视为其根本价值等，就有了现实理据。它其实是在对另一僵化、陈旧、落后、非人化理论及观念的革命背景上而兴起的。

我曾一再申明，我的阅读充满了语境性色彩，也好像总是伴随着自己的困惑而展开。目前，最为困惑的便是自媒体，特别是手机微信带来的茫然。当然，首当其冲，是"微信型个体化"到底能给我们提供什么或使我们变成什么的问题。当人人在虚拟世界里施展身手，并自以为是地执行个性行为时，是否混淆了现实这一道切实的门槛？也就是说，把激情都交给匿名世界后，如何疏解现实的困境？是不是反而在真实生活中变成一个激情褪尽的庸人？另外，当我们以文艺的名义撰写关于个体化的传说，以至于一直推到第二现代性时，我们该怎样反身审视实际生活的传统化和重新封建化，这不但矛盾，而且可能还会导致人的二度异化。总之，今天的社会语境已经完全与20世纪80年代与90年代不同了，赖以打通八九十年代那种一纸统天下的基础彻底动摇了，附着其上的阅读共同体也早已瓦解，知识分子声嘶力竭的呐喊，谁来听？谁能听见？

这个时候，如果没有真实的声音出现，无论推得快还是反应慢，都将是对现实社会的误导。而现实社会真相，肯定地说，恐怕不在义愤填膺的言辞中，也不在漫天飞舞的资讯和信息中，它坚硬地存在于我们此时此刻存身的社会结构中。事实证明，个体化以及围绕个体化展开的差不多所有议题已经被严重误解，这对读书人来说，罪莫大焉。

如何于浩如烟海的书山中发现为数不多的好书，衡量标准因人而异。依本人的阅读经验来说，是否直击现实，是一个选择捷径。

① 陈嘉明:《现代性与后现代性十五讲》，第26—42页，北京大学出版社，2006年。

《消费社会》《中国文化的深层结构》《中国社会的个体化》，包括德国社会学家乌尔里希·贝克与伊丽莎白·贝克－克恩斯海姆合著的《个体化》(因为此书除了论述西欧民主国家“制度化的个体主义”外，与目前中国个体化状态接近的概念，通常受阎云翔《中国社会的个体化》影响，故不再引述其观点）就是如此。《消费社会》让我认识了我所存身的现实，后两者说清了我们真正受用的文化来历。

当然，这仅是我的一家之言，按照今天的个性主义价值观来看，人人几乎都是王者，也都是话语输出者，最苦恼的莫过于没人点赞和粉丝太少，这是另一自信。很不幸，当前文学及其理论批评不约而同构建的无所不能的所谓“个体化”，究其实质，不但远逊于社会学的发现，而且还恰好成了一般读者误识真正个体化的渊薮。再怎么呼唤文学的文学性，再怎么强调文学理论批评的学科纯粹性，我想，只要同是身处今天时代的生活共同体，总不至于让文学中的“个人主义”与社会学的“个体化”分处于云泥之间吧！要说逻辑，它们之间也的确存在一定因果关系。简单说，如果文学的“个人主义”有目的地作用于使个体成为个体化的受制因素，那么，社会学所发现的不发展“个体化”就会自然成为文学叙事的目的。如此，无论个人、个体、个性，还是个人主义、个体化，其私密化意识、欲望化诉求、个人经验等，便不可能与现实、社会和阶层、共同体无关。然而，现在的事实是，文学的“个人主义”与社会学的“个体化”之间，似乎横亘着鸿沟，非但不相往来，单就用力的方向而言，甚至还大有背道而驰的感觉。诸如此类，这恐怕是导致文学的“个人主义”或“个体”越来越显得没意思，进而至于无聊的根本原因吧。

“典型论”与社会分层

“典型人物”最先出自文学领域，后来扩展到了艺术的各个领域，是艺术创作中经常用到的一种创作方式。“典型人物”作为一种理论观点，凝结了历代先贤大智的结晶，像亚里士多德、贺拉斯、歌德、黑格尔等对艺术中“典型”的探索，对这一艺术思想的符号化，都做出了无可替代的谱系性贡献。当然，人们公认并熟知的“典型论”的创始人、奠基者则是恩格斯。在《致玛·哈克奈斯的信》一文中，恩格斯首次提出了这一艺术概念，他说，“据我看来，现实主义的意思是，除细节的真实外，还要真实地再现典型环境中的典型人物。”因此一般的典型人物都是孕育在典型环境当中的，而不是剥离后独自存在的。

小说等叙事性文学作品中塑造的具有典型性的人物形象（有代表性的人物），指那些具有鲜明特点的个性，同时又能反映出特定社会生活的普遍性，揭示出社会关系发展的某些规律性和本质方面的人物形象。典型人物性格的共性与个性的统一，表现为非常复杂的状况，究竟哪种性格成分会成为人物的共性，一方面受人物所处的历史条件所制约，另一方面又受到作家创作意图的影响，只有直接体现着时代的特色和要求，又引起作者特别注意，并被用以寄托作者对社会、人生等重大问题的态度和看法的性格成分，才能成为典型性格中反映某些社会本质的东西。因此，典型人物的共性一般都带有阶级性，而且带有某一时代、民族、地域、阶层的人物所共有的属性。

在世界文学史上，一提起“典型论”，人们就会不假思索地联想到鲁迅的名著《阿 Q 正传》中的阿 Q，他便是辛亥革命前后中国社会中麻木人群中的典型人物；也会不约而同勾连起法国作家巴尔扎克，因为其名著《人间喜剧》中创造了葛朗台，它真实地反映了1818—1848年的历史发展中法国的典型人物，如此等等。

二

可是，现在，当社会分层深入人心，并成为人们不约而同对号入座的概念常识之时，恩格斯的归恩格斯，世界的归世界，甚至鲁迅的归鲁迅，巴尔扎克的归巴尔扎克，而我们——好像完全不需要这些，我们只需要"文化"，甚至仿佛只需要属于自己阶层并只能由该阶层提供心灵慰藉的"鸡汤文化"。美其名曰，这个东西能填平沟壑、抚慰伤痛、抹平差距。这是我看到的最刺耳的一种理论叫嚣，当然也是最有害的一种思想观点。什么是我们所需要的文化，他们并不去费心思阐释，他们只在乎莫衷一是的"身份危机"；甚至什么是真正的危机，他们无暇眷顾，他们只在意一个自说自话的个体怎么能利用别人并把别人如何变成梯子的所谓苦衷。也就是说，本来养了一缸鱼，看着其中的一条奄奄一息，不去测试鱼缸里的水质、鱼食、空气等是否有问题，而是一把抓起鱼，面壁思过，拷问鱼的心灵世界是否出了问题。也如同某些诗写石头，观看或体验的方式方法倒不少，隐喻、转喻、借喻、短句、截句、一次性喷发等等，可是呈现在读者面前的时候，却既感受不到所写的是石头，也无法体悟写石头的人的存在，更无法知晓石头作为对象进入诗歌结构到底能给予现有审美经验什么冲击。

我不太清楚我们在什么时候什么语境什么价值，以及在什么样的理论批评家蛊惑下开始钟情"内在性体验"的，我只知道在加拿大哲学家查尔斯·泰勒《自我的根源——现代认同的形成》一书中是这么说的：我们把我们的思想、观念或感情考虑为"内在于"我们之中，而把这些精神状态所关联的世界上的客体当成"外在的"；或许我们还将我们的能力或潜能视为"内在的"，等待将在公众世界中显现它们或实现它们的发展过程。对我们来说，"无意识是内在的，我们把妨碍我们对生活进行控制的未说出的深度、不可言说的、强烈的原始情感和共鸣以及恐惧，视为内在的”。正因为“内在—外在”的对立，“内在性”才值得去观照。我也只知道德国哲学家黑格尔在《美学》（第一卷）直陈“内在性”的内涵：“如果主体片面地以一种形式而存在，它就会马上陷入这个矛盾：按照它的概念，它是整体，而按照它的存在情况，它却只是一方面。”意思是，只有通过外在的努力，才能确保实现这内在。至于法国著名作家乔治·巴塔耶《内在体验》一书就更不用说了。他虽然把“内在体验”视为“唯一的权威，唯一的价值”，但别忘了他立论的前提，即专辟一章来批判“教条奴役（与神秘主义）”的用意，在他那里，毋宁说，教条奴役或神秘主义，本来就是实现内在性的天敌。那么，他力倡的内在性体验，其文化功能究竟指向什么，也就不言而喻了。

恕我直言，我国当前文学批评语境中“反本质主义”可能是导致“内在性体验”的直接后果。随着《文学理论基本问题（第二版）》（陶东风等主编）、《文学理论》（南帆等主编）等的相继出版，也随着“日常生活审美化”与“审美化日常生活”的日益深入，文学观念的相对主义和虚无主义，几乎覆盖了所有版面，它们差不多都是在反本质主义的麾下完成的。作为理论，对新生现象的梳理无可厚非。当然，破与立，本来也是新理论生成的一般规律，无须大惊小怪。问题是，一到创作赖以存在的现实社会，你尽管可以假定没有什么唯一的、权威的甚至非如此不可的本质理论或意识对人的影响与塑造，然而，恐怕不能一概认为当下人之所以如此，只是人本身的原因，而没有任何外在力量的反塑造——如果真这样，差不多所有人都被绑到经济主义价值战车并且唯权与势的马首是瞻的局面，就是个谎言。非但如此，更要紧的是，只要如此前提成立，“内在体验”可能仅仅沦为一场梦话，那与第二个人又有什么关系呢？

二

闲话休说，言归正传。这里我想重点强调的是，当下小说创作仍需强化“典型论”，而不是有意淡化或弱化。原因有三：一是满篇迷迷糊糊、莫衷一是的个案“文化”样本，铭写与记忆的其实不是“身份危机”或者别的什么危机，而是使身份产生危机或使别的什么确定性产生动摇的渊薮。申明一点，此处的确定性不是宗法秩序乃至宗教群体的灵异体验，而是个体从传统社会“脱域”之后，“再嵌入”现代社会时所必备的人的现代性诉求。作为一种强烈的意愿，现代性诉求在我们这里不是“过剩”了，该“反”了，而是严重不足。切莫把吉登斯、贝克等社会学家基于民主文化内部全面展开的“第二现代性”现实依据，针对“第一现代性”提出的“现代性的危机”概念，张冠李戴拿来解释我们传统社会转型过程中因现代社会机制缺席而产生的特殊价值错乱现象。二是人人都“内在性体验”，“内在性”实际成了某种神神道道、疯疯癫癫面向道山的邪幻知识生产，它也就不具备基本的世俗性特征了，充其量是一些世俗生活之上的浮游物——离成为个体还远着呢。三是如此打造的千人一面的“个体”，其稳定性极差，盖因没有共同体的思想支持，一旦遭遇近焦距镜头，将会全线崩溃。《三体》《北京折叠》一类作品的不时出现，其冲击力之大，已经部分地证明了这一点。

下面我稍微纠缠几句，举几个正面例子来略说一下今天“典型论”仍需强化的理由。

小说《白鹿原》中有个田小娥，电影《白鹿原》中也有个田小娥，当然是同一个人物。但有了电影，此田小娥已非彼田小娥了。电影中的小娥，虽然也很计较进不进祠堂的事，可是她的身体一旦被利用和消费，连她自己也都不见得意识到祠堂对她究竟意味着什么了。小说则不大一样，田小娥与祠堂、白嘉轩与白鹿原，是棒都打不散的一个连体。没有祠堂，就没有田小娥命运；没有白氏家族，也就没有此时此刻的白嘉轩。田小娥、白嘉轩的思想魅力，全仰赖于祠堂与白鹿原这个典型环境，反之亦然。高加林、刘巧珍或孙少安、孙少平分别是路遥《人生》《平凡的世界》中的人物。这些人物的内在性不比当下小说中的内在性差多少，但为什么人们每遭遇现实就能想起他们，而且这种联想又不是搞笑化、小品化了的所谓“屌丝”“草根”所能涵盖？就是因为前者能牵动一个时代整体性的社会巨变和巨变中普遍个体的遭遇，而后者只寄存在社会分层中的某一层，是文学类型化的一个产物，它本身没有蕴含饱满的能撕裂社会结构的能量，即是说按照作家叙事的个人化经验，它们只是一个内心世界需要关注且主体性缺失的存在者而已。内心世界需要关注，包括个人道德素养需要提升，是一个老话题，提升个体塑造个体，什么时代都必要；但个体中包括群体甚至阶层遭遇，就大不一样，它只出现在现代社会，特别是社会分化剧烈的当下，可谓“亘古之未有”。

接续20世纪八九十年代思潮而来的人物，当然各色各样，名见经传的也不乏数量，可是能留下深刻印象的恐怕也不多。在这不多的人物画廊中，我想，涂自强（《涂自强的个人悲伤》，方方）肯定算一个。涂自强如果还健在，今天也不过中年的样子。今天时代一个底层社会的中年人，活得如此艰难而无助，在他短暂的一生中，他丰沛的内在性体验非但没能如期帮助他渡过一次次难关，反而他好像最终也栽倒在内在性上了。而这一点，从文学的情感感染力看，好像是文学的初次发现，其实不然，优秀的社会学早以故事化形式完成了。只不过，方方通过涂自强这个典型符号，再度强化了社会断裂的严重后果，它呈现了社会学所不能呈现的文化政治真相，涂自强一生重要生命流程，缺失的就是最低限度的社会保障机制，他意义世界的最终坍塌，也基本缘于此。在这一角度，方方的“批判现实主义”这一“典型论”，是与中国现当代文学史一脉贯通的。阿Q如此，祥林嫂如此，孔乙己如此，倪吾诚（《活动变人形》，王蒙）、庄之蝶（《废都》，贾平凹）、曾本之（《蟠虺》，刘醒龙）、带灯（《带灯》，贾平凹）、茅枝婆（《受活》，阎连科）、马垃

(《人境》，刘继明)、村长(《上庄记》，季栋梁)、卓尔婉与丁香婵(《越秀峰》，升玄)等等，亦复如此。如果首先不建立起他们存在的典型环境——孟官屯、西京城、曾侯乙尊盘(器物)、樱镇、受活村、河口镇、某医学院与医院，这些人物连同他们携带着的思想观念，均无从谈起。"70后"李浩《父亲简史》与徐则臣《耶路撒冷》等，也之所以能引起一般读者的广泛关注，是因为"正确"的历史已历经现实主义、新写实、新历史主义、日常生活等洗劫，要坐实父辈及祖辈的苦难史，个人经验已经十分不够，《父亲简史》变换的多样叙事手段，一言以蔽之，不就是为了研究"正确"之所以一直统摄"70后"一代大脑的"知识考古"吗？这是把知识作为典型来叙事的另一新颖典型论。同样，《耶路撒冷》的经验恐怕不是作者写了理想与拯救，而是用一篇中心人物事件加一篇专栏文章的1+1结构，如此既便于直陈核心事实，又可广泛勾连社会背景，在处理现实生活的经验时，拥有了认知的跨度。"70后"的个人经验，融入到截至目前的陈忠实、路遥、贾平凹、刘醒龙、阎连科、刘继明等人的思想方向中去，构成了有效的"接着说"。从最初的社会分层，到今天的阶层固化，这一批文学人物的执着与动摇、恍惚与确定、无奈与洒脱、轻信与迷乱、狂热与理智，无不铭刻着我们置身其中的社会内层的纹路，它是整体的、普遍的，却又是局部的、偶然的。总之，社会结构对个体的作用力，最终才形成了如此个体，而不是相反。人作为目的来表现，而不是作为文化手段，这是今天社会人们对文学的根本需要，也是"典型论"最擅长的语境规定性所决定的。

三

大的方面说，当代文学也是一个特殊的"典型论"，它是社会学不小心遗漏的一块荒芜之地，它也是政治经济学亢奋话语不屑一顾的致命细节，更是文化产业不拿正眼瞧的人文软肋。

这里似乎有个误区需要加以说明，泛泛地看，叙事类文学不可能没有典型人物和典型环境，并且也不存在何样的典型人物和何样的典型环境的问题。强化“典型论”，是因为文学面对的社会环境发生了根本性变化，如果仍以一般的人性论、批判论和转型论、城乡二元论、类型论来观照现实，城镇化牵动的微观社会阶层乃至行业集团内部具体分层所形成的固化就会成为文学的盲区。要说文学思想的整体性丧失，其实就在这里发生。我不明白，人们普遍对文学摇头，原因究竟在批评家还是作家，但经过一些仔细研读发现，多半原因可能在批评家那边。第一，今天的批评文章非常繁盛，几乎是先有批评文章后才有作品，当以上提到的几论赫然占领大小版面之时，实际支撑作品的“典型论”，顿时被消解了，给人的印象反而是文学性好像只能是大而化之的那么几条原理。第二，诚如前文所言，今天不管哪个代际的作家，一上手基本都是扑着“文化”而去，写半天，其结论不外乎找情节、细节为自我确认赋形，全然不顾个体发展所需的政治经济支持。理论批评在这个写作流水线中，非但很少质疑，而且多为推波助澜之作，好像认为不管什么文化，只要有很多人认可，就是“文化自觉”，紧接着文化包治百病的意识形态便形成了。岂不知，正是理论批评的顺水推舟，不但制造了批评的虚假繁荣，而且严重遮蔽了使文化成为问题的政治经济学根源，文化以及文化叙事反而成了赤裸裸的消费品，它的价值指数、精神航标，就此被窒息，它能动于现代文化与现代社会机制建设的启蒙功能，也就因过于分散而显得非常羸弱了。

《越秀峰》也许读者还比较陌生，不妨以此为例对这个意思稍作解释。

卓尔婉与丁香婵同为医学院毕业生，也同在某医院就业。卓尔婉出身农村，一直被浓厚的宗法文化所熏染，因为弱小，从小便养成了想要强大必须多点心眼、敢于制造潜规则的价值取向。这样的一个性格养成一遭遇机会，潜能便被激发出来了，会来事，知道怎么摆平上司，对她来说几乎顺理成章，于是她得到了她想要的，算是跻身到了“成功人士”队伍，这对她来说是常理。丁香婵家境没那么悲惨，但也好不到哪里去，可是，她有差不多的文化环境，也几乎从小就知道什么是自重自爱，对于医院的那套“潜规则”，她是懂也装不懂。当然，她也没那么纯粹，消费主义那一套她倒是掌握熟练、得心应手，类似尝尝鲜之类的事，她也没少干。不过，她的确不愿通过“潜规则”实现那个所谓的“成功”。这是俩人的区别。很难说，如此不同选择，是她们自主的价值判断，也很难说摆在她们面前的就现在这一条路。摸索小说叙事经络，作家不过力图聚焦那么一种个体与环境的关系。在这关系中，读者才会明白理想、信仰一类东西，实际上早已被比理想、信仰更强大的东西所揉碎、消解，剩下的只是如何求得基本的生存权的问题。这样的叙事，可不好随便当作一般的官场小说来读，也不便当作通常所谓“于连式”道德堕落样本来审视，毋宁说，它是权力无处不在的象征。这与我们兴冲冲大谈特谈“内在性”好像太不合拍了。事实证明，这一种典型现实，正是无数芸芸众生无法伸张其内在性诉求的本质性限制。没有“典型论”做支撑，《越秀峰》就不可能集中力量，如此透彻地讲出剧烈社会分层中底层人物基本道德伦理和基本理想信念的散架过程，也就不会拨开罩在所有人面前好像个人真是为个人负责的虚假“成功”“励志”故事，进而探到社会结构肌理深处指出社会机制本身出现严重病症——正是它，才是几乎所有精神文化病源的思想见地。比较之下，那些反复复制个人“内在性”经验和不厌其烦强化普通个体道德素养并把这个东西当作文学全部的文学观，是多么的狭小、局促与苍白啊！

转述这些想说明什么呢？说明的是现代性在我们这里还基本未曾扎根，其主要原因之一是我们的多数文学缺乏聚焦探讨一个问题的微观视野，或者说微观视野被不着边际的左一个人性批判右一个人性批判打散了，丧失了在现今具体社会结构深处打量人的能力，导致之于一个具体的人，现代性诉求是什么的问题一直悬而未决。就是说，之所以现代性或文化现代性能够能动于当前分层社会，其主要思想能量就在于它在超越一般“反映论”的基础上，或在通常“文学源于生活，又高于生活”的逻辑上，发现了分层社会及如此分层最终被固化的内部运作程式，处于下端的、底层的社会及个体与处于上端的、高层的社会及个体，成为有尊严的社会机制和有尊严的个体的条件，才有了来自外部因素的保障，也就为无主体性个体成为主体性个体在认知上提供了意识保障。避免了用经济份额占有的多寡衡量道德基数本来就不均衡的道德主义、情感主义文学观，给经济社会本来已经变得非常苍白的审美主义逻辑结构一种整体调整的机会——生成现代性个体，本就是对宗法社会文化、新强权经济文化的革命。在现代性个体及其同时产生的文化氛围中，俗称的“官场文化”“潜规则文化”“陈腐道德伦理文化”等其实只是一个现象一个“流”，而不是本质和“源”。这样一种“典型论”，也就不再只是对旧有传统农村典型环境典型人物命运、遭遇的服丧式道德喟叹，也就不再只是对新生城镇典型环境典型人物价值、意义的缅怀式复归，是基于迫在眉睫的现代文化、现代社会机制、现代人的觉醒的隐喻式、修辞式、象征性召唤。虽同样是处理“典型”，它也就更加关注社会化中的内在化，它的叙事指向，也就更加具有普遍意义。《越秀峰》的确没有过长的历史流程，但它凝聚了一个个体与其环境之间共同生长共同腐烂的机制本身。毋庸讳言，特别是近年来，类似理想、信仰的叙事，实乃是把“典型论”推向文学边缘的始作俑者，结果造成了文学力量远逊于社会学的现实，《沧浪之水》（阎真）、《越秀峰》（升玄）一类适合并有效作用于当前社会分层的作品，于是好像反而成了既断之香火。这是途经官场小说、一般人性批判叙事反复改造的作家，需要集体反思的社会现实问题；也是途经分层社会粗糙打扮、进而把文化看得包治百病的批评家，需要集体反躬自问的时代思想难题。

四

“文化叙事”看起来好像跑得非常快，看成色听口气差不多已经走到“反现代性”的程度了。然而，忠实的文学读者，始终考虑的不过是文学与自己的血肉联系。这个自己，可能是鲁迅说的浙江的一条腿上海的一条胳膊，也可能是赵树理的“二诸葛”“三仙姑”，亦可能是农村底层者眼里的“茅枝婆”，或者是维权群众特别愿意交心的“带灯”……我想，再怎么高估，对于热衷文学阅读的人来说，不大可能是谁也弄不明白的大同小异的“内在性”以及由此相伴而生的什么“时间观”。死的哲学问题，凡人没法预言和规划，生的问题和如何生的问题，倒可能是凡人特别上心希望多了解的主要议题。即便“内在性”屁股后面或许还会带个长长的尾巴，诸如“丰富”“复杂”之类。从单纯的认知角度看，毕竟，文学阅读不是使人更糊涂，而是使人更清醒，乃至更觉醒觉悟的过程。

而要实现这一朴素愿望，或曰底线目的，哪怕推到后现代也没关系，作为方法和价值期许，“典型论”非但不过时，而且仍需强化，特别是在当前剧烈的社会分层语境中，格外需要突出和重视，文学的微观启蒙功能才不至于被其他因素所淹没。

“个体危机”与作为内在性机制的“文化自觉”

谈到危机，很多人会不假思索想起“文化自觉”这个词。想起这个词，当然有它理论的和现实的判断作为依据。费孝通先生正是在对全球化背景与国内文化形势的宏观估计之下，最先提出“文化自觉”并系统论述的学者之一。

费老在1999年9月30日题目为《“文化自觉”与中国学者的历史责任》一文中，言简意赅地阐述了他基于两方面的考虑，提出“文化自觉”这一概念的用意。他说，在国际背景理论的文章，他已经发表过一系列，包括《从马林诺斯基老师学习文化论的体会》《反思·对话·文化自觉》《读马老师遗著〈文化动态论〉书后》《孔林片思》《人的研究在中国》《人文价值再思考》《中华文化在新世纪面临的挑战》，以及《中国文化与新世纪的社会学人类学——费孝通、李亦园对话录》等。这些文章基本收录在《全球化与文化自觉——费孝通晚年文选》（外语教学与研究出版社，2013年）一书。他的主要观点认为，一方面，“21世纪”及人类在21世纪怎样才能和平地一起住在促进相互理解、宽容和共存的教育体系；另一方面，“一国两制”及“冷战意识”下资本主义与社会主义不再是对立的、左右分明、互不相容的，而是可以并存，即是说中国文化特点中的包容性的继续发展，理应是西方文化特点及形成的体制机制弊端的互补和参照。在国内文化基本判断上，费老特意提出中华民族形成过程中的“多元一体”理论，以及从古代中国文论“和而不同”“推己及人”等提炼出来的“各美其美，美人之美，美美与共，天下大同”，所要着重解决的正是生活在一定文化中的人对其文化的“自知之明”。并强调指出，“自知之明”不是“文化回归”，更不是“全盘西化”或“坚守传统”，其核心为“增强对文化转型的自主能力，取得为适应新环境、新时代而进行文化选择时的自主地位”。当然，他“晚年文选”中的另一批文章，可视为对“文化自觉”的再思考和补充，大的思想框架自然也不会超出以上两个基本背景，都是为全球化大家庭和中华民族自家文化份额的争取。如何适应新环境、新时代，以及如何在新环境、新时代中自主选择，是其不变的观点。自主选择、自主地位、自主能力等，也就成了“文化自觉”的关键词。

二

作为宏观观察和中西方以及以中国为单位的大概念，如此文化框架，无可厚非，我们也确实无时无刻不处在如此世界及国内文化结构关系之中。特别是对于世界文化格局来说，中国文化的确不能丢掉自己的特色而存在。当然，王富仁先生近年也对此有精到论述。他从“化”的实践意义和实际效果指出，进入中国文化内部的永远是“西方话语”，而不是“西方文化”。“西方文化”吞不下“中国文化”，“中国文化”也吞不下“西方文化”，但“中国话语”（像“忠”“孝”“节”“义”，像“文化大革命”）和“西方话语”（像“科学”“民主”，像“现代主义”“后现代主义”）是可以在不同的文化圈之间穿行的，是可以进入到其他民族的语言中并成为这种语言的一种外来的话语形式的（《“西方话语”与中国现当代文化》，《文学评论》2014 年第 1 期）。王富仁的这一研究，实际上推进了“文化自觉”的镜头焦距，启示我们应该在更微观的更具体的个体人的生活观念、行为取舍中去看待“文化自觉”现实价值的得与失。

从这一层面考虑，小说家毕飞宇的短篇小说《相爱的日子》（《人民文学》2007 年第 5 期），差不多是从具体个体的角度体现“文化自觉”程度的典型文本，其叙事所包含的文化和思想信息，也就有了进一步分析的余地。

目前中国社会个体，尤其青年个体究竟该怎样自主选择，或自主选择究竟是怎样被终止的问题，该小说都有细微的呈现，弥补了一些理论论述的不足甚至盲区。该小说发表距今已逾十年之久了，在这十年当中，无论国家政策的宏观调控，还是我们的微观日常生活，都发生了我们根本未及预料的变化。2006 年减免农业税、十二五和十三五规划、开启一带一路、实现全面小康、中国梦、新型城镇化、供给侧改革等等，虽不能完全说是在“文化自觉”理念下展开，但恐怕也不好说该顶层设计是全然不顾及“文化自觉”的。甚至有些其实还是专门冲着解决好各种危机，包括文化危机而来的。既然有这样的一个价值预期，类似《相爱的日子》里暴露的人的重要问题，尤其是进城打工青年人的价值趋向问题，就不能不首先提到议事日程上来思考。

《相爱的日子》的故事情节其实相当简单，写了一对同乡青年男女大学毕业后，留城打工、“恋爱”、同居乃至不得不分手、各找各的归属、各寻各的阶层依附的故事。先指出这对青年男女相同而普遍的底层遭遇：一是他们是老乡，可谓地域共同体、语言共同体、生活共同体和信仰共同体。这样的一个共同经历和共同文化习惯，他们之间理应有的财富差距就被抹平了，即是说，他们之间没有了通常人们认为的那些道德鸿沟和身份危机。他们之间的和平相处乃至发展成为爱情，是受到我们的传统文化支持的。二是他们毕业于同一所大学，可谓知识共同体和价值共同体。虽然他们并非营务同一专业，但在校期间的确经常走动，是“说话”“聊天”的伙伴，这意味着他们在相互深层次的交流沟通中，得到了对既有身份的确认和双方对未来不确定身份的预想。三是他们居然也留在了同一城市，双方打工的场所估计也不太远，这就为相互照料创造了条件。当然，根据小说的叙事，这对青年打工者，尽管在各自的人生历程中有过不完全相同的勾勒和描画，信息表明，他们在求学途中、寒暑假返乡过程中，乃至平时一般性交往中，更多的是作为老乡身份出现在众人面前。正是这一老早就被社会化了的身份，加速了他们之间关系升温质变。特别是走向社会的时候，有点像有些社会经济学家所说的“内卷化”趋向，即交往圈内卷化、就业内卷化、职业取向内卷化，如此等等，都为他们提前准备好了成为一家人的前设条件。

小说写到这一层，当然仍是常识中的常识，至少这类普遍社会现象已经过多地出现在社会学调研报告中了，没什么奇怪的。小说真正让人惊悚的发现在于以下几个方面。其一，这对青年没有什么意外和悬念，终于完成了“恋爱”、同居的过程。不过，这个一般男女关系的发生与发展，准确说，应该叫姘居。两个人干的都不是什么体面活儿，特别是男的，在菜市场装卸菜，这活儿似乎要比装卸肉类看上去干净，但总的来说，是起早贪黑却又朝不保夕的营生。作为大学毕业生，男的倒是没有有碍于面子的尊严感，也差不多是深知自己的阶层处境的缘故，无怨无悔。然而，正是如此境况，本来两人可以搬到一起住的，他心里的小算盘提醒他，还是留点退路为好。于是，就这么着，几乎从开始，男的就不怎么奢求女的对自己产生真爱，仅是同居，又因为良知告诉他，女的更需要照顾，这仿佛也成了两人之间心照不宣的“约定”。其二，这个“约定”成立的那一天算起，女孩也就不再把男的当外人，他们在行床笫之事时甚至都可以谋划未来。这未来主要是女孩将来该嫁一个什么样的人的策划。其结果是，经过量化考量，两人一拍即合终于决定与某个年收入在十万、离异且带有一小孩的已婚中年人建立家庭。小说中说，之所以这个决定如此之简单，原因就在于这个郝姓男的收入还比较稳定而已。其三，也就是最揪心的一点，这两人看上去仿佛真是“同床异梦”，其实不然，长期的切肤厮磨，他们原是有着深爱的。只不过，出于现实生存的考虑，这种爱不得不转化成性而存在。他们在严酷现实面前，回收了爱应有的恣肆与放浪，也消化处理了爱应有的自私与排他性，他们几乎用他们坚强的克制力窒息了爱只停留在性、情只停留在关照层面的异常痛苦、异常压抑、异常尴尬的关系。不啻说，这对准恋人，正是极具普遍性地表征了我们这个时代，城市物质生活基数普遍升高后，年轻人出让爱寻租爱，进而生活在精神极度荒芜的世界真相。这个世界里，他们不是通常所说的道德伦理文化的堕落，也不是信念理想的坍塌，更不是自我的分裂，他们所经历和将经历的只是深一层的自我瓦解。眼下和未来的新型城镇，也将是无真爱可言的冰凉的城堡。

到此为止小说也就结束了。读这个小说我们发现，在整个过程中，打断青年男女爱情关系的根本不是文化差异，他们之间没有人们经常说的文化危机；也根本没有观念差异，他们之间也没有来自价值取向的冲突。非但如此，他们其实是如此的理解和包容。

那么，是什么呢？不言而喻，是生活的稳定性。

二

现在可以回到开头所提出的问题了。从世界格局讲，"文化自觉"的确是为了给经济后发展的我国争取属于自己的发展秩序。只有正当输出我们已成为传统的文化价值理念，我们存在的合法性合理性才能得到更广泛认同，这没有任何问题。从国内看，特别是从近年来进入改革开放深水区的社会结构来看，各民族的确需要贡献自己的文化，以确保我们文化发展的多元。尤其是能给我们以稳定性、持续性的道德伦理文化，更加需要重视，这也没有任何问题。问题是，当这些有形无形的文化，仅存在于文献学或文论层面的时候，即当它们与新生的社会阶层互不照应的时候，或者说，在上下阶层的流通被生活稳定这么一个最低限度的要求，强迫终止的时候，在意义世界、价值世界、道德伦理世界之上，怎么协调并确保个体最基本的爱的机制问题呢？

文化传统主义者或许会认为，小说中的女孩欲望太多；简单的现代主义者也许会认为，女孩不够有尊严；文本后现代主义者大概还会理直气壮地支持女孩，乃至于把女孩的这种行为认定是"自己为自己负责"。如此等等，几乎有多少主义，就会有多少答案。可是，对于具体的女孩和具体的男孩，稍微稳定的吃住行，的确是他们生命中的第一要务；而从社会力量发出的确保具体的女孩和具体的男孩成为真正恋人的稳定的机制，的确才是他们放飞理想和梦想的切实条件。在这个基础上，你才能坐下来体味“文化自觉”之于《相爱的日子》，究竟意味着什么。

至少，我们所赖以存在的文化秩序，并没有消散，这对男女青年之间，并不存在相互嫌弃的因素；我们的信念世界也并没有因为经济指数的猛烈上调而坍塌，在同一阶层内部，话语也有着强度感染力或强度黏合作用，男女青年虽不能最终走到一起，但他们却经常是“说说话”的伙伴，手机弥补了他们被两个不同空间隔离的缺憾；我们的道德伦理世界，亦没有人们所想象的那样堕落得彻底，这一对青年心里持守什么也是确定的，只不过，他们被迫放弃的是既有经济主义价值导向——是底层者、弱势者、外来者在经济社会求得生存的一般成本所规定的，这个成本里面显然还不包含奢侈品以及与奢侈消费相匹配的硬件设施。

因此，在我们的社会机制框架里，现在我们必须考虑使我们的“文化自觉”转换成“自主能力”的首要前提是什么的问题了。如果把面向稳定性的基本诉求看作是道德堕落、价值错位和自我迷失，那么，我们就会反过来把一味追求 GDP 指数的经济主义视为经济社会人成功的正常逻辑。那样的话，小说中的这个女孩，便只会成为我们道德审判的对象，而放弃对更深社会问题的追究。当我们义无反顾，把一个弱者、底层者正当、正常的生存要求，视为我们既有文化中不允许不兼容的常识，进而高调去谈人性成为人所共知的铁律的时候，实际社会运行与文本话语，就真真切切成了两张皮。制造欲望及执行欲望生活的始作俑者，反而反过来来要挟无力为之付费的无助者的意识形态就形成了。这才是目前为止，我们真正遭遇的危机。这一层面，类似《崖边报告》（闫海军，2015）、《我的凉山兄弟》（刘绍华，2013）等在近年来深受广大读者喜欢的书，其立意也不外乎读者从自己基层的立场，读出了问题的所在。那问题不在具体个人的道德水准和个体不得已的选择上，而在整体的政治经济学导向上。随着生存成本的水涨船高，安身立命的基础也应该有所提高，否则，我们所建构的文化秩序，很可能只有两种情况。一种是苦行僧式的叫花子，另一种是马克思或鲍德里亚意义的异化人。无数事实已经证明，作为单个的人，我们的社会其实多为这两种人。而且也多为后者奴役前者、规划前者的境况。

正像王富仁在同一篇文章中所讲到的，西方的一些话语，比如个体尊严、民主文化、文化现代性等，之所以能够影响我们的思想或感情，归根到底是因为它们满足了或满足着我们自己的物质或精神的某种需要，这样的一些需要仅仅在我们固有的文化传统中尚无法得到这样的满足。也就是说，这些西方的话语对于我们不具有霸权的性质，它们不是压抑着我们的欲望要求、窒息着我们思维的自由性，而是开拓着我们的思维空间，满足着我们心灵的自由要求。唯其如此，个人经验层面的文学叙事，才具有了社会学的价值，这也是“个体化”这一本来源于西方现代主义文化的话语，大量出现在我们当代文学中的原因，而不是集体主义的“大同”或宗法宗族文化下的“等级制”人性论。经济社会发展的一个突出特征是，以经济指数和利益份额论成败，一个国家一个地方是这样，一个人亦复如此。大到巩固增长的机制，小到按揭贷款的能力，无不铭写着GDP的强势道理。通过仔细琢磨费孝通先生“晚年文选”，我确信，费老的思维其实只下沉到了某些少数民族的文化元素上——即如何保存并发展该少数民族文化元素上而已，他还根本没有意识到即将消失的那种文化元素，之于一个必将调整生活方式才能存在的个体的未来意味着什么。比保存并转化升级那个少数民族文化元素更重要的是，人的现代化程度和用以确保人的现代化程度的机制保障，这是“文化自觉”骨子里的呼唤。否则，“文化自觉”就不可能在新环境新时代，为个体的自主地位、自主选择和自主能力争得多少份额、起多大作用。也就是说，人类学的“文化自觉”，只能通过凝聚集体无意识转化进精神文化的逻辑轨道，才能观照到现代社会的个体。因为“文化自觉”本来是西欧民主文化国家“第二现代性”

框架中的一个关键环节，它的有效性也就只与发展的个体化及其社会机制密切相关。

三

从现有的相关文论和大量文学创作事实可以得出一个初步判断，我们所使用的“文化自觉”概念与实践的文本创作，大多其实不过是在“存在的就是合理的”的逻辑保障下展开的。因此，细加思考，所谓由身份确认产生的“身份危机”，由文化确认产生的“文化危机”，由民族确认产生的“信仰危机”等等，实在是丢失了的就是好的、老祖宗留下来的便是宝贝的一种大同小异的“乡愁”，本质上属于对传统社会及其对应的宗法宗族文化秩序的复归。再加上更年轻的一批知识人肆无忌惮地对“精致的利己主义”个体化的无限度放大与蛊惑，“文化自觉”指向主导性政治经济话语的思想能量，早已被消解，只剩下了“文化自觉”仿佛就是为个体私密化诉求和个体排他性意识潜意识保驾护航这么一点可怜的遗产。本来以个体为单位的“文化自觉”，其价值诉求理应内在于当前政治经济话语并发力于这个逻辑。但是，现在它只好退而求其次，铭写或记忆已经发生过的，而不是创造尚未发生但一定是最值得期待的新的个体、社会和文化。

由此观之，《相爱的日子》所发现的那种人与人、人与社会之间横亘的障碍，那种似是而非、别别扭扭、冰冰凉凉的爱，其实表征了分层后社会普遍性的冷漠与残酷。要解决这个症结，只有回到既有社会结构的板结中去，而不是片面谴责某个个体的道德水准或价值取向。同理，要从根本上解决个体道德滑坡、价值失重，也只有从保障个体基本的爱的机制开始——保障个体爱的基本机制，也是保障水涨船高的个体基本生存成本。否则，一个冰凉的社会，一个仍被厚厚的古典道德主义铠甲包裹着的社会，生产再多的多元文化，再多地提倡“各美其美，美人之美，美美与共，天下大同”，那都可能只会制造人为的隔膜，甚至还会为事实的不公平留下口实。

自然，以个体体验经验为本位，发现这个时代中国人普遍性“内在性”匮乏的文学作品不止《相爱的日子》一篇，还有一些已经被读者和文学批评家所注意的。比如中篇小说《涂自强的个人悲伤》（方方）和短篇小说《飞行酿酒师》（铁凝）、《三只虫草》（阿来），以及张炜的长篇小说《寻找鱼王》等等。或者发现了个体的奋斗最终受制于“赢家通吃”而正义缺失的现实，或者记录了世俗评价指标支持的所谓成功只不过是一点不知天高地厚的人生泡影，或者提出了世俗现实无法支持既有信仰体系时该怎么办的问题，抑或告知人们当我们被似乎无所不包的“励志”故事打造得神经粗壮时如何回归人之成长逻辑的时代命题。毫无含糊，这些虽然零散出现在不同时间段，但又异常执着，总会不时明明暗暗闪烁其思想火花，标志文学还没有完全被经济主义思维所收编的执拗。它们把思想的触角伸向我们置身其中很不完善的现代文化内部结构，并指出其所以如此混乱、无序，进而至于影响到每一个体基本生存权利、基本价值预期长久赤字，是因为，我们目前流行的文化价值，其实仅仅是凡存在的就是好的、拾到篮里都是菜式的心态。这哪是费孝通先生“文化自觉”的本意，更哪是传统社会转型到现代社会，个体生活其中对基本现代社会机制的诉求——自主选择、自主地位、自主能力等的正面关注？

所以，文学对“文化自觉”的表达，其实就是基于当下现实语境，对个体寄身其中的现代社会内在性机制匮乏程度的撰写和叙述，如此，无论“讲好中国故事”，还是“讲好的中国故事”，才不至于因虚诞而浮华，因妄诳而遭人唾弃。从这个意义上，文学叙事的经验来源是个体的或个人的，才是有意义的和有价值的。否则，个人经验居于文学叙事的首位，也许只会增加一点文学的猎奇性、娱乐性砝码，然而终究却是短命的，甚至速朽的。至于说，在唯个人主义的角度，不顾文学对时代重大问题的铭写和叙述，而企求文学的经典化，那简直是伪命题，不值一提。

苛刻一点说，现如今，之所以“文化自觉”这一概念越来越变得抽象而空洞、驳杂而无效，因删除“个体危机”而走向意义空转，主要原因之一，很难说与所谓的文本“经典化”和所谓的自我“历史化”无关。

近年来人文价值观忧思

目前而言，无论从创作数量，还是镜头覆盖率，“70后”与“80后”无论如何都是今天时代文学艺术的创作主体。换句话说，要判断所谓今天时代文学艺术的基本走向，绝对不是那种昙花一现般以“异类”形象在所谓合适时刻出现，勉为其难地代表一下此时代的“厚重”，象征主义地充当一下此时代“知识分子声音”的史诗性、英雄主义和理想主义的东西。而是填充绝大部分时空、占领绝大多数版面，仿佛只能由该时代堪当此任的角色提供的今天时代的“正餐”，比如，关于这个时代人所共需的成功及其成功神话，关于这个时代的幸福及其幸福故事的讲法，关于这个时代的精神及其精神叙事方向的玩意儿。

正因为如此，关联性地看，《小时代》的物质主义及其他的“偶像神话”;《钢的琴》追求精神性但在执行精神叙事时内部出现的“断裂”；以及“网络文学”在整个“70后”“80后”所构成的文学版图中的微妙作用等等。我以为，都不能只在所分属的学科内部和某一规定性语境来认识，毋宁说，它们已经表征出和正在被认同的某种未来文艺理念，其所输出的人文价值观实在令人担忧，到了不得不进行整体性审视的地步。

作为经济主义价值后果的“小时代”

郭敬明执编、执导的电影《小时代》，已经落下了帷幕。但因《小时代》的强烈刺激而激发的热望、欲望和期待非但没有落下，似乎反而才开始升起，网上网下罕见的议论热潮，就是明证。总结对《小时代》的批评，压倒性的声音不约而同指向了这样几个方面：一是对郭敬明本人及其所谓“郭敬明现象”刨根问底，指出《小时代》消费的是“青春标签”和“文化症候”：是“文学向市场转嫁的青春文学定制品”，是“一个男人幻想的女人欲望世界”，是郭敬明式仿袭和拼贴的汇演大杂烩，是时代锻造的拜金主义和拜物教自恋人格，是反智主义和“市场经济人工哺乳的畸形自我”[①]。二是从坚守精英文化立场和启蒙精神的角度指出，《小时代》毫无遮拦地物质裸奔，是当前精神“失重”时代的文化表征，人们将“物质”作为精神的救生圈，致使拜物教登堂入室，成为大众信仰，在此基础上，“小时代”观念具有极大的传染性，造成国人精神世界的大面积“沙化”[②]。三是无数微信圈不约而同聚焦到这样一个现实道德伦理问题，即《小时代》的蛊惑性在于教唆“郭粉们”去追逐某种具体而微的幸福生活，“多数郭粉想要买得起影片中的那些东西，过上影片里的那种生活，就得乖乖去找‘老东西’当小三小四小五，才有可能。这，就是该片隐含的价值观。”[③]

我对以上代表性批评观点表示部分赞同但又持保留态度的原因在于，《小时代》毕竟是一部电影作品，并且是“我们时代”，即社会主义市场经济发展到今天程度的一个“大众文艺作品”。若是文学作品生产机制，它首先得经过编辑、主编和出版局、宣传部等审查部门的层层批准，然后才是创作者个性的表达限度问题。而对于影视剧制作，生产运行机制除了文学作品有的外，更有它独有的“授权”过程。就拿2012年来说，这一年国家广电总局电视剧司同意备案公示的国产电视剧共有1040部33877集，而全国所有电视台可播出的电视剧仅7000集左右，这意味着大部分立项拍摄的

① 《“郭敬明”：消费主义的青春标签——从〈小时代〉看文化症候》，肖鹰，《文学报》2013年10月10日。

② 《“小时代”的不能承受之轻》，张涛甫，《文汇读书周报》2013年9月6日。

③ 系影评人周黎明、史航等人观点，见http://yule.sohu.com/20130812/n383915177.shtml。

电视剧根本无法播出，或播出的只不过才 1/5 左右。从反映“80 后”残酷住房现实的《蜗居》遭禁播，而宣扬幸福生活、浪漫故事的《一起去看流星雨》《乡村爱情故事》《当天真遇到现实》等等却能抢占好几个黄金时间档期[①]，不难推知，影视剧中什么价值观需要进一步传播，什么价值观则要求加以阻止、取消，思考型的观众自然是心知肚明的。原因就在于，这类影视剧的公映，暂且不论它的票房到底如何，首先是谁被社会主流价值“授权”的问题，其次才是谁拍的和哪些明星大腕加盟的问题。如果把影视剧的制作及其携带着的人文价值观，仅看作是某一撮人、某一有鲜明风格趣味的团队的逻辑性产物，无疑等于在真空语境下的就事论事。换句话说，如果不是郭敬明和他的团队长期摸索的命名特点，比如《最小说》那样的刺耳指称和顺势来生的“小时代”给人们强加的接受惯性起作用，别的什么代际的导演、编剧，也可能生产出类似的作品，只不过，不见得就一定命名为《小时代》。现实是，前面所举影视剧长卷对物质神话本身的青睐，并不比《小时代》差多少。

所以，冷静下来再审视《小时代》，我倒认为它是建立在现实基础之上的一部虽夸张却微妙贯彻着写实主义原则的演绎粗糙的电影。

首先，它戏剧化地聚焦了当前大学校园生活，和大学毕业生被种种意识形态力量反复影响而成的所谓“成功路径”依赖。这一点恰好是常年寄身于研究机构、长期厮守书本精英文化的教授学者不一定熟知的生活领域。我曾在晚上兼职某高校的课，对这一点深有体会。必修课的原因，有学分制量化考评，讲台上老师尽管尽情子曰诗云屈原李白韩昌黎莫言王安忆贾平凹，但下面调到静音或振动状态的手机短信微博 QQ 微信，你无法清扫殆尽；教室走廊校园林荫道上，尽管名人画像哲人醒世格言应有尽有，但宿舍里学生关于唐家三少、我吃西红柿、小鬼儿儿儿、天下归元、天蚕土豆等等

① 相关数据参见《中国电视剧市场消化不良——年产 3 万集播出 7000 集》，来自《成都日报》《中国文化报》的综合，转引自《宁夏日报》2012 年 4 月 11 日。

网络作家日进斗金的仰慕却早已不胫而走。另外，校外烧烤店屁股后面挤挤挨挨的劣质招待所关于周末优惠钟点房的消息，也远比扣扣掐掐讨一个烧饼送进嘴里富有吸引力。一个山区来的穷毕业生从牙缝里挤出三五百元寄往某个核心刊物充当论文版面费的情节，对于当前的大学生来说恐怕只是一个拙劣的励志故事;《小时代》中反复出现的台词，“重要的是我与某某某上床的事我男友知道了，这还不算重要，更重要的是，我也知道了我男友与某某某上床的事……”，引发了道德敏感者的轮番轰炸。但是据我所知，高校周围密密匝匝林立着的招待所标间里，几乎天天上演着大学生的实战大片，短信挑唆而产生的相互猜疑也在寝室内外明争暗斗，教授先生们似乎反而见怪不怪、安之若素了。从实际生活解读《小时代》，并不是为该片辩解，我只是想重申一个简单道理：当我们以抽象的精神面对一个烂东西的时候，烂东西仿佛真成了这个时代的一个“异类”，恰好取消了在整个经济生活审视该片作为表征目前经济主义价值后果的视野，导致“文化”的症候遮蔽了实质性的物质症候。而物质性症候，正是郭敬明及其团队敢于花大钱炮制《小时代》，并深信只要期待观众对位就能够获得票房的实证主义法宝。

其次，批评的视角越是具体，越是就郭敬明或郭敬明现象而发，《小时代》的仿袭也罢，郭敬明团队对今天时代的判断也罢，都会在其对立面——大时代和所谓大时代的文化规范中取得论者本不想看到的“反高潮”效果。这是我认为《小时代》既不是典型的文化症候，也不宜放大成道德伦理反面教材的根本原因。因为消费主义造就了郭敬明现象，也塑造了《小时代》中的女性奴才主义、男性成功神话等不假，但是当该片中的众女性“像狗一样”匍匐在成功男性的膝盖之下这一“恒定”情节，并不是以通常所见的损坏他人利益、践踏他人尊严为叙事旨归，那么，我们只专注于如此偶像生产，正好是以“个体”“局部”对“集体”“一体化”的“反叛”，正中《小时代》得以在个体化人文理念下“合法化”运行的理论下怀。当然，即便是阅读导演郭敬明的访谈，都没有迹象显示他有反抗宏大叙事的思想迹象。可是，这也不能就此断言，该片与“个体化”文化观念这个共享的思想语境无关。这如同赵薇导演的《致青春》，虽然赵薇讲述的逝去的青春故事，不完全等同于知青一代的青春岁月。然而，怀旧、喧闹、无悔、梦想、幻想，以及由这些元素堆积而成的“梦想叙事”，本来就是对历史真相进行美学处理和个人化转化以后的“本土化经验”，它们都分享并受惠于被“授权”的历史叙事。

当然，在更高一层面来看，像论者所说的《小时代》是“市场经济人工哺乳的畸形自我”，是时代锻造的拜金主义和拜物教自恋人格等等，其实该片中的畸形自我、拜物教自恋人格，只是一个观看者的理论结论，它本身并非有意以“拜物”“拜金”误入精英们早已准备好了的道德伦理陷阱，而是——至少我认为，它的编排是在修改老一辈“杀人放火，男欢女爱”这个还未完全植入经济主义八字方针基础上的推进。简而言之，是改写并进一步具体化哈维尔意义的“内在性消费主义”[①]的结果。如此，无论几位女性的拜物，还是男主人公的自恋、“偶像派”，都巧妙地编织进了在哈维尔那里是被揭示、批判，但在我们的人文理论语境，是被准许、被授意的“个体化”理论蓝图的“精神叙事”和“幸福故事”。这正是郭敬明有底气放言说，《小时代》不仅超越了张爱玲王安忆卫慧棉棉的上海，而且也能以四个不一样的女主人公的“个人体验”折射大时代、保证只有如此奋斗才能获得“成功”的一个充足理由[②]。

有了经济主义价值软件和被准许的个体化人文观念的层层铺垫，郭敬明才胸有成竹地实现了他的愿望：为了让年轻女性迅速成功、让男性便捷地保持成功，他不惜让一切人格、尊严、民主和主体性的概念统统见鬼去，唯一保持下来的只有“内在性”和“消费主义”。

反正不涉及外部秩序，不触碰人实现真正尊严、人格、主体性时的外部阻力，只关注成功，管他过程像什么，只要结果正确就行。这正是哈维尔批判消费自我、消费自我内在性的真正用意。之

① ［捷克］瓦茨拉夫·哈维尔：《哈维尔文集》，第12页，崔卫平编译，内部印行。

② 参见 http://wenku.baidu.com/view/e03cad2db90d6c85ec3ac64f.html。

所以如此，是因为他希望把个人的视角引向那种使个人的主体性舒舒服服丧失殆尽的经济主义价值观，并从现实内层出发揭示它，解放个体被消费主义——一种看上去远比赤裸裸的政治意识形态隐蔽得多，因而也更具有异化性的价值软件的原因。也正是中国政治经济学话语不厌其烦论证增长、富裕所导致的经济主义价值“机制”，不但成为了社会主导话语体系，而且渗入到了社会各个层面，《小时代》才会那么肆无忌惮地直呈自己的成功“秘诀”，且相信此“秘诀”一定能攻城略地、所向披靡。至于过程中的道德问题、女性主义问题和个体人格方面的自恋、自大等畸形结果，本来是经济主义价值观运行时，个体，尤其弱势个体，必然承担的后果。我所谓《小时代》虽然粗制滥造，但它是更高一层的实证主义的原因也就在这里。而这一点，正是郭导演扬言《小时代》“超越”了众前辈的上海，《小时代》也以四个不一样女性的“不同体验”能够折射并准确讲述我们这个大国经济生活秘密的真正自信之处。

最终走向“断裂”的精神叙事

倒回去看，《小时代》缺失之处，可以说正是《钢的琴》准备充分去做的地方。那么，这地方又有些什么呢？

一些评论从《钢的琴》的工厂变迁背景，从工人集体的解散到最终重新组合起来，以及从个体经营的了无凝聚力到因为制造钢的琴而重获集体凝聚力的过程，得出结论说，《钢的琴》的梦想价值就在于，表达了工人作为一个阶级在经济社会所散发出来的精神魅力；另一些评论亦不无感慨地指出，《钢的琴》的意义感集中体现在陈桂林为挽留孩子而动手做不可能做成的事，他成功了，说明我们日常生活中久已缺失的那种意义感被唤回了，因此，该影片是不可多得的正能量叙事[①]。

① 《〈钢的琴〉评论小辑》，赵文、李祖德等，《今天》2011 年冬季号。

我不否认《钢的琴》确有如上突出表现，只不过，如果把《钢的琴》与《小时代》放到所共享的文化价值体系来看，《钢的琴》赢得人们普遍赞誉的地方，仔细打量，似乎并非绝对无话可说。这些地方，我既指该片中导演特别下力气讲述的地方，也指电影叙事无意却实际上凸显了的价值信息。

这些地方比较集中地体现在影片叙事意义感的节骨眼上，大致有这样几处关键点：第一，陈桂林与小菊的离婚；第二，陈桂林为了挽留住孩子在自己身边，号召工友们去偷琴；第三，用曾经熟练把玩钢铁的手动手做钢的琴；第四，剧末陈桂林与小菊重新走到一起，关于做钢的琴的最终目的得到明确叙事。

第一个节点，负责撕开夫妻两人不同的价值生活面纱，追求物质享乐的小菊被刻画得遭人唾弃，影片快捷地在一般性价值观冲突中找到了切入点。一方面，物质与精神的冲突标志了普遍社会意识的矛盾；另一方面，在这个普遍的社会意识矛盾中，为避免通常所见到的金钱与意义生活水火不相容的“不现实感”，影像叙事把镜头对准了孩子。孩子的出现，无论在道德伦理上，还是成人意义生活的获得、阐释上，抑或对普遍性精神追求的确认上，叙事都有了一个视点人物这个载体。孩子，或者孩子的未来，在这一节点处，构成了大人们倾注心血一搏的象征性意义生活，即意义生活，便是孩子的未来生活；反过来，怎样预支孩子的未来，便是大人们的意义感之所在。有了这样的方向感，第二节点便成了对第一节点的铺垫。一边强化陈桂林与小菊决裂的合理性、突出陈桂林精神生活的确定性；一边由“个体”上升到“集体”，只有众工友的参与，“为了孩子”以及“大家都是为了孩子”的普遍性才能得到社会审美的支持，其实也是进一步深化影片叙事的现实基础。因此，在这个角度看，貌似荒诞的“偷琴”却有了积极的作用，在极端化的冲突中，激化并推进了“钢的琴”的出现。这一节点，毋庸置疑，也是导演用意被进一步丰富的过程。散伙了的工人阶级正是因为“偷琴”受挫才焕发了做琴的想法，如此，“钢的琴”除为了孩子，还有了为了自己的附加值。涣散使意义感丧失，而凝聚无疑则使意义感重生。换句话说，被重新凝聚并焕发出来的激情，不过是一个关于成人怎样励志，又是如何成功的故事。奔着精神叙事而来，朝着精神叙事进发，只要意义感得到了确认并被叙事镜头机制化，接下来的处理，其实已经不再重要。要么陈桂林与小菊重归于好，要么继续各执己见，本质上不会影响影片的完整性。巧就巧在，第四节点时，陈桂林与小菊最终的确走到了一起，这样的一个叙事转折，已经做成了的“钢的琴”反而完全成了一个多余之物。

粗略浏览完整个影片的核心线索，顿时恍然大悟，剔除生长于骨架上的肉，原来《钢的琴》仍然是一个围绕“个体”而展开的“内在性”故事。与《小时代》相比，《钢的琴》的不同只在于淡化了“成功神话”，并且也把《小时代》中的“终极目的”——四个年轻女性不择手段取得物质成功的意思，有意编排到了次要位置。但是，在动用个体体验的“内在性”上，和如何通过励志激发生活热情上，两个影片则并无本质性区别，即都相信意义感来源于个体内部，而不是外部。因此，《钢的琴》中自始至终平行推出的废弃工厂镜头——作为历史语境和社会语境的呈现，在它力图重塑的意义感这一主线中，更高一点看，实在没有起到什么本质性作用。如同《小时代》一样，只要认定当前大学生的成功就在于通过个人努力就必定能得到心目中的物质享受，或者上海的今天就是追逐绚烂的富足和自恋式人格，那么，过程中不管拜倒在谁的膝下、多么的不被他者认同，其结果都是一样的。因为它们都认可“我消费，故我在”这一法则。这才是《钢的琴》有意识不使用历史语境和社会语境中所内蓄的能量，而是走向了以个体为本位的怀旧与团结、家庭与和睦的道路的制作动机。它的价值逻辑表现在叙事层面，清晰地体现了这样的用意：以后者为重心，形成了前者铺垫后者，后者支撑前者的乌托邦“精神故事”。

我之所以对这样建构起来的“精神故事”不以为意，是因为我认为，以家庭、孩子需求为情节推动要素的精神叙事，只是一个短暂的、瞬间的和及时性的，甚至只是一个救急性的选择，它很难把个体的意义生活与个体的主体性感知、社会历史语境结合起来，并在内在于物质生活的基础上建立价值机制，形成良性对抗，从而生成长期的意义感。深究下去,《钢的琴》的这种失败，其实是一种价值观上的断裂。影片一开始就埋下了此断裂的充足信号——只知小家庭的和睦、孩子的前程重于一切，却不大愿意追究小家庭即使做再大努力、再为了孩子，个人和小团体的力量也仍然微乎其微的根由。而这一点，恰恰是工厂的变迁作为社会历史语境本身有，但影片并未意识到的一种需要经过深入批判才能获得的力量。即是说，如果不从深层触及主导性社会价值机制，小家庭和小孩子，在整个机制运转中也仍然是不可靠叙事者。

正好相反，影片的注意力却始终折腾在个体—集体与集体—个体，或者社会主义计划经济还是社会主义市场经济这样一个非此即彼的叙事泥淖中不得自拔，导致单纯的怀旧主题反而占了绝对上风，意义感的探索完全被瓦解。

目前而言，动机良好但归属感错位的影视剧，在本质上都存在这个思想毛病。如前文所举《当天真遇到现实》《乡村爱情故事》等等，大体如此。个人的幸福生活，是个吸引人的故事，但从个人体验开始叙事，必然需伸展到普遍性的社会语境才能有效，否则，单纯的个人努力，只能滑向本不想看到的物质至上上去，或者本来的精神叙事最终只能交付物质成功，以此“成功神话”取代精神价值的建立。说到底，这也是迄今为止，大众文艺不能在社会学视野理解并运用个体视角的大氛围所致。在更高视界上，精英文化、大众文化、个体日常生活、民主和身份、政治经济学话语，不但应该统一于一身，而且当以法的形式主题化来贯通它的“普遍性”[①]。可是，我们所谓的身份危机、意义危机，包括道德伦理危机，已经被分解成了诸多互不交叉的单元，毫无共识的可能，也找不到共鸣的公约数。对于涉及自身的关键问题，有时就像一个关心信仰的教徒只能同另一个教徒谈论共同的神，或者一个中国文化主义者只能

① 张旭东:《全球化时代的文化认同——西方普遍主义话语的历史批判》，第 6 页，北京大学出版社，2006 年。

同另一个中国文化主义者交流那样。家庭缺失者只能寻找另一同病相怜者，物质匮乏者只能加倍地追逐物质，意义感迷失者只好绝尘而去，在有意义感的地方甘当“另类”，如此等等。

这一意义上，《钢的琴》在精神期许上的致命误区，即是以分解法叙述一个不堪重负的主题，难以承受生命之重，也无法腾出精力和时间眷顾公共领域。宁可“内在性”至死，也不愿扩大个体及小家庭的半径，因为个体和小家庭幸福之外的世界，种种现实迹象表明，那似乎已经交给了道德救济主义者来完成。于是，影片最终只能在施予与感恩、资助与谢意中收获廉价的掌声和鲜花。

“网络文学”语境规定性中的“我们的时代”

《钢的琴》是个案，自然，《小时代》也不可能不是个案，包括其他我认真看过和未来得及看完的相关众多影视剧，当把它们汇集起来，整体性地审视，我发现，它们正努力企图从类型中突围出来，想要在被分解、碎片化的人文语境中，建构“普遍性”。这样的理解，无论《钢的琴》《小时代》，还是近期同样风靡的《致青春》，其实就不单是个案的问题了。怀旧也罢，“伤痕”也罢，追逐高端的物质“成功”也罢，给今天时代以精神命名，却是这些影视剧不约而同的追求。

接下来我要追究的另一问题便是，“我们的时代”，或者“70后”“80后”似乎逻辑地要担纲主体的时代，它的主体性在哪里？该主体已经和继续输出的人文价值理念在多大程度上表现得更了解这个时代，而不是相反？

为更微观，更具有语境性，想把前面已经有所论及的在《钢的琴》中导致精神叙事断裂的个体化人文概念，纳入到2013年9月24、25日在京召开的全国青年创作会议现场，然后分析其得与失，这不仅关乎“我们”得以命名的个体化人文价值观是否有效，也关乎“我们的时代”的文学艺术前景问题。

六年前的上届“青创会”，“60后”占绝对比例，“70后”的交流似乎只在小组讨论的自由发言这一个平台上。因为话语比例、分量、完整性的不同，会议所形成的主流声音，我感觉，在“60后”那里所构建起来的人文精神、注重文学的精神性、意义感、历史感和批判意识的价值理念，非但没被打断，反而大有“薪火相传”的意味，即便仿佛被压抑了、改编了的“70后”（包括个别“80后”）声音，也显示出了基本在文化现代性（人的现代性问题）之内的良好苗头，甚至还会让人对“70后”“80后”（那时候，这两个代际的作家是以深受质疑和争议而参与进来的）产生诸多的期待。而本届“网络作家”人数虽不多，但他们中的所谓“大神”级的人物，非但显赫地突出于整个“青创会”氛围，而且强烈地构成着这届会议的主要信息，乃至于方向。这个方向由两个方面的因素合力促成，一是他们的所谓文学赚了大钱，类似于“唐家三少”这样的年薪上千万者仅三五人参会，但人们领悟到的是，无数隐没在这个极少数“大神”后面的最低年薪至少突破了十万大关的“芸芸众生”。可见，极少数“大神”亮出的底牌何等壮观啊！二是他们的所谓“写作机制”，成为了整个会议私下里交流的经验。什么机制呢？主要是与“粉丝”的互动性，和文学叙述的开放性。因此，互动性与开放性，成了反思传统纸介文学“失语”“无效”的重要经验。按照“粉丝”要求安排场面，遵照“粉丝”志趣分配情节比例，顺着“粉丝”意思摆布人物命运，以及贴着“粉丝”心态取舍情爱关系网，如此等等。一句话，网络“大神”及其“网络文学”之所以能以少胜多，是因为它的背后有一个数以亿万计的小学生、中学生和大学生、硕博研究生、工棚打工者组成的有效读者群体存在。而赚更多的钱和把文学变得更具有游戏性，正是这些人所向往并经过他们自身的努力所营建的一种社会文化机制。再加之连绵不断的产业链的经营保障——炒作成纸本读物、编排成影视长卷、制作成动漫和打造成游戏软件。指定发言与自由讨论中的关键词，诸如“个体化”“日常性”“内在性”“我们这一代”“新的中国故事”等等，其实质无一不发生方向性逆转，并奔向“网络文学”已经出示的文学

"愿景"。

整体的价值感知上，上届"60后"所输出的价值理念使人振奋，原因之一是，他们的写作视野虽以个体为本位，个体的生存处境、精神困惑为原点，但并不止于个体的经验世界，甚至一部分力量还会使人联想到，他们的理念如果能落实到具体写作中的话，可能还会从精神传统上承续知青一代的现实主义精神。而表达出来的"70后"、个别"80后"的"叛逆""反抗"，就人文观念而言，也使人看到了他们将会出现的推进而不是倒退于"60后"既有成绩的信息——是那种把成长的"叛逆""反抗"转化为对不合理社会价值机制的质疑性叙事的能量，有时候也使我产生某种冥冥中的等待，等待他们真能把心智成长过程中必然有的小打小闹、小别小扭、小反常小另类等，通过叙述磨砺，化合成内在于"断裂"社会肌理之内的个体化现代性思想表达——是甩掉不该有的农耕文化惯性、宗法制文化模式和皇权文化底色的文学包袱。

而本届则不然，首先，他们很重视小人物处境，关注小人物的人性问题，这是值得进行深化的叙事追求。然而，完整领会他们的意思后我表示忧思的是，对小人物处境、人性状况的关注，谈来谈去还是起始于人物内心，又止于内心，并且，这种理解也还仅仅是写法上的技巧。也就是说，他们关注的人物可能是当下某个语境的，但所处理人物的人性态度、命运问题，却来自于经典文本的细节、情节。如此，他们链接了人的"恒定性"，但放过了人的当下性，或者具体性。最后叙事所呈现的，实际上是抽象的人性和失去微观社会历史现实、制度秩序史支持的同样空洞的"苦难"和"疼痛"，现实感普遍稀薄。

其次，思想资源上，他们的确与"网络文学"保持着距离，似乎有意衔接着"五四"启蒙传统。然而，细究他们引以为豪壮的所谓"我们这一代""新的中国故事"，不过是把异常庞大的小人物群体或社会底层世界，分解分化为某一具体个体的一种叙述本质。在具体个体的故事讲述中，他们只更多地关注个体自身的道德水平、伦理问题和欲望走向，并且最终把这些有问题的文化现象，归结为

“启蒙”问题。即是说，不幸福，没有快乐感，或感觉意义感缺失，是因为个体本身不把日常生活理解为“慢”的规律来过，不把心态调整为适应好的生活频率所致。面对如此写作经验和理念表达，同龄批评家的研究处理也基本在同一水平，即用叙事学、诗学赋予其一种合理性文学史意义，很难见到对这种狭小视野质疑的批评文字。这表明，这批作家、批评家的社会学视野都很不完整。

第三，就本“青创会”主体——“70后”“80后”的个体素质、精神表征来看，与我所认识并接触过的知青一代、“60后”中的一些优秀作家、批评家相比较，他们似乎无所不知、无所不涉猎，也相当愿意分享自己的现实认知。可是，回味再三，到底缺一样根本的东西，那就是读书很多，但不杂，都是文学作品或文学刊物；创作方法仿佛多样多元，但归根结底诸多方法都统摄于一个文体——我姑且称之为文学的“近亲繁殖”。写什么，就读什么；崇拜谁，就读谁的作品；在什么地方生活，就写什么地方的文化特色；什么流派什么趣味什么主题更容易获大奖，就追慕什么流派什么趣味什么主题。这样一来，知识分子便蜕变成了一般的读书人，一般的读书人则变异成了匠人或投机分子。为避贤者讳，“不读书”而导致的后果，套用老作家王蒙作为“著名作家寄语”的《说给青年同行》中的几个词来说，就是：自以为是的“能人”，有的还一身戾气，出口成“脏”；眼里没有完整社会结构、不注重文学的社会性能的作家，只会喜欢那些空心化、浅薄化、恶俗化、碎片化、单纯搞笑、单纯恶搞、咋咋呼呼迎合起哄的所谓作品。这意味着，他们的知识分子形象塑造基本阙如，现代性思想训练基本缺席。

本届“青创会”参会者平均年龄只有35.5岁，支撑把这届“青创会”青年作家锁定在40岁以内的一个文学史成功案例是，鲁迅37岁已有了《狂人日记》；郭沫若28岁便铸成了杰作《女神》；巴金27岁有了《家》；老舍38岁发表了《骆驼祥子》；曹禺则更小，经典《雷雨》成于23岁的青春年华。

“五四”一代作家，成长于封建社会与现代社会交替的时代风云之间，他们之中还未被指出来的，其实不只是文学方面的惊人收获，他们的一个共同点是“通才”的多重身份。精通外语、纵论国事、考古发明、订正国故、引领潮流，而文学写作能力仅仅是他们大多数人的一个“业余”，如鲁迅到死也仍然强调他的所有文体表达，仅为“文章”，而所有不同阶段的写作，也仅为研究一个“问题”：国民性。鲁迅先生的思想遗产无疑是个个案，无法效仿；但他的话语方式，以及由此开启的思想方向、叙述视野和问题意识、本土经验资源、方法论，难道不是今天青年作家的“新传统”吗？

但是，很不能令人兴奋的一个现场感觉是，今天平均年龄在35.5岁的青年作家、批评家，我却没能在他们准备多日写就的发言稿中听出、读出“五四”同龄人的气象来；另外，走出会议特有氛围，我也努力从记忆库存里调动了一些平时的阅读印象，单就获过大奖的某些代表作品来说，它们也不能很快让我说出这些作品突出于其他人文表达的地方来。相反，听到和感到最多的是，油腔滑调、插科打诨，和自恋狂妄、目中无人，以及张口闭口精致、技巧、成功、秘诀和经验的私密性等等。即便进一步挖掘文稿中的微言大义，也只不过是关于如何“日常”、如何“幸福”、怎么能“消费”得更快和快速地获得“快乐”等等较一般的叙述形象。至于现在我们所遭遇的真正的文化危机、身份危机，以及我们的感知与现有社会语境、制度秩序之间的“错位感”的那种超越于一般个体道德伦理平均水平的想象，则更是寥寥。

不可否认，时间是一把利剑，优秀的中老年作家、批评家有一天必然要退出文学的历史舞台，现在的“70后”“80后”如果愿意坚持的话，将来的文学舞台只能属于他们。然而，这个“属于”中实在内含了太多因素在里面。

正是在这个意义上，本届“青创会”的确给了我太多令人忧思的“震惊”，而唯独能有效解释这个“震惊”的就是那个不约而同起于个体又止于个体的艺术的人文价值观念。“网络文学”的惊人销量和金钱主义，正是在这里被成功地收编于看起来符合艺术规律实则很成问题的“个体化”的。

毫不含糊，要撰写、叙事、讲述“我们的时代”的成功故事、幸福逻辑和精神概念，只能而且必须从“个人化”开始。但是当这个观念已经大面积疏离大多数人所置身的社会现实语境时，这个让“70后”“80后”这些今天时代主体获得成功并进而被命名的符号，也就走向了它的反面。成了使这些主体一步步走向另一种“一体化”，并最终屏蔽普遍性的一个思想误区。

人文的“关键”是什么

如果不嫌麻烦，这里不妨先解释一下文化的内涵。按照经典哲学文化学的一些论述，文化有三个层次。最外层是器物文化，它表征人类文明史的演变；再向内是制度文化，它标志我们日常生活和社会秩序的建立；最内层是精神文化，也就是文化价值观，是所有文化中的核心，是一切文化的大脑。简单说，这一层的“文化”才是最关键的，对于一个人，它决定你是谁；对于一个民族，它决定这个民族的基本精神气质；对于一个国家，它在更高层面象征着这个国家的形象，是这个国家在世界上的价值符号。

比如19世纪俄罗斯的批判现实主义文学，其中对“多余人”的普遍性观照，标志了那个时候俄罗斯人宗教般的精神高度；“五月风暴”之后的福柯、巴尔特、波德里亚等的哲学、社会学、文化学等理论，不只标志了那个时代法国所能到达的最高理性水平，同时，也未尝不是那时候至今世界一流的理论高度，他们对消费社会的界定也就从此构成了人们认知当今社会现实的最新概念。当然，正因为20世纪有了鲁迅，中国自古有之的国民劣根性——才得以凝聚到一批如阿Q、华老栓、祥林嫂、孔乙己的小人物身上，“立人”“白心”的人格建构才变得可能等等。

在这样一个我特指的精神文化草图中，我们真正匮乏的究竟是什么人文？

概括说，我们最匮乏的是文化现代性。现在，至少有两种论述遮蔽了我们对自己文化现代性程度的观察。一种是“古今转化”，被古代社会中的宗法文明模式和元典意义的农耕文化、民间宗教文化孕育的“天人合一”“道法自然”“无为而治”“取之有时，用之有度”，以及万物平等的生命意识所迷失，进而“自致角色”，在语境错位中躲避对当前文化意识形态的判断，陷入自恋自大的妄想之中不能自拔。另一种是“中西转化”，翻译的“间接性”和访学的“旁观者”身份所得的西方文化价值观，造成文化生成上的时差，接受者非但不能从主体性上得到塑造，反而更容易不接地气。以上两点，可以部分地解释为什么当前政治经济话语、人文知识分子话语与日常生活方式之间疏离感越来越大的原因。

在这么两个“转化”中来看，我们的学术界对文化现代性方面的研究既不多，也不够深入。要么局限在学科内部，偏重于地方经验，制约了现代性思想的完整发展；要么方法上缺乏创新，多为文本分析、民间宗教文化阐释、政策图解。用更高视界来观照，无论伯曼“把人变成现代化的主体”与“把人变成现代化的对象”的辨析、泰勒“文化现代性”与“非文化现代性”的区别，还是哈贝马斯关于“文化现代性”与“社会现代化”关系的深刻观察，及中国学者张旭东的“文化危机就是文化政治危机”等研究，在现如今的人文研究和各色大众文化形态中均未得到充分体现，甚至可以说我们的人文研究、大众文化目前还处在文化现代性意识不自觉的阶段。它们只是较低一个层次的小市民文化，和不甚高明的感官消费文化符号。

如此普遍性人文话语框架中，文学艺术创作和大众文化形式，只能在文化产业和传统文化的规定性中做文章。前者产生了“浅阅读”意义的大众快感作品，它们分别以怀旧、亲情、爱情、友情、世情为主要符号，消费被消费主义同化了的人性元素；后者则专注于文化传统仪式、宗法文化模式和小市民文化趣味，并编排相关故事、情节和细节。这即是即便赢得普遍赞誉的《钢的琴》的精神叙事，也只能重复“望子成龙”的传统道德文化模式，而无法摆脱文化传统主义，甚至宗法文化价值窠臼的一个深层原因。因为指向孩子、指向小家庭的叙事，中间虽然折腾了一大圈，大有想象性地离开传统和经济主义价值并思索重铸人的精神信念的意思。但随着小菊的回来，小孩也就没必要再需求“钢的琴”，陈桂林们也就没必要再奋不顾身努力什么。这进一步表明，今天时代的精神叙事，仍然是关于如何有保障地赚取物质成功的叙事，人们对《钢的琴》的满堂喝彩，更坐实了无论集体无意识还是知识分子期许，我们时代的精神意识都无可置疑地深陷在了利用“怀旧”与“小家庭”故事，最后整合成“物质神话”的仿佛完全自洽的逻辑编制之中，不得超越。而小孩的前途，或者别的所谓中国经验的符号，仅仅是一个被堂而皇之盗用的美学替代品。

我的论述和视角，也许过于极端，但我的经验告诉我，之所以在成功、幸福和精神的艺术表达上，总不能令人信服，根本原因盖在我们的人文价值观不能有效地组织我们的政治经济生活配套，进而完整地建立个人的意义生活机制所致。毫无疑问，要打破文艺的这种局面，必须先重新理解一直以来受用的个人化人文观念。只有解决了这个世界观问题，“我们的时代”的文艺创作格局才有望走向大视野、大格局，也才有力量、有提振人的精气神的张力。

内在性个人经验与知识技术主义

文学在我们日常生活中的角色，其实并不是文学史教材上的那个模样，特别是近20多年来的文学，更是如此。饭桌、麻将桌上，以及在棋牌室、娱乐中心、散步聊天中，我们谈得最多的东西，除了核设施、股市行情、金融危机、房价暴涨、强拆和腐败之外，假如还有那么一丁点空隙的话，那么不妨让文学来装点。装点这一空隙的当然并非“鲁、郭、茅、巴、老、曹”，也未必是史铁生、王安忆、贾平凹、张炜、韩少功等，如果不是莫言获了“诺奖”，莫言也恐怕未必成为谈论的主角。当然，作家或理论批评家的去世（或非正常死亡），有时候在圈里也能激起一点涟漪。比如2014年9月27日作家张贤亮先生的因病去世，10月31日文学批评家陈超先生的跳楼自杀，一些纸媒与微信圈就曾热议过这两位文学人物的作品，不多时间，也就没了过多兴致。那么，人们乐意谈论的究竟是什么呢？就我的了解而言，多半是知青文学中那个偏远的乡村故事及其那个叫小芳的姑娘、“60后”作家用于解构宏大历史的那个荒诞细节，或者《绿化树》《红高粱》《许三观卖血记》《白鹿原》等早已拍成电影的情节。目前的，与文学沾点边的或许再加上《手机》，以及充斥荧屏的“红色经典”和韩剧、《小时代》《致青春》《杜拉拉升职记》《×××去哪儿了？》等被图像化、搞笑化了的独属于经济社会热点的文学资讯，保守一点估计，差不多也就到此为止了。这就很让人纳闷，理论批评家和文学编辑那里，几乎每天上演着的“70后”“80后”文学，虽然或许支撑过一些硕博研究生毕业论文的框架，但究竟有多少是下降到普通文学人口的日常生活的呢？的确是个需要提上议事日程来讨论的问题。我们不妨模仿富里迪的句式追问一下，今天充任时代主体的“70后”“80后”文学都到哪里去了？这是其一。其二是，有了几项文学大奖的揭晓，我留心了一下，近来的研讨会不可谓不热闹。不言而喻，这两批人的文学作品自然是研讨的中心议题。可是，扒拉来扒拉去，“都写得很好”“表现了今天时代的全部复杂性和丰富性”“写出了‘70后’或‘80后’的总体经验”等等，几乎是所有文学研讨会的关键词。既然如此，那么，什么是全部复杂性和丰富性呢？什么又是这两批人的总体经验呢？

基于这个微观考虑，我看有必要盘查一下这两代人的文学及其理论批评现状。

起于并止于个人故事的“70后”创作

老实说，本人身为“70后”之一员，对于文学及其理论批评的阅读，的确从内心里对“70后”作家多了一份偏爱。不因为别的，就是想从同龄人的叙事和论述中寻找某种基于共同现实的关注点，从而在共识的令人为之兴奋的发现中寻求安慰和认同。因为我总认为，我们这一代人，无论三代及以上在农村生活，还是三代及以上在城市生活，政治经济意识形态的原因，一般都是童年挨饿、初步感受人民公社式社会文化规训；80年代中后期步入小学读“春天来了，风轻轻地吹着，温暖的阳光照耀着大地……”；90年代初中期参加工作领百八十块钱工资首先买辆自行车，以为一步到位了，骑得飞快，三七分头被小风一吹，高高扬起，穷开心；新世纪之交开始找对象，但屡找不成，主要原因是上大学时幼稚不懂谈恋爱，工作后懂了谈恋爱，但工资太低女孩子的物质意识又普遍开始觉醒，仅找对象一件事就很是伤脑筋。等到好不容易成家立业，不是今天“下岗”就是明天“量化考核”；或者不是忙着找人打点关系送孩子上好点的学校，就是老人身体不好奔波在医院与单位之间，狼狈不堪；更或者是一边按揭还房贷，一边私下里牙关紧咬想挤到富人群里去，牙缝里抠钱还梦想着过上中产阶级的日子。总之吧，没有不求人的顺利事情，也没有成天乐呵呵的好消息传到你耳朵里来。

正是基于这样的一个共同生活背景，“70后”的一些叙述或理论批评，的确给了我不少共鸣。最显眼的比如对成长之艰难、断裂之必要的叙述和议论，比如对心灵挫折和对大历史无奈感的叙事和批评观照，都给我留下了深刻印象。但是，这种“发现”在老一辈继续施加“影响的焦虑”，和后一辈更生猛的市场图腾中，似乎越来越显得弱不禁风了。更可怕的是，除了以上两类价值彰显，我竟然并没有读到“70后”对目前社会现实更多的更普遍的有力把握——把方方的《涂自强的个人悲伤》或铁凝的《飞行酿酒师》、季栋梁的《上庄记》《良民李木》交给“70后”来完成，我想不但会写得更精彩，还可能写得更深入、更有参与人的见证感。可是，文学不能如果，“70后”的普遍性现实处境，在绝大多数“70后”的叙事历史中，个人遭遇的社会因素，在他们那里还可能压根就是该抛弃的该嗤之以鼻的——他们并没有在“知青”经历的方方版“涂自强”止步的地方开始。无论年龄还是阅历、受教育情况，无可否认，小说人物涂自强，其实正是无数生活世界中的“70后”。方方有理由让涂自强的生命停止在她所不了解的时间，但“70后”却不应该草率应付这个关键时间。因为这个时间才是他们的物理时间真正起作用，并有效记录生活过程的历史节点。事实其实还不只如此，文坛面对突如其来的涂自强，主流批评话语其实也悄然背过脸去了。这从另一些作品成为年度总结重点，而不是这些作品，多少能看出一些门道来。如果要稍作展开，“70后”叙事是如何被理论批评价值授权的，以及“70后”又是如何有意识撰写自己历史的，不外乎以下几点吧！

首先，他们是“个体化”文学理论观念的受益者也是其受害者。说受益者，是因为他们大多起家于90年代中后期，21世纪的第一个十年，是他们创作基本铺开、引起文坛广泛关注的时期，有些人，也正是在这个时候还获了大大小小的奖项。一旦获得了类似于鲁迅文学奖、茅盾文学奖或“骏马奖”“五个一工程”奖等，在中国，就仿佛真的功成名就了，哪怕是入围、提名，也都很了不起，地方作协、文联、媒体等，总会大肆宣传一番，其本人也觉得是个大事儿。然而，在更宽一点的阅读面来看，获不获奖，与其实际的阅读效果似乎真的关系不很大。起先，那种本来属于“60后”，并由“60后”首先发起解构他们的叙述压力“宏大叙事”的“个体化”理念，没想到，在“70后”这里接受起来更顺当。于是，整个“70后”创作价值期许，差不多就是对个体化创作理念的诠释。他们在这样一个理念下，不但成功了，而且还好像有了一个划时代的美学标志。但是，这些人的确太经不起捶打了。几乎一夜之间，不断跟进的“70后”像是如获至宝的样子，顺流而下、漂流千里，在他们最熟悉的时代，在最熟悉却问题最多的时代，他们的个人经验已经收不住了。好像都热衷于讲个人故事，但个人故事似乎很难有共同体的共鸣，这才是他们到现在为止最致命的思想局限，也是与“60后”“50后”最大的分野。对于后两者，个人经验是为了触动历史原因而形成的僵硬宏大视角，但后者始终不明白，或者写丢了这一关键视野，导致把个人私密经验反而当作了叙述的终极目的。结果可想而知，社会学、政治经济学视野缺席的个人经验，不可能内在于近20多年来的社会阶层断裂和价值错位的制度史。让一个偷窥者、逃逸者、心灵扭曲的成长者、“去政治化”的个体主义者，去PK方方的《涂自强的个人悲伤》，犹如鸡蛋碰石头。更何况，之所以是偷窥者、逃逸者、心灵扭曲的成长者和“去政治化”的个体主义者，大前提其实仅仅是对《红楼梦》等经典细节技法的模仿，和对“边缘化”文学理念下生活现实中偶然性、非常态化人和事不约而同地照抄，这就更不是自觉思想支配下的现实表达了。人物和情节未曾内在于近20多年来的政治经济运行逻辑，岂能表达如此社会结构中人的普遍性境遇？普通文学人口之所以很少提起“70后”“80后”文学形象，哪怕某些在批评家、编辑看来堪称经典的情节和细节，也都无法在普通读者这里得到切实反应，是因为他们龇牙咧嘴的所谓“疼”呀，“痛”呀的东西，普通读者很难达成共识。也就是说，读者不能找到理解作家如此感受的强烈现实依据。而这个支撑读者理解不同作家作品的现实依据，正是读者阅读对象能否把个人经验讲成普遍性时代经验的强度感染力。如果阅读的故事仅仅属于作家个人的经验，很不幸，普通读者的确不会费那么多心思去猜测你作家的微言大义了。

这恐怕就是“70后”文学，看起来异常丰富，但大多实际上只属于刊物需要、当代文学学科需要和各类奖项需要的原因。产品的终端要到达普通读者的身边，哪怕变成闲谈中的一个小装点，距离似乎还很遥远。尤其关键者，可能还得先到别人故事的层面，接下来才是某一群体、某一阶层，或者中国故事、民族故事。“70后”整体叙事，只勉为其难地实现了前者，面对后者则普遍捉襟见肘。

其次，他们太自我作古了，太自恋了。“70后”在这一点上，与上两代相比，有过之而无不及。张柠的一个观点我很认同，就是“无主句”的大肆启用[①]。看起来这只不过是一个语言修辞问题，实际上起决定作用的是语言背后的那个主体性。他们自认为真理在握了，自认为可以由他们来讲今天中国的故事了。自信地把作为时代中坚力量的职业身份等同于中坚力量就必然熟知时代真相的思想身份，这其中恐怕多有认知误区。语言的骄纵，反映的是他们对这个目前现实内部运行真相的真正陌生。大概他们都进了城，有了房子、女人、车子、票子，再加上无时无刻不在耳畔鸣响的幸福故事、快乐节奏，他们不但服服帖帖臣服于这样的图像现实，而且还很以为可以由此开始施展拳脚，制造新的中国文学了。这是他们的自恋自大之所以非常严重，以至于构成了他们基本世界观的原因。

近日，微信圈在转李敬泽的一篇文章，题目叫《〈红楼梦〉：影响之有无》。看得出是李敬泽读了余国藩《〈红楼梦〉〈西游记〉与其他》一书之后的一个延伸。其中一个虽未正面论述但已经暗示得相当饱满的观点，有必要提出来接着说两句。就是认为《红楼梦》之所以是中国本土叙事经验的一个经典，原因盖于曹雪芹通过宝黛二人物，写出了人们在日常生活过程中对精神性的体验，这体验归根结底是中国人对日常生活本身精神性缺失的“虚化”反应，而不

① 《70后作家，撤退还是前行？》，张柠，《新京报》2012年3月3日。

是喜极或悲极之后的"悲剧"。现在,《红楼梦》竟然成了老人的"消遣",而年轻人却反而更远离了《红楼梦》的真正叙事意图,特别是言之凿凿受《红楼梦》影响的年轻作者,不但没接近反而在有意地反写这个经验。结合我刚才的话茬,李敬泽指出的这一点,实际上是"70后"写作者被充斥于各个空间的幸福故事收编以后的一个表征,即他们误把《红楼梦》的"虚无"当作了抽掉现实经验,特别是抽掉政治经济经验之后的"内在性"心灵遭遇。毋庸多说,这个被原子化甚至单子化了的心灵遭遇,是社会分化在文学上的反映,即便叙述得还算圆满,又岂能感染小小的知识共同体以外的一个群体一个阶层一个世界呢?习得超时空的文学细节处理方式导致的一个必然后果是,技术成熟而实质精髓则越加错位。

毫无含糊,我的这一点判断,并非臆猜,若要写成文章,大概也得有好几个作家论、作品论吧!

视野被个体化消解的"70后"批评

有专门研究"70后"作家的批评家吗?我并未统计过。但据说专门研究"80后"作家的都已经出了不少书了,这么说,"70后"的研究差不多是门显学了。

文学总是向后看的,这是个老规矩了,听起来道理强悍无比。

然而,谁又能在每年作品的排行榜上把《红楼梦》、鲁迅删掉呢?唐家三少、我吃西红柿等网络"大神"都有近百部纸质作品行世,谁的硕博毕业论文敢以他们为对象呢?挣了多少钱与作品能否被更多的人认可,恐怕目前还不能画等号。金庸武侠小说、杨红樱童话等,是喧闹过一阵,但才过了不几年,这些作品的价值似乎谁也不敢打保票吧?至少不能因为课堂教材不被学生欢迎而来盲目确认这些读物的价值就一定大得不得了。一个简单道理别忘了,不劳而获、顺手牵羊占有财物大概每个人心理上都有,但不能就此说,"偷"必然比正当获取更有价值;嫖娼、"老牛吃嫩草",没有哪个男人不想尝试，但也同样不能就此说，嫖娼、老牛吃嫩草才是男人性爱、情爱生活的最高境界。关键在于，能否在批判社会价值机制错位的大前提下，衡度“70 后”观照世界人心视角的问题，而不是凡写出来的都是好的，凡这一代人的私人经验，都一定具有自明的时代价值。那样的话，我们只有先把我们脑系统中已经建构起来的所有人类优秀经验删除了再说，尤其首先删除了现代社会的现代性经验再议今天的“70 后”成就。比如，康德的经验，哈贝马斯的经验，鲍德里亚和吉登斯的经验和麦克卢汉、波兹曼的经验等等，更不要说鲁迅等中国启蒙时代诸多大师们的思想了。

我对我的同龄文学批评家，似乎显得不够礼貌。我想先解释一下，第一，我的确花了好几年时间专门阅读过当前中国的文学批评文本，其中就有不少是“70 后”批评家的，一个困惑到现在还未真正解除。什么困惑呢？就是觉得论学历，“70 后”批评家其实才是真正受过完整现代理论训练的一批人，但“以言行事”的结果反而最使他们显得摇摆和模棱两可。解构主义热的时候，一窝蜂一般扑向解构主义，不分对象也不分价值类型，极端者竟拿价值底线作为解构目标；传统文化热或国学热之时，好不容易进入得不错的现代社会机制分析视野，突然间鸣金收兵了，又义无反顾地扎堆到宗法文化模式下的“人性”上，谈所谓“中国式经验”，不知葫芦里究竟装的是什么药？第二，我一直寻求某种哪怕仅属于我们这代人基本生活经验的共识，都未能如愿。这里并不是在历史纵深感上苛求，只是在横向坐标来感知罢了。我们这代人只摸到了大历史的一个小尾巴，本来很难获得经验的历史。但是，我们却很少在近 20 多年的现实深处讲道理，社会学已经给出的视野，让我们在文学论述中删减得不多了，剩下了一些勉强支撑当代文学学科的轶闻和资讯，以及繁复的又是封闭的个人心灵遭遇片段。

所以，我劝我的同道者，要研究“70 后”，没有谁拦着，但得在现代社会人的现代性建设的大前提下，放到文学史的纵横坐标上来看，别就事论事，动辄伟大呀，杰出呀，独一无二呀，填补空白呀的。

美洲新大陆是有，但不是每天都有。

葛兆光的《中国思想史》都写到“一般的思想、知识和信仰”层面了，文学批评，特别是对于“70后”文学的批评，还停留在所谓精英的那么一点可怜的“个体化”水平，是该“70后”批评家整体反思反思了。从这一层面看，对于“70后”的批评，恐怕真该重新启动卢卡奇的“总体性”理论视野了，而不是相反。这是今天这个时代的诸多规定性推到这一代批评家面前的首要的思想课题，套用葛兆光的话说，亦是今天时代一般文学读者愿不愿意体验文学，以及怎样在一般的文学人口层面解释文学的问题。

经济主义催生的“80后”作家

这个群体的文学创作，的确给人耳目一新之感。“新”，当然指的首先是“写什么”，其次是“怎么写”，到了“写得怎样”这一层次，耳目可能就不怎么新了。

然而，我颇不自信的是，“80后”的文学，我依然读得不多也不透，另外，对于他们普遍性的人生，我还缺乏起码的体悟，肯定不在共同体内。

我唯一敢说道说道的倒是，我或我们，肯定在生活共同体内。头顶一片蓝天，脚踩同一大地，必要时，还可能都或多或少茶余饭后讨论时事和非洲穷哥儿们的事，也都曾经和现在仍为国足不争气捏过一把虚汗，相信，也都在网上网下因讨论《小时代》《致青春》，或争论新近的《归来》《红高粱》《甄嬛传》还面红耳赤过等等。种种迹象一再表明，“80后”也许并不是某个抽象的符号，也绝不是不食人间烟火的某些异类。

那么，他们的文学创作到底怎样呢？

就其中几个比较冒尖的人的创作现实看，他们这批文学人内部的分化远比“60后”“70后”大得多。乡村经验的“80后”，应该不能叫“80后”——如果“80后”给人的基本印象是价值观的“断裂”的话，乡村经验的“80后”文学，该划到“60后”和“70后”中去。这依据是，如果还以现实主义来说事，今天“80后”写出来的乡村，甚至不用更换批评术语，原原本本可以用上两代的。区别甚大的是出生并求学、工作、生儿育女、发财都在都市的这一批人。独生子女的缘故，他们的文学描述中，基本没有“60后”“70后”的现实背景，有的只是被简化或被复杂化了的幻想世界。这个世界里，往往是古代情节与网络故事、道听途说的现实与国外轶闻并置。阅读人群明显指向脚未曾踩到大地上的每一个在校或即使离校也一定属于“宅”在什么地方的“脑袋现实主义者”。这个脑袋现实主义者，其重要特征就是判断事物的根本依据，来源于网络灌水、搞笑电视节目和动漫文本，特别是日本动漫、卡通图像等。当然，“玄幻”“穿越”“拼贴”“复制”之外，他们也怀旧。不同在于，所怀之旧，一般都是当年如何坏，如何把老师、教材、课堂，以及一切属于制度之物的东西想象成终生的对抗之物——有点像翻版了的堂·吉诃德的模样。

可想而知，这样的一个憎恨之物，讲来讲去，所要表明的价值蓝图，无非是物质上不能一下子得逞、情感上不能想当然获取的那么一点亏欠之感、缺失之感。所以，“70后”那里的逃逸者、偷窥者、“去政治化”的个体主义者和心灵扭曲的成长者，在他们这里来了个不大不小的革命。他们知道，逃逸是没出息的，偷窥有损于身份，“去政治化”太清高，心灵扭曲也未免太不把独生子女当人看了。他们要的是进攻、索取、占有、扭转乾坤和再度中心化。于是，面对不顾一切的经济增长，面对由此铸造而成的经济主义价值运行法则，他们不是批判，也不是表现出某种怀才不遇的伤感，而是利用和参与，以至于成为这个价值主义所希望的占山为王者、独霸一方者和席卷一切者。所以，“80后”文学，从总体特征来看，所谓的“新”，究其本质，不外乎两种思维路向。一种是图解经济主义价值法则，自认为如此做，便是标立此时代所需要的主体性；一种是把这种价值法则变成微观的、个人的日常生活方式，并反复强化这种生活方式是“幸福的”“快乐的”和“成功的”。以此为镜，前三代作家（“50后”“60后”和“70后”）在今天的批评家看来之所以“旧”，是因为他们从骨子里不甘于、不屑于被绑架到经济主义的战车上，即便是“70后”的个人经验，初衷的确也是为着先彰显个体的窘境，并反作用于外部机制这样一个叙事动向。但是，几代人长期以来积淀的这么一点人文知识分子的精神传统，到了“80后”，觉得不但不该继承，反而还要大加围剿。电影《小时代》和“快乐大本营”“幸福账单”等电视娱乐节目再明确不过地表征了这一点。到此为止，他们的文学生产流程就形成了，只要有钱，就等于成功。而成功，差不多不涉及任何意义感，只是把成功者变成众望所归的偶像，把奋斗者打造成非成功不可的人性奴隶——爬着也行，跪着也行，只要有望成功，就是最高价值。

当然，他们的成功也另有地方。比如一些专门跟踪“80后”的学者的一个共识便是语言的空灵和修辞的讲究。有时候，如果不深究他们的价值观，单阅读语言，或者只把他们的作品当作一种语言现象来看，甚至多有“真理”“格言”之感。三言两语间，就能读出某种带有概括性、哲理性的句子。不过，毕竟，文学写作还不就是单纯的语言游戏。所以，语言之外，其实空无一物。这个特征，深一点追究，我竟然想到了《动物凶猛》时候的王朔，和《信使之函》时候的孙甘露。不知道这一点文学的“传统”，算不算他们最远的根基？

如果把“60后”及以前个别“50后”与“70后”“80后”做一宏观对比，借用秦晖在《流水前波唤后波：论王小波与当代批判现实主义文学之命运》[①]一文中的一个说法，王小波及其同辈批判现实主义作家，普遍优长是把势在必行的“分家”看得比较透，弱项在于不知道究竟该怎样“分家”。按这个逻辑，面对今天这个经济社会现实，“70后”虽然在日常生活中已经是经济社会的当然主角了，但在精神文化期许上，似乎仍愿意挂上那块遮羞布；而“80后”及以后的“××后”，则首先是意识上进入了消费社会逻

① 秦晖：《共同的底线》，江苏文艺出版社，2013年。

辑，于是一切行动只能是消费的和物质的。如此一来，究其实质而言，文学的知识分子写作，也就到“70后”为止了。这个判断其实已经被部分事实所证明，即使不谈“盛大文学”，就是形形色色兴起于大大小小学院的“创意写作中心”，难道不是对精神生产的取消吗？消费苦难、消费底层、消费无声群体等等，将是文化产业化思维必将长期眷顾的课题。不是说消费的就一定无足观，而是说构成消费条件的东西一定是对象化的，而非体验性的价值观念，这包括百般解构进而至于取消任何带有严肃思考成分的真正独属于自己的主体性感知之物。《江南style》《小鸡小鸡》《小苹果》等“神曲”的大肆流行，就属于后一类情况。小儿歌一样的话语组装加上简单肤浅的重复旋律，再配以猥亵的舞蹈动作，抹平的正好是个体智商的差异，即以人的未萌状态作为到达一定境界的返璞归真的替代物，参与其中的人从而暂时思想休眠、认知模糊，心灵误入迷醉状态。话题再回到文学，为什么要“创意”呢？说穿了，不就是通过技术处理各色流行文化元素，然后推出通吃各阶层的“安全消费”符号吗？各阶层都平分点人道主义，各领域都平分点大众流行价值，各年龄段都平分点安妥心灵的鸡汤，如此等等，让文学变成手工艺品，让手工艺品走向市场。显而易见，在这个严丝合缝的制作过程中，真正吃香的是“国学”“传统文化”，而非文化现代性思想要素。2014年11月19日《北京日报》有篇文章叫《“贱文化”流行，无聊时代病》，紧接着，微信编辑又编了另一同类文章《是贱文化流行，还是文化贱了才流行》，两文合并，置于总标题《贱客来了》名下。话听着比较刺耳，也不太雅观，但话虽丑道理却是端的，大众文化的极端化呈现，不就是贱的和无聊的吗？

因此，在这个时代的节骨眼上，倘要从深处扭转这样一个文化趋向，需要的肯定不再是某一个或几个王小波式写作，而是一群一批具有非纯文学思维的写作者，集体的进入；也不再需要文学学科或文学理论惯例的指引，而是新的社会学思维和政治经济学视野的叙事者、论述者。

差不多的意思，王晓明也在几年前表达过。在《六分天下：今天的中国文学》[1]的结尾，王晓明委婉地指出，他和“盛大文学”的营造者有个共同的判断，就是认为今天中国社会的很大一部分精神能量，依然积聚在文学的世界里，至少今后相当长一段时间里，文学依然相当重要。但他又说，他与营造者的根本不同在于，他们觉得中国人的很大一部分“创意”，是在文学里面，而在这个时代里，“创意”是最赚钱的东西。他却相信，“当整个社会继续为了开拓适合自己的现代方向而苦苦奋斗的时候，中国应该有伟大的文学，如同19世纪的俄罗斯文学那样，提升和保持民族和社会的精神高度，尽管这个伟大文学的体型和面貌，不会——也不应该——再是托尔斯泰、陀思妥耶夫斯基和契诃夫那样的了”。究竟该是什么，王晓明并未论述。依我的逻辑，其实我们今天所期盼的有力量的叙事，不再可能是完全人道主义的和一般道德伦理的叙事，因为它们充分发挥功能性作用的时代，必然是一个“道统”没有被彻底打碎的时代文化语境；而今天一般读者对大作品的呼唤与知识分子对大作品的呼唤，其实合流为一个东西了，那就是来自于儒家文化的“仁”和起源于道家文化的“无为”、佛家文化的“静”和个体心性修为，表征到文学世界便是各色“伦理叙事”。“伦理”当然是个好东西，需要永远说下去。但问题是，主客“互渗律”的“天人合一”，是不是泯灭人的主体性？没有了主体性，如何能动于因钱而起的一切机制错乱和价值错位？面对工具理性的压倒性趋势，面对发展主义、科技主义的肆无忌惮，文学叙事只能首先成为其中的一个坚硬组织，从内部揭示它、戳穿它，方可成为围绕经济主义价值观的所有话语链条上一块无法替代的存在物。如此，文学的镜头才能聚焦到政治经济学话语所构造的微观日常生活现实上来，这是我提出走出纯文学思维的主要依据。

当然，最新的消息显示，“80后”的所谓青春文学开始“成熟”了，根据热衷于这一文学现象的研究者所援引“80后”代表作家的夫子自道可知，“80后”文学可能至少要从理论自觉程度上，开

---

① 《六分天下：今天的中国文学》，王晓明，《文学评论》2011年第5期。

始重新了解他们的也是我们的社会现实了，言谈之间，充满着可贵的自审意识。我还没读到他们最新的叙事成果，但愿视角能落到地面上来，也能进入到现实结构中去吧！

知识加技术的“80后”批评

“80后”批评正在崛起，正在取代某种批评势力，我不知道我的这个感觉有没有人共鸣，反正我好像觉得这似乎马上要成为某种事实了。

我的观感和其他一些论评者稍有不同的一点是，他们的批评并不是轻逸、无历史感，或者无根基。得到这么一点结论，我个人认为，不能单看文章，要见人，并且还要看见他们龇牙咧嘴、振振有词的发言过程。带着表情、伴着良知，你才会恍然大悟，原来他们是很沉重的，也是相当抽象，并且还有深重的知识感的。

在一次差不多云集了各个艺术门类的论坛上，我就得到了这样一个聆听、观看的机会。基本上刷新了我以前通过文本了解的全部感受。

举个例子吧。比如一个某名校名教授门下毕业的博士生的发言，整个论文说的就是“屌丝”的缘起与流变。但是听完该批评家长达15分钟犹如贯口一般的话语喷发，我终于糊涂了。本来网上网下还是知道“屌丝”这玩意儿的，然而我没想到的是，“屌丝”怎么能和“能指”“所指”严丝合缝地联系起来，也怎么竟然成了如此之严肃的学术问题？

另一个例子是，谈《小时代》《钢的琴》等新近影视剧作的图像叙事价值，发言者同样是某名校名教授门下毕业多年的博士生。规定最多不超过十分钟，但这位批评家不但超时，而且还两次打断主持人的提醒，一直说到近20分钟才拉倒。

类似以上两位的发言多的是，我都认真做了笔记，当场的确没弄明白内容，等回来翻开笔记逐字逐句琢磨一番后，坚决认定，还是不甚明了。

补充一句的是，前一位论者，论题其实是悲剧，但他的贯口和富于喜剧性的表情，到现在我都没有把论者与对象之间的关系想清楚；后一位所论，大家一定不陌生，但这位老兄好像把两部电影的叙事分了许多层，结论大概是说，《小时代》的电影史意义不容小觑，是不可多得的新的中国故事经验，而《钢的琴》更预示了某种新的社会组织关系建立的可能性，说到工人个体只有重新组织起来，良好的社会机制才能建立因而才能获得生活的意义感时，一脸凝重，逻辑决不允许被打断的样子。

有了这样一个现场感，再结合我平时的浏览，对于这批批评家的总体印象，我的结论如下：

一是知识太多，以至于不知道怎样使用知识，论述也很繁复，到了自我缠绕而不自知的程度。二是基本是教材知识的罗列，他们研究一个对象，并不关注对象与其他事物之间的关系，或者只关心与其他事物之间的关系，结果，满篇皆理论，但被组织起来的理论却没有出口——在封闭的文本内相互建立，同时又相互解构——大概他们就要达到"零度"判断吧。三是知识是知识，学术是学术，思想是思想，它们之所以能被汇集于一处，不是因为有个清晰的主体性在那里统摄，而是因为这样写，是被允许、被授权的，所以，到最后，他们批评的只是一个需要演练的符号、需要用艺术作品来证明的概念，而不是有个什么明确的针对性，更不是之所以如此的社会文化意识形态追究。简而言之，是所有有形文本生产权被豁免了的知识认证。看着他们言之凿凿的论说，再对照一下创作者的夫子自道，不禁使人哑然失笑。任何艺术品一旦出炉，本来就具有多解性、多义性，可是，多解、多义再怎么成立，总不至于把孔乙己，或者刘世吾（《组织部来了个年轻人》，王蒙），解释成我们民族文化的优良品种吧！

最后，我不能不说，"80后"的批评其实仅仅是一种职业，里面不可能有你关心的价值，也不可能有你等待的知识分子新形象。

写无数文章，出无数书，本来不过是应然的知识生产罢了。

2002年左右被中国学者争相阅读的一本书是英国学者弗兰克·富里迪的《知识分子都到哪里去了》。其中有一个重要观点是，消费社会的知识分子都变成了小技术官僚，都成了项目经理人和老板，至于知识分子的公共关怀已经是少有人问津，甚至谁都想躲着它。当时，这本书还能被中国学者，特别是文学知识分子比较有规模地讨论，说明那时，学术变成技术功课的现象虽有，但肯定还不至于那么普遍——有希望拯救，才会有激情讨论。而今天，特别是学院知识分子，大概差不多完成了小技术官僚的角色转换，我猜想，即便再有一本类似这样的书，恐怕连讨论的热情都没有了，更遑论拒绝小技术官僚这样一个在当时含有批判、抵触情绪的称谓了。当“80后”批评家从乃师那里习得撰写课题的丰富经验，熟知项目申报的路径之时，什么棘手的社会文化问题、精神疑难，都只能先课题化，把它们变成一个个起承转合的阶段性学术成果是要紧事，哪里还管得着是否具有现实意义和批判精神呢？

如此一来，“80后”批评的生产流水线，其实也是目前高校和研究机构学术考核制度的一种最直接后遗症。他们之所以比“70后”走得更远，是因为在“70后”那里还不完备的学术制度，到了他们这里，的确变成了非如此不可的选择了。这是今天“80后”批评家基本清一色是学院派，并且几乎全是知识誊写的根本原因。稍有差异者，不外乎选题可能比较讲究，媒体与网络现象考虑得比较周全罢了，知识叠加的本质应该不会有大的变化。谁都知道，自法国思想史家福柯的《知识考古学》风靡以来，我国的文学批评家实际上大多数都在使用解构主义这一方法。然而，“50后”“60后”使用的解构主义，被解构的对象的确是福柯意义的“知识权力话语”；“70后”的个体化文学理论观念，高一层来看，目的也是为了接过前两代学人的言说意图接着往下走，走丢只是中途的事；这一基本路线到了“80后”这里，解构主义或许还正常用，但解构的目标完全不清楚了——批判对象不清楚，解构主义其实已经终结。更重要的是，前几代那里批评目的还不太变味的“文化研究”，到了“80后”这里，差不多完全变成了目的，而不是方法。一句话，在解构主义外衣和文化研究这个目的的双重控制之下，“80后”批评的普遍性批判锋芒也就被彻底消解了，批评文本只剩下了华丽修辞和繁复知识。至此，王元化先生曾预言的“思想淡出，学术突出”，在这一代学人这里究竟应验了。

既然如此，所谓崛起、取代云云，想想真有点可怕。

小文即将结束时，我突然想到了鲁迅先生小说《风波》中的一些细节。在九斤老太眼里，马上开饭，孩子们就不能再吃炒豆子了，这无疑是浪费。当然她老人家的一些规劝，并不被孩子们认可，她也没有听见跑开了的孩子们用“老不死的”悄悄骂她；另一方面，乘着酒船而来的文人们确也并不这么看，他们眼里，有老人摇着破败的芭蕉扇，有孩子在地上天真地玩赌石子，院子里还摆着将要用餐时的桌子、小矮凳，这应该是标准的“农家乐”。

显而易见，九斤老太有九斤老太的道理，孩子有孩子的理由，文人们又有文人们的图谱。

我们该信哪一个？历史会证明哪一个是值得去追求的呢？这难道真是“阿喀琉斯之踵”吗？

关于《涂自强的个人悲伤》批评的批评

近看翟业军发表在《文学报·新批评》(2014 年 5 月 13 日),批评方方的中篇小说《涂自强的个人悲伤》一文,颇有点感慨。

先说认同之处:

首先,以细读为本,抓住了小说中的“分享艰难”叙事信息,这当然是小说的刻意为之,很是惊喜。与“分享艰难”这个词一同出现的另一个词是“现实主义冲击波”。“现实主义冲击波”最初指 90 年代中期刘醒龙、谈歌、何申、关仁山等作家关注现实的一批作品出现的效应,后来扩大指称 90 年代后期大量出现的以“现实主义”方法,表现当前乡镇、工厂、城市现实生活和经济生活为核心的社会矛盾的小说在文学界产生的影响。因为它们的叙事立场基本有两个,一个是站在个体角度,讲述改革开放这个大势带给小人物身心双重的挫伤感和失败感;另一个是站在时代的、国家民族的角度,鸟瞰这些小人物的微不足道的个体遭遇,叙事推出的结论是,为了改革开放的顺利进行,个体必须做出一定的牺牲,要与时代大势分享改革的阵痛,谓之为“分享艰难”。翟文虽未明确意识到这一点,但通过他所摘取小说中的一些细节的论述,读者一定会体会到这一点。因此审视《涂》的得与失,其实也提醒我们,还应该审视《涂》的艺术灵感来源,特别是提醒我们追问,个体何以非得“分享”那个一直以来没多少变化的艰难的问题。

其次,以底层世界为立场,指出了小说中的若干“隔”,人文关怀被推进到有说服力的地步。按照翟文中指出的几处细节,方方的确有臆想涂自强这个来自于底层中的底层世界的大学生的嫌疑。更重要的是,有了翟文的提醒,一般读者也许会有个惊醒,艺术的真实,倘要完成它的叙事意图,首先必须具有生活的真实,这样才能使叙事中的批判力量不间断地贯彻到底，形成自圆其说的话语世界，人们会在不断深入的探讨和分析中，构建起某种关于现如今认知写底层、写底层为何的思想共识。

再者，以“五四”时期的“问题小说”为渊源考，今天作家的进步或退步程度，有了史的支持，艺术评价也变得切实了许多。学院批评家的批评路数，于是有了“史”背景，读来既有来龙，也有去脉，现象批评中的浮皮潦草，似乎被比下去了。

然而，作为批评之一种，也使我产生了许多联想。

一、批评要真接近思想言说，而不只是学科内的知识演绎，“底层世界”的支持语境，我以为就不应该、至少不仅是批评者的个人经验，而翟文的批评用的就是个人化的经验——也恕我愚拙，我还真没读出来他指责时，用来衡量小说中所谓的细节不真不实的知识的、现实经验的，或者什么私密的参照系是什么，至少不是目前社会学论述已经成为常识的认知支撑。这就导致，社会学语境缺席了，紧接着，批评所建立的价值支点，也就基本和该小说五十步与百步的关系了。高校四堵墙的隔绝，批评者对底层世界的了解程度也就不比方方高出多少。或许这里我还得赘述一句，农村高中毕业生中，没有电子信箱，不会手机上网的（暂且不论是否已经达到人手一部手机的概率），恐怕不止涂自强一个人——不过，要彻底澄清这一论题，应该是一个社会学大文章才能解决的问题。既然限于翟文的文学批评，我的个人经验说多了，照样也会变成毫无意义的抬杠，只能是一个没完没了的相对主义问题。不过话又说回来，这正是我以为，在现如今，如何论衡真实性的难题所在，也正因为如此，如果超越技术上的失真，仅凭个体经验已经无法完成。当然，即便指出写作技术上的失真，也不完全意味着你的批评就有效地构成了文学共同体的共识。原因不复杂，就在于没能把普遍的社会阶层状况纳入进来。结果只能是，一方面省事地照搬经典文本的艺术真实性，并以此为标准；另一方面，启动言人人殊的个人局限性经验，充其量也只会在个人经验前面加上一个抽象的人道主义概念。尽管如此，这两者显然都不是有效批评的思维方式。

二、社会学语境缺席，批评的批判针对性减弱了，这是其一；更重要的是，用个人经验的所谓真实性、艺术性来丈量，其实彰显了一种冥冥当中的批评尺度——应该以人物内心世界为原点的内在性写作。这样的内在性当然需要，但对于涂自强这样的底层人物来说，恐怕更需要追问导致他屡屡失败的社会机制吧，不然，内在性怎么可能？所以，读完翟文，真觉得他的这个路子需要调整了——比如批评刘庆邦的，批评迟子建的。值得说明的是，批评后两者的文章我本人的确很赞同。

三、如果翟文算是一种“批判性”批评价值取向的话，目的似乎很明确，但视野多少还是有点问题。简而言之，需要走出批评者的个人经验规定性，走出批评者所隶属的学科规定性，走出批评者已经被塑造成的知识规定性，最后需走出批评者所引以为自信的关于目前意识形态的批判的规定性——那种最终要回到内在性的和精神分析学的，并以此来对抗意识形态的话语系统。我想说，要有力地实现类似于哈贝马斯所说的“以言行事”，就必须启动社会学的视野，而不是看起来绕得很远但最终还得回到所谓文学性的、本来就以精神分析学和个体化内心经验支持着的“内在性”理论批评理念。

理论批评话语的个人化趋向，是现代理论话语的一个突出特点，好处毋庸多说，不足在于，这样的话语方式在交流中很难达成共识，即便是小小的文学批评共同体中也很难。这就意味着，这种话语方式的批评，其实是另一种遮蔽。遮蔽了人们读小说故事时多少会建立起来的个人与社会现实的联系语境，一下子把人们的眼光从社会认知的层面转移到了个人的、个体的内心世界，小说整个叙事所要讲述的制衡、阻止、决定个人之所以只能如此自戕自残自我嘲笑的本事，反而居于次要的位置了。这大概才是我总认为像《涂自强的个人悲伤》虽不尽完美，但肯定超过 2013 年许多这方面小说的一个原因。因为，方方实际上把一个个人故事讲成此时此刻我们的民族故事乃至国家故事了。其他类似题材小说，虽然也得到了比这篇小说看起来更高的奖掖，但以此尺度来衡量，那也不过是讲述过去的民族故事，或者在讲今天的别人故事，次一点的也还只是在讲今天的“我”的故事而已。翟文在开始的时候，也引用了鲁迅先生的话，鲁迅先生当然说得很对。问题是，鲁迅先生自己写小说的时候，准确地说，他在《我怎么做起小说来》一文也真诚地说过：

> 所写的事迹，大抵有一点见过或听到过的缘由，但决不全用这事实，只是采取一端，加以改造，或生发开去，到足以几乎完全发表我的意思为止。人物的模特儿也一样，没有专用过一个人，往往嘴在浙江，脸在北京，衣服在山西，是一个拼凑起来的脚色。有人说，我的那一篇是骂谁，某一篇又是骂谁，那是完全胡说的。

紧接着他又不无无奈地解释道：

> 不过这样的写法，有一种困难，就是令人难以放下笔。一气写下去，这人物就逐渐活动起来，尽了他的任务。但倘有什么分心的事情来一打岔，放下许久之后再来写，性格也许就变了样，情景也会和先前所豫想的不同起来。

我无意于替方方辩解，但我也不想隐瞒我对《涂》的欣赏。重要理由，就在于《涂》那种很有点像鲁迅先生写法的小说理念，尽管不尽理想，毕竟写出了至少截至2013年为止，新的社会机制与个体生存之间普遍性的价值错位状况，并且那种错位感、失败感、不安全感和不确定性，在我有限的阅读视线内，还没有哪个中短篇叙事那么自觉地意识到，并且纳入到个体故事之中。

所以说，小说的“虚构”与其叙事性，如果批评者处理得不好，反而弄巧成拙，以至于使其本来的批判力量丧失。这可能就是文本细读式“过度阐释”和个人经验的“酷评”，同样遭人诟病的原因吧。

当然不是引用两句社会学文献资料就是社会学视野，也不是把一批同类作品撮合在一起下上几句话的定义就是大视野，关键在于，今天的文学批评话语，的确需要从新的社会学视野里重新生成方法论和认知思维了，否则，批评大概只能在学科惯例里、貌似真实的个人经验里无休止地重复了。

话又说回来，翟文并不长，而且还是以书信形式与方方探讨问题，也许这正是出于他本人的谨慎吧！我不巧拿翟文说事，我的一个顾忌也同样在这里，就是觉得，翟业军这篇文章里的问题，其实不仅是他一个人的，毋宁说是目前批评界的一个通病。倘要对科层化、单元化，甚至原子化的“个人化”理论概念彻底反思，那是需要批评共同体的集体自觉意识来完成的。

批评是否到了该有终极关怀的时候？[1]

一

《文学报·新批评》是观察当下一般文学批评表情的一个便捷窗口，这得益于这份报纸的开明与宽容。有了开明，一些普通批评者的文章才拥有了尽可能多的发表机会；有了宽容，一些个人真实体验，以及对同一对象体验结果完全不同的观点才有了公开交流的可能性。如果把普通批评者的观点、声音，看作是目前文学读者、一般并不专门关注文学但总喜欢阅读的读者的集体无意识反映，我倒以为，了解这些批评现象，远比倾力关注文学教授、专家学者的文学态度，要更接近目前的文学及其文学理论实际情况。那么，这些批评者眼里的文学写作现实，和他们对文学写作现状的不满、期望，差不多也就可以视为今天社会文化语境，人们对文学的切实期许了；反过来，这里面集中起来的意见和建议，某种程度或许可以折射文学共同体内部的深刻矛盾。往大里说，这矛盾其实表明了文学共同体内部的分化是在剧烈增加，而不是缩小。既然是某种从面上代表更广泛读者的文学要求，大大小小的作家如果愿意把它作为一种参照物的话，大概会比教授专家的结论更为实际。当然，这种实际，除了提醒编辑要更加敬业和被批评过的作家的哪一部（篇）作品需要重写、下一次值得注意哪些事项以外，我疑心始终坚持如此批评的意义恐怕并不很大，或者说，意义至多是一些细节技术的和就事论事的。

---

① 该文是继《关于〈涂自强的个人悲伤〉批评的批评》之后再谈批评的批评的文章，仍以稍后发表在《文学报·新批评》的关于方方中篇小说《涂自强的个人悲伤》批评的批评为主要例证。

申明一点，我这样说，绝不是说形而下的批评就不值得——任何最终指向形而上的批评，无不是从具体而微的形而下开始，并且必须从技术的和细节的内部分析开始做起，当然包括以个人化生活经验检验对象真实不真实的基础工作。我只是想说，如果批评仅仅是一些常识、始终围绕对象的语言修辞、细节写法做文章，那么，批评通过对文学世界的探察想要更深入了解此时此刻一般社会人文表情的神经，或许会变得迟缓，乃至于麻木。原因就在于，只盯着技术细节，并且把目标只锁定在就事论事上，不管文学的叙事意图是什么、想要达到怎样的批判预期，至少在文学批评这里，具有“集体行为”属性的文学好像就只是两个人之间的私人事件，文学及其理论批评在社会文化语境中的性能，不消说，也就只好以个体私人事件的名义，被缩减再缩减、弱化再弱化。

目前已经有的文学经验，包括文学批评本身，按照逻辑，自然是今后乃至可预见将来“我们时代”文学的基本逻辑起点和前提基础。特别是当“要讲述我们时代的新故事”“发现我们时代的文学理论新话语”的呼声，即将成为扭转文学方向的氛围的时下，就批评的世俗价值论，没有理由不关注前者，因为它标志了文学创作与理论批评之间的认同能否达成的问题。但是，就批评的思想性说，我以为关注后者或许更接近批评的本质，因为它恰好表征了今天时代文学还将赖以存在的土壤——政治无意识、经济无意识，乃至社会文化无意识的真实状况。这里面不仅反映了文学人口的基本态度，而且也凸显了非文学人口对这个我们共同存身的时代走向的大体认知。批评于此用心，就能帮助人们发现文学的性能还不至于淹没于其他人文话语的实质性诉求中。

说到细节技术和就事论事的问题，一定有人会马上跳起来跟你急，我还得稍微解释两句。因为这两个词或概念，它的反方向是，批评就该“紧贴文本”（《紧贴文本的批评》，《文学报·新批评》2014年4月24日），就该好处说好坏处说坏；或者，就该用批评者的个人经验验证文学文本中作家的个人经验（《经验的陈旧与倾向的偏狭——对方方中篇小说〈涂自强的个人悲伤〉的批评》，《文学报·新批评》2014 年 4 月 24 日），以防批评的失真——失真，在作者看来，就是对文学文本的不负责任，就是对“现实主义”和“理想主义”的肆意践踏。

二

本来，关于小说《涂自强的个人悲伤》的批评，已经有好多，本不应该再拿这个例子来说事。没想到的是，从 2013 年年初（《涂自强的个人悲伤》初发表于《十月》2013 年第 2 期）延伸来的话题，直到刚才提到的《经验的陈旧与倾向的偏狭——对方方中篇小说〈涂自强的个人悲伤〉的批评》为止，论题似乎变得越来越散漫，而不是越来越集中、深入。小说就是那么个小说，相信批评者都认真读过，可是因这个小说而引发的文学评价问题——如果可以这么发挥的话，其实已经独立出来了。它变成了批评与一般文学读者凭借小说语境对目前社会现实理解的问题了。如果再把这两个问题做一撮合，实际上只是一个问题：今天的批评只能如此，还是已经到了追问终极关怀的时候了？

“终极关怀”这个好听但不好落实的词，我们并不陌生。在当代中国文学，特别是小说批评中大量出现，大概是新世纪之交。然而根据一些专门研究西方宗教史的著作交代，这个词其实与文学关系并不大，它最初与“道成肉身”的耶稣基督教有关。慢慢进入中国文学批评文字，也基本是所谓“一体化”解体以后的事。新世纪之前的十年与之后的十年，基本是“宏大叙事”弱化，日常生活叙事被突出的文学史段落。经粗略检索，我发现，近 20 年左右的文学批评文章，把这一词语作为题目的概率高得相当惊人。围绕在“终极关怀”周围，配套出现的另一组词语可能是日常生活、个体化、私人经验、内在性、身体欲望等等，它们既是配角同时也是对其概念的规定。另一组词语，比如存在、生命意识、个人体验、去政治化、纯文学等等，显然负责殿后、提升落实水平。也就是说，前者是后者生成的范围，后者是前者作为文学观念的“新”而被提升到“经验”水平的理论化形式。

这样一来，“终极关怀”便不难理解了。启用终极关怀或文章以终极关怀为文眼的批评者，实际上在套用一个书写程式。

什么程式呢？先是对“语言学转向”的接受。只要把这个东西先承认下来，挖掘文学语言里的微言大义就有了哲学背景的支撑。正好，新世纪之交的文学写作，被文学史研究著述称为“日常生活世界”，即对民族国家叙述视角的颠覆。但他们也感觉到，只有日常生活肯定不能颠覆呀。颠覆宏大叙事，日常生活仅是一个视角问题，视角选定了，还得有充实的内容才行。什么内容可以构成颠覆的恰当故事呢？唯有个人化私密故事。如此，所谓疼呀，痛呀，所谓个体道德伦理处境的两难呀，世俗层面的成功呀失败呀的情节和细节，一夜之间妾身转换，修成了正果。于是个人、个体、身体，无助、迷茫、焦虑，不确定性、没有完全感、无意义感、自我认同危机感等等，像集结号吹响了一样，不约而同汇集于“内在性”这个曾经被哈维尔置于消费主义语境下反复拷问，但在我们这里却被频繁使用的概念身上，貌似关联性不大的“语言学转向”与“终极关怀”就这样被整合完成并被推演成了一个个大同小异的故事流水线。弗洛伊德或荣格意义的精神分析学底本，负责填充个体这个容器的叙述长度，“终极关怀”担纲主要由欲望和人道主义交叉织就的“内在性”效果。最后，再在成长和经历的社会空间——通常借助于意识相对封闭的家庭、社区或村庄来支撑。如果说“我们村里的事”还有点社会空间的话；到了“我们家里的事”，公共空间只剩下了孩子；往后直到“我的事”，就只有自家身体可以使用了，“内在性”终于被转换成了“身体欲望”。黑格尔说得好，主体是整体，也是内在的，这一点不假；但前提条件是，内在的要在外在的之中，“**并且通过外在的，来实现这内在的**”，否则，“**如果主体片面地以一种形式而存在，它就会马上陷入这个矛盾：按照它的概念，它是**

整体，而按照它的存在情况，它却只是一方面”[①]。

我的勾勒不免粗疏，但也不难看出，所谓“终极关怀”其实是个被当前中国文学批评盗用的概念，既非西方传统的“道成肉身”，也不是我们这里最值得关切的文化政治危机的书写，它只是一个显得更像标识文学规律的限定语。回过头，再看《经验的陈旧与倾向的偏狭——对方方中篇小说〈涂自强的个人悲伤〉的批评》一文，这种意识体现得就非常清楚了。

三

批评者之所以把小说中关键的情节节点逐一置换成“特困生”这个个别事件，并不是为“现实主义”这个创作方法买单，内在的担忧其实是涂自强的时间与今天“特困生”时间的错位感。因为涂自强的时间叙事是近20多年的中国基层社会现实，即把20多年来的中国基层社会现实作为一个整体置于涂自强的个人经历来叙事，而今天“特困生”的时间叙事就是目前校园里被认为需要扶助的个别对象。如此，必然性变成了偶然性，偶然性变成了必然性，径直说，置换背后的意识形态支持是“特困生”，只是个人后果，个人后果无法使涂自强经历的普遍性社会现实状况成立。而有权解释“特困生”外部现实的是经过媒体高分贝构造而成的创业成功者及使之得益的社会机制。更重要的还在于，这个时间错位所指向的主流社会意识形态内容，以及由这个内容所“授意”的认同选择问题。认同前者，意味着对后者的颠覆；认同后者，意味着同质于前者的实际的社会机制被证明是虚幻的。因为，当以“特困生”处理它所存身的社会环境时，底层世界其实已经被分解成了介于底层与中层、高层之间的一个偶然物。对于这样一个被发展主义视为“赘疣”的多余物，主流意识形态，包括被这个意识形态话语塑造完成的无数

① 黑格尔:《美学》，第124页，商务印书馆，1984年。

一般的个人，早已准备好了许多现成解释在那里等着对付它，诸如“今天工作不努力，明天努力找工作”“吃得苦中苦，方为人上人”等等不绝于耳的励志格言便是。他们都不约而同服膺于本文作者的逻辑暗示：“个人的后天努力是可以改变出身的，这符合主体性哲学，也符合中国近些年城市新移民的事实。在滚滚城市移民大潮中，在新的小康之家，在新中产的诞生群体中，有多少人曾经是‘涂自强’？”“涂自强大学毕业也有过美好的梦想。应该说，这些梦想如穿西装、开小车、住楼房、拥有完整而幸福的小家等不过是小康之家的标准，既务实，也切实可行。何况，他对未来充满信心，有三个十年的规划，也有足够的耐心。‘属于未来’的涂自强对老板说：‘给我十年时间，我也会成你今天这样。’工作之初的他肯努力、付出，加上节俭，这些小说都有交代和描绘。按照常识经验（有今天千百万小康和中产者的奋斗史可以证明），涂自强的成功只需假以时日。”这大概就是本文作者所代表的一般民众有底气质问的理由——“我这里不是说不可以讲‘旧故事’，而是说，你不能把‘旧故事’当作‘新经验’来玩弄，进而告诉读者，这是我们面临的‘新现实’。读者真的像涂自强那样好糊弄吗？”

无论作者是教育工作者或其他什么身份的家长，当以复数读者的名义发表“民意”时，我想说，这些话作为励志话语，什么时候说都是需要的。然而方方的小说首先不是一篇校本教材、针对“特困生”的配套下水作文，就如同鲁迅先生所谓读《红楼梦》“经学家看见《易》，道学家看见淫，才子看见缠绵，革命家看见排满，流言家看见宫闱秘事……”一样，《涂自强的个人悲伤》不妨可以当作“特困生”的励志篇来读，但它毕竟不是一个励志篇。励志篇建立于经济主义时代已经打造完成的“成功人士”的神话，但“成功人士”的神话却并不具有普遍适用性，这是由经济主义价值观的高昂成本所决定的。30 年前，一个农村小伙也许只需一双勤劳的双手、诚实的品质和恰当的商业眼光，就能成就为一个在今天看来出色的小老板；但今天拥有同样的条件，恐怕只能换取某个并不起眼的蓝领阶层的入场券。说得再远一点再浪漫一点，离开具体的环境，我们固然可以理直气壮地给类似涂自强之类的个体描绘一张当年于连的发迹图；但当年纯情天真的德·瑞纳夫人这个市长太太她是否已经被无所不在的“仇富”话语武装得相当精明算计？

预设一个美丽的乌托邦，然后让这乌托邦刷新涂自强的个人悲伤，腾出地盘，“新的中国故事”才好合理合法地弥合认同上的危机，这一愿望被同期《文学报》所摘选的《对方方〈涂自强的个人悲伤〉批评的各方回应》中的大多数读者观点所证实。这意味着人们心目中“新涂自强”就是现实主义创作的理想主义；而理想主义，便是个人奋斗和“既务实，也切实可行”的成功、幸福和快乐。

四

不错，正是在这里，一般读者的认知与方方及涂自强的视野分道扬镳了，站在各自利益集团立场的发言与总体性眼光分化了。

30 多年的改革进程，一说是改革已经到了“深水区”，正是暗礁林立的时刻；另一说是中产阶级正在崛起，并有望通过崛起的中产阶级数量实现与西方发达国家抗衡的资格，文化对接的绝好时机也将会随之到来。不管哪一说吧，导致分化加剧的根本原因是对政治的理解。不同的政治理解，导致了对“平等”的不同认知。“每个人都有机会”“机会对每个人来说都是平等的”“只要个人足够努力，成功的概率是相等的”“只要愿意成功，就要对自己下手狠一点”等等不一而足，是这个社会给个体反复灌输的“平等”概念。然而，当每一个底层世界成员被简化处理成只有物质匮乏的“特困生”，他们便没有理由不接受抽象平等概念。这时候，他们实际上正在离开这个社会正在运行的，由政治概念的抽象平等，分化、具体化到经济领域里的实质性的不平等语境，个人性问题由个人最终负责的意识形态就此构造完成。按照施米特的说法，种种实质性的不平等之所以要离开政治领域转移到另一领域并且能迅速集结起来，是因为它们现在在另一领域里获得了新的、远远更富于决定性的重要性。这一概念转换到个人处境，实际上说的是，当每个人反躬自责时，其实已经把自己交给了庸俗经济学家及其话语系统抟塑起来的“体现着不平等的无情力量的领域”(《政治的概念》)。分离出来后，由于整个意识形态似乎“非政治化”“中立化”，自认为不争气、不走运，甚至心里无休止地悔恨自己的出身来历，也就是反复拷打自己、毁弃自己，或者肆无忌惮地消费自我、折腾自我，便成了个体唯一可以自由支配的权力了。

毫不讳言，这种消费社会的“新穷人”，要么永远“宅”在家里，要么超负荷地透支自己的生命，才可免除人们的指责。不巧的是涂自强偏偏不安分、不甘于，自然，在“新故事”的制造者及其“民意”代言人眼里，他也就有几分堂·吉诃德的鲁莽了；方方立志于通过涂自强个人悲伤故事讲述 20 多年来当代中国社会机体运行的意图，其想要寻求认同的愿望也只有宣布破产了。

当然，话又说回来，对于那种被幸福、快乐、享受逼得不知道怎样讲述“新的中国故事”的作者，和离开经济指标的成功神话，就无一安置自己的批评者来说，我恰恰认为，他们所谓的理想主义、现实主义，实质上是对当前中国文学（小说）的不自觉伤害。确切说，是对“总体性”中国故事的简化和对我们寻求文化认同契机的延误——至少是对文学批评视野的强行收缩。因为，当我们的批评仅限于小圈子、小社区、小家庭、小行业、小领域时，批评理论话语必定是不成熟的。

鉴于语境的相似，我谨举尼采和韦伯关于两个不同阶段德国经济上“蒸蒸日上”，而在文化上却异常疲软的批评为例略说这一问题。

五

尼采写作《不合时宜的观察》一书的时候，正是普法战后德国忽然兴起的时代，许多德国人以为不只是军事战胜了法国，就是在文化上也占了上风。可是尼采偏偏不这么认为，他反而观察到，这个时候正是德国文化危机开始的时候，于是他通过一系列文章，对德国教育的病态、畸形现象，以及文学艺术领域里慢慢滋生的骄傲与放纵，进行了毫不留情的批评。对于尼采的文化批判，张旭东是这样阐释的，他说，尼采批判的不是风格和形式问题，而是一种观念上的随大流，是当时德国形成的文化、口味、价值观上的一体化。

> 它虽有表象上的丰富多彩，但骨子里却是一种标准化的、机械的大众意识形态，比如都认同进步的概念，都认同那种“空洞的、同质的时间”，都认同生活的意义是寻找安全、幸福和舒适。

当然，尼采本人用词更凶猛，他用“有教养的市侩”“风格化的野蛮”“政治上的庸人”等等来描述那种经济主义价值观导致的文化形象。其中著名的“野蛮的文明人”就是针对当时满嘴幸福，显得无比“优雅”的德国中产阶级市民而说的。至于对内容空虚的文学艺术，特别是德国浪漫主义“无聊的审美”的批判，更是一针见血。他说，一切形式化、程式化、规范化、标准化的修饰，是由唯美的、工匠气的小手段、小技巧掩饰生命的空虚和生活的懦弱、渺小和无意义。“美的形式变成了一种装饰，而装饰则变成了一种文化暴力。”[①]

就选择上说，尼采可能更注重文化批判，他所谓“不合时宜的观察”，多半是针对当时战胜国的德国人文知识分子和由这批知识生产者塑造而成的城市市民阶级。我在文章开头就表达了我对一般的文学批评的关注，因为，相比较，一般的批评胃口和文化选择、价值期待，会更直接反映出“我们时代”的普遍性人文表情。也对把文学批评只锁定在细节技术和就事论事的行为持保留意见，原因

① 张旭东：《全球化时代的文化认同：西方普遍主义话语的历史批判》，第 174 页，北京大学出版社，2005 年。

在于，如此做，如果是我们今天的文学已经没有了升值空间，那倒是一种解释；可问题偏偏是，今天的一些叙事文学，实在是以总体性视野把故事镜头推进到了改革开放的深水区，甚至可以说是“通过外在的来实现内在的”方式讲述中国故事的。那么，批评如果还只是停留在“一方面”的“内在性”，对实现“内在的的外在的”根本没有意识的话，旁征博引、左右逢源的现实主义、理想主义，不就是对批评真正的终极追求的取消吗？

至于今天的中国现实，是否真像当年德国的样子；今天中国的绝大多数人文读者，是否真像尼采笔下的那个形象，的确不敢贸然类比。不过，按照“涂自强们”（批评者当然不会这么认为）对《涂自强的个人悲伤》的百般不顺眼和回避略可推知，尼采所谓德国“智识阶级”的一些表现与否认，斥责涂自强而积极代表“民意”的中国读书人其实是完全一样的。尼采大意是说他们掌握了模拟幸福的手段和腔调，明明活得充满焦虑，追求一点蝇头小利却经常得不到，但每个人都会摆出身段，装出幸福，说大众想说的话。对幸福的追求就是要求立等可取，要的是当天播种，当天收获，第二天都等不及。只争朝夕，都为今天活着，因为大家都怕明天戏就散了，都像猎人怕明天林子里就没什么东西好打了。

稍后于尼采的韦伯，他唱“反调”的时候，又是德国即将成为欧洲经济大佬时期。在构建市民阶级文化秩序建立的条件时，他提出了“政治的成熟”这一概念。他所谓“成熟”包括两种形式，一种是民族内在统一，一种是外在统一。后者指通过专制，以行政手段、军事等“铁血政策”来实现的仅限于政治领域里的认同，韦伯显然更倾心于前者，即通过议会政治、言论自由而达成的最终在价值上、文化上的政治认同。韦伯用一组反诘式排比句逐一排除完市民阶级、劳工阶级、大地主贵族军官阶级后，摇了摇头，觉得根据这些阶级现有的文化素质和胸怀，担当领导阶级都太不合格了。于是他开出了以下三条政治上成熟的标志：1. 领导阶级要把民族的整体利益和长远利益置于一己私利之上；2. 通过全民族的政治教育，保证国民在追求个人幸福和自由的同时，都知道民族国家是自己生活的最终保证，从而积极投入国家的政治生活；3. 精英阶层有意愿和能力在最高价值层面为自己文明的存在辩护[①]。韦伯批判的目的当然不是给幸福的德国人民头上泼冷水，也更不是用他特有的话语诋毁当朝的领导阶级，而是不想让德国就此就停留在物质上自满自足的小康之国的水平，寄望于成为真正文化自觉的大国而已。同样，在德国人民普遍被胜利喜悦冲昏头脑的节骨眼上，尼采居然"不合时宜"地写出了《不合时宜的观察》，究其原因，不还是坚守了批评的诚实和判断的独立吗？

六

引出这两个大师的例子，我不过想表达这样一个意思，文化认同水平，最终取决于文化的政治认同程度；而有效的文学批评，其归宿也就不可能免除对内在于文学的政治的思考。当我们在"去政治化"的呼声中，对"政治"唯恐避之不及时，文学中最值得阐述的那部分叙事，只好被层层叠叠的话语装饰所消解，进而居于很次要的位置了。事实证明，包括本文所举该篇批评文章在内，我看到的其他文本分析大文，也基本上给人这样一个盛气凌人的形象：大刀阔斧的语言手术之后，神气十足说上一句，看，这就是我们的文学，然后走人。表面看起来，倒是很果敢，也很坦诚，只是与前面两位大师相比，少了许多体察的耐心和思考的韧性，最终不能不说，其实是"标准化"表情的极端化和"模式化"口味的典型化体现，而不是相反。

话题回到文学批评如何观照涂自强和涂自强们。前车之鉴，批评本身如果政治上不成熟，价值立场必然就混乱，极端的例子比如可能连价值立场都说不清楚，但仍然也会文采飞扬地去谈"中国问

---

① 韦伯：《民族国家与经济政策》，第 80 页；张旭东：《全球化时代的文化认同：西方普遍主义话语的历史批判》，第 270 页，北京大学出版社，2005 年。

题”“世界主义”“个体性”“信仰”“好故事”等等。用小说《涂自强的个人悲伤》里的情景来描述，我这里所谓批评有必要把成熟的政治思考作为前提，特指能把个人，比如无数涂自强的日常生活方式、“中国梦”“机会”和经济领域里实质性的不平等有机结合，并从此打开文学叙事的能动性空间，而不是像一些富于表演的经济学工作者那样，封闭经济政策背后的整体——删除价值世界、文化世界、生活世界和“做什么样的人”之间的有机联系，沉陷在一大堆数字游戏中，很快堕落成发展主义所希望的传声筒：一上来不是忙着给文学剔肉、判死刑、送葬，就是敲锣打鼓吆喝、做广告、抬轿子。只孤零零地盯着作家个人打嘴仗。这样的话，文学批评很可能真的变得很庸俗。

前不久，我们的文学批评界曾因德国汉学家顾彬的“垃圾说”而生成了两个特殊的词，“唱盛”与“唱衰”。我无意于步此后尘，从不认为文学批评只是说好说坏那么单纯，也更不认为文学批评只是落实好处说好坏处说坏那么直接。我固执地认为，诚实的批评本来就应该指向一般的社会文化语境和普遍的价值观念中心。更高一点，还应该直率地追究使文学成为文学，或者使文学不成其为文学的根源。倘若这一点勉强算是终极关怀，那么如此云集在《涂自强的个人悲伤》周围的批评至少还不能令人轻易地体会到那种诚实和直率，虽然这篇小说基本上出示了批评之所以能这么做的必要条件。

那么，文本细读式阐释之后，个人化经验的验证之后，行业知识的过滤之后，幸福话语的极端化之后，是不是到了批评共同体启动终极关怀的时刻了呢？

谈论海子的时候，我们不该遗忘的一些词汇

迄 2014 年 7 月 26 日为止，“德令哈”这个词，在我脑海里是非常之模糊的，乃至于令我极度汗颜，也极其尴尬。

以前教海子诗歌或拜读海子诗歌、阅读研究海子诗歌的文章，印象中似乎都未曾听说过——当然，海子那首著名的“日记”，被后人起名为《姐姐，今夜我在德令哈》，因为有最后一句好像只能当作爱情诗来读的名句“姐姐，今夜我不关心人类，我只想你”的缘故，德令哈也就轻轻被划过了，甚至于它究竟是地名，还是人名，或者其他什么秘密称谓，我都基本没做过任何深入的追究。

现在，当我真切地站在德令哈海子陈列馆与巴音河之间的海子诗歌碑林中时，细细品咂包括这个简短日记在内的海子晚期短诗之后，我想得最多的居然不是这个小地方为什么要设立海子青年诗歌节的问题，也不是我们今天以这样那样形式纪念海子及其诗歌创作的问题，而是不管朗诵还是沙龙、房间密谈，都严重缺少的一种东西——就是说，在今天这个消费主义时代，是什么使我们有意无意走向了海子诗歌精神的反面？

我坚信，我的这个感觉，一定来自于现场的某种激发。

一

德令哈把 7 月 26 日定为“海子青年诗歌节”，每两年举办一次。这个缘由来自 1988 年海子途经德令哈并短暂逗留德令哈时写下的几个“日记”，其中就有写作日期是这一天的《姐姐，今夜我在德令哈》的短诗。首届海子青年诗歌节举办于 2012 年，我参加的是

第二届。我看过海西州文联主席斯琴夫的一篇文章，这篇文章基本阐明了在德令哈设立海子青年诗歌节的经过。文章题目叫《海子与德令哈有缘》。文章提到“海子”“德令哈”和“姐姐”等这些关键词的来由，并说因为有德令哈，他意识到以海子这首短诗为根据，做点文章想来可能会在提升这个寂寞小城的知名度上起到巨大作用。从海子诗歌入手，提升一个新建城市的知名度，无论怎么理解这个动机，都不单是功利的，因为就经济社会而言，海西州有的是全国其他地方没有的矿藏资源，那都是GDP增长的要命理据，完全犯不着打海子的主意。

既然设立海子青年诗歌节，纪念活动不外乎朗诵、沙龙、研讨和颁奖，每两年有组织地重新浏览一次这个早夭的天才诗人本身，自然是议题应有之义了。

无可置疑的是议题，但不质疑议题不意味着所有云集于此的诗人、学者、评论家，包括海子的家人就完全是摸清了海子那几首日记真正思想的，这是两回事。我甚至觉得，哪怕仪式化程度再淡一点，也不能因为欢乐、庆典和声音的高调而遮蔽了那几首日记已有的深味。那样的话，我们记住的可能只是“姐姐”，和“姐姐”这个具体的人有关的“抒情”——事实上多数人，只记住了海子在德令哈所谓的“爱情”。

正是因为人们的目光基本停留在抒情和爱情上，这才是需要深究的。而钟情于抒情和爱情的结果在于，人们不可能回到海子的1988年。即便是爱情成分极高的《姐姐，今夜我在德令哈》，也即便是我们只读“姐姐，今夜我不关心人类，我只想你”，“人类”与“你”之间形成的思想张力，根本就不是选择关系、因果关系，或者递进关系。非要辨明里面的关系张力的话，我倒觉得它只能是让步关系，或者限定关系。“只想你”被限定在“今夜”这个特定时间。这意味着在今夜之前，海子始终关心的是“人类”，决非“你”。这不是说把“想你”这个行为退而求其次，放到第二位，这诗就没有美感。我强调的是，把“只想你”放回原诗语境，关心人类或者想人类的语境支持是相当鲜明的。该诗的第二节和第三节是个重点。“我两手空空”“握不住一颗泪滴”“今夜我在德令哈”“一座荒凉的城”，表意已经非常完备。“姐姐”一词的出现，其实并不影响“空”和“荒凉”的诗意方向，影响诗意方向的倒在第三节，比如以“唯一的”“最后的”分别作为限定语的“抒情”和“草原”。我做个大胆的推理，当太阳、王、神等巨型意象，暂时告一段落之时，1988 年的夏季海子之所以选择“抒情”和“草原”来代表人类，这时候他强烈的主体性表达其实基本接近尾声，至少在他看来，抽象意象已经耗尽了它的思想象征能量。因为抽象词汇所能穷尽的只能是个人主体性，而无法到达群体，或者说共同体。与“荒凉的城”直接对等的是“草原”及其表意系统“抒情”。如此，那个具象的“你”在城和草原所构成的空间中，就其象征意义来说，相当于“人类”。很明显，在海子这个思索着的主体内部，矛盾、斗争早已激烈化，矛盾和斗争的结果是，他把自己原先似乎高于普通民众的观照视野来了个骤降，让它低一点，再低一点，乃至于形成与芸芸众生平视的目光。平视的目光所见，德令哈这个小城不幸浸淫在细雨中，在看似近心却依然渺远的茫茫草原或戈壁之上，显而易见，不管怎样，这个空间还是适合抒情的。不同的只是，当心的荒凉感一再升腾，以至于到了悲剧的程度——也许还会包括途中的邂逅，个人情感遭遇与人文感知上的空渺，顿时在内心闪电中交织、冲撞，最后终于化合为哲学意义的、先知般的独语，80 年代前中期特有的人文忧思，80 年代后期“上至日月星辰，下至国计民生”的人文知识分子思想方式显形了。而统摄这个思想方式、强烈的诗人主体性意识和抒情的空间氛围的，不是别的什么，是生成于“五四”、复活于 80 年代的“自由”。所以，反复读海子的这首短诗，总有种旋律沉潜于诗行背面隐而不显。当你停下来想要探讨个究竟时，它倏尔变了面孔，仿佛只有抒情；当你正准备抓住抒情深挖下去时，忽而又变了，似乎根本不是抒情的原委。因此，悲剧而欢快，欢快而悲凉，才是诗本来的感情。

研究海子及其诗歌的文章、著作当然相当富余了，然而恕我直言，许多观点只不过两种意思。一种认为海子是“神性”写作，另一种认为是优美的抒情诗。但都很少正面提到海子的写作是主体性向共同体体验的转折的。有了这个集体无意识，人们便绝少把海子晚期的“抒情”读成批判而不得的一种转型的体验了。

这正是我认为，海子的“日记”正好是对他前面的神性写作的自我解构的一个深层原因。其一，他的意识深处的确有“纯诗”的雄心，这进一步放大了他的主体性诉求，但从“日记”开始，他似乎有了某种清醒而悔恨的感情在里面了。具体说，他觉得爱具体的人或者人类，远大于抽象的、解放的——以 80 年代那种“开放”文化氛围来佐证，就是说他觉得他走得太快了，以至于忽视了身边事物的缓慢变化。带着悔恨的清醒，甚至自我否定的果断，“只想你”似乎盖过了“关心人类”。其实不然。神性构思中的所谓“关心人类”只不过经过他被放大了的主体性的检验后，证明是快了、超前了和高估了。其二，他虽然没有回避启蒙心态，但他的启蒙到底是根植于他脚下的麦地和他头顶的天空颜色的。所以“自由”的受阻和被误解，便构成了他日记的主题，而不是他同一时期类似“朦胧诗”那样的政治反思、人性反思。这是他的“人类”和“你”，既可当作抒情，也可当作爱情来咏唱的实质原因，也是可以画等号的思想依据。

当然，爱情表达到极致会超越具体的爱，抒情到尽头肯定接近抽象的哲思，我相信酷爱哲学的海子，这一点他还是明白的。正是这一点，也是他不屑于在爱情和抒情上多添一笔的写作禁忌。可是这一点抒情的或者爱情的尾巴，竟然成了今天人们拿它说事的主要理由，这是海子的错吗？

二

另一个关于海子及其诗歌的关键词是“成熟与否”。

我未到德令哈之前，未到德令哈海子诗歌碑林之前，在没听到朗诵艺术家张宏用声音传达海子短诗之前，包括入选“新课标”高中教材的《面朝大海，春暖花开》在内，我读到的几乎所有关于海子的研究文章，差不多都围绕“青春写作”“服丧式写作”展开。前者意指海子诗歌的不成熟，后者隐喻海子的追随者的不成熟。当然论述这两个观点的开口度都比较大。比如关于“青春写作”，论者一般会围绕“青春期”来做文章，这样一来，海子诗歌中的桀骜不驯，思想情绪的离经叛道，以及诡异奇崛的词汇，才方便统摄在“大而无当”的名下。对青年叛逆者和年轻轻狂的道德主义指责，也好安置在长期以来所谓规范的价值理念之下。追随者那里所谓“十万个海子”式的喊叫，所谓“麦地赤子”般的轻逸抒情，所谓“圣王”一样的高贵，以及“祖国（或‘以梦为马’）”“珍贵的人间”“几千年前”一类海子式的特有词汇，在绝唱之余，差不多也就真的成了诗学阐释上“空洞”“形而上”的代名词。尤其当我悉心聆听完所有的朗诵，参与过所有的沙龙讨论之后，“不成熟感”几乎成了大家心照不宣的集体认同——注意，几乎所有参会的诗人、学者、评论家，包括海子的家人，其实是在成熟的水平尺度下，不约而同看待海子的“不成熟”的。他们用以佐证他们经验的是现代汉诗在海子这里的极致使用，即恣肆的表达和淋漓的抒情。用通俗的话说，是海子用他短暂的生命创造了汉诗极致的抒情性品质。

我不想重述海子被提到的晚期短诗，也不想复述研究者的铿锵命名，更不想沉陷于技术主义的朗诵氛围。在这里，我只想提请列位注意的是，我们在每次缅怀诗人海子的时候，是否也要学习荷尔德林的样子追问一句，海子的晚期短诗，真的只是抒情成分的贡献吗？

我不妨顺手举海子的《活在珍贵的人间》为例，略说一二。

活在这珍贵的人间
太阳强烈
水波温柔
一层层白云覆盖着

我
踩在青草上
感到自己是彻底干净的黑土块

活在这珍贵的人间
泥土高溅
扑打面颊
活在这珍贵的人间
人类和植物一样幸福
爱情和雨水一样幸福

“珍贵”这个词，肯定地说在今天的诗歌中，已经不多见了；而且像“强烈”“温柔”“干净”这一类形容词，在大多数被日常生活牵引的诗人看来，也差不多不用了，他们看待日常生活的视角是破碎的和后现代的，因此日常生活世界中人的主体性感知其实是被消解和取缔的，也就不可能用到这些主体性强烈的词语；另外，海子的“太阳”“泥土”“人类”等等属于“宏大叙事”谱系的词汇，20世纪80年代之后，经过90年代“人文精神讨论”“躲避崇高”“下半身写作”，以及新世纪初“日常生活”“内在性”的强力灌输，这些词汇都似乎成了人人喊打、人人唯恐避之而不及的精神赘疣，哪里还会出现在诗行中呢？

然而，结合海子短暂的人生历程，结合八九十年代、新世纪之交文化思潮的波动，以这首短诗为例，我依然认为，海子的写作体现了一种思想的大气和个人心智的成熟。这表现在至少两个方面：

首先，爱情抒情或者其他感情，比如怀乡、乡愁抒发，在海子那里仅仅是个形式，他是用抒情的常用形式，隐藏不常说、不能说、不能直说的内容。因此在他的修辞中，“幸福”“爱情”“珍贵”总是以反义的、反讽的和反写的姿态出现，所以整体阅读，他要表达的东西，似乎很传统也很原始。其实不然。他诗中的快乐、勇往直前下面隐藏着巨大的悲剧和无奈，故而，“珍贵”一词便多了几分终结之感。沿着这样的思路，《面朝大海，春暖花开》其实也一样，欢快的底下，是对这人世喧嚣生活体验的终结，他以回去的方式，表达了他对当下的拒绝。

其次，海子以反启蒙的修辞方式，正面迎击了启蒙的困难。关于这一点，还可以结合他的《祖国》一诗，会看得更加清楚。

我要做远方的忠诚的儿子
和物质的短暂情人
和所有以梦为马的诗人一样
我不得不和烈士和小丑走在同一道路上

万人都要将火熄灭　我一人独将此火高高举起
此火为大　开花落英于神圣的祖国
和所有以梦为马的诗人一样
我借此火得度一生的茫茫黑夜

这是前面两节。有了“远方”“短暂”“诗人一样”的限定，“祖国”便呈现出了两个明暗文本。一个是现实祖国，一个是理想国里的祖国。这就佐证了一个长期以来被误解的命题，即海子的晚期短诗真的就是纯抒情诗吗？真的就是只符合声音的声音文本吗？或者真的就是不成熟的青春写作吗？答案是否定的。一言以蔽之，海子是不可多得的能以死来写生、能知死而后生的诗人之一，他用古旧的抒情形式，真正建构了他容量丰富、思想尖锐的启蒙主义、人文主义诗歌世界。

——这是我们每次怀念他及他的诗歌，特别是晚期短诗，不能不严正面对的诗学问题。

莫言“诺奖现象”再反思

有位批评界老兄在《文学报·新批评》发一文，题目以“失语”这样的中心词追问道，在最应该研究莫言的时候，批评家为什么不都来研究莫言？这位老兄的文末自然以自报家门收束，相当慨然地说，自己早在一九八几年就著文强调，莫言将来的成就不可限量云云。当然这个结尾是圈内人基本熟悉的，而且这个熟悉的结尾方式在论评其他大小作家的大量批评文章中都还保持着亢奋的预言自信，恕我不一一指出。

出于当日的激动，我在自家博客中转载了该文，并附了几行当时的感想在题签《还是关于莫言获诺奖的事》下：

> 一是，是否可以反过来问，批评家为什么变得理性了？在莫言获奖的语境，批评家的“沉默”说明什么，这是个政治问题。当然，关于莫言的研究著作应该说不少了，有些还在写作中，据说，并且将以巨大的资金支持这样的写作（2013年国家社科基金课题申报指南中就有一条“莫言等新时期重要作家作品研究”）。
>
> 二是，如果大家都放下手里的活儿写莫言、说莫言、研究莫言，是不是又回到“文革”了？“文革”中只有“浩然我自岿然”。
>
> 三是，对莫言不“失语”，是否就是只有赞美歌颂才算不失语？因为研究此人的著作现在而言已经比同一水平线其他作家要多得多。那样的话，中国的批评界正常吗？
>
> 我的看法，对莫言已经说了许多不该说的话，和不该阐释那么多却已经阐释了那么多的话。

注意，一是一，二是二，西方作家的获奖过程是否与中国莫言的获奖过程一样？回答了这个问题，才能考虑为什么“失语”的问题。

博文时间：2013 年 1 月 4 日

我没有系统细读过莫言的小说，但肯定读过他一定数量的作品，包括《蛙》和多数研究莫言的文章、著作，本来博文里随手写下的这些粗糙文字，当时的心情也还是“如履薄冰”。为什么呢？因为我可能不小心触碰了冥冥中的“文人相轻”这个所谓道德伦理底线。忐忑了没多久，心里到底还是舒展了许多，因为是年 2 月至目前的 3 月下旬某日为止，的确出现了几篇正面或不怎么正面但读者明确感觉到一定是在反思莫言热的文章。不过，后者确实是君子文章——说事不说人。可见，我当时的心情恐怕具有普遍性。

本来，依我的认知，这些反思文章尽管还远未达到深入的程度，鉴于已经发出了我所期待的声音，按理说我没必要再浪费精力讨论此事了——挑明一个真相不能和打架类比，那不是拼人数。同样，即便稍嫌含糊的文字，只要方向对头，有时候也绝不能以数量多寡论成败。

然而，想了想，还是再凑一下这个热闹吧。

目前看，正面反思这现象的意思大致有如下几个基本点：1. 研究领域的“莫言热”，其实是鲁迅先生当年所预言过的国民自大、自尊、妄想、自恋的又一次集中体现。2. “讲故事”或者“讲好故事”以及“讲好中国的故事”，在“好故事”“好的中国故事”差不多已经遮蔽当前实存现实的情况下，莫言小说及其获奖辞中所说只扮演一个“讲故事的人”的文学导向，后果堪忧。3. 莫言研究热，将会彻底改变“被高估”作家的继续高估，而小说可能是被高估作家中的首选。评者没有明说出来的观点显然是，今后我们的思想言说——如果把文学批评、研究看作一定意义上的思想言说的话，那么，研究“好故事”、研究如何“讲好故事”、研究怎么样的故事才是“中国的好故事”——好听、好玩、好看、好产业化、好商业化的故事，会不会导致最有资格体味当代中国人、中国现实深层隐忧的一种最敏感神经，就此完全休眠？如此等等吧。以上观点及其担忧我完全赞同，这里就不再展开了。这篇小文中我想接着说几句、补充几点意见：

其一，包括莫言的小说在内，我们差不多所有一线作家，其实早已自觉地进入了消费主义的文学叙述逻辑。而多数研究者，包括成名成家了的研究者，基本都在学院或什么研究机构的高墙之内，按照自己置身其中的学术考核机制在“叙事学”“诗学”的范围内学术化文学、消费化文学。限于我本人对一些经典叙事学、诗学不深不浅的了解，叙事学和诗学得以推进的一个首要前提是，对象必须是经过漫长时间检验的真经典，唯有如此，对象才好相对封闭起来进行叙事学、诗学的系统研究。而如果对象是未经一定时间长度检验的和不同层面读者反复阅读沉淀的开放性不确定文本，恐怕只适合于与当时生活现实相结合的批评，甚至于以时评方式处理。因此在莫言及其他作家的研究中，看起来一些有真正知识分子气质的批评家所要求的“思想”，与一些本没有知识分子气质但一定有学术家追求的人所要求的“文学性”（故事）之间的错位，似乎是价值观的对立。其实不然，真正对立的是对叙事学、诗学的理解。为什么这样说？仅就目前我读到的一些正反文章看，我提到的真正有知识分子气质的研究者，其气质不过也是放到“五四”那个特定语境成立。但是即便近百年来某些方面的确不但未变而且还有退步情况，这是事实，然而，变异了的部分恐怕也难用原原本本的“五四”话语就能解释透彻。所以，特别是反思文章，我只是在文章的意识上赞同，论述的文理的确很难完全苟同。简单的一个证据是，我并未体味到早已在一流的社会学论述、思想论述中深入很远的命题，却在反思文章中很难体会到——他们的反思，也就仍是文学学科内的怎么研究文学的问题。方法论的问题肯定不能等同于本体论或价值论，当前新的现实语境自然不是自觉地置于他们视野的前沿位置了。这一点，也进一步佐证了正反立场不会不在同一个知识共同体。按照社会学的分析，下层话语对这两者而言，都是相当陌生的，至少是隔膜的。

其二，到底该怎样言说中国当代文学，特别是今天时代的中国文学？是为当代文学学科负责，还是为文学的生命力负责？不同的提问其实围绕的是一个本质性问题：文学能否打动当代还活着的有效文学阅读人口。不能强求代言，起码能以还活着的文学阅读人口的处境为基本体验来源？我想这个命题与要求小说是否该有“好故事”不形成必然的矛盾关系。怎么界定今天还活着的有效文学阅读人口呢？靠文学吃饭的学生、教授、研究者除外，若以 16 ~ 35 岁所谓的新生代民工群体及其连带的人群为界的话，这个人数至少也在二至三亿，算上城镇化造成的不得不为新增的 20% 房税买单的和原有城市居民中户均月收入在 2000 ~ 5000 元人民币的，恐怕也不会低于三至五亿吧。为了保持一个“安全消费”人数，这个总数再除以二，有闲有钱有心情消费文学的人数理想一点算（主要是手机上网了解一点文学的信息），二至四亿（按某家出版社对莫言文集的垄断出版数 100 万册计，进入各高校图书馆、研究机构、公司书架的除外，销售给个体的是否超过了一半呢？）也就撑死了。

当然这不过是个大略的估计数字。暂且以这个基数为根据，文学是否有生命力，首先最低限度得确保这二至四亿人的感受程度，再加上近三亿左右感受未被文学纳入进去的人数，合起来近八亿人的感受应该是一个优秀文学作品的“作家的读者”。可是以莫言小说为例，人们所说的他的所谓“中国的故事”，有多少是事关这个群体的呢？具体起见，参照上面提到的一些反思型批评家观点，现如今我们普遍面对的文学事实，其实是算术式“批评家（反思型）的要求 + 莫言等未曾写出来的 = 我们现在所呼吁的文学价值”之外占多数比例的文学——这部分是创作、研究、发表、出版和媒体反复打造的文学主体，也就是我前面说的一般被纳入叙事学、诗学分析的文学成分。自然，这部分属性的文学因其数量异常庞大，又是维持文学人口基本生存保障的主干，它的不痛不痒、不尴不尬面目无须在这里单独分析。姑且以我们所希望得到的文学，实际上就是以反思型批评家代言而提出来的上文概括的那三条来说，看一看，这三条有哪一条是关于底层社会人群处境的呢？第一条谈的是抽象的国民性；第二条谈的是应该抵制文学极端化的消费倾向；第三条谈的是文学学科的比例偏废问题。诚然，分属于这三条的某些具体文章，有些触角或许可延伸出思想前沿的一系列大问题，比如政治制度问题，社会经济形势和整体人文精神水准等，都是了不起的探讨。问题的关键是为什么这些触碰只能浅尝辄止呢？因为谈得深入一点，必然会涉及被称为目前中国人（特别是主流意识形态）最敏感的两个点，一个是美国，一个是民主。到此为止，或者到此为止只能转移话语方向，对于文学研究者来说似乎已经很了不起了。然而，这个很了不起放到真实的现实生活中去检验，也不过是一个生存在底层社会中十岁左右孩子的认知，远不到揭示出现实内层真相的程度，也意味着还远不是以话语方式呈现文学主要体验来源——现实状况的要求。

所以，怎样研究莫言也罢，怎样研究其他什么类型的文学问题也罢，我们现在的根本关切是，文学和我们所言说的文学，正在淡出绝大多数人命运的视野。这一点说，文学内在性也罢，不内在性也罢；文学写人性也罢，不写人性也罢。文学真正成了类似于街头擦鞋一样的一种职业：擦得好也罢不好也罢，反正这个社会需要擦鞋，有擦鞋这个行业就行。同理，怎么写、写什么只是文学者和研究文学者的谋生手段，无论怎样折腾、怎么旋转，文学不会走出学科的具体规定性、深入到这个社会的深处——这才是真正令人深为担忧的地方。

网上有一幅幽默的图片，画的是笑呵呵的莫言正面面对着读者，左手拎着诺贝尔的头像，右臂腋下夹着一本书，上面三个字：文学奖。

大家都乐呵呵的多好，在乐呵呵的人群中，类似于我这样的迂头，警觉有加地再谈一番这个本来已经很热闹的现象，真有人肯收了笑容，听一听吗？

据一些研究消费社会的论著称，所谓“消费”其实是当今一种新的异化变体，这个变体的巨大魔力在于，你能在不知不觉中被卷进消费怪圈，这也就很完整地解释了，即便是一个真正的泥腿子，其意识里只有笑容和快乐——也据说这是“被笑”“被快乐”。然而据我观察，不微笑不行、不幸福不行、不快乐不行，正是大多数文学者所浸染其间的一个大氛围。如果不从实质上戳穿这个东西，我疑心，类似我提到的那些即便还很难说深入了当前社会语境但毕竟有清醒批判意识的反思声音，马上会被欢乐的掌声及其早已坚实的欢乐机制弹回去。有人说在莫言合唱团中的批评家还在“失语”，其潜台词大概是这一问题的最好注脚：严肃地消费文学，并把莫言所提供的中国好故事推向“中国经验”的高度，然后，安详地关起门来，清谈叙事学和诗学。

文学“排行榜”的意义及反思

前不久去福州参加一个关于生态文明建设方面的研讨会，听一些嘉宾讲全国各地空气质量的排行榜，其中有位福建专家讲到他们的空气质量位列全国榜首，但他说当他发现江西的数值和他们一样时，他非常吃惊，这怎么可能呢？接下来，他通过一系列的运算，最后得出结果证明，福州空气质量仍然第一。当然，据他讲，这个核算过程很复杂，类似称东西有毛重和净重之分。福州空气质量全国第一，是属于净重一类概念。有了这个指标，为什么生态文明建设的研讨会在福州举办？福州经济发展的先进经验为什么主要是绿色经济、无碳产业，就有了坚实依据等等。大家听得长吁一口气，原来如此啊！

也还是在几年前，那时候没有微信圈，我们只能通过报纸、电视新闻了解一些信息。其中每年收官之时就有一条信息雷打不动，即作家年收入排行榜。连着几年下来，余秋雨好像一直名列前茅，大概在每年240万人民币与360万人民币之间，其次是韩寒、郭敬明这些“80后”和通过央视“百家讲坛”一炮走红的几个人。至于各省GDP增长排行榜、幸福指数排行榜、最宜居城市排行榜和近期的雾霾排行榜、落马“大老虎”“小苍蝇”排行榜等等，那就不用说了，很多。人们对于这些繁花乱眼的排行榜，开始时，出于好奇，不但关注，而且还要议论一阵，久而久之，因为排行榜实在太多了，也就产生了神经麻木，抱着你排你的行，我过我的穷日子的态度，咱们井水不犯河水，也完全犯不着跟着瞎起哄。

现在好了，文学作品排行榜好像开始掀浪花了。也许“刷屏”之故，原先纸媒阅读的静悄悄局面顿时被打破了，你只要上线，满屏皆文学，甚至满屏皆文学排行榜的资讯，就会扑面而来，你不看都不行。最先的长篇小说排行榜已经不再那么吸人眼球了，现在是各文体几乎都有自己的排行榜；最先由某些学会组织的排行榜也已经不够用了，现在是文学期刊、个人均在纷纷发布各自的“榜眼”。

面对如此之阅读压力，作为一个不称职的职业读者，我仔细计算了一下自己的时间和精力分配情况，结果显示，倘照单全收就照排行榜这个已经过筛选的目录依图索骥，即便不吃不喝不睡不上班不闲逛不瞎扯淡，心无旁骛一门心思阅读，至多只能解决一两挂，而且多数都还只能在痛苦中完成。

如此，问题就来了。文学排行榜有无必要？我的回答是，有。

其一，它按文体分类排行，方便本来分配给不多的文学阅读时间的一般读者集中优势精力，体验最好的文学经验。按各省区（直辖市）平均一份文学期刊算，双月刊一年就得 6 本，单月刊 12 本（不包括各种各样的未公开出版刊物和形式多样的民刊），再加上超越一般地方的国刊、国家级选刊，名见经传的少说一年就得出产 100 种之多，合计共发表各种文体文学作品大概在 2000 件以上。又平均按两万字计算，约四千万左右文字，这还不包括年产近 3000 部的传统长篇小说和无以计数的网络文学。这样一个数字，显然不能按集体阅读来承担，而只能以个体人头计算。那么，很清楚，对于一个热衷文学的读者而言，其在有效时间的有效阅读，也不过 200 万字左右，这还都是多的。就算最高值吧，一年下来，用于文学的阅读，充其量还不到总生产量的千万分之一。

在文学生产的庞大山头跟前，如果没有人先行替其筛选、导向、精简、收缩，可想而知，读者完全一头雾水，犹如老虎吃天，无从下嘴。其结果，要么阅读相当偷懒，身边有什么就操起来翻几页，没有，从不会主动订阅，文学阅读因漫漶而不知所云，久而久之，根本称不上文学阅读；要么严重吃偏食，喜欢什么就一直关注什么，脑细胞因近亲繁殖而变得痴呆或者瘫痪，也不能说是个合格的文学读者。从这个角度看，好的排行榜，实在是一种文学阅读导向，假定它的确是对优秀文学经验的遴选和集中，类似于老师给学生提供的假期延伸阅读书单，是对懒人、痴人的激活。哪怕出于好奇，总是开卷有益的。

其二，它按预期或既定价值理念排行，方便一般文学研究者的跟踪与阐释，可以适当放大某种急需的价值或叙事，对文坛风向起到引领作用。从这个角度来说，社团学会组织的排行榜，恐怕要比个人或刊物自己的排行榜稍逊一筹。因为学会或其他组织的排行榜总是杂糅了太多“多元化”。“多元化”被过分强调，那就成了相对主义甚至虚无主义。而一些个人或期刊自己的选择，趣味是有点单调，但最低限度考虑，总有些突出的价值理念在里面，至少不是“撒胡椒面”，这儿一下那儿一下。于有限时间有限阅读量中，凝聚某些突出问题意识或经验，这本来就是文学阅读最理想的一种状态。读者可以从一开始就认可，或者从一开始就不认可。一开始就认可者，探微烛照，得到更高层次的思想共鸣；一开始就不认可者，逆向质疑，在批判中深化矛盾面，不同主体性因冲突而观念有所松动，不啻是阅读的另一更高境界。

无论怎样，如此旨趣的排行榜，的确能很好地发现新人发现新作，同时，也能巧妙给予名作家的臭作品，以一定程度的警钟，也算无声的批评，人文的诉求不言而喻。

其三，在世俗功利层面看，我可能更看重期刊本身的排行榜。大狗叫，小狗也要叫，这是一句俗语，用在文学期刊恐怕也很合适。通过各种方式的叫，推出自己的理念或导向，让更多的人知道，这并不是坏事。更何况在市场的淘汰中，读者本来需要培养和塑造。办文学报刊像烤红薯，你的大烤炉在校区或市场口占了一个有利地盘，不等于食客一定选择你的红薯。如果烤得不好，即便地理位置上占优势，食客照样有不选择的自由，仍可能选择走几步拐过十字路口的另一家去买，这属于没有地理优势但能以质量说话的情况；另一种是一时之间不合多数食客既有胃口，但经过合适的叫卖、稍微夸张的产品推销，渐渐被食客接受下来并产生依赖的情况，校门口或市场口摆一口大油桶即是。最没出息的莫过于处在不利地理环境，既不叫卖也不好好营务质量，一份刊物穷其经年之劳作，到头来只是一些乱七八糟的应景资讯，甚至连年终总结都很难找出几篇像样的东西。如此刊物，不要说财政拨款不及时，就是彻底断奶，也实不为过。

所以，有排行榜的刊物，起码说明它们有持此文学的底气，这不但是个立场问题，更是该刊物立于刊物林中的思想判断和审美判断问题。

当然，文学排行榜的好处或许还有很多，这里姑且胪列以上三条，其余就不再赘述了。下面谈谈关于文学排行榜的不成熟看法，以就教于方家。

上面我说的优点和必要性，无非包括文学新经验凝聚、突出价值导向和培养塑造读者三个方面。它们相辅相成、相互补充，把飘飘忽忽、零散不堪的个体持见或追求，把若有似无、无从聚集的观念意识形态，把和而不同、相左相斥的价值现象，最终以叙事的形式，呈现于实体的文本，被共同社会文化语境下的读者所谈论、所纠结、所引申、所质疑，这便是各式各样文学排行榜的最大功能。不过，当文学排行榜功能最大化时，它的局限甚至弊端，也同样在以成正比关系骤增，特别是说到价值，更复如此。

有这样两个问题有必要提出来讨论。

第一，排行榜是否有能力为当前文学的经典化提交一份预案？我看未必。这首先要看怎么界定经典了。讨论时人的作品是否经典或要求自己经典化写作，这是伪命题。关于经典的无数定义就不转述了，只说一点，那些时隔几世纪或几十年的作品，之所以仍经常被读者提起，也时常会产生常读常新之感，通俗说，不外乎符合这样几个条件。1. 作者对他置身的社会现实有着超乎常人的直觉体验和感知体悟。也就是说，作者首先是对当下现实的深切体悟和观察，是为现实而写，而不是为经典而写，也不是为了高校文学课堂的教学任务而写，更不是为获某个奖量身裁制而写。因为能把起源于个人体验的经验或问题，恰到好处与同一阶层的广大个体遭遇链接起来，那么，这个起于个人经验但不止于个人经验的东西，就成了一时代的普遍性。因普遍性而获得生命力，所以，如此叙事便不容易因“事”而逝，具有了某种持久思想魅力，或者至少能作为某种方法论而长久存在。鲁迅杂文就是个很好的例子。民国时期的时事、现实、政治、文化、人性状态，也许会时过境迁，难以建构合适的语境来理解和论证，但他缘“事”而起的思想叙事、话语方式、价值尺度，却留下来了，除非语境产生根本性巨变。2. 作者具有自觉的文体意识，而不是局部的修辞技巧知识和技能。雷蒙德・卡佛的短篇小说，文学读者圈里的人可能并不陌生。卡佛多篇小说都涉及小人物受到“威胁”的主题，这一点应该很难避免自我重复。但他避免了，为什么？因为他不会一上来就是他说、某某说、你说、我说一通简单直白的直接引语来结构故事、制造冲突。他认为这么写，无法进入社会语境深处的人性，也就不可能通过人物命运挑动普遍意识形态底盘。他小说的故事也很少具有故事性，这恐怕与他想要表达的文学思想有密切关系。《一件好事儿》他居然在十年以内先后改写过三次，当然不是那个故事一定多么有魅力。故事就讲夫妻俩为孩子生日定制蛋糕，不料孩子恰在生日这天遭遇车祸，于是夫妻俩与蛋糕店老板之间展开了长时间连续性电话误解，最后化解于“吃”而结束小说体验。这样一个看起来较少受外部社会力量干预的家庭事件本身，的确孕育着一般底层人物经常性的精神挫折和困境。既然如此，不断的改写，实质上便是作者如何更有力量呈现场景的逼真，直到读者心服口服地相信小人物渡过“威胁”难关为止。从这一角度看，卡佛类似小说成不成经典暂时还很难说，然而，“威胁”作为一种隐喻却不胫而走，它抓住了现代性的核心。“威胁”会不会成为今天我们时代的大问题，按照无数“危机叙事”而论，好像无须怀疑了，这种对时代整体文化症候进行审视的小说，也就显得高于其他学科了。这种成熟的小说文体意识，起码反过来支持了作者对故事的叙事，读者反复体验小说味道的时间，自然也就比较长。3. 独立判断、独立言说，看起来是个道德问题，其实对于文学而言，它只能而且必定是思想问题。写什么，怎么写，写得怎样，通常为一般研究者的三段论。可是，这个看起来似乎天衣无缝的三段论，还需要作者的理性思维来支撑，否则，即便符合此三段论的阐释流程，也不过是一篇精致的工艺品，还不能称其为有生命力的艺术。路遥创作《平凡的世界》的经过，就颇具代表性。读过路遥生前最后一篇文章——六万多字的《早晨从中午开始》的创作谈的读者，大概都会有个共识，就是觉得路遥创作太辛苦了，简直要命。

其实干什么活儿，只要想干好都辛苦，辛苦对于文学创作更是题中之意，没什么奇怪的。真正奇怪的是，到今天为止，许多年轻研究者在评论《平凡的世界》的时候，仍用着一套"励志"话语和故事框架。这不只是认识水平上远未达到《早晨从中午开始》的程度，而且对《平凡的世界》的叙事企图，也基本一知半解。就我的看法而言，单就《早晨从中午开始》论，目前看，当时 40 岁左右的路遥对我国各路文学思潮，包括该时间段国外文学流派的熟悉程度，恐怕没几个研究者能比得上，更遑论作家了。正因如此，《平凡的世界》才屡屡遭到退稿。可见，当时被先锋派文学、超现实主义文学和新写实主义文学思维所打造的大脑，是不想弄明白路遥如此写法的目的的。

现在，据说什么地方开过几次关于先锋派文学的纪念研讨会，紧接着，几乎一夜之间，以"先锋"作定语或中心词的论文，开始满天飞了。可想而知，以这样的应景思维来开列文学排行榜，怎么可能"经典"？这难道与路遥当年的遭遇有什么质的不同吗？不在流行趣味的风口浪尖，就可能招致淘汰，这是排行榜中最难避免的一点。《平凡的世界》这部屡屡遭刊物退稿、出版前几乎没有完整发表过的长篇三部曲，是不是经典，不是哪个人能说了算的。关键是，直到今天，它竟然还能击中那么多屌丝、草根的心灵，而另一些风靡一时的作品，有几件还在一般读者心灵的桥头堡上呢？扳着手指头恐怕数不出几个来吧！那时候，没有文学排行榜，就算有，一个部分内容只被某地方刊物发表过的长篇小说，恐怕也没人愿意冒风险把它挤进审美上漂漂亮亮、内容上熟熟悉悉、思想上安安全全的排行榜吧？

第二，排行榜能不能促使文学进步？甭管谁的排行榜，只要是建立在认真阅读的基础上，那么，与这个排行榜有关的任何劳动就应该得到更多敬意，这一点毋庸置疑。

需要进一步讨论的是，如果不是为着文学的进步，至少是文学思想上的些微突破，那么，权威的也罢，个人的也罢，恐怕都将失去意义。

文学的进步的确很难量化，这一困扰至今高悬于批评者头颅，有些人甚至神经过度敏感，生怕稍有不慎得罪一大片。本人生来愚钝、鲁莽，就认一个死理儿。如果萧红的《呼兰河传》足够好，后来者便无须再去模仿了，也无须再期待第二部或第三部《呼兰河传》了。要期待或者要以它为参照标准，那就只能要求第二部或第三部超越该作；曹雪芹的《红楼梦》乃世所公认经典，可是，当我们不恰当地以此为具体评价杠杆之时，一对一式的细节便应运而生了，这是喜剧还是悲剧，抑或闹剧？另外，当我们觉得传统文化能拯救我们飘零的灵魂之时，凡讲仁、义、礼、智、信、贞洁、孝悌、君君臣臣、父父子子的故事，是不是都该划拨到“中国经验”一边而封赏为“杰作”？再者，“文化自觉”“身份危机”等等无以尽数的某某确认、某某危机甚嚣尘上之时，我们是否也该对文化自觉了，危机解除了，身份确认了的文学形象、文学价值、文学叙事，瞥去会心一笑呢？还比如，当人们似乎焦躁不安之时，突然看到来自西部的某个作品，被那里面的所谓安静、安详、慢、温暖、诗意所倾倒，恍然大悟，顿时觉得找到家了、找到根了，于是振臂一呼，乐呵呵嚷着喊着到西部去，到西部去呢！

诸如此类，其实都不同程度表明，我们的文学排行榜既然免除不了个人趣味的偏狭和集团价值构造的动机，一旦被公布，文学读者实际接受的恐怕多是如此之有害观点，那就与进步无关了。

举个也许不尽恰当的例子。比如，特别是近年来少数民族题材文学特别流行，也好像特别吃香。研究者可谓搜肠刮肚，仿佛已经穷尽了少数民族的、边缘的、地方的、个人的所有知识和经验，其批判锋芒直指什么内在的、深处的和被遮蔽的矿藏，一经挖掘出来，所有现实问题和精神文化问题，看起来好像都得到了妥善解决。然而，只要仔细翻翻 1998 年严家炎先生主编的“20 世纪地域文化与文学”系列丛书，其研究眼光和思想见地，甚至词语都不用换，就能完完全全移植到现今似乎已臻学术前沿的青年才俊笔下。可是，时间到底已经过去近20年了。答案只有两个，要么我们的文学的确没有变化，一直恪守书写人性这个永恒的“文学性”，或者一直致力于人之为人稳定而柔软的那部分内容，像一些研究者反复凸显的张爱玲、汪曾祺小说或者木心散文特点那样。要么我们的理论批评真的变化不大，严防死守文学的边界，过去审美过来审美，没词了，只好从头再重复一遍。但事实却不容狡辩。别的不用多说，单就新型城镇化而言，社会结构的突变和剧烈分化，一代或两代人的人生轨迹早已改写了，怎么可能仍然保持着那么一点可怜的“柔软的”“稳定的”东西呢？乐观一点估计，就算文化观念的变化很缓慢，今天仍需捍卫的那个“柔软的”“稳定的”东西，恐怕也不是传统社会或前现代社会的样子了吧！水涨船高，如果不在当今骤涨了的生存成本之上，衡量少数民族的、地方的、社区的和边缘的知识与经验，对中心的、高层的、强势的和新一体化的话语与既定思维的反叛，都云集在无限自我分解下去的自我确认上，文学恐怕也很难找到自我确认之外的意义感，更别说因突出的思想而流布了。

所以，文学排行榜如果不是以文化现代性这个大的思想尺度为参照，倘若仍是个人经验规定性、当代文学学科规定性、文学理论知识惯例规定性和响亮的政治经济意识形态规定性内的，理论上讲，是不会有什么显著突破的，就不是为文学的新经验聚焦的，也就很难说排行榜的分类越细越多，就一定越有利于文学的发展。有时候，情况可能会相反，造成相同趣味写作的扎堆和相似审美思想观点的叠床架屋，像社会分层那样，有中间省事的排行榜横亘，文学的民意无法产生积极的上下流通。

警惕“话语刀客”，把批评视野放到现实秩序内层

我对自己喜欢的报纸或者杂志的阅读，肯定不算细读，乃至精读，除非写什么文章涉及相关文章观点以外。一般情况都是粗读、浏览，达到知道作者在想什么，以及由此而推知这些人或那些人差不多在什么样的一个水平线就行了。

对2011年至2012年9月间一些重要文艺文学报纸杂志的阅读就属于这种情况。一方面，“文学批评”问题似乎在这一时段被格外突出了，讨论的文章也就异常之多之杂。“多”是因为相关报纸、杂志都几乎开有讨论的栏目；“杂”是说对于文学批评的指责（远胜于正面肯定当前文学批评的文章），上至文艺家批评家作家，下至媒体记者、一般读者和文学票友。成色相当不同的“药方”使人感觉当前文学批评的门槛低到了令人吃惊的地步：谁都可以指着批评家的鼻子骂骂咧咧，但谁都仿佛只是图一时嘴上痛快而已，隔山打虎、隔靴搔痒。若任意挑选出一两条措施照着去做，无疑使批评更糟，而不是更好。另一方面，据说当前文学批评问题确实大，而且这个大中所谓学院派批评更大。从哪里看到的呢？从近些年来的文学理论批评刊物和一些文艺专业报纸所开相关栏目，这是两个主要来源。比如最近围绕着“有效性”“优良文风”，还有其他一些文章，谈着谈着明显已经露出了马脚，实属没话找话、没毛病挑毛病，过来过去是鲁迅怎么样怎么样，李健吾怎么样、李长之怎么样、沈从文怎么样等等。对于读者真要知道的今天的批评，文章却藏着掖着、遮着掩着，不知道为什么。我的直观判断是，这些指责批评的人，其实没几个是真读过当前时代中国批评家文本的。不了解或了解的多为流传的口水，文章又不能不写，时髦又不能不赶，于是，“有效

性”“优良文风”的殊荣就只有批评史教材中的一些人分享了。

闲话休说，言归正传。我在这里只想就我所阅读过的指责文章在宏观方面谈点不成熟想法。

我不拟提具体人的具体文章，因为在我看来，提具体人的具体文章除了助长其话语刀客的“真理感”外，再没有任何意义。可能的话，想就某些人的某些文章——在我这里都是产生于具体人笔下的文章，谈点普遍性问题。

首先是“求真”的问题。“求真”是指责者对批评“不真”最为痛心疾首的批评，因此也就成了指责当前批评“失真”的一个关键。所以这一路文章，总体上就属于用批评实践落实“求真”的性质，一般是具体的作品论。第一个以“真实”发表作品论的人是谁我忘了，但这个人所出示的挑文学作品语病的批评模式至关重要，它无疑是暗合“人们”所谓“求真”标准的，或者说，它就是当前批评所谓“求真”的具体条件。从第一篇作品论“跟读”到今天，恕我直言，作家的语用、语病、人物穿帮、细节失真等问题，的确值得去好好分析，它肯定是一个时代学风的最直接反映。然而，如果把这个低层次问题等同于批评的“求真”，尤其等同于课堂上给学生批作文，那么，该“真知”恐怕就变味了。不错，我这话一出口，我即刻就能听见某种更咄咄逼人的反驳之声——“小学”不存，何以问鼎“大道”？事实即便如此，不过，当批评本身——我指批评主体性、批评视野、批评话语，堕落到句读层面，除了勉强表明该作者曾在细读上下过功夫，有点“乾嘉学派”遗风之外，批评的“大道”都无一表露，还怎么谈文学的“大道”？更为掩人耳目的，当然是我感觉到的一点是，所求的这个“真”，据说要力求对细节进行证伪。迄今为止，我都未能理解透“细节证伪”的措施怎么落实，只能从批评文本琢磨出一点信息来，仿佛在于强调，要批评某一细节，必须先自己经历一番该细节，或者至少要自己体验一回该细节，这可能吗？常识告诉我们，你尽管有权批评几个妓女的勇力和忠诚，但你无法再过一次南京大屠杀的惨痛生活，你的知识使用即便充满文献证据，你也不可能告诉作家或影视编剧，你的细节就一定是经得起再三推敲的（电视剧《金陵十三钗》和小说《金陵十三钗》）。雷蒙·卡佛十年之内对《一件好事儿》（短篇小说）进行过三次改写，他改写的目的恐怕不单是为了面包师傅几次“威胁”电话真实不真实的问题，实在是“威胁”这个叙事准确不准确，以及失去了儿子的夫妻，特别是妻子是如何令人信服地渡过精神难关的问题。读者在难关体验中获益，是因为读者在作家的最后一次修改中，充分地领受到了作家的话语意义。你有条件印证“十七年文学”中细节的不实，但你不能在你的印证中给出满意的价值观，而且如此三番五次五次三番的解构，最后的一刀恐怕只能解构文学的基本信念。这样的批评，文学只能一步步被推到纪实、报告的层面，而仍然失察于当今人们的心灵体验。考证细节的真实性鼓荡的一个直接批评后果是，明明评的是某作家新出或新发表的作品，这一考证却给当日的评论赋予了一种回溯式庞大论述体系，不拉出该作家、该类型作品的历史书写流程，便不足以完成当日作品中本来是当日的观点态度。不消说，当日的观点，当日的感知，只好让位给一大堆陈腐的旧知识，让位给“教案化”的学术流水线。人们不但看不到此时的体验，同时也感知不到由此时体验生成的意义生活。而这种意义生活可能只配书评来凸显，这时候却不幸由批评的宏大体系来担当了。“大道”就在这里流产了。它流产于“知识”，流产于理论谱系，流产于与当前时代隔绝的安全美学。

台湾学者、作家张大春在其《小说稗类》的某一章中曾说过，文学的真实性并不是细节准确不准确，而是细节出示了一种准确的范围；海明威在访谈中第一次提出他的“冰山”理论时，特别强调，伟大的作品是从对于不正义的感觉中产生的。他说，伟大作家是不怕震动的、有本事辨察谎言的人，他把这个品质叫作“作家的雷达”。意思很清楚，文学的真实并不是现象学的真实也不是纪实的真实和现实的真实，是他所谓从人们的知识、了解到经验所创造出来的并不能等同于现有知识、了解和经验的东西。那么，作为二度求索真实的批评，总不能又把作家的真实反过来拉回到具体的现实、现象和纪实吧？需要格外用力的恐怕是进一步戳穿通行的现象学真实、纪实思维真实和现实秩序所允许的真实。

其次是“道德伦理失范”问题。简单说，“道德伦理失范”问题是所谓“求真”批评中的一个自然过渡后果，而不是来自社会视野的理论观察，至少不是在当前现实秩序内层发力的结果。说穿了，停留于并把玩于所谓单纯艺术的“真”，道德伦理失范就只能是个体的问题，而不会上升到时代整体的高度。也就意味着由此而生的批评话语，正好陷落在了哈维尔批判过的后极权时代所鼓励的“内在的消费主义”的窠臼。把个体、个人——在文学创作中通常表现为叙事视点的人物精神状态，当然地视为作家意识、社会意识的应然存在。批评在“内在的消费主义”思维下求其“自由”“民主”，毋宁说是对既有现实秩序的赋形，而绝不可能被理解成对既有现实秩序的批判、省思。如此而得来的“道德伦理失范”的正值，其实经过一大圈的绕行，最终成了对一个作家、一个个人的规范——尽管有时候以“传统文化”“现代性”的名义出现，但本质上触角不会深入既有现实秩序。相反，多数时候，至少在我读过的类似批评文章中，反而是以“真理”的名义出现的。这种巧妙的甚至当事人也不见得清楚的转换中，批评因为“道德伦理失范”而看起来好像有了那么一丁点问题意识，其实这个关键处的批评正好走向了彻底的相对主义、虚无主义。

为什么呢？不妨举一小例来说。

比如近来涌现的一些批评列队者，特别喜欢用“半部书”“八股八卦”“申请一堂课”等等来说事。其实，你认为失败的半部书，在别的知识影响下的批评家看来也许还是成功的半部书，依此类推，“八股八卦”“一堂课”都有相反的例子做支撑。这就是情感批评、道德批评的悖论——话语不做更新，只凭一己之见，就想谈清楚一个本来不只在情感、道德伦理范畴的问题，批评只好滑向可笑的“公说公有理，婆说婆有理”的坊间是非纠葛层次，而不得迈进学理半步。权衡利弊之后的指名道姓之所以表现得如此有“勇力”，那是因为对象是地道的弱者，充其量不过是凭资历混迹得似乎有了那么一点话语权的批评家或者作家。而这样的批评，对于现存秩序之所以王顾左右而言他、支支吾吾，一则目前的气候的确不便于表达真想法，一则从行文修辞、心态来看，我的贸然判断而言，恐怕实在不知说话的时代究竟是什么性质，也不知该怎样言说今天的思想所致。你别以为文章张口闭口"思想性""优美""审美"就以为该作者真有什么思想性、真在推行什么优美文风、真在践行什么不得了的美学。对自己时代的判断没有一个基本概念，对自己脚下社会性质的观察如果并不比烤红薯者、出租车司机随口说出来的高明，所谓思想性、优美、审美——依我的观察，的确仍然是古代文论，沈从文、李健吾等人已经说出的那点东西。

我说这些，心里其实一直在打鼓。那些龇牙咧嘴的指责文字，背后的那个主体难道真的不知道身处的现实秩序吗？答案是否定的。就算该批评者完全脱离"基层"，鲍曼在《工作·消费·新穷人》，或波德里亚在《消费社会》中反复论述的现时代的特征——"新穷人"，不会离那个个体远多少，可能的情况只会是，该主体压根儿就不清楚在什么立场说话罢了。

总之吧，除了以上两个整体感知外，其他的还真都是些常识中的常识，最显眼的比如说，音量和分贝的问题。我发现，凡题设"真知""道德伦理失范"，还有"学院派"，指责者的调门一定会提高几倍，那架势恨不能一家伙置人于死地。这其实正是消费社会的一个显著特点，它巧妙地转移了问题的本质，把个人问题上升到制高点，一定程度上就是弱化、消解根本社会问题。虽然根本社会问题有时候反映在个体形形色色的思想意识中，但根本社会问题与个体经过消化处理、甚至同化后的反应，仍然不是同一个问题。

下面，为了清晰起见，也为了使我的观点更集中一点，我把前一段时间写到自己博客上的一段感想贴在下面：

> 对于一个以"口食""热点""现象""自我事件""文化信息""口水"等等为注意力的时代，不可能有什么向下沉的思想内容。这和观赏美女大腿、谈论三流明星绯闻

是一个性质。什么都“全球化”，什么都“全国化”，等于什么都没有。一个人，哪怕是谁，都生活在一个具体的空间，他的所思所想也都首先是对威胁、胁迫自身的具体权利的发言。如果张嘴闭嘴“先前怎么样”“祖上怎么样”“过去怎么样”，不是说“先前”“祖上”“过去”突然厉害了，是说该个体突然空了。这与近年来某种呼吁白开水式批评文风不无关系。“工具论”时代，一句日常用语就能迅速流传起来，那是精神贫乏的表征；现在一旦有什么刺激，就表现得异常亢奋，是空白的表征。当代中国批评者——一些没有问题史的批评列队者，已经深陷至少两个误区中还不自知。一是误把1968年“五月风暴”之后起来的福柯等人的“话语”秩序革新，当作简单的批评技术主义，弃之如敝屣一般；二是把哈维尔所谓后极权时代的“内在的消费主义”误当作“个体”“个人”“主体”的登场，捧之奉之迎之如宝物一样。如此一来，当前的批评列队者在干什么呢？不知道该干什么。想什么呢？不知道在想什么。干的是关于自己的事，想的是有关自我的事。热剩饭，炒信息，自恋标榜，等等，不过如此。但是，行文中，你完全能感受到批评者眉头紧皱、牙关紧咬的“铁肩担道义”模样，这就是真正的荒谬。

最后，允许我套用我尊敬的某学者曾用过的一个词——“话语刀客”来结束这篇小感想。按照该学者的论述，话语刀客者，最重要的一个特点是以语词暴力的方式粗暴地、武断地判断事物，以体大量大的修辞措施干扰视听，从而达到“众人皆醉我独醒”的效果。因此“话语刀客”也叫“话语暴力”。大家都想当一剑封喉的刀客，都想一下笔就构成一桩点击率老高的事件，人明明还要活下去，文学明明还得存在下去，批评也自然还得跟进下去，那么，我们不禁要进一步追问，“话语刀客”之后，还能整点啥？

依我的浅见来说，如果把视野仅限于文本内，“勇力”就很容易上升到个人利益权衡的使气，至多也不过是言人人殊的道德伦理口水战；如果把问题——批评的“说真话”问题，潜在地设定为是对具体个体或具体文本的指名道姓，那么，我们的批评可能连应试教育阶段语文课堂上分析作品，在最后通常要涉及的“社会根源”分析意识水平都达不到，还谈什么有效性呢？

失重与软弱：当前文学批评的含混面影

“对话”成为作家与批评家之间互动的一贯基础，古已有之，没什么需要格外说明的。中国古代文论中的诗话、词话、妙悟、灵魂的探险等等都属于“对话”。并且有时批评家在“对话”中所彰显的认知维面、审美感悟还高于作家，因此批评家动用以上“对话”话语时，判断并不一定压倒描述和创作的冲动。情况恰好相反，只有前者服膺于后者，被瞬间捕捉的作家创作的激情才配点染自己，批评话语也才堪与创作对抗。这种紧密结合、相互激励的批评行为，在批评家的主体意识普遍沉睡的时代相当普遍，批评也只能是阐释、解读、点评、导读的功能。这种状态甚至在20世纪90年代之前都非常正常，至少90年代以后包括90年代自身，文化上的多元化、视野上的全球化等等一系列开放的时代信息汹涌而来，再加之文学的代际冲突日益明显，批评的“对话”模式似乎不继续发扬光大都不行。因为目前来看，不管“对话”中含有多少有价值的“对话性”，显而易见，商榷、交流、沟通，包括其中应有的反思、审视、否定，唯有“对话”仿佛能够保障不同价值观之间基本通约的可能。

近年来，围绕顾彬的“垃圾说”，由“打开文学研究视野”的文化研究走向“泛文化研究”的“文学材料说”，还有从批评题目就彰显的对作家用意的百依百顺的猜谜语式平面对话，就多少显示出了批评的迷茫和不着边际。关键是，在消费主义时代说消费主义必然有的负面——市场的诱惑、欲望至上、媚俗、拜物，如果没有一个让人信赖的价值尺度作保障，它的说服力在哪里？在日常化、身体化叙事已经被市场获准的时下，也即以个人为轴心的文学时代，个人的神性如何才能既不抵消个人的俗性，又不瓦解个人的神性？从这个角度，批评的现有对话形态，或者批评家不约而同采取的方法论——“对话”模式，不是建构了批评应有的活力和信心，而是绕道而行，假对话之名消解了人们对文学本有的期待热情。这样的对话就是肤浅的、及时性的和职业性的例行作业。

接下来我的问题是，如果“对话型”能勉强概括新世纪文学批评的基本方法，“对话”企图要实现什么？“对话”的效果到底怎样？换句话说，对话是目的，还是手段？

内部对话的失重感：“中国经验”降低了“现代性”程度

“中国经验”这个缺乏限定语和后缀的词频繁地出现在批评家的文章中，还是近三五年里的事情。如果回顾一下它得以诞生的具体语境，不外乎国际背景和国内背景两个方面。国际背景就文学方面而言，主要与“伟大的中国文学”与中国当代文学是“垃圾说”密切相关。把“伟大”与“中国文学”联系起来，并且表达与这个表述相反的意思，是美籍华裔作家哈金的事情；直言不讳下判断，直陈当代中国文学是“垃圾”，并且不止一次地重申这个刺耳的判断，是德国汉学家顾彬的可爱和执着。伟大的中国文学在哈金那里，实际上就是中国当下文学如何不伟大的问题。2005年左右，中国批评家热议的是，文学为何必须充塞如此让人难以接受的暴力、色情和媚俗、欲望叙事，并且由此生成了在作品中占有相当大比重的身体欲望、金钱欲望、物质欲望等形而下子元素。在这个角度，哈金的眼光可能在人类良知、人文情怀这样的层面，他要表达的就是当代中国文学缺乏发自心底的知识分子良知和人文情怀。显而易见，哈金的出发点只是忠实了个人感觉，可能读过不少当代中国作家的作品，也可能未经细读但通过二三手资料一定了解到了当代中国文学中“不堪”的一面。于是，他通过扎眼的说反话的方式，提请中国作家注意世界经典的标准。当然，哈金在那个时候说那样的话，一个充分的前提是，他知道中国批评家正在批评什么。中国批评家基于中国具体文化情景的道德诉诸，在哈金那里，的确要经过全球化眼光筛选和提纯，才能把具体转化为抽象、把微观转化为宏观、把细节转化为理论，问题才能得到必要的放大并且变得异常显赫。这一点而言，哈金的“伟大说”，其实表述的是中国近30来年文学应该有时代的整体形象，世界经典是他说话的一个标准。文学沉迷于琐屑的个人身体经验和日常物质事象是他批评的直接对象。国内情况而言，2005年左右，中国批评家正在着手打造“心灵叙事”（或“精神叙事”）[①]，批评的对立面与哈金差不多。或者勉强可以认为，“心灵叙事”就是“伟大的中国文学”这个大概念具体到创作层面的方法论。只有当“心灵”超越了“物质”“俗性”而不唯俗性，既能包含俗性、肯定俗性的人性合理，又能于俗性中照耀出神性的追求，精神叙事才会有可能。不管强调“心灵”还是“精神”，有没有人文关怀是批评的终极指向。因为“心灵叙事”这一用语本身含金量的毋庸置疑，批评话语虽然不得不在此概念下展开，但实践落实却不好体现。什么是“心灵叙事”？讲一个小人物歪打正着的性体验，叙述某个民工的白日梦，批评家可以说不真实、不够有境界，但这不代表小人物、民工的体验、梦境不心灵、不震撼。于是，《红楼梦》、张爱玲的“不失好玩之心”的“俗”依然成了不可缺少的论据。可是，批评家心里也明白，不够伟大既是哈金的理由也是自己的批评目的。《红楼梦》、张爱玲在这个特定语境被供出，其有效性肯定有限。道德、伦理的现实尺度本来是“心灵叙事”者不屑于一谈甚至竭力回避的话题。无奈的是，文学的道德伦理诉诸正是在这个时候有力地解释了“心灵叙事”无法具体呈现的内容。

于是，“伟大说”最后只好走向道德关怀，走向“底层文学”。与宽泛的底层文学相呼应的，是兴起于深圳等工业发达城市的“打

① 中国批评家对所谓“心灵叙事”表述上的含混和价值观的混乱，我已经在《边界与分歧：在常态与“心灵”之间》中进行了批判，拙文见《西北第二民族学院学报》2008年第3期。

工文学”“新都市文学”。打工场景和新都市生活的“毛茸茸”“活鲜鲜”，就这样激发了寻找文学生长点的批评家的阐释激情。概括而言，认为这种纪实性的文字可能是最了解这个时代农民、城市漂泊者生活处境、心灵痛苦的文学，批评家从这类文学的“真实”中首先看到了底层者被“化”入城市，成为新一批城市力量的迹象。社会学的分析结果，使得底层叙事与“左翼文学”成了血脉相通的孪生弟兄。如此批评路径，与其说批评家在“左翼文学”传统的角度误判了底层文学的真正叙事意图，不如说，底层叙事者因缺乏人类大悲悯的境界，在苦难叙事的既有框架内被自以为是的想象力异化了本应该上升到更高境界的底层世界。与 19 世纪俄罗斯经典文学中的“多余人”“五四”先贤在本土发现的“被损害者”“零余者”对照，90 年代以来的“底层者”，其思想力度都显得局促而蹩脚，普遍陷于问题结束了文学也就终结了的尴尬境地。

顾彬在中国的几次演讲和在其专著《20 世纪中国文学史》着墨不多的中国新时期文学论述，抛开国内学者大而无当、缺乏举证的“辩驳”不谈，顾彬的“垃圾说”之所以能引起如此广泛的反响，我个人认为，其潜在的批评对象很具体。那就是，这个时候比较有前途的底层文学。因为在凝聚人心、发扬利他精神的特大事件中，底层文学却暴露出了前所未有的盲目性和软弱性，人物一下子变得幸福了、故事一下子变得圆满了。再加上“国学”、民间文化（实则仅是对传统节日剖面处理和对少数民族、偏僻地区封闭文化的如实记录，或者有针对性地肆意放大）、孔子、老庄哲学的弥漫，包括底层文学在内的大大小小的叙事，都似乎在一夜之间找到了自己苦苦寻觅的东西：原来和谐、诗意、本土自信心就在自己曾经不明就里一而再再而三反抗的传统文化里。这个时候，原先“在路上”的民工也不再奔波，借住在偏僻巷道的打工妹也有了应有归宿，不明身份的“逃逸者”也仿佛明白了留下来的必要。一句话，文化认同、身份认同也不再是难题，“共同体”中只配谈如何有效地消除了差异、如何尊重了不平等，而不是表现差异、凸显不平等，等等。顾彬的“垃圾说”如果具体到当下的文学问题上，那种一味沉浸在被诗化处理的孔子话语中的自得其乐，一步到“正面肯定性价值”的叙事指向，肯定是支持顾彬下断语的直接论据。

绕开顾彬的话题，就中国批评家而言，尽管批评文本不同、批评的指向也不同，但不约而同直接或间接使用“中国经验”的事实表明，在新世纪的今天，“现代性”的诉求已经需要阻断而不是继续展开。认为曾经条分缕析的各种现代性图景，可能不是推动、深化了文学发展，而是纯化、窄化乃至于简化了当下文学复杂和丰富的内涵。

首先，20 世纪 80 年代成名的批评家面对当下文学显出了集体性的疲惫相。如果说回到文学史研究是这些人学识积累的必然结果，那么，由文学史研究演化为“文化研究”，并且在文化研究的视野探寻文学的生成关系、发掘文学的社会学根源、性别、种族、阶层、殖民等做法，构成了被伊格尔顿称作“文学理论”向“理论”[①]的转向。他们的论著、文章，无不显示出感觉、直觉、情感的迟钝，知识、理论、社会经验、理性等政治意识却过剩的迹象。如此，他们贡献的就主要不是当下文学的未来问题，而可能是当下文学何以不可能的预言。从这个角度，“文化研究”作为方法确实打开了批评空间，但“开放视野”如果不是对文学理论的更新，“开放”就有必要警惕。因为它不是言说文学性，是文学之外的文化信息，用来解释文化的“理论”把本来匮乏的“内部研究”再一次推向了“外部研究”[②]。这时候批评界的“对话”，被对话者严格说来是缺席的，至少对话者是消极的，因为发掘文学历史性的生产流程，不会直接对当前文学如何不能的现状产生冲撞和矛盾。有时情况或许相反，发掘历史性的生产流程，只会助长、保护当前文学对

① ［英］特里·伊格尔顿：《理论之后》，商正译，第 25—27 页，第 4—5 页，商务印书馆，2009 年。伊格尔顿把游离于文学理论的理论资源称为“理论”，用它来批判文学批评的不守边界。

② ［美］勒内·韦勒克、奥斯汀·沃伦：《文学理论》，刘象愚、邢培明、陈圣生、李哲明译，第 73—74 页，江苏教育出版社，2005 年。“外部研究”在韦勒克和沃伦那里也仅指与文学相关的其他学科，为的是更周全揭示文学的特性。

它的文化土壤的依赖，当前流行文化趣味成了文学如何不能的孕育胚胎，这肯定是恶性循环。

其次，90年代一度轰动，致力于道德、人格、良知、人文等否定性批评的“新潮批评家”，在文化多元的今天，他们理应继续担纲当下文学批评的重任，继续为当下文学场输送异样的主体性声音，可是这些大多被招揽进学院担任教授、博导的壮年学人，似乎也因为胃口的不投，或者等待经典大作的遥遥无期而显得很是保守。我对他们论著的阅读表明，新潮批评家可能是唯独坚持现代性、启蒙话语的批评家，至少绝大多数人的批评文章对“中国经验”保持着相当大的谨慎。他们相信文学现代性或文化多元主义中总有值得读者永远敬重的特性——文学的人文建构功能。只是，在更年轻声音的混杂中，新潮批评家反而给人一种与当下现实错位的感觉：现代性没错，但个体的神性和俗性能否达到平衡、统一，或者当下“非经典”中如何才能培植出优秀佳作？新潮批评家的那套方案都显得与现今语境格格不入。这个时候，“70后”或者“80后”似乎更有资质。然而，这些更年轻的批评家显然太信奉文学批评的“学理性”。结果，师承关系的流风遗韵使得他们一开始就进驻了过于纯粹的“专题”、考证序列。文化研究在他们这里的确已经不是老一辈批评家的样子——文学多数时候充任材料，文学理论不自觉地滑向“理论”。他们的目标很明确，继承文化研究这个就目前而言仍属于最开阔的世界性方法，只是在批评对象的选择上，与前辈略有不同。他们愿意跟进新生作品和新崛起的作家，并且采取无间隔的平等对话，对新作家新作品进行同样的“关系”考证，结果剩下的就只有一大堆貌似心贴心的体温之作，而几乎没有对文学理论的新建树。“一对一”的对话、恨不能替作家言说的古道热肠，的确方便于阐释文学细节的微言大义。但批评如果沉陷于细节、过分信赖作家的服从式批评，基本上不会在整体的、宏观的视界发现新语境下暴露出来的“现代性”的新问题，多的却是似是而非的、甚至该抛弃的陈腐人学观。这样说，倒不是认为“中国经验”不能取代“现代性”，“现代性”正是古已有之的“中国经验”走到今天，最值得丰富和运用新语境引向深入的一个命题。这与写不写世俗、写不写物欲，甚至价值观是不是指向记录现象的写实，或者从后现代文化那里借来了去中心、去价值、去差异、“大话化”的表现，以及超现实、魔幻应该构不成什么必然关系。现在可以一下子说出个所以然的“中国经验”，按照批评家频繁使用的“中国人之心”“人心”“俗世之心”等等术语，可以判断，“中国经验”也许是非文化性的俗性、自然性、物质性与初级社会关系学、老庄哲学、孔子“和而不同”化合后的一种混合物。这表明，“中国经验”所昭示于人的并不是《红楼梦》的传统，也不可能是鲁迅的传统。唯一比较形象的，《金瓶梅》的路子也许是首选，当然还包括四大名著中的“小传统”——“中国经验”的概念如此之大，自然能囊括进去的还不只这些。就新世纪以来的文学事实说来，底层文学之后，或者把底层文学作为对立面的，从民俗文化、民间传统中提炼出来的安宁、和谐、诗意、调适、自慰，理应是“中国经验”的题中应有之义。这进一步表明，这个宏大经验并不是什么独特的东西，它只不过是应对长期以来人们驾轻就熟的西方经验时制造出来的一个模糊对立物。一定程度上，这个对立物可能还充当着拯救国人“失语症”、不能与西方文学（理论）平等对话的不体面角色的政治意义。正是在个体的神性与俗性能否达到平衡、统一的纽带地位，“现代性”肯定是照射一大批文本的价值核心。与其说它是“中国经验”的瘦身剂，不如说它是检验信息繁杂的文学人物有没有灵魂的监测仪。在这层意思上，批评家普遍性地放弃“现代性”，文学中所保留的“中国经验”，就其时代信息、现实信息与世界信息的复杂程度而言，文学可能繁荣了、变得贴近人们的趣味了，但就诸多信息中的精神含量来说，境界未必升华了。

外部对话的软弱性:“理论化”遮蔽了问题意识

批评话语的基本形态、思维方式，完全能够照耀出批评家角色的分布状态。“中国经验”大量地覆盖“现代性”过程，实际上也就是文学批评丧失真正“学理性”的过程。看起来文学批评直接为文学史负责是批评家心照不宣的目的，实际上先从理论上树立本土自信心的想法，反而使本该悉心聆听文学现场声音，并及时做出判断的感性行为，让位给了四平八稳的文学史书写模式，让位给了以回顾过去文学为圆心的关系学梳理，等谈到真正的批评对象时心力已经不足、文字已经不多了。这时候，在整个批评活动中首先起作用的其实是“建构”心态，那种在谱系的意义上想要呈现文学“突破”“杰出”的学科立法者姿态。这样一来，当代文学的“中国经验”问题，为了这个似是而非的主题，就必然牵扯到一系列从头做起的“整理”和“论证”工作。埋首“国故”的手忙脚乱，费尽心思的“传统转换”，一批批刚脱胎于学院的年轻学子，他们的批评选择是完全可以想见的：要么一头扎进过去，写出一篇篇很难归到文学研究范畴的批评文字；要么听从市场的指令，顾左右而言他，制造一堆堆很有“看点”的时髦文章。我的视野所及，特别是后者，恐怕占有着相当可观的理论版面。对这些批评文字的价值不宜做过高的估计，它们不可能把文学“如何可能”当作自己的志业。凌乱的理论搬运中也不可能孕育自己的判断。

我想要强调的是，经过几年的专门训练，中西方文学理论的阅读肯定是必不可少的功课，也同时是建立自己批评坐标的必由之途。面对今天如此复杂的文学现实，信奉哪一种理论，借重哪一种方法，的确取决于个人的性格、气质、趣味。比如选择伊格尔顿的《20世纪西方文学理论》与《理论之后》，或者卡勒阐述文学理论转向“理论”、詹姆逊的《后现代主义与消费社会》，摆在眼前可能很现实主义的文学，也许就一下子变得充满了后现代主义元素，本来后现代的作品或者在不同的理论观照下变得不那么“后”了。今天批评界的一个基本事实是，福柯、德里达、巴尔特等人的论著已经不十分吃香了，仿佛这些解构主义理论家连同“解构”本身的气数已经耗尽。取而代之的是“建构”及其相关理论家的名字，比如卡勒、詹姆逊、伊格尔顿等人。不过，对于“建构”及其理论，仍然是一种筛选性的借重。大致思路像有学者归纳的那样，文学理论转向理论。文学批评虽然不直接创生文学理论，但既然文学理论转向理论标志着文学某种程度的解放，理论自然成了文学批评的就近参照。一方面，就是不是谈文学，或者围绕文学来谈的角度，文学理论时期，文学批评活动的范围是守文学学科边界的、有中心的和有类别、有差异的，当文化研究打开了一切并致力于跨界操作时，文学理论面对扑面而来的新历史主义、女权主义、后现代主义等超级命题的无地自容，只能让位给包容性更大的“理论”来处理。典型如福柯的论著，批评家在征用时从来不是把他的观点看成是一个单纯的文学叙事问题，而是当作哲学、历史、社会理论或政治科学。这意味着理论比文学理论更体贴文学的冷暖寒热，如果手头的文学正好吻合了理论而不是文学理论。但是使用了理论的文学批评并不是微观的、具体的，它是“大写的、单数的概念，偏于总体性、全局性，表现为宏大叙事”[①]。为纠正文学批评违背初衷地崇尚“高”“大”“全”的老路，抛出一种新型的反理论就很有必要。于是，那种局域性的、部门性的、从主体出发的、依赖个人经验的、审美化的、自传性的，而非客观主义和全知性的，即重回细读式批评就成为了当下的权宜之计。这种“后理论”被寄予对“理论”的补偏救弊效果，认为“后理论”成为可能，“意味着对于‘理论’的非文学倾向的解脱和超越”[②]，也被认为是对文学的招魂，并且也被赋予回归文学理论的重任。回归后的文学理论，其实已经是原先完整、自律、总体性、典型性的破坏，既有后现代主义的一贯特质，又追求琐碎的、小的、个人经验性的，世界哪有这样的理论？作为一种理论自省，完全值得首肯；但作为操作，恐怕很难落实。的确，即便我们能重新回到单纯的文学时代，我们也无法率真

① 《从文学理论到理论——晚近文学理论变局的深层机理探究》，姚文放，《文学评论》2009 年第 2 期。

② 《从文学理论到理论——晚近文学理论变局的深层机理探究》，姚文放，《文学评论》2009 年第 2 期。

地说“约翰·济慈的作品令人愉快”或者“约翰·弥尔顿流露出坚毅的神情”[①]就是文学，或者如此的描述就是文学批评。身为理论，如果它的破碎来自内部，理论的理论性也意味着取消。从这个意义上，我认为可以归类到“后理论”范畴的文学批评，它的前途也许未必一味乐观。指责中国当代文学缺失什么、怎么了的批评家，思维上与顾彬没有根本性区别。除了套用一两个大概念来壮壮胆气，细节上可能还与当下的文学场域有着不止一层纸的隔阂。

另一方面，也是在后现代主义的特征下，承认文学理论、理论到后理论的转折成为基本理论事实，但同样的理论资源却得出了完全相反的结论：在琐细的材料中能否不限于琐细，从而发现细枝末节之间的必然联系，胸怀天下，指出其中有意无意蕴藉着的大问题、大命题。学者周宪借重伊格尔顿的另一观点恰好认为，文化研究的兴起，以及它坚持的反精英反经典的民粹立场，将日常生活和大众文化纳入视野，难免摄入一些细枝末节、微不足道的问题。许多重要的问题被搁置或排斥了，“理论之后”（也就是“后理论”）有必要转向那些被文化研究所忽略的“大问题”：诸如真、德行、客观性、道德、死亡、恶和非存在等。“**那些被大理论和文化研究所遮蔽的大问题，反倒可以在理论之后的小理论视野中凸现出来**”[②]。在这里，与其说中国批评家面对差不多的中国文学问题，价值观的不同出示了相反的拯救方案，不如说在他们的梳理和征引中正好说明了西方理论家眼里，文学理论从来就有一幅完整的图像。换句话说，在“解构”与“建构”交叉的后现代语境中，使用哪种理论、动用哪个视角，仅仅是方法和手段层面的选择。即便某种理论犹如量身制作一般显得格外有用，文学批评的终极目的仍然不是猜谜语式的揭穿谜底就完事，“建构”作为一种个体理解，在这层意思上才表现得高于理论本身。

以上粗略勾勒可以看出，文学理论转向成理论或者后理论并不

① ［英］特里·伊格尔顿：《理论之后》，商正译，第25—27页，第4—5页，商务印书馆，2009年。

② 《文学理论、理论与后理论》，周宪，《文学评论》2008年第5期。

重要，重要的是在文学理论被消解了的当下语境，文学批评的着眼点到底该选择从小细节开始止于小问题，还是同样起于文学的细枝末节终止于大问题？顺从式、服膺式姿态不排除没有问题意识，但如此心态发现的问题恐怕很难说是关于文学世界观、价值观的大问题，更遑论把批评对象引向伟大、经典。充满敌意的对话，它的杀伤力同时也屏蔽了作家未经自觉但已经有所觉察的直觉；善意的对话，一定程度彰显了直觉，也能实现把“死”问题激“活”的提升效果。底层文学特别是走向极端化的想象性底层文学，不能说没有“左翼文学”的个别属性，但今天的底层文学能说它就是对当年“左翼文学”脉系的继承并且变种以后的“新左翼文学”？就算真的考证出了其中的蛛丝马迹，难道于把局限的底层文学引向开阔有某种必然帮助？

上面这些林林总总的批评想象，我想肯定不能代表年轻批评家的最高水准，也不见得就完全符合“理论”的大而化之。但一个共性是有小问题发现而没有大问题意识，或者惯性地对旧问题很敏感，而对语境性的新问题视而不见、麻木迟钝。这使我想起，在“解构”与“建构”中间，中国批评家其实还演练过一段时间的主体论。像萨义德的《知识分子论》、弗兰克·富里迪的《知识分子都到哪里去了》等等。现在，这些西方理论家的观点和言论显然也有点过气了。中国批评家现在正努力做的一件事情是，紧贴当下的大众文化现象并千方百计地摸准人们“娱乐至死”的源泉，给琐碎的文学和琐碎的主体赋予一种以“小”字打头的理论根据。从而从整体上论证卢卡契“总体论”的不合时宜、巴尔特“作者已死”的历史必然性，虽然本意并不是这样。然而，真正的建构，除了以“小”见“大”的方法论以外，更根本的我以为还必然应有主体论的临场。

现在的问题是，“中国经验”似乎已经取代了“现代性”，伊格尔顿意义上的“理论之后”设想还在被形而下的小趣味排斥着——伊格尔顿曾说过，身体是一个始终流行的主题，人们感兴趣的通常是情欲炽热的身体，而不是饥肠辘辘的身体；交媾的身体，而不是劳动的身体。“对话”形式花样翻新，“对话”趋势也日显强烈，但痛苦的对话精神却日渐稀薄；文学批评也越来越注重“理论”含量了——主要是对“理论”的格外信赖，和对所谓“后理论”的玩味。文学理论的整理、生气的重新恢复，就显得依然是看市场怎么走，而不是矫正市场怎么说。那么，“中国经验”的批评路线跟着就越来越含混了。这的确是令人深思的问题。

中国当下文学的认定与批评方法

中国当下文学的运行充满着矛盾，在褒贬不一的理论批评中，文学价值、文学精神首先不同程度地遭到了误读或遮蔽，理性地阐释理论批评中所体现出的价值辨析和精神质疑，无疑是正视当下文学走向的途径之一；另一方面，导致误读与遮蔽的原因，最主要的恐怕还是理论批评方法的不彻底所致，这也是本文阐述的一个重点，即文学批评要打开新的局面、拓展更大的空间，有必要转移现有方法论，进入微理论的观照视野。

对我们身处的文学现实如果没有一个基本的了解，我们的阅读、批评和研究，甚至包括对文学作品的选择，可能都会显得封闭、狭小，自我陶醉而得意忘形。

所以，了解当前文学运行状态，了解文学理论的着力点，了解文学批评所关心的焦点、难点，就是为了稳定地衡估文学在当下综合文化现实中的处境，也就才能言之有物、言之成理。

了解当下文学现实，还必然包括对当前时效性、功利性文化思潮的警惕。不能说了解了当前状况就意味着你的言说就一定是有说服力的批评。比如，你了解到的当前文学现实是“和谐”“儒家思想”“传统文化”“地方知识”“民族特色”，只能说文学在某种趋同的文化思潮推动下，走向了相当一致的共性，而不能就此判断，如此写作就是我们应该格外注目的有价值的文学。甚至在这个时候，作为批判性的文学研究，分析其中的屈从心理、顺从心态，并指出如此去做将会损失文学应有品质的诸多惰性，或许才是文学批评获得独立言说资格的依据。

当前文学创作异常复杂，不是一两句话能概括清楚的；当前文学批评、文学研究也聚讼不定，也同样不是一两句话能判断得清楚。但如果我们能抓住一些有代表性的言论、说法，创作界、文论界的一些共识性问题也还是可以把握的。

一

第一，当代文学在语言上是不是“垃圾”？

“垃圾说”是德国汉学家顾彬 2006 年提出的一个骇人论断，2006 年至 2007 年顾彬奔赴北京大学、南京大学等中国著名高校演讲，他频频使用了中国当代文学是“垃圾”的词眼，随后他的 30 万言《20 世纪中国文学史》的专著，通过详细论述也重申了这一判断。“垃圾说”一语一经端出，中国当代批评家纷纷起而攻击、撰文论证，认为不仅不是“垃圾”，90 年代至今还可能是当代文学发展的最高峰。很清楚，你说是“垃圾”，有你的论据；我说不是“垃圾”，我当然有更有力的论据。

在这里，我更关注的是顾彬的观点，因为论证不是垃圾很容易，难点恰恰在于，顾彬作为一个外来者、作为一个与当代中国文学特别是与还健在的中国作家没有任何友情关系的研究者，我认为，他的判断是比较客观和冷静的。他没必要刻意贬低中国作家的劳动，去收取哗众取宠的效果，同样，他也没必要故意拔高中国当代作家，来博得作家们的掌声和鲜花。中国当代批评家过于沉迷于文学的新生经验，过于信赖同代作家的智慧，这是导致判断暧昧的主要原因。说到底，这种批评姿态就是一种极端化的文学进步论，它的指导思想就是，既然五六十年代“工具论”当中，文学因服务于政治、服务于政策，不可能有自由的文学；80 年代文学又因为忙于历史反思、政治反思，“主体论”同样陷于具体事件而成为“大我”的代名词，那么，90 年代以“断裂”唱响的“个人化写作”“欲望写作”，就是历史必然的、进步论的。

顾彬对现代中国文学的研究，始终以鲁迅为标尺。鲁迅的语言人们很熟悉，不要说杂文的那种思想容量，什么“于一切眼中看见无所有”“于天上看见深渊”“于无所希望中得救”，就是《阿Q正传》《药》《祥林嫂》《孔乙己》《在酒楼上》等等小说，那种删一字嫌太瘦、增一字嫌太胖的文字质地，恐怕不是哪个自命不凡的当代作家能比拟的。顾彬快30岁才学习现代汉语，快50岁才开始学习俄语、日语等，他能用多种语言进行翻译、精读文学作品，这种用多种语言参照来透析一种语言之不足的研究者，说中国当代文学语言是“垃圾”恐怕不是意气用事。他说的德国文学语言遭到“二战”的破坏很严重，当代德国作家应该重建文学语言的提法，很适合中国当代文学语言。难道“文革”没有破坏我们的语言思维吗？相对于“二战”时的德国，90年代以来“去政治化”写作对“文革”语式的极端化解构，其中难道没有另一极端的趋向吗？比如只关心那么一点私人欲望，只把那么一点私人欲望当作人性内容的全部来写，是不是放弃了对现实问题、时代问题的观照？如此追问，首先在个人话语的建立上，除了个别“知青作家”可能获得了自己言说世界的语言感觉以外，近20年来不断涌现的一批批年轻作家，个性化表达不缺，可是在“私人叙事”“日常叙事”这样的大框架下衡量，究竟有哪些创造了属于自己的而不是时代风潮的个体化私语、个体化日常经验，显然还不容易挑选出特征明显的个案来。他们的个性只能是对故事的理解不同、叙述故事的方式有别，到底少有那种语言的突出者，也就少有突出的个体经验。只能用“日常”“私人”之类的新的集体经验来概括，却不能因为某一种个体经验而导致人们对如此大众化日常事象、个人欲望，产生整体性的质疑，或者像卡勒说的对这些东西进行“自反性建构”。肇始于语言问题，语言问题其实凸显了文学叙述的普遍性雷同现象，个体话语的缺失最终就是文学思想能力的低层次循环问题。

文学语言问题暴露的并不只是语言本身的问题，语言的寡淡如水，其背后一定有一个简单、浅薄的叙述主体。

第二，“垃圾说”分解出来的子课题，即如何评价中国当代文学的问题。

2009年11月以来，北京大学的陈晓明、清华大学的肖鹰，还有南京大学的王彬彬等人，展开了对该问题的论争。

批评家陈晓明硕士研究生师从文学理论家孙绍振，文艺学博士研究生师从钱中文。他的博士论文是研究中国先锋派文学的，叫《无边的挑战》。从先锋派文学一路下来，“后新时期”“不死的纯文学”“审美认识论”等等，是他研究的几个主要命题。从这几个主要命题可看出，陈晓明的研究范围主要是80年代及80年代以来文学。想办法给90年代以来文学命名，并赋予美学的合法性是他的主要工作。顾彬说当代文学是语言的“垃圾”直接颠覆的是陈晓明的饭碗，于是“前所未有的高度”就成了他评价近20年来文学创作的基本态度。“当前文学”与“当代文学”被他混用了。肖鹰一直致力于中国当代学术批判，涉及当代大众文化、电影电视剧、娱乐节目、知识分子行为、文学批评价值等等方面，他的价值尺度建立在五四新文化运动所开创的自由、良知、启蒙的角度，所以他不可能认可按照市场法则写作的当前文学，他的评价虽没有顾彬那么决绝，但也绝对不会是“前所未有的高度”。王彬彬抓住了陈晓明的“前后矛盾”来批判陈晓明。认为在“去政治化”的风口浪尖，陈晓明极力批判“十七年文学”，但在面对私人欲望的写作潮流时，陈晓明又说当前文学还不如“十七年文学”中细致的自然景物描写，这就把“阶级情压倒亲情”的“十七年文学”抬到了人性写作的高度。批判陈晓明是“市场营销商”“忽悠批评家”“唱盛派”。

我个人认为，关于中国当代文学高不高的论争首先是个伪命题，因为这一类批评动用的就是，比拼看谁举的例子最多谁就最有说服力的思路。当代文学很复杂，举什么样的例子可能都不困难。陈晓明说“高”的时候，不会主要说“低”；肖鹰、王彬彬说“低”的时候，不但要批陈晓明的“高”，还会应然性地忽视陈晓明的成就。然而，困难的是，在整个当代文学史的线索上，对人性探讨的方向上，当前文学究竟有哪些突破？这需要叙事学的折射，然后才是学科合法性问题。文学判断不是经济学研究，用一组数据就能解决问题。同样，“十七年文学”对人性的漠视，或者不得不牺牲个人性来成全集体人性、国家意识形态对人性的规约，肯定是通过

90年代以来文学对人性的丰富而复杂的全方位展示显现出来的；但90年代以来文学为了突出人性内容而压制人的生存环境、自然大地的普遍性做法，解决的方案恐怕不是简单地回到描写的传统那么容易，当下时代提供给个体的是否是整体性，肯定是导致作家能否于关注人性的同时情驻自然大地的主要障碍。也就是说，个体内心世界的破碎与生存环境的不完整的这种同构性关系，既是指认90年代以来文学在人性探索上进步的标准，也是反观过去文学的外部环境描写总是那么轻易地因时代政治气候变化而变化，甚至不长时间前后变化天壤之别的根本原因。这里，如果把问题稍作收束，评价当代文学前30年与后30年的不同，人性问题显然还是一个政治性问题。由于后者的潜隐性存在和与论评者、写作者的暧昧关系，陈晓明后来的批评实践从理论范畴的转向“现代性”（他前面的是“后现代性”）可以看出，他甚至是放弃了已经走上成熟的后现代性批评，用现代性这个残汤剩羹又重新打量被新生文学现象鼓动着的激情了。他的犹豫、调整与王彬彬、肖鹰的彻底、肯定，其实已经开始会合。对于当前文学价值取向的评估，不是谁举出的例子更多的问题，而是谁真正意识到了建立有效批评话语的艰难。就此而言，王彬彬已经在做清理工作，对鲁敏、毕飞宇、《红旗谱》的艺术分析即是，而陈晓明意识到的却是重新使批评解除理论范畴的捆绑，如何建构批评话语，从而从话语的角度，探析文学人性论写作深入地折射政治的、文化的流行意识形态情景问题。

所以，“高”与“低”的论争，彰显的是批评独立言说的可能性，这是真正有质量的研究空间开启。

2010年第3期《文艺研究》发表了王彬彬批评汪晖的长文《汪晖的学风问题——以〈反抗绝望〉为例》。王彬彬的锋芒直指“新左派”思想代表人物汪晖，从博士生写论文似乎绕不过去要引用的汪晖博士论文入手，指出关于当代中国文学“现代性”问题的论述，汪晖在20年前就很含混，但当前的文学博士生却把汪晖的观点当成了阐释现代性的“圣经”，这足见当前文学研究上的浮躁风气很普遍。王彬彬找出了汪著若干个抄袭方法：搅拌式、组装式、掩耳盗铃式、老老实实式等等。认为汪晖的大部分观点都取自李泽厚、勒文森、林毓生、张汝伦等人，剥过这些人的皮，汪晖基本没有自己的看法。试举一例，汪晖用“大众民主”“知识分子民主”等新名词阐释“现代性”，“现代性”就等于没有进行有效阐释。由汪晖的学风问题，我们可以看见，至少当前文学研究并不是深扎在文学现实这块土壤里，而是一种新知识的廉价贩卖，文学创作似乎已经发展到了前所未有的高度，其实不过是研究者的理论蛊惑而已。

二

以上的情况，可以看作是近些年来文学创作的运行水平，也可以看作是近些年来文学批评的基本工作。那么，有了如此背景，我们怎样研究文学，怎样研读文学作品？或者怎样看待繁花乱眼般出现的文学现象？

首先，文学研究或者文学批评是一门独立于文学创作的学科，它有它的逻辑思维，也有它的相对比较独立的理性判断，至少批评文字不是电线杆、公厕墙壁上到处可见的“广告”，批评家更不是街头上表情期期艾艾、声嘶力竭的“大力丸”叫卖者。它对作家季节性跟风要做出理性的分析和严正的判断。这是说批评家要有知识分子的眼光，批判性是批评家从事批评活动的职业道德。当然，什么样的文字才具有真正的批判性，这一点有必要说得更清楚一点，因为它关系到批评文字的独立本身。从 1993 年四川大学的古文论研究专家曹顺庆先生发出当代文论“失语症”以来，迄今有关当代文论的“失语”问题讨论已经有 20 年之久了，但当代文论的建构者们不是主张“中西转换”，就是主张“古今转换”，还很少有成功的当代文论话语范例。

我们看得见的充斥于大小理论版面的文论，大多属于中西话语的拼接、古今话语的互补，文论话语的当代性还很少出现。

具体而言，中西转换，使得大小批评文章只知道左一个福柯，右一个德里达，或者巴赫金、阿诺德、巴特、阿尔都塞等等，就是不明白批评的文本与以前文学史有什么必然联系。当前文本何以如此去写人性？如此写的意图在哪里？这些均不是批评文章谈论的重点。古今转换者那里，弥漫于批评文字的是“天人合一”“和谐”等等，至于古人为什么会有真诚的诗意，今人在多大程度上书写了真诚的内心感受，批评文章则全然不顾。我的感觉，在现如今进行批评，必须跨越“民族性”“本土性”这样的理念栅栏。第一步要做文本的细读工作，先把文本的信息把握足了，再结合当下的文化现状，看如此文本究竟是顺从式呈现文化概念，还是沉入到了文化概念的底部，说出了当下现实中其他媒体无法显示的那个价值。这时候批评所得的文学真相，就既是对作家主体精神的衡估，又是关于文学叙述技术的判断。文本中到底民族成分多，还是西方潮流多，就显而易见了。批评文字再不会是“应该怎样写”的问题，而是关于“怎样写”并不是深入的问题的探索。你用的概念就是现实的、问题意识的和心灵体验的。

其次，只用现实的概念、问题意识的眼光和心灵体验的尺度，如果没有一个宏观的视野，就很容易走向琐碎的、细小的、局部的、地域性的知识局限。那么，有了这个前提，研读文学作品还应该与稳定了的文学理论取得必要联系，以文学理论惯例来把握手上的文学作品，批评文字就多了一份历史意识，它也更趋向于批评的理论化梳理，不至于仍然是率性而为的读后感、印象式点评，或者古人的妙悟、直观、性灵的对作家情绪的三言两语式复述。

举例来说，把文学理论所讲的文学惯例作为批评话语的基点，实际上就是避免文学批评走向过于私人化的一种他律行为。向文学理论要批评的基础话语，是文学史延伸的必然，也是批评的当代性得以建构而不至于陷于批评家个人封闭体验絮叨的有效制衡。自2003年以来，标明“文学理论”的著作很多，比如王一川的《文学理论》、陶东风的《文学理论基本问题》（第二版）、南帆等人的《文学理论》等等，都是在意图上矫正童庆炳“文学是审美意识形态”的写作，也都是“反本质主义”后的文学理论动态的记载。王一川提出了“修辞论美学”，就是从文学语言的修辞入手，对文学创作进行观照和研究，主张文学性是文学语言的基础，把语言的修辞内涵研究清楚了，文学性自然得以自显；陶东风著作把大量的篇幅放在对文学“本质主义”的辨析上，剩下的篇幅用来分析中国古代文论与西方当代文论的异同，最后以开放的结论指出，文学理论应该在更广阔的背景上区别文学与其他文本的特质；南帆等人的著作 2008 年出版，该著融汇了“文化研究”的成果，主张文学研究取开放姿态的前提下，明确提出来“关系主义”研究方法。很明显，关系主义其实就是“文化研究”的进一步深化。

这几部著作虽都强调文学研究、认识文学应该纳入其他媒介文本，作为显示文学特点的动态研究法，但有个基本点——那就是文学研究应该在故事性、情节性、叙事性、人物性、人文精神性的通则下进行。在这个基本前提下，什么是文学性的研究，才能区别于其他任何理论著作。否则，文学批评就很难与哲学的、社会学的、政治学的理论区别开来。这就给我们一个信号，当唐小兵主编的《再解读》成为 90 年代以来文学批评的一个潜在指导时，文学批评只注重翻作家写作动机的老底是不够的，如此做，文学批评就变得很无聊。你翻完作家性描写背后隐藏着巨大的政治能量又能怎么样？文学不把性这个人类的基本人性当作描写对象，还能把什么当作基本对象呢？

既然，文学基本惯例不能被颠覆，批评作为文学理论的前沿话语，批评家就要有基本的学科界限，至少不能把文学作品只当作表达政治观点的材料，也不宜把文学作品只作为女权主义、人权的佐料，作家在表达女权意识、人权意识的同时，还主要地在表达人在这个时代的基本处境——这就不只是女权问题、人权问题、道德伦理问题能说得清楚了。比如贾平凹的《秦腔》，叫引生的人物的确在追求爱情而不得的情况下阉割了自己，但你不能就此说小说就表达了一桩变态的爱情故事。在现如今城市化的大势下，一些作家把恢复原生状态人性的宝都押在了农村社会，《秦腔》在现实主义的创作原则下，却写了人性复原的不可能，我们读这样的作品，是不是还得考虑我们被惯性思维所控制的对于农村，或者乡村的认识定势？如果有这样的发问，《秦腔》另外的信息就会被发掘出来，它就不会是变态爱情、凋敝的乡村景象那么简单。可能还会引导我们去思考作为主体的我们自己，在这个时代的被各种文化意识绑架的处境。

阅读到这一层，自然构成了批评的双向性。即《秦腔》是不是又有些单调了？解决这个问题，性的象征性这个文学理论惯例就不管用了。西方或者中国传统一些成功的叙事方法就会自然进入批评的视野。

这就是第三个问题，合理使用成熟的叙事经验，是批评的学理性增强的一个必然结果。

西方叙事学中“隐含作者”解决的就是文学作品人物对话相对单调的技术问题，《秦腔》中出现了引生这个自我阉割者，但因缺乏成熟的潜对话者，引生的阉割还不能引起读者对性以外文学话题的足够注意，这是《秦腔》本身的局限。那么，如何使类似于《秦腔》的欠饱满作品很好地解决这一些难题呢？《红楼梦》的“动力元系统”法则显然比“隐含作者”更适合。

《红楼梦叙事》能成为独立于西方叙事学的一点，莫过于“动力元系统”“叙述集团”和“漫溢话语”等等。这是学者王彬在《红楼梦叙事》一书中的重要贡献。动力元的终极目的，“是推动本文变异的因素”。所以，这些因素可以是叙述者、本文人物，也可以是构成本文的基本单位——句子、词或词组，在中文中可以到字。也就构成了自身的叙述形态，即叙述者动力元与人物动力元。当动力元是前者时，便呈现一种外部假象；反之，来自本文人物，便呈现一种内在的幻觉。虽说本文人物动力元是19世纪到20世纪西方小说的一种普遍现象，但两者交叉使用，形成一个系统，构织成一个高度拟生活、细化到“日”的时间世界，这种文本效果恐难以“陌生化”“不可靠叙述”“隐含作者”等流行西方话语来解释。

所谓动力元系统，在对比《水浒传》《儒林外史》《三国演义》等叙述机制时体现出来了。《红楼梦》叙事多重动力元星罗棋布，尤喜欢用次动力元、辅助动力元和非动力元（背景），而《红楼梦》前的小说，动力元多而次动力元以下的少。情节变化大而叙述快捷，故这些小说可判定为情节小说;《红楼梦》正是因为善用动力元以下的动力因素，是性格为主的小说。明白了这一点，深究下去，曹雪芹的精湛艺术感觉，就具有了许多可以鉴今的理论意义。比如都是同样的目的，避免故事的偶然性与外在色彩，他绝不重用一种方法。比如有时用小人物作动力元，来制造大的情节，但绝不多用，用过即弃；第二，用文内人物带出文外人物，用文内人物消解文外人物；第三，以上情况不足以顺利产生时，利用陌生化与不平衡制造动力元，然后继续让动力元起作用。

尤其善用动力元以下次动力元来写人物性格是《红楼梦》的优长，比如第 21 回写黛玉与史湘云的睡觉。黛玉“严严密密裹着一幅杏子红绫被，安稳合目而睡”，史湘云“却一把青丝托于枕畔，被只齐胸，一弯雪白的膀子撂于被外，又戴着两个金镯子”。宝玉见了叹道:“睡觉还是不老实！回头风吹了，又嚷着肩窝疼了。”一面说，一面轻轻地替她盖上。

这段写两女子睡姿的文字，初看与上下文情节没有任何联系，因为情节在这里是几乎静止的，也没引出什么别的人物。但曹雪芹实际上在这里动用的是次动力元——背景，来写这两人的性格。黛玉将被子裹得紧，说明她体弱怕风。第 65 回写道，尤二姐询问兴儿，贾府诸人的情况，说到黛玉时，兴儿道:“这样的热天，还穿夹的出来，风儿一吹就倒了。”见到她，兴儿都远远地躲开，不敢出气，“生怕这气大了，吹到了姓林的。”史湘云开朗活泼，健壮丰满，所谓“鹤势螂形”，故而睡觉时也不安稳，同后面醉卧芍药茵以及喜穿男服在性格上一致[①]。

《秦腔》在引生出场以后，视角几乎没有离开过引生，甚至作

① 王彬:《红楼梦叙事》，工人出版社，1998 年。“动力元系统”，是学者王彬先生在该书中提出来的一种中国传统叙事经验，它可以解决许多叙事类文学不够丰厚的问题，故认为这一话语可作为当前批评话语一种。

者是以引生为视点人物来写的，这样，引生的自我阉割，除了阉割本身，就很难辐射出别的意义来。这是一部分批评家抓住引生做今日乡村凋敝文章的原因，也是一部分批评家缘此认为贾平凹精神不健康的口实。前者，文学作为了材料，后者，文学作为了道德批评的证据。我之所以认为《秦腔》可以通过对引生这个人物的进一步深化，有望传达出除性变态、乡村凋敝以外更丰富的内容，就是因为引生其实已经点燃了人们对乡村世界的新的认识。它从本质上破除了当代文学一旦触及“现代性”，就下意识往村里去的惯性思维，而村庄里人性的不可靠，多少反映了当代人焦虑的真正困境。可是，因为作者对叙事理论的不自觉，这个人物现在只能是以上两种读法，分析其他的信息就显得很勉强。以引生这个说不上傻也说不上机灵的人物作为叙述视点人物，本身就是使文学变得虚假、充满偶然性、人为性的一个证据，不可靠叙述撑不起一个承载着巨大思想容量的文本大厦，只能制造一些文学的花边新闻。福克纳的《喧哗与骚动》也用了一个不可靠叙述者——白痴班吉，但班吉的行为完全按白痴思维运作。卡夫卡《变形记》中的“甲壳虫”也是一样。这都是西方土壤生长起来的人物立场，中国读者基本没有拷问灵魂的宗教习惯，中国读者更喜欢从人物的可信程度来判断作者的思想见地。无疑，《红楼梦》叙事经验提供了人物性格刻画如何可信赖的方法。

提炼出《红楼梦》的成熟叙事经验，就是把中国传统叙事经验以具体批评话语的方式推广开来，在研究中进行检验。理论上，至少可以避免继续走“中西结合”，以及“化西为中”“化古为今”的非语境性错位。它是产生于本土经典文本的一种叙事范例，作为小说研究方法，它仍可以不断衍生，不断变异、创生，但绝不会重蹈80年代“先锋叙事”那种因效仿西方现代主义经验，而与中国本土隔绝的形式主义覆辙。尤其在“底层叙事”“欲望叙事”已经相当雷同的今天，《红楼梦叙事》经验的批评话语化整合，对小说家话语空间的拓展，并矫正狭窄的价值书写有着重大的意义。这是问题之一，问题之二是，既然当下时代叙事文学不可能回到过去那种以描写见长的写作氛围，文学只能继续在文化、人性的沼泽地匍匐前行，那么，作为理论批评，如何能于似是而非的文化形态中甄别出文学对时代气候的体现，如何能于无法绕开的“人性”场域检验出人性写作的真诚体悟，即心灵真实，也绝对不是一个可有可无的话题。这里可以再提王彬的另一专著——《水浒的酒店》[①]的研究启示。

《红楼梦叙事》之后，王彬一直在摸索小说研究的“微理论”，这是一种建构学的思路。从文本细读的角度看，“微理论”不是兰色姆等人的“新批评”。它讲究通过对文本中提纲挈领的关键部位的把捉，犹如网之于水面，用关键细节这个“纲”拎起宽阔文面下核心文化信息，再把这些元素归结到文学叙述可能涉及的诸多文学性要素来分析、解释、判断，实现对造成文本面貌的各种因素的“抟塑”和“复原”；“新批评”则正好相反，音、形、义、词语所指，才是批评研究的重点，把批评行为限制在文内，是“新批评”这个因形式主义而最终走向衰微的批评方法的命运。“微理论”也不同于中国批评家一度热衷的“小题大做，举例说明”（刘禾语）的解构式批评。解构式批评奉行的是翻文本的老底，一直到翻出作家小小的任何“权力”动机、为意识形态代言动机为止，最后，文学文本就只剩下了一点可怜的动机、图谋；“微理论”思维上很像解构式阅读，但本质区别在于，“微理论”所选中的关键性细部，是用来折射文本多重信息的，类似于叙事学的“视点”。只不过这个视点通常不是人物，是最能代表文本与时代语境结合时，熔铸时代文化主体特征的物象。从文化研究的角度说，文化研究把文学泛文化化，文学只是文化的一种材料；而“微理论”注重细节更在意考验细节，有价值的文学细节渗透着作家对时代语境的深刻把握，显示着当时语境的文化气象，反过来，准确的时代气象、文化状态、人文景观，在文学叙述者眼里，只能而且必须表现在某些特征性的细节运用上。

① 王彬:《水浒的酒店》，东方出版社，2010年。

"酒店"作为研究《水浒传》的切口是想突出文化在文学中的价值。他认为，酒店之于《水浒传》，无异于提纲挈领式的关键部件，抓住它，便打开了宋代的日常生活状态和文化处境，同时也复原了酒店作为生活场景在小说中的作用与意义。他通过精心的爬梳与整理，得出《水浒传》中主要人物命运大都与酒店有关的结论，比如武松，原本是一介草民，因为在景阳冈喝醉了酒而打死老虎，做了阳谷县的都头；在狮子楼酒店杀死西门庆给兄长报仇以后，被发配孟州；在快活林酒店，武松打败蒋门神，为施恩夺回酒店，从而得罪了蒋门神与其后台张都监，受到陷害，再次成为囚犯；武松杀死张都监与蒋门神等人，逃跑途中被十字坡酒店的小二捉去，张青夫妇发现是武松，把武松打扮成头陀模样，从而逃出孟州，最终上了梁山。总结武松的人生经历，从百姓到都头，与酒店有关，从都头到囚徒也与酒店有关，从囚徒到头陀则是在酒店中发生的，从此武松的命运发生彻底变化。其他人物，林冲、宋江、李逵、鲁智深等也莫不如此。

《水浒传》呈现出的叙事经验是中国传统中的另一成功范例，就是那种努力抟塑什么、复原什么的意趣。

"至广大而尽精微，极高明而道中庸"，作为方法，"微理论"也许会给当下比较沉寂的小说研究提供一种可能性：其一，对于极力想给当下小说赋予新意义的批评家来说，把握细节的能力，实际上是对大同小异的"日常""私人"经验中那种能表征时代整体性特征细节的眷顾。它的作用是双向的，一方面检验作家心灵体验的深度，一方面通过细节的运用探索文学在众多媒体文本中如何才能突出的文化意义。其二，对于把重心放在清理文学现场，旨在彰显文学精神的批评家而言，"微理论"的微观视野或许是更新批评话语（启蒙话语、自由主义话语）的有效策略。有效的批评话语产生于文学现实，但一定的文学现实又制衡着批评主体眼光的伸越。"微理论"的核心本来就是细读中的细读、挑选中的挑选，由此而生成的批评话语，自然就具有了穿越道德的、现实问题的局限，构成了文学性观照的说服力。

以上三条，可以说是从事文学批评的硬指标，但这个硬指标均由一个软实力来统摄。一个软实力就是批评者的主体精神。批评者有没有对文学的真诚？批评者是不是把文学阅读当作自己精神生活的一部分？批评者是不是对浮皮潦草的文化现实有一种发自骨子里的不满？等等。都将决定批评阅读的选择，都将影响批评文字的价值取向，都将取决于对叙事理论的消化程度。

文学批评的主体性话语与理想主义处境

一

毫无讳言，在全球化时代，中国的主体性与西方的主体性不可能拥有泾渭分明的话语界限。置身其中，我们只能以个体的有限感知，体会我们动用主体性话语的迫切性，却无法考证西方主体性历史对中国主体性的确凿影响。中西方主体性话语都参照着差不多相近的主体主义哲学这个共享的知识资源，不同之处只在于，西方主体性话语的产生，主要依赖于其根植的主体主义哲学；中国的主体性话语在渊源上远距离受惠于该哲学，在功能上却远比西方主体性话语含混。因为西方主体性话语从建构之初，就设置了一个“同一性思维”作为其支点，笛卡尔的“我思”、康德的“先验理性”、黑格尔的“绝对理念”等等，直到后现代主义的“强力意志”（尼采）、“存在”（海德格尔）、“差异”（德里达）、“非同一”（阿多诺）、“疯狂”（福柯）等，才被相继解构；而中国主体性在一定程度上，“同一性”与“差异”（即个体性）被经常混用。当同一性使用率较高的时候，差异不是走向完全肉身化的欲望，就是把社会伦理底线作为颠覆的对象，差异性反而成了最没有理论意义的概念。反过来，当差异占上风，同一性被决绝地置换成中心、权威、僵化一类假想敌，经受贬值的历史宿命。这时候，西方的主体性在演变过程中经历了多次话语对象的转移，而中国的主体性却只在话语的垂直关系上做文章。这种垂直关系简单说，就是用人道话语解构政治极权话语，用欲望话语解构公共事务为核心的人文话语。其后果可想而知，当人文话语不堪忍受、走向崩溃的那一天，以琐屑、破碎为主臬的日常生活细节就会占领空间。琐碎的生活事象不是没有主体性，而是说琐碎本身意味着主体性的瓦解。这与西方主体性走过的路是不完全一样的。西方的主体性理论和主体性话语，虽然内部也许趋向于“主体的隐退”，但对外向来以强悍标识。即是说在后现代主义占上风之前，西方的主体性基本上担任着话语输出的角色，它代表着优越的精神来源。相对于西方主体性话语，东方就是一个贫血的、理性匮乏的和需要拯救的主体，在给东方施加精神压力、制造身份危机的同时，西方主体性经历了由建构走向解构的过程。

西方主体性话语作为权力话语一旦被塑形，要研究中国的主体性及其话语状况，就意味着首先得找到革命的对象。被革命的对象确定了，革命者的角色如何，仿佛推翻压在它头上的压迫者就能立即呈现。于是，文化殖民化与非殖民化这一概念就出现了。因为你是被话语殖民的种族，你的身份究竟是什么不由你自己来申说，你的存在状态完全掌控在他人手里，你被告知，你之所以焦虑、迷茫、恐惧，是因为你的血统是不纯洁的、你的身份是不纯粹的，甚至你是被他者想象和妖魔化的，最终也就是说，你要获得你的真实身份，你首先必须反殖民化。显而易见，身份主体正是在缩小话语范围的角度，来论证中国主体性地位的。暂且不说古代、现代，乃至当代，中国有自己的主体性，哪怕的确不是西方界定的主体性。就是在90年代“失语症”氛围中被论证为特别没有主体性的时候，只能说中国的主体性话语，一种依照西方主体性理论的参照才成立的话语，受到了不同于西方社会的历史性遭遇而变得脆弱、动摇、依附了，这也是它所谓主体性的真实历史境况，却不能就此说，从开始因为有西方主体性的存在，中国主体性就非得通过认识西方才能最终成为自己。受到巨大影响是一个方面，重要的是主体性作为一个民族的本根性，它的自圆其说你可以说具有诸种不符合现代性指标的特点，却不能就此判断它没有主体性，或者主体性一直被殖民、被改写。被殖民、被改写乃至被想象，难道不是唯西方论的最好注脚吗？

在西方，德里达、福柯、拉康等人的理论，与萨义德、斯皮瓦克、霍米－巴巴等人的理论所着力批判的对象具有相似的特点。即是说，前者对主体主义哲学的批判，其批判对象是他们的前辈理论家，是那种建构西方逻各斯中心主义的主体主义者。被解构后的主体主义者及其理论其实有相当一部分被德里达们继承了下来，因为在知识考古学、权力话语的扫荡之后，人们的主体性并没有如期召回，人们得到的倒是终极意义的解体、上帝死亡和作者已死、人已死的讣闻，弥漫的虚无主义甚嚣尘上，即便像本质、实存、实体等等这些最基础的概念都无法重新焕发理论的活力。面对一大堆语言的遗留物，主体性不只是式微了，而且也被取消了，唯独可获准登场的就只能是物了。而萨义德这些人的东方主义、后殖民主义及女性主义，他们的贡献在于，在西方主体性世界内部揭示了西方中心主义眼中的东方，或者不妨说是提供了研究差异性主体性的方法论。可是，东方是如何被遮蔽的，那种使东方成为东方的解释本身不可能是发现东方主体性的全部理由。中国主体性话语状态受到西方主体性话语影响，并不必然表明中国就这一种主体性。恰恰相反，中国的主体性及其话语与反不反殖民化没有必然联系，充其量反殖民化只是观照其历史遭遇的一个维面、一种关联性命题。事实证明，“天人合一”“和而不同”“文以载道”“致用”，乃至“反映论”“认识论”“再现论”“审美意识形态”“身体欲望”等等，很大程度上可能与中国的社会变迁、政治变更、个体生存空间的宽松与否有关。很难说，这一系列衍变，究竟有多少成分是冲着殖民主义话语，或者西方中心主义话语而去的。也许，萨义德之于福柯、斯皮瓦克之于德里达、霍米－巴巴之于拉康，他们把后殖民主义作为中心议题，并且从主体性的角度进行文化霸权的解构，的确导致了中国主体性话语的自我反思。但这种自我反思，反映在文学创作及其批评上，概括地说，是加快了本土化民族话语的干预力度，在主体性话语本来应该更有建树的现代性进度上并没有做出什么惊人的成绩。一定意义上，反而是对萨义德等人解构文化霸权的反写，或者误用。

在中国，可以归并到社会学话语的底层文学话语，在新世纪“本土化”浪潮中的倒戈就很能说明问题。斯皮瓦克的“属下”、第三世界女性的“边缘性”，萨义德《东方学》对“弱者”的同情，以及霍米－巴巴《献身理论》中对“他者”是被征引、被引用、被框定、被曝光、被打包的对象的质疑——属下、边缘、他者作为历史实存的“弱者”受到关注，目的是为这一批被遮蔽主体正名，从而以革新理论话语的方式，改善世界范围内主体性殖民与被殖民的等级制命运。新世纪初年，中国掀起的“底层文学”以集体的书写，发现并发掘了现代性话语笼罩下的弱者、失语者、无助者和被遗忘者的生存现实。可是，如此底层话语还未等到新世纪第一个十年结束，来自道德领域的质疑迫使底层话语改弦易辙一再表明，底层话语背后的主体性并没有建构起牢固的批判基础。比如“话说给谁”与“谁来说话”的责难，本来是个伪问题，但就是这个伪问题，导致同样的底层话语却变而成为“中国经验”，即本土化中国话语的输出者了。“中国经验”一经被同情者、无助者、原来的失语者与被遗忘者输出，其中经过打扮而成的民间主体诗意人生、民俗文化的原始初民形象，就这样取得了民族话语的合法性地位。中国的主体性批评话语，也理所当然地把放弃现代性当作了保持文化差异性的理论根据。这一点而言，恰好不是深受西方特别是萨义德以来主体性话语的影响，反而在遭受中国语境改写的时候，没有做出必要的反抗。

把这种现象简单解释为是全球化视野下，中国主体性话语建构途中必然的趋向，不仅单纯，而且不符合实际。因为从笛卡尔到萨义德，显然并非西方唯一的主体性理论轨迹。被称为西方“主体的退隐”的还有另一更复杂、更反复的历史。这一线索比之前者，对中国主体性的影响更甚，也更隐蔽。这就是在“作者已死”“文本已死”“人已死”，以及“到语言为止”的西方当代哲学思潮中，中国主体性话语怎样通过文学创作及其理论批评，恰当、合适地修正自己“我”的心路历程问题。避重就轻的中国主体性批评，在艰难的主体性话语建构道路上，选择了无为的诗意化个人性存在和语言这两个不痛不痒的课题。人与外部的相关性问题被悬置，语言游戏带来的无聊饶舌及围绕审美人性旋转的美学话题，就此充当了理论批评研究“去政治化”人性的首选素材。

在诸多“死”字当先的西方当代哲学思潮中，哲学家、理论家们着力探讨的是现代主体性的沉浮起落，即是被德国学者彼得·毕尔格称作“主体的退隐”[①]的历史。不过，中国当代作家或许对“主体的退隐”不以为意，他们向来有一个固执而坚决的主张：从来不参与理论问题，除了必要时刻抛出自己的文学主张以外。在他们那里，“去政治化”、文学从属于作家，这意味着有怎样的文学就有怎样的生活——言外之意，我只忠实于我的心灵。所以，以西方现代主体性的视野反观中国当代作家的主体，恐怕难免费力不讨好。

二

我认为毕尔格研究的启示意义在于，他虽然不放过哲学家的哲学著作，这是探索现代主体性历史最直接的一种方法，但同时，他的主要精力用来描述和钩沉叫作“本真性”主体性的衍变脉络。他把哲学家的“自传”视作是现代主体性发生学的最有价值文本。自传主体性的一个分支自然牵扯出了一大批与自传作者密切相关的女性。这些非女权主义立场的女性，或者因不能忍受男性主体性规划并逃脱的日常生活女性，她们对我的规划与男性我的规划，即男性我在哲学与自传之间，因矛盾而最终不得不与女性我基于生存实际消弭于主体退隐的现实，使人不由得想起中国从新时期到新世纪的文学主体性曲线图。

从笛卡尔的“知识的主体”、帕斯卡尔的“经验的主体”，再到昂尼埃特的“不过最终我在”、迪德凡和雷罗耶的“打发时日”，在这个漫长的现代主体性历史中，自我规划经历了确信时期，但最后只能遭遇退隐的折磨。文本之外的“打发时日”，如果具有隐喻意

① ［德］彼得·毕尔格：《主体的退隐》，陈良梅、夏清译，南京大学出版社，2004年。

义的话，即把女性在肉体上的苦难诸如肺结核、贫血视作女性的退隐，毕尔格把这种不同于自帕斯卡尔以来建构主体性场域的“恐惧的我”，解释为对退隐的渴望。之所以不同，毕尔格的解释是，因为它与设立自我的这个我的反极没有任何关系。**“在它之前既没有一个同一的自我，也没有一个达成自我的我，它更多地只是对消逝的单纯经验。”**①

通过日常生活女性的主体性反应，追究男性现代主体性自我规划一旦落实到现实时的尴尬境遇，是毕尔格最为精彩的发现。他认为男性主体性之所以最后变成了连自己都无法认可的“单纯经验”，当他得出以上结论时，他实际上把超现实主义者布雷东的小说《娜佳》中，角色娜佳的主体性与写自传的现实女性主体性做了互文性解读。这些女性要么是萨特的情人，要么是巴塔耶或者布雷东自己的情人，她们由最初投合男性我的规划到逃离男性规划的感受尽管不尽相同，但都透露出男性纯理性主体性规划遭遇自身现实时的境遇，那就是在他们那里，经过哲学规划的主体性仅仅是一种写作行为，这种主体性并不为现实的受挫买单。这里面已经包含了男性主体性走向穷途的迹象。无论布雷东还是巴塔耶，这些超现实主义者原初所规划的主体性，即对待现代主义的态度只有以魔术方法或者隐匿现实人物行动的方式来勉强维持。布雷东听信精神错乱者对第一次世界大战的幻象来想象性地规划自我的主体性，就是说，在布雷东那里，用以介入现实的主体性已经开始了超现实主义式的逃逸，就像《娜佳》中的我与角色的邂逅那样，她只配为写作者制造瞬间的灵感而已。这种灵感性主体意识只是布雷东故意玩弄“困扰”的一种多义性游戏，让自己退居语言背后、消解掉自己的我——“在你之后，我美丽的语言”。无须申说，语言至上的虚拟性主体已经占据了思想批判性主体的席位。布雷东与娜佳（现实中的情人）的关系，就像巴塔耶与实际情人克蕾特·佩尼奥的关系一

① ［德］彼得·毕尔格:《主体的退隐》，陈良梅、夏清译，第228页，第41—45页，南京大学出版社，2004年。

样。几年后，巴塔耶所写《内心经历》虽然记述他与情人的经历，但她的名字在书中并没有出现。这种现象在西方现代主体性历史中并不是孤立的，结合其他被列举的自传中的女性，这些女性的主体性努力，不是长时间遭到教会的误解、排斥，就是被身边的男性歪曲、戏谑，或者拿来戏剧化。当然，从最早期的蒙田算起，到晚期罗兰·巴特的"回归"，西方现代主体性由确信走向退隐，其实走了好几个世纪。主体性境遇差不多就是西方文学从古典浪漫主义、现实主义到现代主义、后现代主义的全过程，作家由把握世界的自信、虚无、恐惧、退隐乃至死亡，也给人们理解文学的理想精神，提供了不同的审视内容。不妨说，由主体性的不同状态而透露出来的文学信念，就是人道化的关怀转而为启蒙者伏尔泰式"作为我的自我实现"——一种个体本位的自我发现，摆脱自我中心主义的程度决定着个体内部的包容强度。如此矛盾、脆弱，甚至不堪一击的男性主体性，难道有足够的理论魄力书写东方形象吗？也难道是担纲我们构想的话语输出的主体吗？

毕尔格对之的解释是，自浪漫主义以来，艺术家，如福楼拜、波德莱尔和超现实主义者，代表的都是"男性歇斯底里者"类型，他们将女性的存在理解为一种有性别的生物之存在。毕尔格追索了法国从蒙田到罗兰·巴特这段时期内主体的变迁，即从笛卡尔的《方法论》到海德格尔的《存在与时间》，主体都不假思索地被视作讨论的立足点，中国批评家尤其想通过《零度写作》或《S/Z》时期的巴特，以反证即解构主义方式建构新的主体性的时候，巴特却悄然从否定主体的理论，一种他自己称之为"导演一出幻想"的阶段抽身，进入了"是内心想借我言说"的朴素。毕尔格这样形容后期的巴特，说巴特的方法就是将母亲当作活着的人，从而使我松开紧搂自身的双臂。这既指《明亮的房间》的真诚，也指巴特给现代主体性丧失后其他主体的启示：巴特追求的激情表达是非矫揉造作的那种，因为只有这样，写作者才能摆脱自己——摆脱自己的自我中心主义。"摆脱"的恐怕不单是西方语境中塑造的中心主义，是否还包括他前期疯狂解构的那种因理论惯性而产生的貌似强大却有些子虚乌有的对象？或者因对他所谓“愉悦的文本”的情有独钟，用享乐主义理论来对抗西方传统思想性文学观念？无论怎么说，《文本的愉悦》（1973）都算得上是巴特的一个分水岭。不过，有一点可以肯定，为了彰显享乐主义理论，巴特给那些压制性哲学的命名仅限于个体身心自由的范畴。因为正如巴特所说，在古老的思想传统中，享乐主义几乎受到每一种哲学的压制，唯有文学史上的那些边缘人物，如萨德、傅立叶等人才公然为之辩护。而人们贬低、诋毁愉悦，为的是抬高真理、死亡、进步、斗争和幸福的崇高价值[①]。这完全符合巴特在《明亮的房间》期的转变，摆脱自我中心主义与回归民间基础的“享乐主义”具有同质性意义，里面并不含有对研究者挖掘的西方主体性中的“权力主体”“身份主体”等的仇视，充其量只是对哲学松绑后自在主体性的召唤，不能说这不是对活人及爱的主体的重返。

在哲学构建的主体性话语中，我们从男性话语的自我消解，和女性自传性主体话语的无奈中，都不难看出，西方主体性话语虽历经实验，最终不得不回归真诚主体的位置。这种真诚不只是写作主体的呼唤，也是生活主体对他人的基本态度。换言之，就是要主动承担生活的责难、意识形态的涤荡，去掉语言雕琢的浮华，呈现人的本来面目。这个被呈现的人，他可以是差异中的主体性，也可以是同一性思维设置中的个体。总之，一切都需要从主体性的最初规划做起。当然，不是走重复路，再回到笛卡尔的“知识的主体”，也不是帕斯卡尔的“经验的主体”，此回归更接近众多非女权主义生活女性在自传中反复书写的“矛盾的主体”“艰难的主体”。唯其矛盾、唯其艰难，它的发声就不会是失语，是近阶段时代给主体性的真实面目。

① 杨冬：《文学理论：从柏拉图到德里达》，第 396 页，北京大学出版社，2009 年。

三

新时期以来中国的文学，就主体性层面而言，虽不能说与西方现代主体性是一一对应的关系，至少也是亦步亦趋的状态。重要的区别在于，西方现代主体是越走越艰难，从笛卡尔的知识主体到巴特的返璞归真，表面上的确呈现了主体的退隐，其实质实在是反复找寻建构主体性的可能性。后期的巴特尤其能说明这一点，力图通过重启激情这个古老的表述方式，来面对“活着的人”，在“他者”的关系中重新确立我的规划。这实际上返回到路易十四时代女性的人生设计上去了，比如像那个说“我深情地想，故我爱您（自己的女儿）”的德·塞维亚夫人，或者17世纪的以“毁灭自己”来成全爱的居荣夫人[①]。

新时期中后期的中国文学，可以看作是笛卡尔时代的主体性时代，充满着规划、反思，无论是之前之后的伤痕文学，还是反思文学，确信知识性主体的能量，并坚信批判的目的性是共性；而到了90年代的解构宏大叙事，当诸多“小我”或“无我”纷纷登场时，确信就没有了，在“热也好冷也好活着就好”的苟且文化氛围中，中国的现代主体性其实并没有经过多少“虚无”磨砺，即帕斯卡尔的“消遣”性主体，就进入了物欲、肉欲的追逐与狂欢演练。这里非但没有主体性探索，反而以反写主体性的方式更加强化了物自主逻辑的颠扑不破。在罗伯特·格里耶及中国“先锋派”的仓皇上演中，我们见得最多的是莫名其妙的“逃逸”，和不明就里的“迷茫”。同是吃“文革”这一口饭，新历史主义对主体性的态度与“先锋派文学”对主体性的态度难道有本质的不同吗？前者是“过去是革命把人变成鬼，现在是反革命把鬼变成了人”（旷新年语），并且衡量

① ［德］彼得·毕尔格:《主体的退隐》，陈良梅、夏清译，第228页，第41—45页，南京大学出版社，2004年。

变成了的人，除非“性”与“欲”再无别的；后者要解构的也许是一些元话语，比如被庸俗化了的马克思主义人道主义、“客观再现”的现实主义。但是他们信奉的那些存在主义和虚无主义，既非萨特又非海德格尔，至少没有完全经过中国当代现实——“文革”后占主导地位的经济主义话语消化。甚至是无端地挪用特定时期的“苦难”“遭遇”，把历史性苦难抽离语境后，只会出现轻佻的反讽意趣。这一点，曹文轩用“设造迷宫”“借用侦探推理小说的手法”[①]等观点深刻地指出了“先锋派小说”之所以在读者看来是“神秘主义”的原因。

人们正是在“神秘主义”的审美惯性下，把致力于中国民间民俗自在文化形态的文学性书写，当作“中国经验”来接受并阐发的。

当然，不管“中国经验”作为理论概念是否周全、是否整体上导致了中国特色的叙事经验，并在其中发现了中国现代主体性问题，当是另一论域。这里，最有价值的还是前面提到的“底层叙事”。因为那个时候的底层文学直接面对了城与乡的变动现实。“在路上”的农民也罢，“城市外乡人”也罢，农民这个现在仍然代表着弱势群体的文学符号，在底层文学的反复书写中，现代主体性问题被一下子推到了阅读的前台。我是谁、我怎么办，以及我往哪里去的问题，作为这个时代最尖锐社会问题之一，经过作家主体的观照，还是趋向于清晰了，尽管文学也许永远不会解决这些重大现实问题。这时候，作为整体性社会结构也许并没有松动多少，但“底层者”这一潜在主体，在作家主体性眼光的注视下，构成了当下时代实存的主体，它的失语，或者喑哑，其实也就以另一方式呈现了当代中国的主体性面貌。

按照赫勒对“日常生活”的界定，我们的日常生活文学可能只是处在“自在的对象化”[②]层面，也就是说，日常生活文学其实是

① 曹文轩:《二十世纪末中国文学现象研究》，第156—158页，人民文学出版社，2010年。

② ［匈牙利］阿格尼丝·赫勒:《日常生活》，衣俊卿译，第4页，黑龙江大学出版社，2010年。

依照某种意识形态，或文化产业化呼声，复原积淀在民间的神话、原型符号和故事形态是它们的头等大事。这种复原，个体的主体性处境怎样并不重要，重要的是寄存在被复原对象中的个体，它们作为活物能够执行并突出文化的面貌。而这一点正是文学叙述与新“国学热”一拍即合的地方，它们的契合奔向了一个共同的功利性目的——文化产业的终端。可想而知，当我们以理想主义呼唤文学时，不仅要转化“文革”及前“文革”时代的苦难、尊严、平等、良知等在当下语境的所指，还要从日常生活文学中破除那种堪称意识形态的叙写趣味和风向，最后才可能抵达那些失语、喑哑人群的心灵。

就像“重提”现实主义的文学文化语境一样，文学的理想主义，或文学的理想指向，今天之所以又成为了人们的由衷呼唤，眼见的现实是，文学丧失了理想的维度，文学写作者完全地、不完全却是自觉地沉陷在了一大堆剪不断理还乱的琐屑生活细节中去了。理想作为主义不能在细节中显出，反而成了细节在写人——这是语言在说人不是人在说语言的另一种变异。现实主义本来是中国现代至当代文学经久不息的精神传统，何须重新审视？是因为“纯文学”的理论描述及其创作实践，一再地渲染乃至“回归”所谓文学本身，并且这种名义上“到家了”的文学，似乎纯净水一般，写村庄就只是村庄里的男女老少爷们儿的吃喝拉撒睡，再外加一点男女情事的阴差阳错、爱恨情仇；写都市，差不多没有不写三陪女、发廊女、民工与老板劳资纠纷的，至多也是在这些准城市生活的村镇化布景上移植一些现代科技、消费文化的符号。类似这般信息化的写法、观察世界的视野，“真实的”“再现的”人生百态，也不外乎围绕着“人性论”展开的一点弗洛伊德意义上的个体心理活动。现实主义作为以批判性为志业的关于人为什么遭受巨大的异化，和何以不断遭遇精神捆绑，其背后盘根错节的政治的、经济的、媒体制造的内幕，就此被一阵紧似一阵的“本土化”“中国化”经验遮没了。同样，理想主义完全被语言游戏的、中国经验的人生哲学，尤其被恬淡适可、自洽圆满的“文学性”所稀释，

“到家了”的文学就仿佛是不断地发掘民俗的、民间的自在状态文化就行了。

我们操持着这些个文化产业的思维，文学不但无力问鼎名副其实的现实主义精神，恐怕也很难以文学的特有方式叩问“本土化”中个体的纵深人性问题。单纯一点说，树立文学的理想信念，重新审视一批经住了时间考验的传统文学经验，重铸文学的当下批判意识，以及研究现有文学思潮中最有探索性的叙事方法，自然是相当不错的理论见地。然而，令人担忧的是，在文学书写的类型化格外凸显的当下语境，这些说给创作者的话究竟能在创作者那里激起多大涟漪？按照惯例，理想主义的理论映射到文学实践中，要么像30年前的《乔厂长上任记》诞生时那样，涌现一批完全无视文化土壤的铁腕人物，或者像“分享艰难”的审美志趣风头正健时那样，满篇犹豫之徒；要么，理论归理论、创作归创作，文学依然如故，某个孕妇的皱纹里，或某个民工的微笑中继续照射中国人的安详、隐忍和道家临危不惧、处变不惊的超然经验。

我深信，在我们置身的当下语境，罗列一些理想的字眼容易，但要使创作实践从根本上改善现在这个状况，首先要解决的不是文学自身笼统的批判性问题，而是培养思想型作家，或者如何让思想型作家突出的问题。这包括变更爱这个永恒的主题在消费主义场域的所指内涵，也包括使消费化、娱乐化、文化化体系崩溃的话语的具体生成，也就意味着文学怎样进入已经丢弃了的“政治”视野。转了一圈，问题似乎又回到了原点。之所以文学理论把“思想性”始终作为衡量文学的一个标尺，或者作为“惯例”固定在不同版本的文学理论著作中，无非因为唯有它，才能确保文学叙述能动地而不是被动地参与历史进程。古典浪漫主义时期，“表现的我”就是对教会的反动；批判现实主义时期，人道主义及马克思“异化理论”就是对“反映论”的拨转；超现实主义降临的时候，波德莱尔的“审丑”难道不是对审美化意识形态的挑战吗？至于尼采之后，一系列堪称死亡的哲学，在中国当代文学中并没有反映出像那些死亡哲学本意上追索时代新主体——通过旧人之死感知新人诞生的努力，实现卡勒那个著名的“文学服务于意识形态，同时也是使意识形态崩溃的工具”的期许。在上帝一直缺位的价值空间，当代文学在“人之死”的氛围中反复书写着人缺位的文化事件，文化话语取代社会学话语（或问题话语）的同时，真正的现代主体性早已退回到了“传统”这个安全的审美港湾，充塞于文学版面的不是乡土的古老面影，就是都市青春期“少年不识愁滋味”的喊叫。执拗的主体性批评话语的确显得有些落落寡欢了。

主体性话语作为现代性的有力推动者之一，它本身也是现代性的有机组成部分。当我们的眼光过于集中地凝聚来自西方的权力主体、身份主体与他者主体时，主体性话语的自反性建构或许会从自身问题中溜走，这是引人深思的。另外，当过多的人把注意力，或者期望寄托在日常细节的功能时，个体性这个产生主体性话语的空间，不见得就能按照理论的规划蓝图运行，达到开拓意义空间的目的。已经出现的、可能出现的情况是，个体生存空间中填充进了过多的民族自卫式内容。主体性话语从此分担了超负荷的民族象征，以至于把主体性话语拉向了民族话语的书写长旅，这是主体性话语的反面。

第二编：

批评错位与文化现代性缺席

文艺批评需走出四种规定性

近期接连又读到几篇批评文艺批评的文章，当然，大前提是说，目前的文艺批评很不好。小前提嘛，总结一下，无非是讲，批评要有尊严，批评主体要把批评当作事业来干；批评家嘴里说批评如何不尽如人意，但会下仍是老一套，才不管他本人刚才还睚眦必报指责的那些不足呢，如此等等。

单独浏览这些好心人的文章，觉得似乎也有道理。你想呀，没有尊严的批评，那不直接就是看人眼色王顾左右而言他吗？不把批评当事业看待的批评文章，不也是想起一出就是一出的逢场作戏吗？会上咬牙切齿批评别人如何如何不好，会下自己又每每就犯的，细想起来也的确不在少数，能说所言不重要吗？当然重要。可问题是，我们所谓当前不好的文艺批评，是通过什么判断出来的？为什么有会上会下截然有别的话语系统呢？是否可以说，现在的批评，有那么一股力量是被赦免的，因而，他们只负责挤出宝贵的时间教诲别人，自己的批评本来就是范本呢？

如果是，我想要再重拾这个老话题，恐怕得先弄明白我们所谓不好的文艺批评的基数，也得弄明白是谁在不断地发现批评的问题，然后才是有效的诊断。否则，这种周期性饶舌听着实在让人反感。

提到的以上前提，其实问的是中国当代文学批评走到今天这个程度，自身所包含的一些话语惯性问题。概括而言，我认为有两个具体前提需要做一澄清。一个是上个世纪 90 年代至今的批评话语因袭问题。为什么是 90 年代，而不是 80 年代呢？就我个人近几年来对批评的粗略跟踪来说，上世纪 80 年代初至 1988 年这一时段，文学批评并未因中途有过所谓的“文化热”“方法论年”而降低文学批评臻于思想前沿的水准，恰恰相反，这一时段里，无论涌现的批评家，如刘再复、吴亮、南帆、季红真、赵宪章等，还是留下来的典型批评话语特点，如“性格组合论”“主体论”“叙述圈套”“形式探索”“文明与愚昧冲突”“批评本体论反思”等，的确从整体上构成了矫正、颠覆、重写“一体化”批评惯性的能量，撑开了“工具论”时期形成的狭小的批评半径，把批评引向了多维的、多元的形式探索路径，思想表达方向也形成了辐射性和开放性的局面。可以说，正是批评自身的这种文化自觉意识，反过来再读那段文学，思想的模样显然更比作品的形象力量大，因为是批评而不是作品，最终把人文言说，或者把批评中的人文信息放大了、展开了。关于这一点，插一句的是，一些“重返”80 年代的文学史研究，客观说对那段批评还是重视不够。翻开那段文学批评史，明显感觉到，创作与批评虽然都在致力撰写那个时候的一般性知识、思想状态，但思想的透彻程度并不平衡。其中最为不平衡者，就是对批评的忽视。夸张一点说，没有那时候多向性的批评，按照今天的现实逆推过去看，那时的文学创作很可能仍会在普遍的道德伦理、人道主义层面持续很长时间。里面的原因当然颇为复杂，有过来人创伤格外深的生命体验起关键性作用，也有作家知识水平的局限，还可能有文学话语的“传染”作用等等，但根本的一点，我想或许与作家对批评即政治批判这样一个认知有关。仔细品味那时候被称为“新潮”的批评家文本，不少概念和话语方式，其实是那个时代多数作家所警觉，乃至于警惕的。单此一端，我说从思想比重上说，80 年代的新潮批评扩充了文学，包括批评自身的言说半径，恐怕不夸张。

既然如此，为什么这种已经形成的本土化批评方式、价值书写姿态，途经 1989 年，一旦进入 90 年代，便显得尤其疲软和低迷呢？我的鄙见，其实是把那时候已经开启了的，或者那时候的批评已经预示了下一步只能从社会学视野，而不单是“纯文学”内部观照文学的方向，有意识地转向了“古今转换”与“中外转换”，尤其对前者的大书特书，并且还在这两个“转换”中间引进了“文化研究”这个方法。结果导致，在批评家看来，文学批评要守住边界，话语势力扩展到文化文本、文化现象就已经不错了，如果再往深处走，无疑等于犯界。再审视这层选择，我觉得可能正是批评一步步走向柔弱的重要原因。90年代以来至新世纪第一个十年，之所以一会儿“底层”一会儿“身份危机”，一会儿又“中国经验”，其实部分地证明了文学批评所走的弯路。更攸关的在于，当崛起的“80后”批评开始进入文学创作流程时，他们不是先认知文学产生的此时社会现实和历史根源，而是轻便地直取“审美”——一种经过多次变异而来的“人心”观照视野。把《平凡的世界》等阶层断裂叙事，分解成个人梦想，然后在个体本位的角度读作“励志篇”，再明白不过地表明我们今天的文学批评，是何等地疏离基本人群啊!

另一个是90年代以来至今的批评家代际更替、思潮涌动，基本上重心在于抢占话语高地，追逐新异，“接着说”严重断档，导致积极“影响”缺失，“我来说”显得并不充分。剥离影响是个普遍性问题，这关系到批评有效性的落实问题。但话说回来，一个没有受过任何理论影响的批评家，可信吗？可靠吗？“十七年”时期的“工具论”倒是没有太多的文学或其他学科理论的影响，但是那时候的文学批评却受另一个东西的影响——政治话语、政治季候。值得强调的是，对于离开既有理论，就无话可说的批评家，和没有既定理论蓝本，就不知怎样阅读的更低一个层次的批评者，同样需要警惕“影响”。但是，如果把剥离影响无限放大，我们面对的只可能是批评的死胡同一条。

莎士比亚之后的理论批评家基本都首先是莎士比亚研究专家（包括作家），英国因有这个传统，而给世界文坛输送了不少大批评家；法国“五月风暴”之后的哲学思想家，把改变现实秩序的无望转向了改变话语秩序，福柯、巴特、波德里亚等都既是相互参照，又是相互结构、解构，话语研究成了某种学术目的的隐喻。如此等等，都是影响的积极作用。中国当代呢？谁都想“我来说”，谁都唯有鲁迅话语资源是求，空白地带越多，批评的断层——相同命题的不能深入，恐怕还是应该引起我们的思考，这是“影响”不充分的另一表征。另外，比如北岛的诗歌话语可谓改变了一代人言说自我、言说现实的方式，那时候的诗评家几乎集体地书写和论述，因此也突出了某一种强势话语必须需要解构的历史必然性，而“到语言为止”的日常生活诗歌话语，之所以近十年来来一直处在亢奋状态，就是因为没有一个突出的批评家对之进行彻底的清理，都隶属于大同小异的价值范畴。当耿占春突然以“失去象征的世界”进行整体性清理之时，我们才意识到，原来我们所拥抱的日常生活诗歌话语，只有来一次象征体系的检验，才能使无意义的日常生活诗歌包括日常生活本身，重新焕发意义的感召魅力，而这个感召魅力的建构，需要的不只是诗歌的书写努力，还需要在社会学视野重新检讨我们的意义缺失问题。耿占春的言说，我以为足以使给日常生活诗歌赋予诗学合法性解释的众多泛价值论，进行一次整体性调整。“接着说”在这里显然比“我来说”更为重要。

可惜的是，90年代至今的批评，特别是在“个体化”文学观念当中起家的“70后”“80后”批评家，“个体化”使然，都似乎在“我来说”，可是在这个不短的个体化言说时段，批评文本中的整体社会现实图景实际是最为模糊的。不自觉追究文学世界里关于阶层、价值断裂，乃至制度秩序缺失这一层，只分解式论述个体的内在性，有时候恰好是本末倒置的。

总之吧，有了如此的批评流程和批评选择，才导致了今天批评诸多不如意的出现——当然，这只是就批评自身的演变来论。

下面，我以“四个规定性”，来重点谈谈目前文艺批评的新的根本处境问题。

我的基本批评语境来自于某次全国性的青年文艺论坛。

在一次主要由青年批评家构成的论坛上，主题发言者多达数十人；涉及面也极广，几乎包括了文艺的所有门类；谈的问题当然也极其集中，差不多都在谈论文艺批评的不尽如人意。我远道而去全场听完这个论坛，总算悟出了点门道。另外，也是在这个论坛上，首场被邀请来传经送宝、勉励青年人的资深批评家，他们不约而同以东北某省作协办的一份文学批评刊物为例，作为反面证据论列目前青年批评家的证据，其中的核心问题，也的确引起了我的格外注意。

总括起来这两样颇富现场感的东西，我想应该成为我此时再论批评问题的一个支撑，如此，关于批评问题的焦距，仿佛可以稍微拉得近一点了。

我的归纳主要是四点：

第一，批评是否该考虑走出自我经验规定性的问题。无论青年批评家的主题发言，还是资深批评家的论据论证，我强烈感受到，自我经验其实已经变成了制约批评家表达文艺思想的一个首要障碍。不错，个体化，或者个性化表达，是使“70后”“80后”整体被批评界注意的一个理论分界，但是也是使青年批评家整体沦陷的一个重要的观念误区。应该说，这个文艺观念，在被集体性提出并书写的年月，的确发现了文艺创作上的某些坚硬问题和现象，比如，文艺不把个体人的处境放在眼里，不把日常生活列入艺术中心来考量等等。然而，当社会急剧转型、经济迅速发展，甚至当社会内部的阶层断裂早已发生、价值错位已经横亘在人们面前之时，个体或个性化理论视角，实际上已经成了蛊惑阶层断裂、强化价值错位的一个理论武器了。就是说，自我经验的理论能量其实已经被耗尽了。这个时候，如果还是形形色色、各执己见的个人视角、个人经验，毫无含糊，由此构成的批评话语肯定是破碎的和散乱的，也就不可能指向作为群体存在的社会阶层，和作为力求达成共识、取消差异的价值共同体而有效言说现实的整体力量存在。如果不走出自我经验，批评似乎就只能是无效的自我饶舌，其结果是谁也听不懂对方，谁也不愿听懂对方——因为，持己见，曾被理论所豁免。

第二，批评是否该考虑走出学科规定性的问题。我前面提到过，一些资深批评家之所以有底气以某一个刊物及其作者发难整个青年批评，一个重要判断便是，这个刊物及其集结起来的青年作者，他们形成了某种批评的学科化论评模式。就是从题目到行文结构，无不弥漫着“新世纪”，乃至于新世纪之下的“身体写作”“女性写作”“农民工写作”“边缘写作”“民间写作”“地缘写作”等等。历史意识和社会学视野，基本上被这些无限分解下去的所谓学科内合法性知识阻断在遥远的地方了，公共知识分子情怀也罢，人道主义诉求也罢，仅仅成了学科梳理过程中的一个华丽技术而存在。难怪资深批评家会毫不顾虑地一棍子打死。熟悉当代批评史的人大概不会不知道，正是他们——“50后”或“60后”，掀起了20世纪80年代至90年代初文艺批评的热潮，并且所讨论问题也绝不仅限于文艺的事实。至少，他们的批评文字中，目前来看，最大的亮点，或者说还能被人们不断记忆的地方，肯定是对整个社会文化现状的描述和批判，对于具体文艺细节的把玩和涵咏功夫还倒在其次，这也是他们那一代人引以为豪壮的地方——有命名时代的能力，也有把握乃至论述时代的方法论。而这一点，正是今天学科化青年批评所欠缺的致命之处，知识很多，信息量也很大，就是没有切肤的时代感和命运痛感。

第三，批评是否该考虑走出知识规定性的问题。近读一学者的秦汉魏晋南北朝书信研究，我曾表达了自己切实感受。觉得他实际上是想把古代人文知识分子的日常生活、知识生活、政治生活和心性追求，乃至于主体感知性意义生活五位一体，融会贯通于一身，从书信这个私人生活载体突破，试图超越以文论文、以艺术论艺术、以审美论审美、以日常论日常，甚至于以知识规定性论文的藩篱，进而用翔实的论证、大胆的跨学科知识，走向大文学的可能性。对古人书信的研究之所以能达到如此效果，对照于我所感受到的论坛现场感，重要的区别在于，该学者有穿越具体古代文学理论知识的自觉意识，而今天的青年批评家则没有。非但没有，反而更希望自己的当代文艺批评，能够尽可能具有所属艺术门类的规范知识——更规范，更学术，更术语化。这样的批评，是当前硕博教育的产物。论述一大堆现象、征引若干理论流派知识，其结果就是为了把论文写得更像论文而已。伊格尔顿《理论之后》中所说的“……**在文化研究学者中，身体成了极其时髦的话题，不过它通常是充满淫欲的身体，而不是食不果腹的身体。让人有强烈兴趣的是交媾的身体，而不是劳作的身体。言语温软的中产阶级学生在图书馆里扎堆用功，研究诸如吸血鬼、剜眼、人形机器人和色情电影这样一些耸人听闻的题目**”，信然。

第四，批评是否该考虑走出时下响亮的意识形态规定性的问题。这一点当然很难，但唯其难，才有必要从心底里警觉。诚然，“响亮的意识形态规定性”，也许并非某个个体所能走出的，因为“纯文学”本来也是意识形态，“去政治化”也是另一意识形态规定性。不过，当我们对文艺批评不能的指责，周而复始、循环往复，以至于到了指责仅仅是某种周期性表达“良知”的例行作业之时，为着防止把指责变成某种话语消费，制约批评，或者说批评的终极危机，恐怕不能不说是人文知识分子本身的话语依附性所致。我发现，当“和谐”呈一时之盛时，大大小小的批评，无不围绕幸福、快乐而展开；当“正能量”首当其冲时，“人民性”话语方式便应运而生了。其实一个简单的辩证法不要忘了，凡文艺作品，肯定都是具有人民性的，只不过看是具有哪种人民性的问题；几乎所有的文艺创作，说到底，也都不可能不是冲着最终的和谐、正能量而去，只不过看过程中反映了哪种不和谐因素，或哪种负能量的问题。如果不和谐因素大到屏蔽和谐因素的程度，负能量强到消解正能量的地步，那么，这时候，批评只能首先针对不和谐因素和负能量信息，并且以严肃的学理态度，表达对这种普遍性人文现状的忧虑和忧患意识。否则，盲目的、跟风式的和谐话语、正能量话语，反而会埋下虚假的种子，严格说，那就不是批评了。

自然，对我而言，今天还要重捡这个旧话题，并且非要归纳出这四个“走出”，是因为，在我读到新近的批评文章之前，我已经以两部书的容量（《当代批评的众神肖像》和《当代批评的本土话语审视》），还包括几则单篇文章，不厌其烦论述过这个问题。因较为熟悉这一话语生产流水线的缘故，觉得近来见于报章的这些好心人的文章，实在既不了解目前现状，又没有什么具体的及物性，无聊得很。另外，所谓尊严、独立性和批评家的口是心非（实说批评的跑偏）之类，也实在抽象得很，方法上也并不具有改进目前批评生态的可操作性。

质疑“个人主义”文艺观

就我个人的感受来说，看电视连续剧得足够“无聊”，无聊意味着有闲时间，电视连续剧一定程度上就是为消耗闲时间而准备的。或者，有那么一阶段，事情不是不多，问题不是不显在，但就是无心去打理，无意去解决，整个人的意义世界处在颓败、麻木，甚至无意义状态，日子被漫无边际、有一搭没一搭所裹挟，这才符合冗长叙事。在冗长叙事里，你可以暂时不是自己。于是，哭鼻子抹泪也罢，唏嘘叹息也罢，拍桌子骂娘也罢，多余的时间非但不多余反而还很不够用，隔着荧屏、隔着千山万水、隔着灰暗的时间长河，心灵被好奇之心、猎奇之心、窥探之心、阴暗之心，还有别的什么之心所充塞，总之，你不再可以独立思考了。这大概是无数影视研究者，把这一项工程命名为娱乐工业化的心理依据吧！当然，这也可能是有志于这方面的学者教授职业人士，搜罗资料、大胆假设小心求证，终于把问题推向现代社会、现代文化、现代性的间接证据。没有如此发达的电视剧产业，就证明人们还不会过内在性生活，也就表明人们的精神生活还是那么干巴巴、愁兮兮、了无意趣。

然而，什么问题都有两面性，电视剧尤其如此。

既然电视剧产生于如此背景，我们还兴冲冲去讨论制作者的人文水准，那实在就没多大意思了。原因也很简单，今天城市居民围拢在沙发周围或彻夜晃动鼠标、头埋进被窝盯着电脑和手机背着孩子观看一部电视剧的情景，和过去农民聚拢在村头看一个外乡人耍猴，性质完全一样。耍猴人早已训练好了能博得观众喝彩的几招，爬杆也罢，跳绳也罢，敬礼也罢，学人走路也罢，其终极目的是为了最后牵着猴子、端着盘子、敲着小锣，多收几文大钱。

至于耍猴人走后，村人们怎么议论，赶场子的耍猴人已经没多少心思考虑了。我们点灯熬油观看完一部电视剧，情绪异常亢奋地讨论哪些地方感人，哪些地方霸道，哪些地方又不人道，哪些地方又太不尊重人格，实在与村人议论耍猴人怎么不尊重猴格，怎么不多有点猴道主义，没什么大的区别。现在看不见耍猴人了，那些曾经被抓来耍的猴子及其子孙，不是在黄山上，就是在动物园的铁笼里，村民讨论过的那些刺耳内容，也没改变过猴儿们的命运；从《大秦帝国》赤裸裸的颂扬极权主义，到《港囧》《夏洛特烦恼》的变着法儿的搞笑，批评的声音也不少，但谁的声音也没有影响到《芈月传》《琅琊榜》的固执播出。非但如此，直到《剧场》这部开头二分之一还着实不错的连续剧，连同《芈月传》《琅琊榜》在内，观众终于差不多众口一词了——套用“文革”用语，就是建立在私密化个人主义观念基础上的人格理想主义和道德理想主义“就是好来就是好”。

刚说过，电视剧是一项冗长叙事，收视率全靠观众的闲时间做担保，甚至还全靠观众的“没脑子”支撑。那么，问题就来了。观众的热议，实际上仅仅是电视剧塞给你什么就讨论什么，或者脑中已经装有什么观念，讨论便围绕什么观念展开。直接说，电视剧的某些“节点”徒有导火索的作用，它集中了观众的某些集体无意识，同时也使另一些集体无意识悄然消失。从这一意义说，所谓流行电视剧，所流行的那个东西不是整部剧，而是其扎眼的细节。反过来看，那些细节正是其“卖点”，是其安全消费的情节机制，而非相左于观众，以致导致观众痛苦而离开的“炸弹”。这意味着电视剧制作者的观念，与讨论者的观念本质上处在同一水平。所不同者仅仅是对共同认可观念的理解程度，这进一步表明，同是一撮人与另一撮人，他们其实共享着相同的价值观。既然如此，这样的讨论，究其根本而论是消极的，甚至是无效的、不成立的。也就是说，他们所共享的那种价值观本身，需要彻底清理。

下面我想通过《剧场》《琅琊榜》《芈月传》等个别流行电视剧，举例谈谈这个问题。

先从《剧场》说起吧，因为这部电视剧前面二分之一部分，的确有个很不错的现代性思想开局，值得进一步讨论。《剧场》演绎的是某小小话剧团途经“文革”劫难，“文革”后又恢复正常演出后，演员与演员之间的摩擦和冲突，折射了“文革”文化遗留对个人、群体及公共事业的搅局与破坏。恢复演出，主角当然是当年被赶出话剧团下乡改造，后来又回到该团的一帮演员。他们挚爱话剧，视话剧为生命，眼里揉不进沙子。这批“归来者”都已人到中年，他们经验丰富、艺术积累扎实，但他们需要新生力量和新鲜血液；当年革他们命的中小学生现在正当青年时期，仍然青春年少、血气方刚，正好希望成为话剧团的一股新力量。这样的一个剧情对峙，很有思想含量，拉开了两代人明里暗里话语权争夺战，也照射出了“文革”期间受教育一批人的价值取向。现在，剧团需下大力气拍好《合欢树》这部话剧，如果全国汇演成功了，这个话剧小剧团的资金问题、编制问题，以及所占政治份额就会大大增强。不幸的是，同是为着艺术的成功，当年的小红卫兵却把个人成功看得高于一切，于是，“文革”期间到处造反到处革人命的那一套惯法不由分说起作用了。勾结串联媒体，忽悠狐朋狗友摇旗呐喊，离间挑拨同事，撒谎欺骗旁观者，甚至连夜写请愿书罢免剧团导演、聚众私闯民宅搜查当事人私人信件等等。总之，“文革”过去好多年了，他们仍下意识用“文革”那一套思维方法，来对付和处理本该是正常的业务竞争问题，扳倒曾给他们以无私帮助的对象，目的只是为了实现爆得一夜成名的个人快感。情节推到这个地步，应该说视野非常开阔，问题也找得非常准。这帮小年轻为什么近乎集体无意识地出此下策呢？追根溯源，盖因为他们从一开始受教育，接受的就是“文革”思维、“文革”价值观，只知道张大嘴喊口号，举拳头打倒谁谁谁。像割草一样，不管采取什么方式方法，只要割倒阻挡自己视线的长草、大树，自己就能逻辑地凸显出来，进而一人之下万人之上，裘马扬扬、要啥有啥，想爱谁就爱谁，这便是他们的处事道理和人生观。本人之所以觉得开局具有现代性思想，原因便在此。因为这样的一个开口度，勾连起来的不单是具体情节冲突，还可能理据充分地展开我们对所谓唯个人利益是追的个人主义价值观念的诸多思考。比如，我们会问，以满足个人私欲为目的的个人主义，一旦失去外部的监督，会不会变成对他人正常生活的伤害？特别是以“青春无罪”为借口的任何“舞台属于青春”的发难，如果没有成熟的法律制衡，会不会反过来把所有相关的公共事务都转化成服务于个人成功的工具？踩着他人的肩膀个头会一下子长得很高，但如果踩的不是他人的肩膀而是他人的心灵，那么所取得的所谓成功有没有一个正义的评价体系来检测？或者更进一步，今天我们张嘴闭嘴的个人主义，是 20 世纪 80 年代初的联产承包责任制培养出来的，还是更早时期的全民泄私愤、匿名告密的“造反有理”就灌输了的？

但是这样的追问没用，《剧场》后半部围绕一男二女爱恨情仇的角逐战一再表明，前半部两代人的文化冲突仅仅是表象，其实质是郁珠和杜晓红因为同时爱上了报社记者王帆扬，原来该剧的焦点主题居然只是叙述艺术家的争风吃醋比普通人更高明而已。这就好比一个即将吹鼓的气球，突然被扎了一针，啪，在现代性思想面前破了。但是，如何获得真爱，如何为了一切成全个体的私欲，如何动用哪怕天下公器只要是为着个体的情感，如何龌龊下流只要成全一段私人爱情的结果能够如期现实。在我看到的大多数网上网下讨论中，都被送以现代个体、现代尊严、现代人格、现代道德的徽号。紧接着，这样的电视剧或文学作品，就被认定是现代意义的作品，什么现代意识、现代民族、现代社会、现代文化等等，都可以往上添加，直到把这些东西说成是厌倦权力、远离阴谋、去政治化，进而亲近人文、亲近人本身、亲近心灵的具有真人特质的英雄为止。经过层层篡改，层层剥茧剔除，在情感理想主义基础上派生的人格理想主义、道德理想主义便应运而生了。王帆扬爱郁珠，那么他下意识帮郁珠成全许多有利于郁珠的事情，就变得爱情至上而人格高大了。当他又亲近杜晓红，下意识里透露郁珠的私人秘密，在杜晓红看来王帆扬也是心底无私而人品上乘。同理，杜晓红出身卑微又渴望以成名换取爱情的一系列挖人墙脚勾当，在个人至上主义看来，过程和手段都可以一笔勾销，因为杜晓红最终追求的是饱满的内在性生活。从结果看，杜晓红尊重了爱情的道德、落实了爱情的人格，是人们心目中的人格理想主义和道德理想主义者。推而广之，只要多少熟悉一点当前中国文艺的人，大概都不同程度有个条件反射。反射什么呢？反射的实际上就是以上两个主义的基座不是别的，是个人主义。这个主义的圆心是个人，故个人主义在文艺中，特别在大众文艺文化中，范围其实收缩到以情感为核心的情感理想主义了。

情感理想主义当然还可以析出许多人生观来，比如以宗族为本位的宗族主义、以小家庭利益为核心的家庭主义、以孩子为中心的护子主义、夫妻为中心的恩爱主义和以恋爱为中心的自我牺牲主义等等。可是，不管哪一种，其建立的前提条件一般以自我利害权衡为价值尺度。就是说，必须忽略或删除社会因素，特别是政治经济因素的干扰。这表明以此为圆心的人格理想主义和道德理想主义，差不多需要践踏他人的人格和道德来实现，或者至少需要他人人格和道德的劣根来衬托。这部分地表明，在我们的文化中要践行人格理想主义和道德理想主义，一定程度是以较少或纯粹不参与社会公共事务为代价的。这非但违背了现代性思想的核心精神，而且又回到了杜晓红等的价值观养成起点——像“文革”文化教育对她的塑造那样，她最终看上去的光鲜完美，实质是一路自我为中心的斩获结果，不能不说“文革”及其价值附件，真正成了个人主义的幽灵，而人格理想主义和道德理想主义的强大后盾，正是这个意义上的个人主义。

在康德那里，现代性是“人能够合理使用自己的理性”；在黑格尔，“‘内在性’首先应该置于‘外在的’之中，用‘外在的’来支持‘内在的’”，“内在性”才能得到伸张。泰勒直接把人的现代化看成是启蒙的最终目标，他说“人是现代化的目的，而不是手段”，到了哈贝马斯这里，建构“公共交往理论”成了文化现代性的重中之重，因为只有构筑现代社会机制，才能确保个体的内在性生活不受干涉，反过来，当个体的内在性生活节奏与现代社会机制达成统一，真正的现代文化才趋向于完善了。总之，产生于相对成熟的现代文化氛围中的个人主义观念，都十分重视社会机制对于个体的重要性。这显然与我们把现代性异化成“中国特色”的情感主义、人格主义、道德主义，风马牛不相及。正是在这一层面，人们热衷于把《琅琊榜》中已经失去权力，被权力边缘化，自己又甘于弱势地位，并自觉在弱势位置对权力和中心服丧式慰藉的梅长苏，说成是主动而为的“现代价值取向”，着实让人吃惊。他们所理解的现代价值，几乎等于厌弃权力，只会喊叫“天下，乃是天下人的天下”这么一层单纯的话语游戏。

要说清这里面所缠绕的问题，我想有必要先解释一下“底层视角”“弱者”“孤独”与“中心体验”“强者”“行动能力”之间的关系。

梅长苏不幸跌落到了民间，并且还不幸成了弱者和没人理解的心灵孤独者，于是一些颇怀好意的电视剧代言者便发现了诸多“亮色”。说，这时候的梅长苏变得自觉了，他自觉意识到天下乃众人之天下；也说，这时候梅长苏的声音不是矫情的伪民间视角，是真正站在民间的痛苦流露；还说，这时候被权力所遗弃的梅长苏，眼里充满着悲悯和伤感，是阅尽庙堂血腥和阴谋后的寂寞，所以他的孤独代表了思想者对皇权制度的深思。这些当然都正确，单取人物而言，演绎的实在就是这么一个人物和围绕这么一个人物展开的故事。只不过，这个人物是不是表征了现代性思想意识，编剧和导演、演员并不知道，知道的是听说过现代性价值的代言者。如果编剧和导演、演员真有这个自觉意识，何必非得虚拟一个不着边际的古代故事呢？诸如此类致命的错位，本身已与现代性思想意识毫无关系了。前面说过，现代性思想意识或现代价值，仅仅是现代社会、现代文化和现代艺术的产物，这是它的语境规定性。否则，我们很可能像一些奇奇怪怪的学者教授那样，居然会从我们的古人那里寻找现代性思想渊源，这不纯粹在制造笑话吗？某个体或某个个案偶然性的自我意识，与时代提供的总体性现代意识，是两个截然不同的概念。这正是我们文艺作品中个别个体的自我意识与民主社会个体普遍的现代意识的致命区别。前者说到底是个性发挥，比如文人骚客的作诗为文和佯醉放纵；后者是日常行为和观念常识，比如他们的个体行为已经不是满足于个性放纵，而是考虑如何与政治进行有效互动，促使民主生活与个体日常生活合二为一。

所以，一个失败的中心体验者，一个曾经的强者身份，一个已经失去行动能力的主体，之于现代社会、现代文化和现代审美，仅仅徒有个案的意义，不具有普遍性。打个也许不恰当的比喻，如果去掉梅长苏生活的背景，他的所思所想所愤怒所期盼，或者所想象，其实与今天我们身边无数一边拿体制内工资养家糊口，一边酒足饭饱之余发表忧国忧民意见的文人没有任何两样。说得好听点，是文人情怀，说得难听点，只是一种自我抚慰。这便是今天“国学”“传统文化”，特别是老庄思想流行的真正原因，《琅琊榜》则是这些林林总总元素的撮合和集中。秦晖先生在《大家讲堂》第一季《道法互补：庄子的流行》一节中，他讲庄子的超脱也不见得就是为了讨好谁，但后世的人懂得这一套东西以后，当然就增加了适应能力。所以，他觉得最简单的一个说法是“在上者指鹿为马，在下者难得糊涂”。这就是法家和道家在当时的一种互补，那时也没有“儒道互补”，但是的确有“法道互补”，就是专制主义和犬儒主义的互补。超脱便是专制主义下的犬儒主义，这是今天庄子流行的意识背景。

有了这么一个背景，再来看《剧场》和《琅琊榜》，《琅琊榜》实在还不如《剧场》。因为在使《剧场》不错的思想探索崩溃之前，郁珠不但一直在场，而且她的价值观念也一直并没有缺席，她尽其所能揭示了使杜晓红之所以如此的文化背景，也力尽所能周旋于方书记和李导演之间，戳穿了那种文化的阴暗与肮脏，因此，自始至终她并没有以牙还牙只针对一个杜晓红，也就是说，郁珠和她寄身的权力话语一起较成功地实践了机制的现代化。而《琅琊榜》则完全不同，在整个文化氛围一片死寂中，只突出了梅长苏那么一个似乎清醒的个体，形而上一点理解，他不过是一个有文人气质的武夫，出于个人性情，像屈原、李白、杜甫那样，流下过底层的泪，形而下一点说，他仅仅是一个有正义感的人。失落时会号叫两声，失意时下意识表达了愤懑情绪而已。在整个皇权制度体系中，他着实是一个无声的存在者，几近多余人身份。他说与不说，愤怒与不愤怒，于皇权话语逻辑的正常运行没有任何关系，他也未曾介入过这个体系。

由此倒回去，再看《芈月传》。《芈月传》完成的只是《琅琊榜》没有被代言者发现或者不愿正视的另一面——宫内乱伦、淫乱，以及宫女们相互倾轧、掐架、争风吃醋等，在代言者看来这是瓦解梅长苏一路所谓有自觉“现代价值”的内容。实现这个掩盖，当然还得教导人们忘掉真正的秦史。只有忘掉它，剧中大肆渲染的给秦国人民带来福祉的侵略战争、秦国的富庶等社会环境和物质基础，才能合理合法地支撑个体的爱恨情仇。否则，这种情仇爱恨怎么能够论证个人主义的自觉和个人主义的先进性呢？申明一点，这里批评的个人主义是以忽略目前社会机制的严重错位，唯个人利益是追的小市民观念形态。

唯有个体的情和爱是好的，个体不管如何得到情和爱是现代的，是现代价值的就必须有些新词经常挂在嘴上。或者，行头打扮和眼神必须是孤独的，孤独就意味着有现代灵魂，有现代灵魂哪怕躲得远远的自我凭吊也一定是有价值的。这便是把《琅琊榜》理解成现代价值符号，把《芈月传》认领成内在性生活的代言者的三段论。统领这个三段论的便是《剧场》及其价值。使《剧场》前二分之一思想流产的，其实正是《琅琊榜》《芈月传》逐步放大，乃至于成为“安全消费”的情节和故事。《剧场》在播出后之所以好像并没有引起多少关注，恰好是因为前二分之一是大家不愿多费心思讨论的中国当代文化遗传问题，这符合个人主义的原则。而《琅琊榜》《芈月传》在网上网下的热议，究其根本，诚如前文所论，不是因为它们真有什么现代价值，而是它们的背景、语境是安全的，也就好在混杂甚至任意拼贴的历史框架，安放他们理想的个人主义概念。否则，前有“文革”文化思维，势必会在不恰当节点出来解构《琅琊榜》《芈月传》中企图突出的东西，这才是电视剧制作者真正聪明的地方，也是它的代言者真正恶毒之处和自虐之处。

在这些高头讲章的起承转合中，你看不见芸芸众生的匍匐身影，也看不见芸芸众生实际寄身的社会机制，更看不到一个个人影。看到的是践踏多么有力量，残酷多么给力，人性变成兽性多么现代，以及一个政治意义的弱者有点自我反省多么了不得。他们从来不会、也不愿让中心体验内部生成某种制衡力量，也从来不让强者本身多点现代意识，亦不叫行动能力真正上升到文化政治的层面。因为这样去制作去思考去追问，大众文化的社会价值就会马上屏蔽个人主义，这是经济主义价值导向下生长起来的个体和个人主义所不愿看到的。

这个意义，作为消费“无聊”的大众文化，不管怎么折腾只要有人愿意看，都不能说有什么严重问题；作为“没脑子”的流行观念追随者，信什么捧什么只要不损害他人利益，也没有什么充足的理由谴责他们。但是，作为一个人文知识分子，或者某某教授学者，经常跑到媒体“引导”“解读”电视剧的研究者，直接说像哈贝马斯所命名的“以言行事”者，其言就不能太任性随意，即便不能准确解读“现代价值”“现代文明”，也不宜对“现代价值”“现代文明”张冠李戴、胡乱改写。说到底，无论有无“中国特色”的“现代价值”，也无论有无“中国特色”的“国际接轨”，如果确信它，你尽管可以追求，这是你的自由和权利。但在表达自己心声和自由的过程中，因为没有确凿证据而削足适履，那就不是简单的牵强附会了。

质疑“文本细读”式批评

应该说，对于任何人文研究，只要对象首先是文本，“文本细读”就会成为一般性研究或批评的最低要求，这是毋庸置疑的。然而，事情总还有个别的和特殊的阶段，这是“文本细读”式批评需要辩证看待，并且也是由其所处实际语境所决定的。

何谓“文本细读”式批评？从大量散见于报纸杂志的文学评论文章可总结出这样几条大致特点：一是完全忠实于文学文本的细节描写，视细节为整个叙事的视点；二是完全忠实于情节叙述，并视情节为文学的基本情感基调；三是完全忠实于作家的故事流程，并且视故事的起承转合为整个文本的叙事态度。显而易见，这样一个批评姿态，只适合面对经典文本，却并不适合论评流动性文本或未定型文本。如此一来，文本细读式批评，如果仍坚持如此方法论，遭遇人们的质疑也就在所难免。当然，持此方法进行批评实践的批评者，可能觉得他所面对的文本符合经典文本属性，并且完全能进行叙事学的进一步探讨，倘若真如此，这一类批评则不在我这里要讨论的范围。

先举个例子，比如《平凡的世界》。

从该长篇小说出版到现在，仍然有那么多自发探讨的评论文章，绝对是当代中国文坛的一个奇迹。但细细分辨，近年来的研讨，多为文本细读式批评，或者说是因为要颠覆《平凡的世界》中的那种底层价值观，文本细读式批评恰好能担此任。批评者在认真而细致的文本分析中，得出结论说，《平凡的世界》不仅语言嫌粗糙，情节、细节，包括整个叙事意图都很“不真实”，是作家路遥某种政治抱负的不切实际的写照，有很多臆想的成分。好了，这样的一番文本细读，目的终于达到了，就是为着解构《平凡的世界》

中把价值立场放在底层甚至弱势人群一边的叙事努力，解构要达到的目的无非是说，今天时代，该谈幸福故事、快乐故事了，老把视野局限在孙氏兄弟及其村民为生存不得而拼力挣扎的那些辛酸事情上，幸福叙事、快乐叙事怎么能自圆其说？更何况，这类批评者要建构心中的幸福故事、快乐故事，必然需要逻辑地先颠覆那时候的计划经济，在今天就是颠覆小农经济，才好在城市化平台重新构想作为市民的孙氏兄弟故事。比如，孙少安终于洗净了泥腿子，上楼了，并且坐在沙发上闲来无事把玩遥控器，看着谢娜等主持的“快乐大本营”，为谢娜一个拙劣的模仿嘴咧成了一个浅浅的月牙儿；或者比如，孙少平终于如愿以偿，和省委干部的女儿田晓霞走进了富丽堂皇的婚姻殿堂，前来恭喜的乡亲低头哈腰、好话说尽，孙玉厚一脸的庄重与严肃，坐在高高的太师椅上正点数不菲的礼单呢！

很清楚，在整个构想中，孙少安的砖厂已经完成了经营转型，正升级为某个建材公司的子公司，或者干脆是某个全国性连锁店。这个时候，孙少安在保镖的簇拥下，签署着一个个来自四面八方的订单；其妻贺秀莲俨然摇身一变成了富婆，开着什么名牌小轿车到处逛商场购物呢！

难道不是吗？打开任何一个电视节目，点开任何一个娱乐网站，扑面而来的不就是这些东西吗？更不用说几年前好几个台热播的电视连续剧《乡村爱情》了。他们用以构想的一套价值软件，都是以国家提倡新型城镇化的终端为起点开始的讲述。至于说广大农村世界在新型城镇化触动下，究竟正在经历什么、遭遇什么，完全不在他们的理想构想之内。上了楼的农民，打工没地方，喂养牲畜，又没地儿养，干什么呢？那就聚到一起赌博、翻闲话呗。按他们的思维逻辑，贺秀莲发迹后，根本不用自己喂养孩子，有的是保姆或钟点工干。她要么开着小轿车闲逛，要么坐上其夫孙少安公司的第二把交椅，迎来送往、觥筹交错。

仅文学谈文学，仅《平凡的世界》谈“平凡的世界”，在颠覆了作家和喜爱他的读者一直身临其境、感同身受的那种无助感、无奈感和不能为自己做主的迷茫感、价值错位感之后，刻意建构的价值观，除了以上臆想，还能是什么呢？没有了。

为建构而建构，为文学而文学，或者追名逐利、见风使舵，为新兴的利益集团而文学、而理论，是文本细读式批评比较浅的一种表现形式。这种批评，说白了，其标准就是以自我经验为标准的衡量，检验文本中的细节，不是按其历史背景、社会文化思潮，而是以自我为标准。这一层来看，这一路的文本细读式批评，浅则浅矣，但它的动机并不浅，即为逐利来，也为逐利终。谈历史、谈社会、谈现实，是这类批评从骨子里所反感的。

较深一层的文本细读式批评，基本方法是对文学艺术经典细节的活学活用，进而在活学活用中，灵活处理当下细节的微言大义。也就是说，他们眼里，今天的语境是什么不重要，今天普遍的社会呼声是什么亦不重要，重要的是他们能把产生于今天语境和今天社会文化思潮的细节去语境化、去针对性，结果显而易见，剩下的意义或价值，是无论哪种强势话语无论哪种政治意识形态，都能盛得下、装得进去的细节、情节和故事。

不妨也举个例子略做阐释。前段时间，辽宁卫视“老梁观世界”节目与这里说的另一类文本细读式批评本质很相像。梁宏达揭穿所谓“培训大师”翟鸿燊和刘一秒行骗伎俩所用的方法，正是抓住了两位“大师”的细节。总结来说主要是“强制性服从暗示”和“金字塔式营销模式”。什么是“强制性服从”呢？梁宏达摘出了两位大师的开场白，比如翟鸿燊反复问观众“是不是”“是不是”，刘一秒则是“懂不懂”“懂不懂”。在强制性心理暗示下，向以掏别人钱包为能事的社会精英——中小企业业主，按梁宏达的话说，这些人都是社会精英，他们的本事就是想办法把别人口袋里的钱装到自己口袋里，当“大师”们指着鼻子反复质问的时候，精英们不敢说自己不懂、不是，因为说不懂、说不是，不等于说自己是傻子吗？很显然，正是一个个浅显破陋的“懂”和“是”，成了“大师”能抓住的牛鼻子，忽忽悠悠，一旦牛鼻子被牵住，精英们是什么套都愿往进钻。

至于“金字塔式营销模式”，就更好理解了。最上层是“大师”

自己，最底层是中小企业业主，中层是职业经理人。巨额培训费有相当大比例分配给中层和底层，然后利用中层和底层的口碑来宣传自己，大小老板跑来与其说听讲座，不如说来“抱粗腿”“交朋友”。寻求权力的保护，寻找大款的支持，是他们共同渔利的根本目的。如此，“国学应用”培训繁荣壮大的基本机制就这样形成了：必须成功，必须成功，不成功就是弱势群体了。像个个打了鸡血似的，冲着不做弱势群体，他们也要为“必须成功”做最后的一搏。而为了更多的钱，如何拼命，正是“应用”且“国学”的秘密机关。

我曾当场听过许多文学艺术及其理论批评讲座，有些讲者几乎几年乃至十年如一日不换讲稿内容，换了的只是主流意识形态的措辞。之所以如此，是因为讲稿中雷打不动的内容，其实就是经典细节。这些被选择的细节有一个重要特征便是适合于任何意识形态需要，也适合于任何人性变化，适合于任何价值阐释。也即是说，这些细节，是功能性阐释中最适合正能量和最适合真、善、美并能支撑超时空的真善美合理运行的材料。如此，在空转中，听众可以不为眼前焦虑现实而操心，也不为敏感意识形态问题所牵扯，只需平心静气回到那些经典细节就行了——因为已经被填满了文史哲或哲史文的细节，基本涵盖了所有阶段所有人生的不同体验。既然不同阶段不同人生体验悉数一网打尽，那还在乎文本生产的具体语境、具体社会现实干什么呢?

由此可见，这类文本细读式批评，其实是一种聪明的逃避。就像那些“大师”一样，只要抓住人们心里的那个致命局限——怕麻烦缠身，怕自己输了，怕参与公共事务，其他的都不重要。因为一旦激活其他的思维软件，就意味着对独立思考的授权，那是要怀疑的。而怀疑，首先意味着对既成事实、既成经典、既成话语秩序的修正和反思。

毋庸置疑，怀疑、修正、反思等等，是文本细读式批评所不愿意看到的结果。也正因如此，如果细细分析文本细读式批评，你会发现，这类批评看起来仿佛思维开合、左征右引，经典细节几乎都能纳入胸中。其实不然，它们仅为文本而生产，仅为生产文本而生产，近三十年、二十年乃至近十年、五年社会发展实际状况，几乎无一例外都不会正面进入批评思维流程。说得刻薄一点，这种批评差不多是面对死人和面对文本的批评，与活人及其活人世界，与文本及其生产具体语境，关系不大。这是我质疑这种批评方法的根本理由。

当文学批评变成新闻报道

文学批评、文学史和文学理论，是已成范式的传统文学研究项目。对于这三者的同与异，美国文学理论家韦勒克、沃伦合著的《文学理论》第四章，有这样一句话："文学史家必须是个批评家，纵使他只想研究历史。"我在当代中国文学批评家个案研究《当代批评的众神肖像》（2012）一书的"引论"中做了如下发挥：

> 我所选的研究对象，鲜有人首先是文学史家，恰恰相反，他们作为批评家，十之八九都有挥之不去的文学史意识。也就是说，他们一般是在"历史"视野的大框架下，进行着各自的批评活动。所以，他们的批评话语建构，就多少具有了说得过去的多声部的味道。这是他们其中的有些人也许刚处在学术调整期，或正是批评生命的旺盛期，依然可以充当有意义个案的重要原因。

这个借题发挥，当然不只是援引经典论断，主要还是为了界定我所认为的文学批评这一概念。说得明白点，文学批评不能单是跟踪新作家新作品的新闻报道。既然是"批评"，也就并不是只讲"新事"，或通过文学新信息、新现象，颐指气使发号施令的文学时评。它还有责任在既有文学史基础上"接着说"——只有在文学史基础上，进步了或者没进步，堕落了或者如何堕落的，才能说得清楚。更高一点看，文学中有意无意体现出的人文表情、意识形态状况，也就才能得到切实而微观的观照，即通过批评话语起到文化纠偏或文化矫正的价值功能。

既然如此，这里也就涉及一个概念，怎样理解蒂博代在《六说文学批评》中提到的“当日”的问题。蒂博代以褒义的感情色彩论述了“当日”观点的重要性。是说当日沙龙里贵妇人的观点——在他的时代算是最有效文学读者，之所以比文学史家、文学教授的更可信，一个重要原因是，这些贵妇人并不先管文学的起承转合，她们拿来讨论、漫谈的文学，一般与身边现实有密切关系。经过很好地结合身边现实，文学是否有感染力的问题，可以跨过教授先生们的高深理论，直接由现实中的日常生活来反证。不言而喻，蒂博代显然是厌倦了他那个时代教授先生们的文学态度，相比之下，觉得贵妇人的沙龙虽然不那么有“理论”，但她们毕竟能把文学与活人联系起来，那么，如此能被当日观点激活的文学，一定程度上就能给每日以生命。因为在蒂博代那里，文学在学院知识分子手上已经因束之高阁而脱离日常生活内容了，是当时的贵妇人们使文学回到了它应该回到的地方。

时下中国文学批评界的一个突出问题，表面看来的确是当日观点下的文学，然而深究一步，这个当日却不是意义生活或价值生活的“当日”，而是当日文学的新闻、新闻层面的文学。

什么意思呢？第一，只重视当下出产的作品、出现的文学现象；第二，只注重当下名作家的作品。这样一来，对以上两种情况，便模式化地形成了这样一个论评思路：对名作家作品一般冷言冷语、冷嘲热讽，有时候纠缠于文本形式主义的挑刺，顿时使人感觉批评怎么就到了用嘴咬以维持生计的地步呢？对新作品、新现象毫无保留地一揽子拥抱，甚至把新等同于创新、等同于希望以至于视为所期待的新经验。这里面的运思逻辑很清楚，点名批评、恶语相加，其实表达的是文学批评之所以为批评的勇气，用流行话说，是以对名家作品的“苛刻”支撑批评的尊严。同理，拥抱新人新作新现象，一个垫底的批评尺度，不外乎以此来表达批评的宽容和大度。

名家新作有没有可批评的地方？有，而且大大的有。新作新人新现象有没有值得进一步研究的地方？有，也是大大的有。探讨这个问题显然是个伪命题。关键是，我在这两个极端化的运思当中，体味到的不是批评之所是，而是批评之所非。换句话说，当批评集体无意识般地仅对名家新作可能产生的市场效应进行权衡认定时，当对新东西不约而同地报以体恤的掌声时，批评所遵循的完全是新闻报道的逻辑规律。因为什么呢？1.一般来讲，名家新作一旦出炉，杂志、出版社都有“安全消费”的充足估计，即以保险的平均值购买产品并形成抢占市场份额的垄断架势，而批评者正是明里暗里参透了这一点秘密，进而反其道而行之，专打市场最嚣张的看点，构成文学规律上的“反高潮”，批评敢于说“真话”、与市场保持距离的意识形态于是得体地建立起来了。也就是说，在这里批评实际是以非文学研究心态实现了掌握批评话语权的转换，达到了把文学及其批评新闻化的目的。2.这里的“新”特指在“80后”“90后”中所选的“新”，毋庸置疑，这是对当年韩寒、郭敬明、张悦然等发迹经验的“路径依赖”。所谓新，必须具备与大众消费心理吻合、合拍的元素，而不是拗着这一心理预期的任何阐发。它们可以没有文学所应有的所有稳定性，但不能没有“闹”“搞笑”“损人”“自恋”“玄幻”“穿越”“吐槽”“灌水”等条件。当然，最好是发现了或者发掘出了人性的某些惊人之处、人生的某些猎奇地方。如此，才方便于以新闻标题的形式一句话道出那么一个格言警句式概念。这意味着，对新的批评，其实就是以文学经验的名义合情合理地书写人生的稀奇古怪，和人性的玄幻传奇，并把它们主题化、理论化。

为具体起见，也为着建立切实的语境，要明白晚近我们的文学价值观究竟徘徊在什么位置，几位我认为信得过的批评家的“综述”提供了必要的信息。大致是，其一，致力于经营人生的精致趣味、打磨人性中所谓容易被忽略的小细节、小情调和小哲理，这一点打通了、想明白了，人生和人性的疑难也就迎刃而解了（胡平，2010）。其二，把“内在性”生活缺失的病根追究到当下中国人信仰的阙如上（李敬泽，2011），于是，主角所能做的就是左冲右突去求证信仰的威力。其三，叙事视野限定在第一人称“我”的掌控之内，然后发掘我之所以不能的内在原因。结果不出所料，原因找到了，原来阻碍“我”之所以不自由不平静的一切障碍不在别处，在“我”人性的不够旷达、没有放下，直接说，在于“我”的欲望太大（南帆，2012）。

零碎的价值诉求整合起来，其实正是当下批评不遗余力、不约而同奔去的那个终极目的。首先，有了这样一个安全的、认为正确的方向，批评的任务于是变得非常微观、具体，或者说很及物。这就是以迅捷的反应、大胆的个人观念，给作品的人物塑造“把脉”、给作家的写作技巧开药方。总结一下批评的普遍性理路，无非是什么叙述不严谨、结构不严密，什么人物穿帮、主题模糊，什么古典主义中掺杂着现代主义、浪漫主义中混杂着现实主义，等等。不信，你认真读读涉及《蛙》《一句顶一万句》《我是潘金莲》《高兴》《带灯》《六人晚餐》等论评频率极高的评论文字，有哪一篇不是在句读层面下功夫、做文章？又有哪一篇不是在认同该作品价值观的前提下替编辑的工作着急？其次，它们既然差不多都认同此种普遍性价值观，那么，它们所期待的理想文学蓝图——所谓名家新作中表现得慢的、滞后的、老土的和不新潮的、不直接的、不反叛的，以及半遮半掩的，不很容易到新人新作新现象中找到知音了？两种本来分布在价值两极的批评，终于实现了大会合。原来对名家新作恶语相加、冷嘲热讽，不是基于当下人文精神的一般状态，特别是社会结构中的某种令人震惊的断裂而发，而是为着批评的批评，因为唯有想方设法躲着“政治”，才方便于佐证以上所说的终极目的。对新人新作新现象的极尽褒扬，亦不是为着、基于已有文学史基础上的突破、深入，只不过仅仅为了扩充文学版图、增大文学扩容量而已。至于，批评是不是揭示了某种流行的写作程式，是不是反思了某种看起来新实则是《聊斋志异》《康州美国佬在亚瑟王朝》《爱丽丝梦游仙境》等的模式套路，如此这些，差不多都不在今天当日批评的视野之内。

总结一下，以上批评就其性质而言其实是这样两种东西：新闻式文学信息发现和句读、语义层面的个人经验审核。这类视界较低、眼光较近、问题较次要的批评，与致力于普遍性人文价值澄清的、立足点在现代启蒙思想推进的宏观批评，完全不在一个水平线，因此要分清性质、分别对待，不可一揽子搅和。否则，我们自己所制造的人文气候也就太让人失望了，我们自己所认定的好批评也就太低了。特别一提的是，今年莫言获了诺贝尔文学奖，“诺奖”的明确标准及其他的语境规定性，又成了这类评论一路高歌的当然参照：被赦免了批评权。紧接着，在大众消费莫言的过程中，有一种现象很是令人吃惊：就是我们的许多作家都开始模仿莫言，更有甚者，开始琢磨如何学习莫言，从而达到尽快突破创作困境。因此，在这样一个“诺奖狂欢”的语境，有必要提醒我们的作家们，真正的文学需要捍卫什么！需要关注什么！需要什么样的价值支撑！这时候，如果把李建军站在启蒙立场对诺奖颁奖词的深刻解读，不能正常地看作是对我们这个缺乏主体意识的民族，对全民消费莫言所产生的一些不正常现象反思，反而混同于上面两种批评，那么，我们将因恨屋及乌而忽略已经开始的这样一批真正的批评家和批评文本。

这些批评我指的是，类似于翟业军、李建军、郜元宝、吴子林等人的宏观批评。

现在看来，倘若仍以“批斗”“逼疯作家”“泼妇式话语”等来反其道而行之，进行人情关系角度的臆想，这些批评的确成了难得一见的好文章，而这个难得一见却只能以“沉默”为代价。

坊间传说，有人从某种更深的学理出发，已经断言翟业军对迟子建、刘庆邦的批评是伪命题。因为翟业军指出的若干“重复”，被称为是文学写作常识。即是指任何后来的写作，都是对前辈作家的模仿和重述，以及对亘古以来文学母题的延伸和完善。至于李建军、郜元宝等对“莫言获诺奖”现象一而再再而三的深入批判，他们对当前中国人文处境的透彻洞悉，特别是在现代启蒙思想层面的真正深意，到底有多少人能有所清醒认知呢？看看那些深文周纳的指责说到最后不外乎一个“文人相轻”而已。言下之意，鲁迅时代的悲剧在重演——“一个没有伟人出现的民族是世界上最可怜的生物之群；有了伟人而不知崇敬爱戴的国家则是最没有希望的奴隶之邦。”而在今天的文学语境，诚如某网友发帖所说，“郁达夫的话感觉怎么说的是莫言啊！”还比如吴子林近期几篇文章，从“结构主义”对文学的功利分析入手，从这个我们已经觉得非常习惯、非常正常的“当日”观点打入，深刻地揭示了造成文学研究“去文学化”的诸多原因，堪称从“根部”批判那种认为新人新作新现象之所以是新经验而一定依赖的某种制度性陷阱。学理上估计，这类批评的价值可能会胜过数篇、数十篇相似选题文章，但依照上面的梳理看，这种价值观恐怕因不与时俱进而“被沉默”。

既然以上批评不合时人锣鼓喧天奔着幸福而去的节奏，是猫头鹰的哀鸣，是堂·吉诃德的长矛，那么，当前文学批评遇到的麻烦庶几堪与莫言的麻烦相比。在莫言，面对雪片般纷至沓来的邀请函，面对老家的墙皮、砖块被游客抠掉，以及老父亲的不堪忍受打扰，他发出了“请不要再邀请我”“不要打扰我的家人”的请求；而对于当前批评，更严重的问题在于，面对如此批量生产莫言式“好故事”，如此唯新是追的批评语境，犹如海子死后，“十万个海子”在诗歌中诞生一样，时下的批评问题是，怎么正视、如何免除获诺奖的莫言之后，莫言式文学模式的风靡，和“不顾一切的经济增长”（孙立平语）式文学批评思维的泛滥的问题。

不顾一切的经济增长思维，反映到文学批评，就是批评的新闻程式的套用：选题要有嚼头，命名要有看点，概念要有猎奇性，批评话语一定要刺耳，最后，这些要素统一于一个闪电式的速度——反应一定要快。如此这般，今天的当日批评，对下面一些重要问题不是逃避便是讳莫如深。一是对幸福叙事、快乐话语无限神往，那么相反，凡文学叙述涉及政治经济学死角的问题采取逃避态度，对讲述悲痛的故事、叙述悲剧的话语自然讳莫如深。因为对文学的最高期望值仅在人性的小趣味、小圆满的一个支撑性逻辑是，问题不在现实秩序，而在自身心态。这是放弃在文学中追究“讽刺之鞭”的直观印证。普希金说：“法律之剑无法到达的地方，讽刺之鞭必定可以到达。”这一角度，放弃文学的讽刺力量，实则是放下了，乃至于在批评建构中删除了论评对象中本有的尖锐叙事。二是对猎奇事相好奇，意味着在批评的基本平面上已经默认了书写正常人生中疑难是陈谷子烂芝麻，紧接着由批评所代言而宣扬的是消费意义上的文学零件，并非消费主义语境中的整体性文学观照形象。目前来看，批评的这种快速反应，不只是法律无法到达的地方批评无法到达，政治经济、社会学话语已经到达的地方，批评也照样无法到达。

在这里追问批评为什么如此之着急是没有用的。但值得反问的是，批评既然如此火急火燎地上路，甚至忙到恨不能把作家的腹稿都掘出来给评了，那么，一直以来批评者骂骂咧咧的所谓批评的尊严尽失，罪魁祸首是谁？究竟该怪谁？

我们的“大众文化”将往何处去？

2012年前后，在中国大众流行文化中，被热议最多的是电影《钢的琴》和《小时代》。前者因叙事指向老工业及其工人阶级，而一度被认为是表达个体精神意义与集体生活关系问题的典型；后者因导演团队的青春偶像身份，又因突出表达了经济主义价值观主导下的年轻人的价值取向问题，也曾突破票房纪录，成为此时的一个流行符号，即在“小时代”里大家只有追求物质享受和自我身体消费。时间到了2014年，回过头再看《钢的琴》，那种寄托在集体生活中的个人精神意义的获得，似乎不再怎么奏效了，取而代之的是由个人精神意义追求不得退而求其次的家庭伦理，不能不说这是《钢的琴》把个体意义的获得判断为对集体生活亲和程度的致命局限；同样的，《小时代》中的拜物主义、偶像主义，在2014年也似乎有点过气了、不再时髦了，转而变成了对年轻人的个体自审之问。“去哪儿了”式追问铺排而来，究竟想要讲述什么呢？不仅如此，“去哪儿”式追问似乎真有点漫无边际、自寻烦恼了，2015年相当能说明问题的《港囧》《夏洛特烦恼》，在一定意义上就是冲着回答这个问题而来的。那个“哪儿”应该置换成肯定式“那儿”——“珍惜眼前的人，不要再放不下曾经的初恋。”这是网上网下观众不约而同对这两部电影主旨的总结。

诸如此类，可说的影视及其携带着的大众文化信息还有很多，名单仍可以再列下去。然而，单就这些来说，已经能够窥斑见豹，相信分类探讨，或许多少能对目前我们所热衷的大众文化价值将往何处去，会有个大致把握的。

“韩流”内外与狭隘的文化传统主义

任何意识形态的事物，只要构成“流”，就已经不只是该事物本身了，它便变异成了某种突出的形象符号，或者流行风。

韩剧大量充斥于中国荧屏，正可以如是观。无论2003年的《大长今》、2012年的《拥抱太阳的月亮》、2013年的《隐秘者的伟大》，还是2014年的《来自星星的你》等等，当它们构成某种强劲的叙事力量之时，已经不是哪个具体的故事、人物、情节乃至细节如何感人的问题了；讨论某部具体韩剧的构成元素和市场定制，也变得不那么重要了。重要的是在当前中国，为什么是韩剧及其携带着的“韩流”？如果不剖析背后深层的原因，而盲目看收视率或盲从地以“喜爱”论成功，无异于取消大众文化价值功能，否则，大家还不如打开手机微信或QQ空间，看看手机段子、笑话故事，开怀大笑一场算了。

首先，在诸多拥抱韩剧的理由中，“断裂”中的情感认同起主导性作用。要细加分析此现象，必要的文化背景不可忽略。概括说，一是在“五四”反传统文化运动中，我们的语言、人际关系、家庭观念都遭到了非常大的冲击，但那时朝鲜因已经变成了日本的殖民地，“五四”的影响反而很少；另一个是中国如火如荼进行“文革”的时候，韩朝——特别是朝鲜建立了社会主义制度，都没有介入到“文革”中来，所以朝鲜半岛传统文化的东西还相对完整地保留着。有了这两个深层次情感断档及其应有历史文化背景，朝鲜半岛的文化从我们中国人的角度来看，就特别有亲和力。这个文化上的亲和力，是韩剧成为“韩流”的主要情感认同原因。这时候，当朝鲜半岛传统文化生成的文化产品进入中国后，中国观众自然会有一种久违之感，这样一种很亲切的感觉，尤其在跟中国特殊历史阶段相重合的时候，就容易形成互补性，因而也唤醒了当代中国人伦理领域一直被迫沉睡着的集体无意识。缺什么就恶补什么，说的就是这个道理。最能说明问题的是，当时中国的“文革”电影或革命电影，里面都强调斗争、强调政治，表演上也确实有很多生硬的东西，对家庭、对人与人之间的感情表现不多。反过来，朝鲜电影就比中国“软”得多，像《卖花姑娘》不用说了，电影《鲜花盛开的村庄》也有兄弟之间的关系、恋人之间的关系等，里面很多很细腻的情感处理，正是中国当时忽视或者有意回避的。最难以被观众立即消化的一点还在于，“文革”或革命故事的镜头叙事模式，非但没能被大多数影视导演们进行反思性处理，反而有强化乃至突出之势。如此一来，造成了一个什么错位呢？简单说，就是大家普遍感觉实际的日常生活逻辑与镜像化日常生活差距非常之大，简直不可理解。那么，从预期观众的角度看过去，“喜欢”韩剧中的所谓传统文化，其实变成了受众对一种文化模式的反感和反叛。即是说是先寻找替代品，再来表达自己反感和反叛的标准的，替代品越是暗合理想形象，观者的主体性便越是迷失。于是，这反感和反叛走着走着竟忽忽悠悠不知所之，悲剧也就完全成了喜剧甚至闹剧，那就干脆消费崇高、消费伤痛得了，反正认真地思考总是很头疼的，娱乐娱乐完了，何必当真呢！这个时候，不消说，家庭伦理叙事成为了转移人们思索视线，进而至于构成人们几乎全部精神价值寄托的避风港。在温柔曼妙却无时无刻不植入心术玄机的旋律中，在絮絮叨叨却并无大碍的吵嚷中，在一招一式看起来温柔敦厚实则诡计多端的人际关系权衡中，向外探究根源的视角没了，向外求解的视野没了，向外打开的普遍性反思力量没了。这个时候，家庭、老人、孩子、门第、饭菜乃至能否怀孕、怎样怀孕的问题，顿时成了全国人民的头等大事。

影视是现实大众文化心理的突出表征，也是一个时代普遍社会意识观念的反映。在朝鲜半岛的家庭里，儿女不但自然而然听从父亲的话，而且也非常含蓄。比如一个姑娘要结婚，别人跟她开玩笑，她就会深深地低下头一副非常害羞的样子，这跟中国女孩子没羞没臊仰天大笑的形象的确很不一样。虽然无法做到但心却向往之，这是中国观众觉得比较亲切的另一具体文化心理补偿。逆向而推，今天观众的这个普遍性反应，实际上是上一代观众所期望但又不得的大众文化在家庭中的异化品种，或者叫文化遗传的基因突变，以基因变异的形式而存在。这种品种的突出特征是分裂。对内讲究，对外随势俯仰。或者反过来，对内捂着抑着，总要表现得优雅、温顺，对外则毛毛躁躁，甚至怨气冲天。

其次，韩流进入中国的时候，中国正好开始提中华民族伟大复兴，学界传统文化开始兴起，这样一个潮流跟承载了传统文化的韩剧形成合拍、产生了共振，这是韩剧在中国受欢迎的另一重要意识形态原因。只不过，不巧的是国学热和传统文化热中被反复强化的东西，中国观众恰好在现实中无法兑现，而这个错位感在年轻人中却尤为突出。于是，拥抱韩剧，未必是什么具体细节乃至情节，实际是情节细节中所携带着的一种价值观。

对中国年轻人来说，外部世界的意义在塌陷，我们只能到家庭当中去寻找人生的价值，现在家庭的价值被提高到了无与伦比的程度，在这方面韩剧比中国影视剧表现得更加充分，这大概是韩剧在中国受欢迎的价值选择原因。不仅如此，韩剧里的年轻人是非常时尚的。无论是穿着，还是使用的各种电子产品，他们的消费方式、生活方式都是非常时尚的，并且这些非常时尚的人和传统价值观结合得水乳交融。可是在中国影视作品里，秉承传统价值观的都是一些老朽，或者多数是大叔级人物，严重的错位感有力地推动了韩剧的深入。年轻人，男的要么就特别痞子、特别江湖，女的呢，又特别风尘、特别异想天开、特别不靠谱①。为内心世界里一块纯净之地预留空间，或者用理想的境界来释解心里的不堪，韩剧暂时成了那个替代物，备受热捧自然有了强大的意识形态的和文化价值观的支撑。

由此可见，在韩剧的这个市场预期中，经过中国观众尤其是城市中国人的转化处理和消化吸收后，从汹涌的“韩流”中生成的其

① 关于“韩剧”的一些观点，引用了郭松民先生在“第四十一期青年文艺论坛”上的一些发言观点，特此说明。

实是一种既不同于中国传统文化，又绝非原汁原味朝鲜半岛文化的怪异观念，不妨暂时称之为“狭隘的文化传统主义”。

第一，生活方式、政治经济导向与意义期许的严重分裂，迫使焦虑情绪经历了二度转换。即由略带思考的反感反叛第一次转化成了棱角收敛、面向小家庭的伦理世界；再由小家庭伦理的缺席第二次转换成了对纯粹个体物质性得与失的算计。最后二者合起来，导致了逃避现实的极端个人主义甚嚣尘上。一会儿“纯亲情”“去政治化”，一会儿又一窝蜂扑向“传统文化”这个安全港湾。看起来好像是文化趣味问题，实际上是文化背后的人的主体性的飘忽不定作祟。逃避现实艰难问题，是其之所以如此的根本原因；主张极端的个人主义人生观，因而对外部环境漠视、对他人命运木然，只在乎自我心灵遭遇，构成了该人生观指导下几乎所有大众流行价值观的核心。正因为我们很少谈论社会文化潮汐的涌动、文化现代性的具体状况，即人的现代化问题。总习惯性地把“宅”在卧室里、自己家里的那么一丁点暂时的安逸，误当作整个社会的安逸时代已经到来。所以，这类大众艺术的所谓审美实质上是审美幻觉，既无批判精神又乏力于建立真正强悍的审美乌托邦世界。耽于对整体社会机制的探讨，耽于对社会阶层处境的探讨，我们这里就一般把身体残疾者、贫病者视为是当然的社会底层，然后说谁谁施舍了，你应该感恩，谁谁被道德感化了，于是人性的美好多于人性的丑恶，社会还是好人多呀，诸如此类，差不多就是我们的大众文化的所有内容和商业影视剧的所有题材。如此极端个人主义人生观最致命的一个误区是，眼里没有别人，没有共同体，没有整体意识，故而，经过他们的眼光看过去，我们这里根本没有不诗意的、根本没有不幸福的、根本没有不快乐的，或者，根本没有社会疑难杂症，没有尖锐的民生问题，根本没有不公正不公平等等。

发掘并有效转化我们的传统文化资源，这是我们需要花精力做的。但如果我们并不知道我们今天社会只能进一步完善现代性质，进而在完善的基础上警惕封建迷信，甚至警觉宗法模式的那一套东西巧妙地、安全地镶嵌进我们的日常生活方式、思想言说方式后的严重后果；也如果只把传统文化中次一等的可以用来消费的元素，比如个人道德伦理话语、道德感恩话语和被无限放大的亲情话语等一系列生产于并生成于封闭的小家庭的“文化”，当作我们的瑰宝，那么，社会公共事务、公共空间，就真的只成了政治经济思维施展勇力的地盘了。极端者，如此打造成功的政治经济话语、形象，就会自圆其说地反过来灌输类似于物质“成功”“幸福”“快乐”的神话，并通过该神话加固、凝固“感恩”的等级制——弱对强要感恩、小对大要感恩、下对上要感恩等等。在这个“感恩”文化运行中，中间夹杂了无以计数的“泥腿子”“知识分子”及其他普通民众，他们或自愿，或不自觉，或被裹挟，情况不等，但他们都被告知，如此做便是“不忘本”，便是“中国本土经验”，这才是既得利益集团最可怕的“成功”秘诀。而所谓“回到传统”“回到传统文化”，希望回去的实则是有利于确保并维持赢家通吃的现代法秩序缺位的“文化氛围”。应该说，影视剧中的这一普遍性价值构造，是与当前反腐败力度极其不匹配的，大一点说，这应该也是一种文化腐败行为。

第二，狭隘文化传统主义实际上是宗法文化模式的变种，它排斥对现代社会的文化完善。无论以物质丰裕、物质成功为整个幸福叙事的价值观，还是把大众文艺的旨归仅仅规定为对自我内心遭遇、得意、亏欠等个人事件为表达对象的人生观，实际上都是对“传统文化”的借用，其实质是十足市侩主义、流行主义。反映到影视剧中，极端者，是封建礼教的复燃；次一级是宣扬人的动物性和物质性，成为马克思意义的“拜物教”；再理想一点看也至少是对于自己则无限自恋自大，对于他人却变成一个无处不在的道德审判者而已。当然，出于对既得利益阶层的回护和周全考虑，也出于对自我小恩小惠的保全与维持，这种东西反映到为人处事上和社会关系上，是抱团、拉关系、行人事，甚至是哥儿们义气、江湖做派、帮派主义、宗派主义的直接温床，可谓庸俗、低俗、媚俗文化意识形态的生产者和巩固者。

一句话，狭隘的文化传统主义及其影视剧，究其根本，并不是真的热爱传统文化，而是觉得传统文化安全，进而消费传统文化也适逢其时罢了。换句话，如果真热爱传统文化，故事的编制中，叙事的信息中，以及细节的镜头处理中，不可能不蕴含传统文化元素如何遭遇当前流行主义阻断，并且怎样才能使传统文化元素变得有效的努力。显而易见，后者考验的是使传统文化真正发挥价值作用的社会机制探讨，而非肤浅的具体道德伦理方式方法。

“××× 去哪儿了”与当前尖锐社会问题

当“××× 去哪儿了”这个反思式问句，成为近年来许多大众文艺标题、电视节目和影视剧名称，甚至作为高考材料作文出现之时，或许表明了一个严肃问题的降临，即今天时代是否已经进入了全面重视理性反思的阶段？或者人们已经自觉意识到了所缺之物？

2013 年，一档《爸爸去哪儿》的电视节目异常火爆，一个重要原因就是它探讨的是爸爸在家庭中的角色归位。它也让人反思，东奔西走、奔波忙碌的爸爸，什么时候才能停下脚步，陪伴子女、关爱家庭？在我们的价值谱系中，亲情、家庭应该放在什么位置？近期，一首《时间都去哪儿了》的歌曲，让无数人感怀感动。歌曲让人动容的不仅仅是父母之爱，也是一种对青春的反思、对生活的追问。它让人深思：过去的日子，你是否留下痕迹、留下记忆、留下价值、留下亮点，又抑或是蹉跎复蹉跎，白白走一遭？ 2014 年春晚《扶不扶》与其说是一个小品，不如说是对“道德去哪儿了”的一种追问。正是由于一些人道德的缺失，才会有“毒胶囊事件”“小悦悦事件”“扶老人反被讹”等一系列道德问题的发生。还是《扶不扶》中的一句台词说得好：“人倒了咱不扶，这人心不就倒了吗？人心要是倒了，咱想扶都扶不起来了。”扶起人心，才能扶起传统美德、扶起善良国人、扶起大道中国。

“×××去哪儿了”之所以走红一时，是因为它成为人们对自身、对家庭、对社会的一种反思。这种反思是对现代文明的呼唤，是对美好精神生活的追求，是对不健康生活方式的警醒，更是对心灵能够诗意栖居的企盼。古人提醒“吾日三省吾身”，为的是净化自我，利己达人；今人同样应有“去哪儿了”的反思，从而让灵魂纯净、让文明归位、让社会和谐。

作为一般社会文化思潮，以上反思和追问，的确勾起了经济社会人们的诸多自审，我们是不是唯物质是追了？是不是把人生的成功目标定得太功利太世俗了？如此等等，都不乏价值之问。但是结合大众热捧的韩剧《爸爸我们去哪儿》和中国电影《致青春》，以及系列电视节目《爸爸去哪儿》，深一层追究，一些带有本质性的尖锐社会问题，似乎也就浮出了水面。它们并不像前所提局部的或偶发性社会文化现象，而是改革开放进入到深水区恶性社会机制运行后果的必然表征。突发的、偶然的、个别的精神文化现象背后是否潜藏着某些本质的、必然的和普遍性的社会问题呢？

被大众文化艺术表现的社会现象，多数论者归结为个体的道德伦理问题，而个体道德伦理的现状，又被自然而然追索到了个体的可选择性上，即个体仿佛通过“有所为”完全可以避免个体因“有所不为”而为所造成的后果。与其说这是对个体的尊重，因而首先向个体索解，不如说是相对主义对本质问题的有意抹平。电影《致青春》中最接地气的情节是少女堕胎、学生人流、未婚生子等“重口味”现实元素；韩国电影《爸爸我们去哪儿》和系列电视节目《爸爸去哪儿》，共同暴露的是家庭中父亲教育的不健全或缺席。对于女学生身体的失守和明星二代、官二代教育的不健全问题，从网上网下热议来看，一般被归罪于家长个体或学生个体的不负责任，至多也就追究到围绕个体而展开的道德伦理及个人修为层面，然后，大家在一片唏嘘声中继续消费感伤的过去，并且把怀旧主题视为今天时代的一个通病，意思是人们生活中的诸多缺失，其原因盖在于没有好好珍惜过去，“去哪儿了”就是为着从感情上唤醒人们，以后的日子不要盲目奔跑，要慢下来，珍惜亲情、友情和爱情。这样的一个集体无意识，其实存在着过多误区。影视作品或娱乐节目是否旨在传送如此价值观，当见仁见智；重要的是大众只停留在情感层面，这才是问题的症结所在。

若结合现实事件，这个问题就会看得很清楚。2014 年 11 月 26 日，银川市某中学初一年级 12 岁学生唐某跳楼身亡，一时间网上议论纷纷，直到 28 日该“坠亡事件”调查组公布结果，观点终因转向有利于学校有利于教师一方才停止。紧接着一年前《人民日报》发表的《教育改革从家长教育开始》一文，遂被好心的网友转出来，好像这文章原是提前为银川中学生坠亡事件而写，好像早就知道人们的议论，最终必然要追究到家长，否则，都不是负责任的态度。这肯定不是一个简单巧合。千回百转的调查，曲里拐弯的逻辑结构，结论竟然如此之简单——家长终于成了整个教育问题的制造者和肇事者。网上压倒性的声音当然也多是教师的议论，“不是保姆”“不是演员”“不是医生”“不是保安”“不是一切责任的机器”等的确也是教师的真实处境。即便如此，教师无力负全责并不等于学生的真实处境就必然自外于教师、自外于教育机制，或者自外于大的社会环境吧！

引进这一实例，想说明的是，无论大众意识形态，还是具体现实事件的处理结果，悲剧的承受者不大可能是话语的发布者和意识形态的制造者，也不可能是具有话语领导权和价值认定资质的机构或部门。吊诡的是，它们却往往以代言执行阶层为能事，以“同情者”姿态发布最终的裁定。经过层层转移和假借，公共道德伦理的破坏者摇身一变竟成了本来该道德话语同情的对象，悲剧的真正承受者也就只能以闹剧身份被迫收场。《致青春》中伤感青春的承受者本不该承受的悲伤，被导演巧妙编织的台词“你不要怪他，因为他的善良才伤害了我们俩，这是我的第一次”轻轻转移到情感的受害者身上来了；电影《爸爸我们去哪儿》和电视节目《爸爸去哪儿》，在缺席的父亲教育前提下，一切问题逻辑地推向了封闭的小家庭。这进一步表明，家庭伦理、亲情、感情，高一点再加上传统文化中源自宗法文化模式的具体伦理道德方式方法，似乎均成了包治百病的良药。

情况真是这样吗？一个12岁的孩子在纵身一跃之前，默默承受老师的侮辱后留给父母所谓“不能说出口”的遗言，教师自然不能负全责，但学校教育的等级化、功利化是不是也不能追究呢？这是不是也是导致教师做事极端的一个直接原因呢？影视剧或电视节目中的青春伤怀、官二代富二代生活中普遍的无能现状，究竟多大程度能代表一般家庭的无助和困境呢？

无论什么时候，个体都需要买道德伦理后果的单，但是一个常识性道理我们也有必要明白，即具体的情感危机、道德伦理危机，其根源必然与经济主义、发展主义价值机制导向有着不可分割的联系。也就是说，文化价值观念上暴露出来的一系列突出的偏差，其实无不与宏观的社会机制错位有关。至于季风般兴起的集体无意识思潮，比如从传统文化变异来的家庭伦理，从家庭伦理又变异来的“有所不为”而为的个体后果——个体问题只能由个体负责的结论，则更为可怕，因为它们都忽略了建设和完善现代社会秩序这样一个前提条件。法治社会的建立，文化现代性价值机制的确立，不但可以解决责任推诿的混乱局面，也可以在传统文化与消费主义之间铺路搭桥，释解所谓外部世界的意义在坍塌，只能到家庭当中去寻找人生价值的非此即彼的精神彷徨问题。

在这个意义上，“×××去哪儿了”式反思或追问，才能转换成一个有效的命题。否则，类似的句式，比如信任去哪儿了、公平正义去哪儿了、原则去哪儿了、底线去哪儿了……即便像藤蔓上繁殖的葡萄一样多，其结果也很可能变成“葡萄胎”，免不了流产的命运。谁的责任由谁来负，这本该是法治社会常理，但在我们的日常生活乃至大众文艺作品中，却仍然被远远地支开了，更有甚者还主张回到言人人殊的宗法文化模式里去，或回到传统文化中的“安逸”“诗意”等封闭的自我陶醉中去，的确应该引起广泛的深思。

现在，我们可以揭开“去哪儿”的那个“那儿”的谜底了。

2015年的热映电影《港囧》《夏洛特烦恼》，也许内含着无数个体无数趣味在里面，但我则认为，就其价值判断来说，是承接编织者对先前，特别是对2014年大众文化未解之问题而来的，那便是那个“那儿”的谜底。

前面已经提到，如许“哪儿”，表明的实质是大众文化的代表者、代言者，对自我判断自我把握的不自信。正因不自信，“去哪儿”便成了地地道道的投石问路。这下好了，2015年的这两部电影虽不是同一班人所为，但他们可以把他们的“安全消费”系数夯得更实一点，再不行也完全可以接着去年的“余味”大捞一把。这便是这两部电影为什么都要把个体的社会生活完全删掉，视点紧紧封锁在一个人的内心遭遇的原因。因为不这样，“那儿”便不够清晰。不清晰，对于商业电影来说，意味着对观众的背叛、对票房的蔑视，更可怕的还在于，对市场估计的偏离——有意给市场留下空间，无疑是对自我地盘的出让。

不妨先简单看看两部电影是怎样把观众非逼到自己营盘范围的策略吧。

《港囧》中两女主角围绕财富展开背地里的抢夺战，最终糟糠之妻以其巨大的经济后盾打败了男主角始终放不下的初恋。初看，这故事不但落入俗套，还可能会挑战观众的世俗价值选择底线。然而，一深究方才明白，画家要实现他的艺术理想，没有必要的生计供给和实现愿景的未来保障能行吗？肯定不行。制作者的精心和细心于是体现出来了。原来，这个“那儿”，不只是男人理想的归宿，它还是对男人花心的收编。它教导欲望中的男人和思想中的男人，放下欲望和思想，实惠的、一伸手就能抓住的东西才是最踏实的。在今天这个时代，这样东西是什么，不用说，大家都明白。至于有些影评人非要发掘什么微言大义，那就近乎扯淡了。同样，《夏洛特烦恼》的市场预订，也丝毫不敢偏离这个基本判断。它的市场判断肯定不是来源于前者（比前者晚五天上映），而是来源于制作期对前者内部消息的摸底。所以，它变化了的地方，是《港囧》显得太直接、没有充分展开的地方，即男主人公必须通过喝醉酒倒在洗手间做一番猪八戒娶媳妇的美梦，然后穿越到1997年实现理想的成本可能低得多的现实中去。但是，那毕竟是猪八戒的梦，是一种可能性，而不是必然性。必然性是，酒醒后，蹬三轮的老婆要带他回家，他也因梦醒而更加爱老婆。

很显然，夏洛如果不受刺激甚至人格的侮辱，他也不会变得那么珍惜已经拥有的生活和已经拥有的老婆。而刺激或侮辱，正是两部电影唯一的区别。前者的倒插门女婿，不是刺激或侮辱，因为老婆答应给他买更大更洋气的画室了，他将在扬眉吐气中忘记过去；后者则不同，他只能在刺激或侮辱之后，看清现在。

——注意，我这样转述这两部电影的叙事，是希望它们应该有如此反讽意向时所说的。事实是，这两部电影只是在强调人不能有半点非分之想，亦不能有半点非分之想的意识。如果在更大视野来看待非分之想和非分之想意识，则这两部电影告诉人们的，便只是一条现实法则，即存在的就是合理的。

再回到上面的问题，“去哪儿”？“那儿”便是对现实服服帖帖称臣，熄灭一切欲望，窒息一切的非分之想，老老实实感谢你能得的那点东西吧！

我在看完《港囧》后，在网上情绪激动地写下了这样一段用词粗糙的话，但现在想想，要真实反映我当时的感受还真没有别的什么词准确，冒昧照抄如下来结束我的坏心情。

> 从《小时代》开始，占绝对比例的吾国影片彻底地、情真意切地走上了傻瓜制作路子，其模式是：很多钱＋一个干扰者＋钱大获全胜，意思是钱的魅力挡都挡不住。消费的市场是：意淫者＋寂寞者＋脑残者＝幸福动物。

你看我们浸淫其中的文化，准确说，代言我们价值期许的形象符号，只剩下披荆斩棘后的两个字——幸福了，我们好好体味它就行了，还犯得着痛苦、烦恼、无助、无奈和迷茫吗？无论什么时候、什么生活，只要不需思想，那大家就彻底安详了。

结语

也许我本人孤陋寡闻，对于本属于大众文艺的影视叙事研究不多，但我毕竟也认真看过《现代启示录》《2012》或者其他大量国外影视剧，直接印象是好像并没有什么文艺片、商业片之类细分法。也感觉他们的一个重要市场预期，一般是先考虑观众掏腰包消费，总得尽力给观众提供一般思维、普遍认知所未能意识到或者压根长久成为观众盲区的内容和思想，进而通过艺术自身逻辑，启蒙大众、提高大众思维水平，让观众感觉掏腰包消费值了。然而，这些常规性工作，在我们这里却是严重缺位的。一句类型片的借口，一切一笑泯恩仇，这很正常吗？同时，我也不知道我们庞大的影视研究队伍，在所谓影视学科规定性中，立志在国家民族想象，或者把眼光放到世界影视层面的宏大论述，究竟最终要解决什么问题。比如左一个大历史的“弥合”“缝合”，右一个“红色”与20世纪的“贯通”等等，你实在感受不到作为大众文化艺术的影视叙事，在文化功能上到底怎样发大众之所未发、叙大众之所未叙之事。当然，从磅礴气势上和严丝合缝的逻辑结构上，好像很有民生意识，也似乎很有人文情怀。然而，对照着无数普通人群和无数并没有发言权的社会阶层，挺简单一个大众文艺文本、故事和叙事，成批的研究真是越看越深奥，不知道他们究竟在说什么，说的那些概念和术语，究竟与基层社会现实有多大联系？

我们的“文学研究”将被引向何处？

几年前，一本西方学者的著作《知识分子都到哪里去了》在中国文学知识分子中不胫而走，知识分子的问题似乎才被提出，一时间知识分子的讨论很热，也发现了一些问题。比如，该书作者弗兰茨·富里迪“小技术官僚”的命名，在中国当代的论述者那里都有了对应的对象。但是，发现这个知识分子转向又能怎么样呢？开始还有些锋芒的论述者，最后，论域也不得不收缩到“大势所趋”之中而不了了之。

“文学研究”都到哪里去了，如果没有一定的根据，当然看起来像是个伪命题。因为，眼见的事实是，我们的文学研究不但坚实地存在着，而且还可能是最富有包容性、开口度最大的一门学科。文化人类学早已在这里栖居，民族学、社会学也在这里找到了适当的位置。总之，据说是“文化研究”成为目前为止文学的最新研究方法以来，文学研究的视域大大扩展了。文学不仅不再边缘，还很可能成为新的中心。为什么呢？没有文学这个材料、这个例子，文化人类学的论述怎么撑起来？社会学、民族学以及地区小知识的最新问题又由谁来充当论据？

现在，把“文学研究”的范围缩小到“当代文学研究”，以2006至2011年六年来国家社科课题项目规划办公布的立项选题为根据，做一个社会学的统计，看看中国的“当代文学研究”都在研究什么。

基本情况统计

2006年国家社科课题“中国文学”共立项96项，“当代文学研究”15项，占16%；其中属于叙事、文体、审美心理、生命体验、价值观等范畴的占67%，跨多学科研究的占33%。西部项目共266项，其中“中国文学”六项，占总数的2%；这个2%中，少数民族地区少数民族文学、民间文学研究占83%，属于跨多学科研究的100%。即是说，研究少数民族文学、民间文学，几乎不涉及文学人物性格和人性问题，研究主题基本不出某某文学的发生学，某某地区作家群的成因和某某族口头文学、民间文学（文化）的文化透视等等。2007年国家社科课题“中国文学”共立项110项，“当代文学研究”13项，占12%;其中属于文学叙事学、作家群、审美、文学性别的占62%，跨多学科研究的占38%。西部项目共300项，“中国文学”12项，占4%。这个4%的“中国文学”，以跨多学科研究“当代文学”的占59%，其中文学史论、批评史论、中西比较文学占42%，流派、地域少数民族文学、民间文化、民间文学占17%。除了在地域文化、少数民族心理文化受其他外来文化影响的研究中，间或涉及文学的人文特点以外，人物论、作家论和文学人性流变研究几乎不见踪影。2008年国家社科课题“中国文学”共立项128项，“当代文学研究”25项，占20%；这个20%中，跨多学科研究文学的占32%，标明文学流派、叙事特点、地域少数民族文学文体研究、翻译影响研究的占68%，68%中有一半名为“文学”，其实不属于“文学”研究。如通过儒家文化精神研究某个时期作家，通过社会转型来研究90年代文学的转向等等。文学仅为例证之一，文化研究才是主体，严格说这种研究是文化社会学研究。西部项目共305项，“中国文学”占总数的4%，从用语、选题看，其中55%涉及少数民族地区女性文学、民间文化、地区形象和社会现象、儿童文学等，其余45%按照一般语文层面的表述分析，也仍然无法判断究竟是文学为主的文化研究，还是文化研究中的文学因素——实际情况肯定是后者，如果是前者，立项的可能性就会更小。

2009年国家社科课题“中国文学”共立项146项，“当代文学研究”34项，占23%。23%中，除5%属于清楚标明的跨多学科文学研究外，与 2006、2007 与 2008 年相比，2009 年有 95% 的确属于严正的文学研究，这是少见的。比如文学类型创作及其批评实践、前后时期“关联性”研究、断代综述、文体题材和地域少数民族文学分类研究等。西部项目共 418 项，“中国文学”（包括古代文学和比较文学）约十项，占 2%。2% 中的 30% 属于“当代文学研究”里的少数民族文学、文化研究外，其余 70% 都可称为“准社会学”“准人类学、民族学”研究，“文学”在这一年几乎被替换成了“民间文学”。按照一些权威论著对“民间文学”内涵的定位来分析，当文学被民间文学替换，意味着文学或者当代文学已经不是这一年课题所关注的对象，名之为文学的研究只是另一形式泛文化、民间文化或大众文化研究。2010 年国家社科课题“中国文学”共立项 194 项，“当代文学研究”占 18%。18% 中有 63% 属于常态文学研究，37% 属于“准文化生态论”和“准文化产业、传播研究”，并且生态论、文化传播冠名下各种形式的“史论”也在增加，占 10% 左右。西部项目共 330 项，“中国文学”16 项，占 5%；5% 的“中国文学”中，44% 属于回族、藏族、维吾尔族、裕固族民间文学或口头文学整理研究，其余 13% 才是真正的西部文学叙事、文体、题材等分块研究，43% 则被宏观外国文学流派、现代性与后现代性等思想性研究包揽。同国家社科课题一样，这一年的西部项目，当代文学研究完全是少数民族文学（民间文学或泛文化），甚至有些民族文学研究课题的立项在二到三项之间，不惜重复，选题因严重重复而有耗尽之感。2011 年国家社科课题“中国文学”共立项 226 项，“当代文学研究”53 项，占 23%；23% 的“当代文学研究”中，47% 题目显示作家流派论、群体论（批评家群体论）、地域少数民族文学论，40% 均跨入生态学、网络媒介、影视、语言学研究，文学是材料和例子，13% 属于文学理论新建设研究。西部项目共 487 项，“中国文学”14 项，占 3%；3% 中 57% 涉及地区作家群、文体专门研究外，其余 43% 均属大同小异的民间文化、语言人类学范畴。

“当代文学研究”都在关注什么

中国当代文学研究当然还包括文学理论批评刊物的研究，和其他未获立项但如期出版的理论批评著作研究。这两项研究现在还未做仔细统计，兴趣、选题、研究风向自然不好说。但仅凭我个人的阅读印象，特别像《南方文坛》《小说评论》《当代文坛》《扬子江评论》《文艺争鸣》《文学评论》《当代作家评论》等刊物来说，与国家社科课题导向的不同之处在于，这些刊物仍然把作家论、作品论，以及人性论和现代性价值观放在整个当代文学研究的重要位置来看待，“文化研究”在整个文学研究方法中的比重绝不超过一半以上。而且有个明显感受，从批评家、研究者发表在以上刊物的文章看，研究者、批评家对近 30 年来中国文学的研究，也都不同程度围绕人性演变、发展的轴心展开，因此，批评话语虽不时溢出审美、诗意而延伸到社会学、政治经济话语，但学术眼光却仍然是关于文学性的。

问题的蹊跷之处是，散见于刊物和未获立项而出版的文学研究著作，到底谁更占主导地位？谁更有话语权代表当代文学研究的趋势？答案不言而喻。至少在数量上和资助力度上，自由研究和以上诸种刊物的带动无法与国家社科课题导向相匹敌。

如果以上统计大体上不错，那么，我们的当代文学研究实际上正处在逐步取消，至少是明显消解文学性的道路上。对以上统计做个大致归纳，发现有以下基本特点：

首先，不管国家社科课题，还是西部项目中的“中国文学”项目，都注重在地方的、少数民族的，甚至社区小知识上做文章。既然着眼于“小”字和“偏”字，名之为文学的研究，就不可能是对新时代讯息下人的完整感知体系的关注，关注人完整性感知体系势必需要有对文学中普遍价值关怀的研究。注意到这一点，设题就不可能一味滑向“小”和“偏”，因为“小”和“偏”在根本上是西方后现代思潮一再抛出的碎片化、零散化的翻版。它只关心人在一大堆文化泡沫中的即时状态，或者说，人的感知被物化为文化的碎片化、零散化存在方式，才更适合于诠释那种地方的、少数民族的和社区小知识的块状图式。这意味着这一个导向可能会发现、鼓励研究者对文学其他功能的发掘，但其他功能的最终表述，却缺乏价值论的支撑，虽不能说话语呈现方式最终一盘散沙，也至少是起于现象同时也是止于现象罢了。

其次，总论、史论逐步占有绝对优势，个性化学术探索慢慢趋向于瓦解和取缔。统计显示，看起来研究角度越来越小了，视点也越来越微观了，其实不然，角度的小和微观的程度，实际上只是申报者的一种策略。也就是说，申报者的小和微观背后如果没有一个异常庞大的总论或史论基础支持，让小的和微观的眼光自行其是，该课题也就因没有宏观眼光而不会获得立项。所以，背后那个庞大的基础性支持，不是别的，是“文化”和“身份”。径直说，这个“文化”和“身份”是近年来中国文学理论批评一直探讨的所谓“中国经验”的“文化”和“中国经验”的“主体性”。这样，问题就明白了，不管选题定位在怎样的事物上，有了“中国经验”这个似乎不需论证的先在经验在，一些本可以在个性化道路上走出很远的研究，都得收编进大家都心知肚明的那个“中国经验”，这是总论、史论逐步占绝对优势的根本原因。文学在小的、微观之处可能有的差异性于是让位给了同一性。文学研究除了发掘一些飘飘忽忽的民族风俗，论证一些似是而非的传统文化惯例、生活方式，还会有什么呢？

再次，文学研究继续充当社会学研究、文化人类学和民族学研究边角料的角色进一步强化。本来“文化研究”对文学研究视野的打开，其有益的一面已经有不少人论述过；“文化研究”对文学性研究不利、消解的一面也有不少学者早已提了出来。应该说，现如今的文学研究怎样看待文化研究，或者怎样处理文化研究这个方法，不应该再是个问题了。但是仔细辨析这六年来的立项课题发现，相比较开始阶段，现如今文学的文化研究非但没有像有学者指出的那样，进行必要的辩证处理，反而把开始作为方法论的文化研究变成了现在的文学本体论。这就不得不在这里再啰嗦两句。之于文学批评、研究的批判性来说，诚如有学者早已指出的那样，文化研究在纳入文学周边学科进行文学的“外部研究”的同时，马克思主义仍然是保持其清理、评价研究内容的一个有效价值支点，否则，广告、电子网络、高档娱乐城、电视节目、消费性报纸杂志等等，可以看作文学之所以产生的意识形态土壤就会失去必要的学术抵制，文学研究就马上变得芜杂而丧失汰除、遴选的基本功能；而对于文学研究的文学性品质来说，在文化研究的大势所趋下，一些学者的确提出过“文化诗学”的概念。其用意在于，提倡文学研究者、批评者应该对文学作品进行品质阅读和审美的诗意评判，并且用这个方法来缓解对文学作品仅仅进行文化的价值阅读和价值评判。可是，事实证明，不管是“单视角的切入模式”，还是“全文化视角的层次性批评”[①]，所谓文学的文化研究，都只是在所选定的文化形态内把文学作品当作了充分但未必必要的证据来用，却并不是以异质文化的视角，打开传统研究无法照射到的文学性死角。结果可想而知，“文化诗学”仍然是缺席的维度，真正起作用的还是社会学、文化人类学或民族学这个本不该是主体的主体。

由“当代文学研究”所做的，自然会带出另一个问题，即当代文学研究者这个复数的主体在近些年都在干什么。

自由发表在文学理论批评刊物，或未获各种立项而出版的学术著述以外，需从两个方面看这个复数的主体。第一，各级评委需要这样的文学研究；第二，课题申报者只能投其所好如此申报并展开被规定的文学研究。第一个问题不好妄下断语，因为就我的视力所及，在公开的媒体信息中，目前还未看到究竟哪些专家、学者是课题的评判者。唯一可算是透露信息的报道中，我们读到的只是记者对被称为“课题负责人”的采访，惯例使然，最后一个问题往往是说，有些课题之所以落选，因为“问题意识还不强”，“研究方法还有待于进一步考虑”。至于什么样的问题意识需要加强，什么样的方法需要进一步认真考虑，只能留给读者去猜、去想象。如果我不

① 《文化诗学三题》，顾祖钊，《文艺理论研究》2011 年第 3 期。

揣冒昧也想象一下——其实不过是依照已立项课题推理一下，那个未曾揭秘的内容，依然是文学性研究，或正常人性讨论需要进一步打破的问题。套用乔纳森·卡勒的一句话说，不就是要把“文学是什么”的研究，变成“是什么使文学作品区别于非文学作品？是什么使文学区别于人类其他活动，或者其他娱乐？”[①]不同在于，我们的实际操作恰好把区别文学作品与其他活动、其他娱乐的那个界限模糊了，研究或者说导向使文学作品变成了人类的其他活动和其他娱乐。民间文学、民间文化研究比重的不断加大，少数民族地区民族文学对该族群生活习俗记载的研究压倒文学对人类永恒感情书写的研究，就雄辩地佐证了这一点。

至于研究者主体，不用多费口舌，统计所显示的信息已表明，这些寄居在高校文学院或中文系（大多数）吃文学饭的教授、学者，所教授的文学，或者所研究的文学，要么是一大堆关于文学的信息；要么是“中国现当代文学”已经改装后的“文学社会学”“文学人类学”“文学民族学”，或者反过来，是“社会学文学”“人类学文学”“民族学文学”。抑或二者兼而有之，但就是没有权威文学理论一再强调的“文学”。这方面，西部项目更是令人遐想万分，统计下来，总项目无疑在逐年增加，但“中国文学”却从来未超过4%，4%中真正正面的文学研究差不多也就是1%到2%左右（当然有极个别项目可能归到国家课题里去了）。这不能不让人追问，西部高校的文学院或中文系还存在吗？现当代文学专业还在正常进行吗？教授、学者们还有无研究啊！

文学的人性论维度能否回到文学研究的首要位置？

这里，不是重点谈论文学人性论的地方。

① ［美］乔纳森·卡勒：《文学理论入门》，李平译，第44页，译林出版社，2008年。

之所以还要强调，是因为第一，自2005年翻译、出版伊格尔顿的《理论之后》以来，据我所知，国内学人曾不止一次地讨论过文学理论有无的问题。一个基本的共识是，伊格尔顿阐述文学理论、后理论（没有文学理论）时，在实用主义和“基要主义”的较量中，他还是论述了“神圣自我”在人类精神生活中的重要性。他指出我们永远不能在“理论之后”没有理论，否则，就没有反省的人生，文学中寄存的人类普遍性情感也就因文学这种特殊形式的被彻底颠覆，而丧失文学的人文精神和相对独立的形态[①]。所谓“基要主义”，通俗说就是不管文学特殊性招致多大的瓦解，只要人们的基本情感仍然存在，那么，在文学惯例这个共识下进行文学研究，既是确保研究的文学性，同时是其学术独立性的最后底线。伊氏这一观点也在国内学界得到了回应，归纳一下，就是要重回文学理论惯例这个基本点，否则，文学研究就会失去其学术独立性。那么，用谁来捍卫文学研究的学术独立性？用什么来反省，或者塑造人们情感世界、价值世界的丰富性？除了关注文学的人性书写情况，还有别的途径吗？第二，近30年来的文学研究、批评已经过重地染上了解构主义色彩，文学研究不再相信文学对人性的把握和表达；近20年来特别是新世纪第一个十年来，在现实主义人道主义“元话语”被解构的基础上，道德伦理成了文学人性论烫手的山芋，人们宁愿文学信奉个体体验而不愿触碰人性中的“坚固的东西”，这也部分地导致文学研究变成了泛文化书写，而不是通过个体体验、局部知识表达人类情感差异性的有效阵地。一定程度上，研究的这个风向，不能说与近年来文学创作只有“人”“文化”，没有“性格”无关。而文学创作中无“人”的状况与文学理论批评一再蛊惑的泛文化研究之间，也就早已丧失了必要的张力，沦落成一对共荣辱、同患难的恩爱夫妻了。

然而，问题还得回来，课题范围所告知的重要一点，即想要奔

① ［英］特里·伊格尔顿：《理论之后》，商正译，第212—213页，商务印书馆，2005年。

向的那个差异性如果是因“中国经验”的入驻趋向于最终取消，文学研究或者“中国文学”又不会彻底取缔，如果没有更高一层面的人性论做价值基垫，大同小异的多学科怎样聚拢到文学性上来？

20世纪80年代中期，刘再复的《性格组合论》因限于人性论（性格组合论）原理的描述、举例，在人性论批评话语的开掘上尚处在待完成状态。而当前活跃于批评界的多数批评家，志趣使然、流风所趋，不是于人性风暴的中心绕道，就是忙于论证文学的别种功能。倒是一般不以文学批评家身份露脸的哲学研究专家邓晓芒，在刘再复的基础上走向了深入。他论评的作家，比如张贤亮、王朔、贾平凹、韩少功、张炜、莫言、史铁生、残雪，以及林白与陈染、卫慧与棉棉等，基本都属于性格与灵魂、作家主体性与时代主体性、对象主体与人性深度、个体人格与知识分子群体之间的辩证。像他简明地概括的那样，这一组文学人物，这一批文学知识分子，这一帧帧世纪末灵魂的历程和人性不同层次结构的展示，既是人学进程的时代反映，也是时代精神的反映[①]。

“文学是时代精神的反映”是邓晓芒在他的“灵魂之旅”希望聚焦的东西，而这个聚焦是通过对共时性与历时性的作家主体性格、对象主体性格和接受主体性格的批判与塑造进一步突出的。他在“结束语”中说，长篇小说是人类灵魂的真面目，当我们在谈论小说中的人物时，我们就是在谈论我们自己。“**整个20世纪中华民族所遭受的如此痛苦的磨难，难道就真的无法凝聚为一种新型的人性、一种有强大生命力的灵魂结构？难道时代所碰撞出的这些璀璨的火花，真的会毫无痕迹地消逝在精神的黑夜里，就连它的创伤也会悄悄地平复和被淡忘？难道未来的一代一代的人们，命中注定还要像我们这几代人一样，不断地从零开始又回复到零？**”[②]斯言深矣！文学深度模式消散的感叹已经有年，重回“五四”起跑线的呼吁也从未消停过。但批评和研究实际所做的，是不是在人性深度模

① 邓晓芒:《文学与文化三论》，第374页，湖北人民出版社，2005年。
② 邓晓芒:《文学与文化三论》，第635页，湖北人民出版社，2005年。

式中？是不是为了免除从零开始又恢复到零而工作？深入拷问，问题是有点严重。

不错，有人会说，在消费社会，在只有人而没有人性的文学作品中，发觉人性内容是学术的徒劳；甚至也一定会有人说，现在是多元化时代，固守文学的人性论就是文学的本质主义。更何况，国家社科课题即便有此误导，对于铺天盖地的文学研究者而言，绝不会起到关键性作用。如果真如此，那就只能是抬杠，我无话可说。但有一点大概有必要再一次提出来，就是某些手里有话语权的人一边反复争论文学未死，一边还不停地走在文学实际已死的理论轨道上，恐怕更接近于学术的“瞒和骗”。

其实，只要对我国宣传文化系统有所了解的人文社科研究者，恐怕不会不知道自己所能从事的人文社科研究工作与国家宣传文化系统工作人员所干的事的不同吧？宣传文化系统对国家意识形态的规划、组织、落实以及考量验收，不可否认，有些内容也许受民族学、人类学、文化学等学者研究成果的影响，但一般来说，宣传文化系统所做出的决策，基本都有自己对国家意识形态的理解和意图。也就是说，相对于宣传文化系统已经相当完备的运行机制，作为国家意识形态内容之不同分支，民族学、人类学、伦理学、文化学和文学研究，本没有强势与弱势之分。而现在，文学研究似乎必须合并到以上学科，或至少保持跨学科姿态才有学问的潜意识想法，说白了，不就是话语权的执掌者为自己的学术合法性而找到的一种蛋糕的切法吗？地方研究者只能研究地方的、少数民族的和社区的犄角旮旯，整体的、宏大的和关系到中华民族形象的，自然另有人选。先不说如此等级分类，是否产生过有影响的成果，单就这个等级制对研究者潜意识的导向，就显得非常荒唐。数据统计结果所显示的，正是这荒唐的一个有力佐证：“当代文学”就是“地域文学”；“地域文学”变成了地方“民间文学”；“民间文学”又进一步被置换成了各地少数民族的民族习俗、生活传统和信仰方式的拙劣拼贴。“当代文学”中“当代”不但了无踪影，就是“文学”也早已分崩离析。因为当研究视角定位在“民间文学（文化）”时，“当代人”并不是研究者的当然研究对象，为了构建想当然的“中国经验”，少数民族的神话、传说、民间故事等等显然更方便于得出现成结论。这时候，所谓“当代文学研究”实际上只有一个终极指向，那就是大同小异的民间文化资料堆积、归纳，取代文学研究的人性和文学性——在取消文学性研究的大背景兑现文学研究的跨学科目的，文学性研究从此消失。当然，消失得更彻底的是研究者这个主体性——不要说与宣传文化系统输出的强势意识形态对抗的主体性精神，就是理应内在于文学研究的一般性批判眼光，不知从什么时候起早都被所谓民族学、政治经济学、伦理学和人类学话语收编了。当文学研究者充当其他学科的跑龙套者之时，启蒙也罢，批判也罢，也就成了文学研究中相当可笑的面目。如果说“文学已死”是相对于文学研究者来说，那么文学的死期早已到来，尽管“死”的研究总是冠以“不死”的名号。

总之，没有人性论照射的文学研究，或者人性论居于其次的文学研究，不管多么有方法上的创新，本质上不是推进文学对人的可能性的发现，而是瓦解人对文学、文学对人的期望。我不揣冒昧，借助社会学的统计方法，对近年中国当代文学研究中一股强大力量进行分析和归纳，其实观点无甚新鲜，中国当代文学研究中的类似问题早有人提出过批评，之所以再聚焦一次，无非想细化问题的来龙去脉，希望能真正引起业内人士，特别是话语权的执掌者的注意。

突出于流行趣味的小说叙事思想

小说叙事的奇妙之一是，百年前的未竟事业，仍然可能是它的关注热点；50 年前的文化遗留问题也可能依然是它故事的中心；即便两三年前、刚刚发生的观念冲突问题，不能构成完整的故事，但也绝不意味着小说叙事是自我封闭的，恰恰相反，小说叙事更愿意看到观念冲突的历史症结。而这些症结，一旦与此时此刻政治经济学、社会学问题扭结，的确会导致难以预料的后果，但最直接的联姻者却是文化。为着回答迫切的现实问题，作家们充满着即时性关怀。可是当我们的现代文化本身显得相当不成熟之时，越是现世的、即时性的，便越容易变成贯彻叙事的障碍。其结果是一些随大流的小说顺利成为年终总结的看点，而另一些真正发挥了叙事学功能把问题引向深入的作品，只好不尴不尬，像个鸡肋，明明灭灭等待批评的最终淘汰。

正是在这个意义上，在我看来， 2011 年铁凝的《飞行酿酒师》（短篇）、2015 年阿来的《三只虫草》（中篇），以及 2016 年第 1 期《人民文学》发表的陈继明短篇小说《圣地》，值得进一步研究。

前两者已有“年评”在此。比如李敬泽在《内在性的难局——〈2011 年短篇小说〉序》中说：“在小说学会的 2011 年排行榜中，入选的是铁凝的另一篇小说《海姆立克急救》，而不是《飞行酿酒师》。我一点也不感到意外，《海姆立克急救》能够在某种批评话语中得到完好、澄澈的阐释。而《飞行酿酒师》，它混杂着复杂嘲讽，它是难以把握的。市场和资本以精微的逻辑赋予某种世俗的消费行为层层叠叠的意义：知识、仪式、身份等等，商品的本质如同它的羞耻之处一样被精心掩盖。这是后现代的商品拜物教，只不过，在这‘偌大个北京城’，‘苹果教’化为了黄牛党的闹剧——有关人士忧心忡忡地指出：这或许将对苹果的品牌形象产生长久的负面影响。——黄牛党在嘲讽苹果，‘山寨’在嘲讽全球化，所有这一切表明了这个时代活力的基本特质：它依附于全球化体系，在全球化体系中又具有边缘性的解构力量，它把这个体系力图覆盖的一切赤裸裸地、毫无羞涩地呈露出来，这不仅是发生在世界地图上，也发生在这个时代的意识内部。”明显这是和其他小说的“内在性”叙事没有多少联系的。在2015年的“综评”里，郭艳也是这么评价《三只虫草》的，他说阿来在中篇小说《三只虫草》里，借助藏族少年桑吉，阐释了一个大的转型时代，中国个体所面临的普遍困境——物质主义来势汹汹又和实际生存境遇切实相关，宗教灵性和现代知识文明还远未相辅相成，个体该如何选择自己踏实可行的未来？又如何给少年心性一份精神的启蒙与心灵的安适？这种困境溢出了城市或乡土经验对于个体人的限定，在一个更为辽阔的层面为时代构建一个灵肉皆备清新刚健的少年新人。阿来表达了信息时代科学依然为人类孜孜以求，同时又剥离了工具理性的权威性，穿透时代的浮华进入到对于“人”的宗教、文化更深层次的内省。相比其他被评小说，《三只虫草》无论怎么说都不太符合他那个“时代新人”的界定，因此这个小说放在同类小说名下，显得格外“隔”。

陈继明的《圣地》也许会在2016年的总结中出现，但依照惯例不难推知，该小说故事如此单纯，也不大可能撑破一小自然段，最有可能的情况也许会被汇编进“现实”“人性”“爱”“成长”等所谓“永恒”母题之中，勉强支撑可以预见的几种价值框架。

那么，裹挟小说，使小说叙事服从于当前政治经济逻辑，进而撰写指定目标，终于成为流行文化价值观本身的这个流行价值预期究竟是什么呢？我的鄙见，大概有突出的两种。

第一种是文化传统主义价值倾向。这种倾向，我大概估计了一下，在一线作家和批评家中，占有大多数。他们认为，今天的中国现实，今天的中国文化，乃至今天的中国文学，的确正在遭遇“现代性”危机。因此，他们把观察现实、时代及民族问题的视角，不约而同地内置在中国传统文化所缔造的民间秩序中了。大概觉得，只要民间民俗文化的秩序还没有被彻底毁弃，抵制现代性的能量就还不能说完全没有。于是，持这种观念的作家和批评家，通常对人格理想主义和道德理想主义非常有信心。无论讲多么复杂和混乱的城市故事，他们都显得相当有底气。因为，他们知道，他们的背后预留着一个退可以有底线、进则能提供后勤保障的民间资源。这时候，你就明白，他们笔下的人物为什么到最后，总是那么游刃有余，总是那么干脆利索，总是那么不约而同地删繁就简、返璞归真了。以终极反过来决断初始，作为小说或一种人生观念，无可厚非。但当我们只有初始，而终极却一直摇摇晃晃很不确定之时，这种"后见之明"有没有理据呢？对他们的真诚我十分敬佩，但对他们观念的有效性我表示怀疑。

第二种是隐秘知识或隐秘主义倾向。这种倾向的创作和评论，好用"隐秘""私密""边缘""偏远""私人""少数"等知识和经验。按照美国学者克利福德·格尔茨《地方知识——阐释人类学论文集》一书的论证，或法国哲学家米歇尔·福柯"权力话语理论"的视野，这种倾向的叙事和批评，其实正是现代性思想得以贯彻到民间社会结构，并以怀疑姿态重构人本身的努力，乃至于通过人的普遍自觉，建立现代社会机制，从外在力量来保障和监督人性的劣根，它的叙事能量和批评能量，理应得到足够重视。然而不巧的是，这一类叙事和评论，并没有充分吸纳 20 世纪 80 年代中期普遍崛起的中国先锋文学思想资源，而是直接采取与现实和解的姿态，于是解构主义被消解了。只剩下了个体私密化地方知识、经验和乡愁，因无法内在于现代社会，个案也就很难构成普遍意义。消费和观看之余，它的思想能量也就微乎其微了。

之所以说，以上这一路小说叙事，是通过不同角度研讨同一个问题，是因为这批小说并不满足于眼前现实问题，也不是急着给流行文化价值观中的个体找出路，而是企图通过叙事学的凝聚，反复验证当下问题的历史根源。这时候，他们不约而同动用了总体性视野，《圣地》表现得尤其典型。

小说始终以一个叫周小羽的女大学生的死为视点展开，叙述人

“我”、我妻子、我妹妹，还有小羽就读的某高校老师、小羽的几个室友等，既是死这件事的见证者和旁观者，同时也是自觉不自觉的制造者和谋杀者。小羽在武汉大桥纵身一跳，一切都结束了，但关于小羽的一切，还有我们的一切才刚刚拉开序幕。这是典型的故事结束叙事开始、话语终结体验开启的一部小说。从故事层面看，作家接下来的任务，似乎便是层层剥茧，端出死的谜底。可实际上，陈继明回避了这样一个步步走向消费刺激但思想半径却加紧收缩的大众流俗思维惯性。因为他知道，即便毫无理由的死，总会有令人唏嘘的悲剧，要紧的是要挖掘悲剧根源，只能对激越的感性进行转化，否则，所有的有效追问马上会搁浅在个体道德和人性的沙滩上。为了使偶然的死更具有必然理据，陈继明把追究小羽死因的故事，变成了对每一见证者、旁观者价值观成因的体验。“撒谎”就在这个时候出现了，它成了我们文化的关键节点，“撒谎”即是传统文化过渡到现代文化，乃至使现代文化成为其是的突出符号。我们的家庭教育一直强调的，我们的学校文化正面突出的，以及我们的人际关系一贯灌输的和我们的情感伦理所承诺的，一句话，我们设身处地塑造和即将兑现的文化，已经铁桶一般，与个体正当的人性期许是如此之错位，与成熟现代文化秩序是如此之卯榫不合，这才是小羽从小就执意把死理解成诗意、美的真正渊薮。这样一个选择，成功避开了一长串顺口溜似的社会学答案，比如独生子女问题、教育问题、贫富差距问题和家庭影响、网络文化影响等。在小羽死的问题上，似乎谁都有问题，又似乎谁都没有直接责任，这才是小说企图告知我们的思想难题。

从这一层面，再来理解夹杂在文化传统主义叙事中的《飞行酿酒师》，铁凝始终没有提供一个铿锵的高与低、上与下和解的条件，也就不难理解了。因为它们中间横亘着一条已经失效了的人格理想主义和道德理想主义，所谓的“内在性”，缺乏必要的“外在的”支持。虽然很难说这个“外在的”就是谎言本身，但当撒谎成为某种集体无意识，反把死当作诗意、审美供奉就成为了可能。同理，当隐秘知识或隐秘主义叙事逞一时之盛，《三只虫草》及偏远知识生产地的孤独少年桑吉，肯定不太符合需要用隐秘知识和经验革命的“现代性”。原因也很简单，隐秘知识的发掘者、隐秘主义叙事的追捧者的终极目的，早已不是格尔茨或福柯意义的解构主义，而是视现代性为仇敌，并且就是为着颠覆现代性。至少，他们本质上不是深入地解释当今人们普遍的焦虑和无助，而是基本信奉文学特别是叙事文学就是营造一个人性的、人生的乌托邦归宿。甚至觉得把个体推向传统与现代、边缘与中心、上与下的尴尬地带，便证明我们的现代文化之所以有问题，问题只在个体的人为选择，而不是其他。

幸好，铁凝、阿来、陈继明等小说家，通过艰难的叙事努力，到底于众口一词中，于一窝蜂似的呼啦推拥中，留下了此时此刻的思想证词。

文学怎样讲述中国农村故事

季栋梁长篇小说《上庄记》从2014年出版至今成为一个阅读热，不是一个孤立现象，可以结合近年来全国性思想文化思潮动态来看待。

2010年，河南籍青年作家梁鸿所写"非虚构文学"《中国在梁庄》，及其2013年再次撰写并出版的姊妹篇《出梁庄记》，先是在文学界发热，进而延伸到思想文化领域，后来"梁庄"干脆成了网上网下的一个关键词条；方方的中篇小说《涂自强的个人悲伤》一经《十月》（2013年第2期）发表，讨论的声音同样被传到了方方面面，先是媒体，再是文学评论界，最后也是网上网下，甚至波及思想界。当然，在这个阅读行列里，路遥的长篇三部曲《平凡的世界》，始终伴随其中，虽然好像是所谓的"励志"在起作用，难道真是"励志"吗？

在这样一个基本阅读选择，来看宁夏籍作家季栋梁的《上庄记》在目前的热度，实际表征的并非近年来的文学读物就这么几种，而是人们何以非得选择这些文学表达的问题。综合来说，这些文学叙述的确有一个共同的指向，就是都不约而同把视角内置在了中国农村社会的内部，并且不是单讲农村社会内部某一个体心灵的遭遇，而是以农村社会内部为背景，以农民或者说底层者、弱势者为群体——至少将其看作一个阶层的命运遭际来讲述。梁庄在中国改革大潮中何去何从；涂自强非常努力也很注重理想追求，但结果还是以物质与精神的双重失败者而告终；上庄在生态移民中问题丛生，最棘手的显然不单单是教育问题，更包括那些可能永远无条件城镇化的农村在整个城镇化中如何处置的问题等等，其中的悲情、悲剧、悲哀，实际上一度被幸福故事、快乐叙述和"好心态"的处世哲学所遮蔽。在此层面再来审视一系列思想文化问题，我个人觉得，它们的“热”意味着人文知识分子甚至普通大众，对理性的回归、对讲道理的热爱和对基本良知的呼唤——当幸福、快乐故事和“好心态”哲学弥漫之时，这些人性的基本东西其实是被忽略甚至有意回避的，尽管它们或许并没有彻底消失。

至少有三点启示，需要重点强调。

一是文学能力说到底是对世界真相的独到感知本领。《上庄记》中对西北偏远农村世界现状的感知，严格说，早已出现在众多社会学和经济学调研报告中了，只不过那些致力于城镇化建设的方法和措施，其结构体例的确没有把农村内部人的命运和遭际纳入进去。而季栋梁的发现和感知，正好指向了不能或永远无条件城镇化的农村社会到底该怎么办的问题。他的这个感知和发现，正与年前“两会”当中个别代表委员的描述有深层的一致性，即“什么时候中国人办事不求人了”，“什么时候中国的青年人不感到迷茫无助了”，就说明中国真的进步一小步一样。西北农村弥漫着凡办事都一定得求人的风气，同时，不要说青年人无助迷茫，就连“空巢”的老人和学龄孩子，照样被无处不在的焦虑所裹挟。这些问题当然并非《上庄记》首次叙述，只不过它们一度被成批统计数据所淹没所遮蔽，经常隐没在数据后面罢了。没有切身体验和感知，数据就只是一个中性的媒介，它不会深入到人的命运皱褶里去，人们也就不可能看到数据背后的真相。

二是文学价值之所以备受关注，不是文学好玩，是文学能于众多价值中发现核心价值。对于目前中国的农村社会，我们一般有个二元思维在应付，什么城乡对立、价值失衡、自我迷失、贫富差距越来越大等等。应该说这些问题都是目前的重要社会问题和价值问题，可惜的是，这些问题在一般的文学表达和社会学调查中，都是通过层层分解的方法来提出来的，即是说是最终以个体的名义提交的。如此一来，核心问题、核心价值实际上一直处于被消解的境地。《上庄记》里提出的核心问题和核心价值是什么呢？是农民作为农村社会主体性的问题。种地、收割、上学、致富、造屋、办事乃至谋求发展等等，能否由农民做主呢？在我们的一些宏大规划中，答案好像是否定的。而这些能做主却偏偏做不了主的大小事情，实际成了农村世界及农民本人日复一日变得颓唐、无助、迷茫的根本原因。他们无法确切地感受到改革开放所带来的红利，也无法确切地体验到几乎所有惠民、富民政策的实惠。一句话，非但如此，他们还要继续为本来正常的开支，譬如因基本的医疗、教育、住房的不公平而付出高昂的代价，乃至于花尽半生或一辈子所积攒全部积蓄。毫无含糊，包括《上庄记》在内，《平凡的世界》《中国在梁庄》《出梁庄记》《涂自强的个人悲伤》等等，它们不约而同，几乎都通过文学的发现眼光，于众多问题和价值中，发现并叙述出了当前中国农村社会的核心问题，和急需的核心价值。

三是通过个人故事的普遍化，讲述了一个时代突出的阶层故事、民族故事和中国故事。人们热爱读这一类型的作品，其实眷顾和热爱的并非走不出第三个读者（第一个喜欢的是作者自己，第二个喜欢并首肯的是该作品的编辑，第三个才是作者经验之外的读者）的那些作品，而是深切触及作为地域共同体、语言共同体、信仰共同体和经验共同体、文化认同共同体的一般读者，他们在文本中产生了共鸣、达成了共识的内容，实乃与自身经历、体验、经验和感知相似的东西。正因相似，说明内容所告知的，叙事所显示的和思想所触及的，是一个普遍性而异常尖锐的现象。对共同现象的持续思索，特别是集体无意识思考，表明该现象或问题，已经是或至少是此时此刻中国某一阶层的普遍关切，围绕其中的才是具体道德伦理问题、价值期许问题和文化认同问题。如此来看，如果没上升到这个高度，不管何样读物，要成为全民阅读，那肯定是难上加难。

而正是在这个层面，前面所提到的这些书或作品，正需要有个正确导向，引导那些被动卷入其中的读者正确理解其内在意图。比如《平凡的世界》，孙氏兄弟为生存本能所驱赶的奋力拼搏，就不宜放大为“励志故事”，否则会曲解作家路遥的真正意图。路遥所希望的仅仅是孙氏兄弟赖以生存生活的环境能有个好的社会机制支持罢了。对于《上庄记》，有些读者可能会读成诗意乡村的挽歌，总愿意在搞笑诙谐的语言中逗留而至于把“上庄”世界看作一个小品一般的娱乐对象，如此做，季栋梁的意图和苦苦思索不但被消解了，还可能被严重披上文化传统主义的审美外衣，思索于是终止于哈哈一笑。同理，读《涂自强的个人悲伤》，如果只无止无休地埋怨那个总是碰壁总是失败总是办事不顺的倒霉蛋涂自强，那么，方方想要通过涂自强个人悲伤出示的涂自强所跻身的这一阶层的集体悲剧和实际社会现实遭遇，就不可能被正视，社会的不公将何以得到起码的干预和改善呢？读《中国在梁庄》《出梁庄记》更是如此，思维不能老停留在乡村诗意不诗意、谁怎么没有富起来、谁又怎么如此窝囊等低层次水平。需要追问造成形形色色底层群体如此命运的社会机制根源，因为这些作品中的几乎每一个成员，都生活得比我们更艰辛、更努力。

如此等等吧，如果不在这样一个基本语境来看待这些作品的“热”，如果不在近乎集体无意识的大众阅读选择中，来理解这些作品的关注点，无疑的，我们可能就是在消费这些印刷品，而不是思索这些作品所郑重显示的时代思想诉求。

从文学、文化研究的角度看“人文精神”再讨论

一个基本语境是，2012年5月26日《东方早报》，发表了陈思和、王晓明、张汝伦和高瑞泉题为《人文精神再讨论》的长篇谈话。这篇谈话的再讨论，读之，弥漫着当初的发起者的感慨、无奈、遗憾，和对今天更深重的担忧。1. 只有少数人愿意从当前中国社会结构断裂的现实来反思人文精神问题；2. 人文精神其实不可能能动地作用于当前不顾一切的经济增长，及增长已经形成的价值体系。

当初的发起者的这个隐忧，不是空穴来风，自然有所指。从1993、1994年到2013年，“人文精神讨论”前后正好20年。这期间对这个特殊概念内涵的辨析者有之，对其所指的质疑者有之，然而最多的可能是使用者。打开多数文化、文学研究文本，包括社会学论著、论文，可以说最可靠的论述必然是以“人文精神”为价值支点，尽管此处的人文精神的确因人而异，对于多数人来说，也许还像20年前那样，觉得仍缺乏内涵外延上的严格界定。但是，在文学批评，特别是受解构主义影响的文学批评中，和受惠于伯明翰学派的“文化研究”中，其中的人文精神理念不也差不多等于启蒙现代性思想的延续吗？仍然是关于今天时代人何以自主、何以能自主地规划自己的问题。即康德那里的“启蒙就是人合理地利用自己的理性”的问题。

看起来似乎还是老问题，其实不然。在今天消费主义语境下再讨论当年的人文精神，如果把范围仅限于人文学科领域，新的针对性不能不注意：1. 在“断裂”的社会结构中，衡估人文知识分子话语的可靠性，应该以哪些人口、群体为基本体验来源？2. 在消费主义为主导的社会思潮中，怎样认知“个体”的自由度？

3.“中国经验”作为人文知识话语之强烈呼唤，在全球化时代尤其担纲着宏大叙事输出的使命，那么，目前大家所热衷的叙事学、诗学建构视野，纳入的是否一定比有意无意忽略的更值得？4.在“文脉”不断的前提下，怎样省思现在异常热闹的“国学热”“传统文化热”？

这里所说的“断裂”社会结构，系社会学家孙立平系列论著的发现，他的“断裂三部曲”，相信多数人文学者都不陌生，就不再赘述、援引了。以文化、文学研究来说，浏览今天语境下，各种关于“断裂”所产生的人文精神状况的论述，除了大而无当的贫富差距悬殊、底层、草根等指涉外，理论话语恐怕还很难说已经微观到了人口分布、群体分层、身份两极等等各种断裂现实内部。

安逸和恬静是好事（我们现在的“国学热”“传统文化热”中极力抟塑的那种“寂静主义”，难道与哈维尔批判的后极权主义中那种被蛊惑的“自由选择某一种洗衣机和电冰箱的自由”的“内在性消费主义”有本质区别吗？），增加国家、地方政府的GDP也是好事，当然亦是每一个人都在追求的未来生活。担心之处就在于，我们会因此而收缩我们的眼光，降低我们的视野，这就意味着我们的人文表情会彻底褪色。那样的话，据我那篇小文统计显示的近八亿人口的生存状态，将不再出现在我们的文学之中，也不会出现在我们所谈论的文化之中。换句话说，从此以后的文学和文化，将不再以近八亿人口的现实生存状态为基本感知体验来源。

无须过多的旁征博引，毋庸置疑，有关安逸、幸福、快乐乃至心态要好的叙事和话语呈现，根据不同经济身份自然有不尽相同的指涉，然而，众多指涉无不收束在“国学”“传统文化”的框架内。那么，我们怎样审视目前的“国学热”“传统文化热”呢？

在“中西转换”“古今转换”之后的“消费社会”这个具体语境，为了抵制全球化对我们经验的粗糙改写、组装，也为了保持并自信地表达本土化价值，于是，我们找到了“道统”井然时期建构起来的“国学”和“传统文化”秩序。然而，由于经济主义逐渐占领社会各个领域，也由于我们不约而同地相信，只有经济增长才能确保文化的自信。这时候，源起于对国学中的一些条目、传统文化中的一些精华的转化利用，却不料变成了无所不在、无所不用的“国学热”“传统文化热”。当这样的一些产业化思维一旦形成，价值方面的期许只能居于次要的位置，代之而来的仅仅是那些据说能抗拒、反抗现代“城市病”的东西，它们便是从“国学热”中转来的“寂静主义”，和从“传统文化热”中拎出来的披着厚厚的民粹主义铠甲的“理想主义”。

在我看来，文学批评、文化研究的有效性，既不是“寂静主义”，也不是“理想主义”，是批评主体对当下政治经济的话语现实，进行更高一层次“文学性”“价值性”聚焦、审视的当下性感知过程。今天我们在学术上究竟该如何论述我们的价值思考，该如何讲述我们时代的个体处境，该如何参与历史进程并反思这种现实秩序的问题，就变成了如何审视这两样东西的问题了。我们前面有启蒙思想、现代性思想资源，我们身后，甚至于弥漫于周身的有后现代性、娱乐至死主义者。那么，我们该如何转化前者，如何处理后者，也就是我们该如何在文学这个各种意识际会的平台上，突出我们自己对社会、现实，乃至历史的独立判断，并讲出我们的那个判断，一定程度上就是我们给这个时代留下的思想结果。相信我这样说文学批评和文化研究，内在于当今现实秩序的人，是有所共识的。因为，我们都乐意过快乐的、幸福的和安静的内在性生活，但是我们的这些追求并不是“自在地”存在着的，它需要我们的争取。这是我把文学批评视为这种争取，并反过来严正透视它的核心原因。

因此，今天再来谈人文精神，人文知识分子话语体验的来源、对“个体”自由度的认知和建立在叙事学、诗学的“中国经验”，以及异常热闹的“国学热”“传统文化热”中被迫忽略的核心问题等等，并不是孤立的，它们被统摄于消费主义和它的运行机制。如果眼光不向下看，把视野内置于具体的断裂中来谈——三五个朋友，可能因为有人热衷于谈小轿车品牌，有人抱怨房价上涨，话不投机半句多，只好分道扬镳。该现象如果是今天人文状态的真实反映，要建立某种人所共识的基本价值观，我以为也只有打断这种不顾一切的经济增长所造成的市侩价值追求，并以民生问题为起点。否则，第一，今天没有当年人道主义的基础；第二，今天形不成像样的公共知识分子共同体——大家都是项目经理人，至少是想削尖脑袋做项目经理人。那么，人文精神再讨论恐怕也只能是一场美丽的修辞训练。

我们该继承张贤亮的哪些文学思想遗产?

张贤亮是一位磨难重重，但把磨难当作人生调味品来咀嚼的“右派”分子；也是一位激情喷发，虽九死犹未悔在文学世界里却写满理想主义和人道主义者；亦是一位开风气然而实在“另类”的当代中国文学老将；更是一位启蒙了无数知识人，自己却饱受争议的人文知识分子和文学思想家。

我相信读过他作品的人，都会不同程度思考到底该如何估量他的文学思想遗产的问题。

在我的阅读视野里，张贤亮先生首先是一位杰出的小说家，他具有一流的小说才华，并用一流的勇气提纲挈领，启开了众多写作“禁区”，因为小说，他享誉全国乃至世界；其次他是一位实业家，影视城是最早的成功的文化产业基地；再次他还是一位身在文学界却义无反顾撑破文学界，思想界和知识界不能不重视的一位人文知识分子——他的小说，也因此成为进入当代中国思想论述和人文知识例证的为数不多的学者。这样的作家，自上世纪 80 年代以来，在全国也绝不会很多。那么，他的去世，我们该思考他的哪些遗产呢?

简而言之，1. 他熟知他身处的社会现实和时代性质，无论《绿化树》《土牢情话》，还是《我的菩提树》《小说中国》《一亿六》，那种扎根在地域，却不止地域经验的文学形象，我们有他的大视野吗? 2. 他有恒定的价值尺度，并用这个来自《资本论》的价值尺度来叙事，一直把思想触角伸向现实结构内部财产制度的敏锐，我们有这个学理性依据吗? 3. 他能把一个时代个人悲剧叙事成彼时代国家民族的悲剧，并且能把视角返回到文化政治、人性本身和文学性规律，我们有这个文学能力吗? 4. 他也是一个成功的商人，但他经商很少有暴发户的自恋、土豪们的狂妄自大，做生意似乎也具有民族的大义——这不只是指他所经营的影视城解决了300多口人的吃饭问题，类似一般的慈善活动、对文学新人的奖掖和扶持，以及重要关头的敢说敢为，我们身边的富人很多，他们有这个气度吗？

“智慧人生”是张贤亮先生的自诩，也好像是他的文学研究者常叨在嘴上的一个定义。然而，就我对他的了解和对其作品的阅读而言，所谓“智慧”，其实多数人可能意会成了“圆滑”“机巧”“聪明”“世故”和“见好就收”等等意思。当然不是说张贤亮的人生和文学世界里根本没有这些因素，即使逝者已逝，话还是得老实说，在他早期作品中，包括他的有些现实行为中，正如邓晓芒、王晓明、南帆等学者、理论家所发现的那样，他可能有比较顽固的甚至突出的个人名利观，一个阶段也有极为令人不舒服的等级观。也就是说，“身份论”“工具论”和“布尔什维克情结”，以及惦记着怎样走上红地毯、怎样在众人面前吆五喝六才标志一个人的成功、才是一个知识分子终极的高尚等等，他作品中都或多或少有如此痕迹。但是，纵观他的人生和他重要的文学作品，瑕不掩瑜，他到底还是一个直率、坦荡、磊落，尤其不假装正经、不强装君子，无论是文场和官场，他都能把文学和商业分开，不靠文学赚小儿科的钱。非但如此，他还身体力行，只要闲暇操刀写作，“独立之思想，自由之精神”的确在他笔下发挥得相对饱满。我甚至还认为，在他同辈作家中，“智慧”对于他来说，恐怕庶几是这个词的本意，该说的话，绝不藏着掖着、卖乖耍萌；该讲的理，即便面对权要，也是辨析得一五一十，并没有所谓“老人哲学”中那种致命的桌面一套背后一套，当众好发牢骚表达正义，背地里却夹包妥协谋取好处。

显而易见，当经济主义价值观、极端个人主义和消费主义文化态度无处不在，甚至差不多主宰这个社会之时，张贤亮的文学世界及其里面所输出的批判意识、价值方向——那种不可能不带有前苏联人道主义和马克思意义上的异化论问题意识，也许还需要深入的转化，才能在一般人道主义和已经发现的异化论基础上介入当今普遍的社会机制深处去，也才能发挥它强悍的和富有思想穿透力的言说能量，“以言行事”的功能或许才能微观而核心。正是这一对接处，张贤亮也许与他的受众，与目前这个社会节奏，有了分叉，有了裂隙。也因此，他的言说理据，他的文学思想，他的文化价值观，还不能完全说成是现代的。也就是说，作为一个老一代人文知识分子，他的启蒙和他的人物形象所告知于我们的，可能还很难脱离某种模式化的和人的劣性论的“民主社会主义”思潮窠臼，更高的层面来衡量，他也就可能还不算一个自觉意义上的现代知识分子。因为，活得透明，活得洒脱，活得直率，他也决然区别于所谓的“老人哲学”。但是，用透明、洒脱、直率和说真话所武装的人生，肯定不就等于现代思想。成熟的现代思想，不仅要直面自己，更需无情地解构僵硬和固化的社会结构。尽管如此，张贤亮文学思想的总体论意识，以及他笔下人物遭遇所最终指向的文化政治批判锋芒，仍然是今天“碎片化”“个人心灵遭遇化”和“地方知识化”“民俗产业化”的普遍性思维，所无法匹敌的。如果视野只在具体细节上，只在自我内心，只在消费地方知识和民俗文化上，世界也就仿佛只能如此，这是张贤亮与庸人主义，与琐碎知识的追求者，与怠慢亵渎真理，以至于把真理降格为科技主义，以及与相对主义的核心区别。

话题再回到具体的文学界，尤其是宁夏的文学界（自然包括目前以“70后”“80后”主要撑门面的中国当代文学界），有谁真正是接着他开启的路子往下走的？有谁是真正既有细节又有宏大视野的？有谁能在叙事中纳入时代风貌的？如此等等，这难道不是我们悼念他、纪念他的最好理由吗？相反，我看到最多的是，有人的写作只为获奖，有人的写作已经不叫写作，叫“创意”、叫产业链条，有人的写作只为自我的一点心灵遭遇，有人的写作还在拼贴老经典却似乎已经被打造成了大师。随着贤亮先生的仙逝，他的经验和遗产，我想还是应该深思的吧！

严正思考这些问题，我认为才是正确对待这位杰出作家、人文知识分子的必要态度，也便不枉“宁夏出了个张贤亮”，新时期文学史有个“另类”。

他开了什么风气，他思考了些什么重要问题，以及他那风气、重要问题，是否已经没必要再捡拾了，他的时代是否已经过去了，等等，只要还在岗的活着的人，认真思考，严肃对待，就应该接着贤亮先生已经走过但还没走完，已经思考但还没来得及完成的方向，接着走。

我们这代人的困惑与王蒙文学思想的根本局限

一

王蒙先生已经 80 多岁高龄了，在仍活跃于创作一线的老作家中，仅从创作数量论，毫不含糊，他是为数不多的能用“著作等身”来形容的一个名副其实的创作者。从他涉猎的宽度说，古典文化、小说、散文、理论批评研究、传记等等，足够一个专门的读者读上好几年的，不能说打通古今，起码也是实实在在的跨越文体实践了。假如让一个文学博士以他为选题做博士论文，如果真要细读其所有文本，三年的在校时间肯定远远不够。另外，在他这一辈作家中，就作品的社会持续热度来看，仅我们的关注，其他多数人几年甚至近十年出一本书，也还不见得能讨好现在的年轻读者，而他则完全不一样。不但写作速度惊人，有时候一年内要连续推出两部以上作品。更令人佩服的是，他的每一部书一旦出炉，基本会在不同层面产生广泛议论。媒体的跟进不说，学院教授学者的研究、网上网下一般读者的购买跟进——从出版商的统计看，也绝对能称得上“王蒙现象”，说他是一个奇迹一点也不为过。当然，更要紧的是，在我们这一代年届不惑人的精神世界里，王蒙先生的文学创作，曾经和现在都仿佛成了我们脑细胞的一部分。上大学时，我们一度为那个叫林震的年轻人仕途的坎坷捏过一把汗，肯定同时也因那个林震的上司刘世吾每每关键时刻常挂在嘴边的“就那么回事”愤怒过、想不通过。等后来走出书斋、走向社会，我们有哪个不是浸泡在《活动变人形》的阴郁文化氛围里的呢？如此等等。即便单是他那个性突出、贯口一般的话语方式，不也足够令人为之深深倾倒吗？

一句话，在王蒙先生所营造的文学世界里，我们这一代人对自己所置身时代的粗浅认知和植入内心的愿景，以及初步认定文学不仅是“高大上”的“鲁、郭、茅、巴、老、曹”，还因文学极有可能变成谁也可以伸手一试的自我潜意识宣泄手段，倍感迫切、亲近。想想王蒙先生独异的话语方式，肯定深深影响过我们对文学的最初设想，他直率、泼辣、荤素夹杂、正反混搭、盯着一个方向滔滔不绝又天衣无缝镶嵌着层层语义转折，再加上视野大开大合的无主语长句子，信息复杂，读来令人激情澎湃，大概更适合我们这一代人的集体趣味。仅此一端，可以说他的文学着实是我们从僵化刻板过渡到灵活自然的一次思想启蒙。

正因如此，当中年的钟声悄然敲响之时，当各种压力千头万绪不由分说地朝你袭来之时，乃至于当你的努力一次次泡汤、意义感无数次丧失之时，甚至经常被某种莫名其妙的失败感纠缠的时候，我们常常陷于一种用今天的流行词来形容就是“慵、懒、散、软”的疲惫状态。面壁呆坐，心里不免盘点曾给自己以意义感的东西来，王蒙先生居然成了首选。或者说，王蒙真真切切构成了我搭建精神世界的桥梁。靠前一点，他排在“鲁、郭、茅、巴、老、曹”之后；靠后一点，他下启“知青作家”和新历史主义、新写实作家。一直到 21 世纪之交，在“日常生活”和“个体内在性”的汪洋大海中，我们的阅读选择不自然地又跳回到王蒙先生那里了。深层原因我们没有来得及深想，但最切实的一点是，生活和工作的原因，我们对社会学的阅读体会，似乎高于对文学的阅读——索性说，是社会现实使我们产生了回过头重新打量曾作为“桥梁”的王蒙先生的文学思想。我们私下里经常想，在鲁迅先生的眼光与“躲避崇高”阶段的王蒙先生之间，应该有一个必要的联结点。而且，这联结点，更吻合重建某种我们预期的现代社会机制的语境。如果把麦克卢汉、波兹曼、吉登斯、鲍德里亚和中国当代的前沿社会学视野，譬如黄宗智、郑杭生、孙立平、李培林和贺雪峰，以及新加坡的郑永年等人的发现，内置于主导性政治经济学话语逻辑，在文化观念的投射方面看过去，那么，“躲避崇高”阶段的王蒙思想，如果不是特殊语境下“人文精神”大讨论对之的质疑与批判——这质疑实际上因过于猛烈而窒息了“躲避崇高”之后，紧接着需要进入世俗内部转化鲁迅思想的契机。共识消散的同时，我们捡拾起来的实际是我们一直唾弃但又不得不接受的“传统”，那就是对学科化甚至对纯而又纯的叙事方式的反复壮大。这个时候，王蒙先生曾极力辩护的王朔好像淡出了江湖，此时花甲之年的王蒙先生反而来势凶猛，披挂上阵，一路披荆斩棘。非崇高但又不全面接受世俗的文化预期，在王蒙那里，狂飙奔突、阴差阳错，在亢奋的论战话语推波助澜下，终于走向了它的反面。

二

然而——还是不得不出现这个转折呀。当我们浏览了关于王蒙先生小说文体的研究、思想的研究、传记的研究、古典文化的研究，或者其他什么“旧作”“忆苦思甜”的研究等等之后，一个强烈的感受不时跳出来，似乎不说出来都不行。什么感受呢？就是觉得到了今天，对王蒙先生文学创作及思想的估计，实在是不适合用文本细读的方式了，这是其一；其二是，也实在不宜用文学史、文学理论的惯例来论评了；其三是，好像也不适应用通常围绕个体与个体的人性话题来展开议论了。基本情况就是我们开头已经提到的那样，盖因为王蒙先生所提供了的文学产品，特别是其中的世界观和人生观等可统称为价值观的东西，的确是某种需要重新审视的教科书的思维，在他而言也是他所经历的每一阶段的国家意志的突出反映。我们这样下判断，其实是充分考虑到了王蒙背后的那个庞大的被“批评”的背景，并且我们对那个批评背景持保留意见。当代中国作家中，王蒙的文学实际和他被研究的实际一样，基本是同一水平的，差不多众所周知，无须转述援引。只不过，所谓“中国式聪明”“老人哲学”“滑头哲学”等等，我们并不完全苟同。正因为在我们说的三个“不适合”中做文章，你的批评思维实际上也是一种惯性，而且可能还是王蒙思维的延伸和补充。当你对他的文本进行文本细读式把握时，只有两种选择。一是你认同他的观念，二是你反对他。除此之外，不可能产生第三种情况，比如你想要和他继续深入地探讨该话题，进而在一般的社会现实经验层面最终达成共识，从而将他的思想进行深度转化。

什么原因呢？其实原因不难找到。简单说，他的文本，特别是小说文本，是严重封闭的，“季节”系列正是如此。里面有尖锐的对峙，也有强烈的反叛，但对峙来对峙去、反叛来反叛去，王蒙的思想其实并没有多少流动，也就是说并没有应有的越位和跨阶层，属于在同一阶层内部的再生产。南帆《后革命的转移》一书中有一章是专门研究王蒙的，题目叫《革命：双刃之剑》[①]，说的就是这个意思。吴亮对王蒙思想的所谓“双重倾向”认为，王蒙所呈现的外部世界是开放的、接纳式的和印象式的，“**它喧喧嚷嚷、忙乱变动、光怪陆离、千演万化**”[②]；王蒙对自己的观念世界，则是“划了疆界”的、凝固不变的，维护民族传统、强调和谐、相信进步的，“**思想趋于稳定**”[③]。做出这样的判断之后，南帆补充认为，在“革命”与“知识分子”，以及在对应于两者的“激情”与“理想”的二元世界被瓦解之后，王蒙的思想大厦其实已经坍塌了。没有了属于他自己的语境，他的思想神经再也找不到用武之地了。也就是说，王蒙先生几乎毫无选择的、全面接纳式的和印象式的“躲避”，不管“崇高”的内涵指向什么，凡“崇高”差不多都在他的解构范围。如此，中间最尖锐最坚硬的一块地方——基层社会结构中的人和事，永远变成了他精心划定的自我疆界之外的“赘疣”。不是百般调侃揶揄，便是无微不至的“教导”。至于在文学史和文学理论惯例中来论评王蒙，这实际正中了王蒙先生的圈套，他跨几十年的创作历程，不就是在自己或者别人的文学生产流程中寻找夹缝“前进”吗？过去写了的，现在变一点；现在写了的，明天的写作再变一点。如此周

① 南帆：《后革命的转移》，北京大学出版社，2005年。
② 《王蒙小说思想漫评》，吴亮，《文艺理论研究》1988年第1期。
③ 《王蒙小说思想漫评》，吴亮，《文艺理论研究》1988年第1期。

正权衡，既符合文学人物基本的时代特点，又在自己的时间坐标上着实属于“突变”，至少合乎“历时性”的规律，1985年吴亮所说“忙乱变动”与“维护传统”是也。而对于在个体与个体之间围绕人性话题的探讨，这当然是王蒙先生的长项，这一点反过来又牢牢实实地统摄了前两者。关于这一点，晚近王蒙先生所著《王蒙自述》其实是个很好的例子。似乎已有学者指出过，是说王蒙先生可以左右逢源、开合自如地指点别人的历史，但回到实质上来，回到与己有着千丝万缕剪不断理还乱的事件，尤其是对逝者的评价时，总不免善于在抽象人性或者在特定意识形态感召下用“正确”与“错误”的标准来丈量历史，从而得出他的结论。指点对象的个人心性、修养问题，相比李洁非的《典型文坛》《典型文案》充分展开历史的写法来，实在并不能令人信服，雅量也次之。

不仅如此，他的这种人性叙事，也几乎是他所有小说的骨架，受用的模式是，从一般人性到抽象人性，再从抽象人性到国家意志，换句话说，他一直信奉的是主导性政治经济话语逻辑规划下的人性和文化标准。至于一般社会学和思想论述已经呈现了的普遍认识，他的人性论基本上不进入。仿佛一个挂件，一直自外于基层实际运行的社会机制。这样的一个现实，能说仅仅是王蒙先生的个人道德和人格问题吗？更何况道德英雄主义和人格理想主义的现实支持框架究竟在哪里呢？他作为我们这代人精神世界曾经的“桥梁”，还能帮助我们跨越社会现实这座大桥吗？更何况水里水外、泥里泥外的感受能一样吗？

当然，他的文学及思想贡献，如果要进行一个粗略的概括，恐怕只有三点，就是个性鲜明的文学话语方式、《组织部来了个年轻人》里的那种初生牛犊顶橡树的反讽性和《活动变人形》中对传统文化义无反顾却又深得现实支持的批判性。此后的写作，差不多可以说是在这三点基础上的增补、延长和重复，甚至是自我饶舌、自我欣赏和自我纠缠。对于改革深水区中一身泥巴的我们而言，他提供给我们的，只是戏台上的一点东西，既无镜鉴亦无体验。

三

以上啰唆这么多，意在强调，批评界送给王蒙先生的“中国式聪明”“老人哲学”“滑头哲学”等，仅仅是当前中国文人的共性。只不过，有时候在王蒙先生这里恰好因为“突发事件”体现得比较突出罢了。可是体现得比较突出，也不能说明这些缺点就是他一个人的。而真正属于他一个人的倒是，因为一直在高端的缘故，一直在某一意识形态漩涡中周旋的经历和一直在某一特定人群生活的现实，他所看到的问题，始终在一个框架下的一个方向流动。一个框架是无论怎样，“国家公仆”（查建英语）的底线不突破，一个流动方向是，无论怎样，思想不会轻易向下流动。说得再清楚一点就是，他可以批判当今的网络及其派生的网络人生观、道德伦理，但绝不会凭借今天一般社会学视野来反过来认知网络及其附着在该平台之上的言论意见。几十年前他笔下人物刘世吾挂在嘴上的“就那么回事”，谶语一般成了他内心看取一切的岿然不动的标准。如此，就我们这代人今天的社会境遇来看，如果用三个“不适合”论评他的东西，正好是他感觉非常适合走的路子。如此走得十分起兴时，我们这代人便不得不与王蒙先生及其文本和价值，说声“拜拜”了。

我们宁可相信方方中篇小说《涂自强的个人悲伤》中表现出的诚意，也不愿相信王蒙先生一系列大著中表达的高端生活和尖端价值观。因为在涂自强的身上，我们这些步入中年的人很容易找到共鸣点，而在王蒙先生的理论、观念和价值中，我们仅仅是个戏台底下的看客，入不了戏，更遑论成为戏中的角色，哪怕一个跑龙套的小摆设都不见得称职。王蒙先生有一篇散文叫《不要以为自己就是尺度》，题目听起来很多元，然而细读内容我们却不怎么敢恭维。因为王蒙先生的终结点实际上是一个词，即“与时俱进”。日常生活习惯而言，两代人或者三代、四代人同在一个屋檐下时，的确各有各的习惯和各自所受用的伦理氛围、时代语境。但还有很重要的一点我们也不能疏忽，那就是今天社会结构中被置于底部的人数最庞大命运却最为不确定的底层社会。如果我们单从精神文化的层面来看这个阶层，类似该篇散文所批评的对象——年轻一辈，无论这个群体是“他们”，还是“我们”，的确需要在一般生活秩序的延续上“继承”并发展。但这个“继承”的前提，比如该在什么基础上“继承”的问题，王蒙先生考虑得很充分吗？答案是否定的。王蒙先生所考虑的其实只是他的经验、认知——或者说是曾给他提供过保障的经验和认知。即是说这个被授意了的经验和认知，一定程度上也是经过合法化权力话语修饰打扮过的文献知识，充其量只不过是未曾经历当前社会学检验的抽象的和超时空的秩序。这个东西，也可以说是王蒙先生这一代人几乎全部的知识世界，这其中自然还包括去年去世的张贤亮先生。我在凭吊张贤亮先生的短文《斯人已去，我们该思考点什么？》[①]中表达过如下意思。

张贤亮的文学也许只属于20世纪90年代以前的时代，面对90年代以来的消费社会及其消费主义和“新穷人”的普遍出现，张贤亮的文学叙事显然缺少思想的穿透力，也缺乏来自现实深层的体悟。就是说，截止到长篇小说《一亿六》，他最为深沉的思考，也只是通过小人物千辛万苦到最终发迹，以及通过性的泛滥或缺失来拷问人性起伏，这是他的长项。至于发展主义、科技主义对小人物、对普遍性国民精神世界的致命腐蚀，他则似乎并不熟悉，也并不去认真思考。这多少有违《资本论》的精髓，也有违他自称读了几十年《资本论》的方法论。

这些话，用来宏观评价王蒙先生的思想，我们觉得也基本是合适的。

稍有不同的是，张贤亮先生是作家但同时也是个成功的企业家。现代思想在他那里不甚成熟的原因就在于，运营文化产业使他深感经过几千年积累的中国民间民俗文化，碰巧遇到了一个能赚钱

① 《斯人已去，我们该思考点什么？》，牛学智，《中国文化报》2014年9月30日。

的时代氛围。久而久之，在他的观念中，市场化、私有化是个好东西。只有产权私有化，才能切实推动个体经济的发展和壮大。而经济上的这一点成功经验，也就自觉不自觉地构成了他的价值取向，即认为政治经济与精神文化本来就应该不平衡，更不存在精神文化变成主导价值的问题，“发展是硬道理”，并且只要硬道理上去了，一切都会迎刃而解。他生前接受记者采访经常开玩笑说，他是玩文学，他不指望文学赚钱，他写作的时候心情非常愉快，是一种休闲和消遣。其实这不是玩笑，是实话。张贤亮先生真正有力量的思考其实是体现在他生前最后公开发表的文章《雪夜孤灯读奇书》[1]中的方向，即通过重读《资本论》对现有国家政治经济体制的反思。只可惜，这个思想雏形并没有反映在他生前的作品中。而王蒙先生由于长期的甚至终身的高端生活阅历，他内心那个自己给自己“划了疆界”的“稳定”的“传统民族文化”，实在既不是张贤亮理解的民间民俗文化，也不是纯粹民间形态的民间民俗文化。确切说，是经过 1942 年延安《讲话》后作家们集体改写乃至于被党性文化过滤了不知多少遍的“工农兵文化”。他的现代思想观念，多半成分自然也来自前苏联高尔基式的理想主义和中国传统宗法文化。换句话说，是他把他长篇小说《活动变人形》中被批判者身上的东西，经过新时期国家意志要求——这里特指变成国家“主人翁”后的泛平等观念，再加上朴素人道主义和前苏联理想主义合成的结果。因此，他的观念中，大众集体无意识就等于现代性思想中的主体性，而主体性又等于抽象的“人民当家做主”。如此，他对“崇高”的蔑视，实际上是对泛泛的平等观念的拥抱，阶层分化的问题在他那里非但不应该存在，而且还可能是理论批评清理的对象。本来是身份导致的局限，最终却宿命般变成了他自以为是的文化理念。当然他并不是没有转化继承鲁迅等五四先贤的“启蒙”，只不过，经过他转化继承下来的是政治话语中的“立人”，这又解释了他为什么也总在批判政治体制的原因。可是政治

① 《雪夜孤灯读奇书》，张贤亮，《南方周末》2013 年 7 月 25 日。

体制批判的参照系，在他，不是文化现代性，而是儒家文化中就有的“中庸”和“和谐”；他也不是不清楚改革开放以来中国社会机制出现的问题，但他所信仰的文化和价值，的确也是排斥自下而上的视野的。所以他的思想到现在为止，一直居高不下，老徘徊、纠结在代表政治的“革命”、代表民意的“大众”和代表价值话语权的“知识分子”层面，“底层社会”以及“底层问题”好像是个附带之物、隶属之物、依附之物，甚至仅仅是个道德问题，而不是政治问题。这也即是我们不愿在言人人殊的个人道德操守和是否有献身精神、殉道精神的问题上指责他的根本原因。理由很简单，如果不在社会机制内部，不在一般的社会结构中检验一个作家的运思，那或许会犯王蒙先生批评的“以为自己就是尺度”的偏狭错误。

王蒙先生进入一直以来被研究者发现的较高层面的人性思考的时候，包括他本人实际严重忽略了这个较高层面的人性问题，本来需要一个可靠的恰好也是多数底层人群遭遇的现实来支撑。这样一来，如此高端叙事，无法途经社会学的转化，再彻底下游到底层世界里的日常生活中来，也自然不能被正在承担此时社会阵痛的主体所分享。这个角度，也就部分地解释了为什么大多数像王蒙先生一样的所谓精英写作、“纯文学”“纯人性”写作，除了自个儿配合出版商、媒体在那里声嘶力竭外，很难构成公众事务讨论的中心议题，很难进入网络平台被网民大量点赞转载的原因了。

行文至此，我们突然想起刘继明的中篇小说《启蒙》[①]中的主人公渠伯安，他是个“右派”。小说叙事始终围绕作为“右派”的渠伯安与我们同龄人安然们之间支配与被支配的关系展开。“为人民受罪”的渠伯安“复出”之后，青年们山呼海拥，他一下子成了偶像、救星，于是迅速地占领了道德制高点。不但从话语上、精神上，还从身体上（对于美女安然）控制了初出茅庐渴望知识的大学生。接下来便是理性呀，自由呀，尊严呀，人格呀，个性乃至

① 《启蒙》，刘继明，《小说选刊》，2012年第10期。

性解放呀一通神侃，听者自然如醍醐灌顶、如沐春风。进入改革开放的20世纪80年代，渠伯安作为成功的企业家，一边收获着个人GDP，一边悄然在安然与自己之间筑起了一道实际上的等级制鸿沟，即身份上主导与仆从、精神上奴役与顺从的关系。当渠伯安由原来的精神导师变成生活乃至人生导师时，安然们虽有了些许自我觉醒，但到底还是将信将疑，因为几乎全部的社会资本都掌握在渠伯安们手里。最后，当渠伯安的经济问题败露，人们正等着道德审判的成果时，地方政府已经提前摆平了一切。可是，期待的人们并不知道内部秘密，仍然沉浸在一片正义感终将被伸张的欢庆氛围当中而浑然不觉。此时，那边的渠伯安却正忙得不可开交，他飞来飞去，为应付不过来一场场讲座而深深苦恼。更显讽刺的是，被损害者一方的地方官员为庆祝渠伯安公司的重新开业，横幅高悬的讲台正是为登机签票的渠伯安准备的。

这个特写镜头，是不是很像张贤亮先生对成功者的夫子自道？“复出”后他在多种文本中多次提到“走上红地毯”的细节不用多说，那是他认为的“成功”。就是被公认为温情脉脉的小说《青春期》，在最后一部分得意地写他在他的影视城是如何恐吓、整治因影视城工程占地问题前来闹事的农民，直接性与渠伯安相比，其把中饱私囊说得跟为人民服务一样以及通吃一切的模样，实在有过之而无不及。“我说，行！既然‘上面’有人你就替我给‘上面’那人带一句话：我能让这一带地方繁荣起来，我也有本事让一家人家破人亡！今天的门票钱我不要了，赏给你们喝啤酒，明天要是我还看见你们在这里，你告诉你‘上面’那个人，他家里有几口人就准备好几口棺材！谁都知道我劳改了20年，没啥坏点子想不出来……”

我们无意拿这个故事比附王蒙先生，王蒙先生也不具备故事人物的条件。看得出，这个故事基本不属于人文知识分子范畴，但该故事中的关系和人物掌握资本的原委，实际上也可以作为论析当前人文知识分子之间关系的一个参照。即我们与他们，可能就生活在“巨大的差距里”[1]，这“差距”当然包括我们与他们在话语上、身份上乃至占有社会资本程度上的醒目错位。错位而持久，导致人们丧失了基本的聆听耐心，双方都陷于“话说给谁听”的危机之中。

四

一个时代有一个时代的文学，一个时代有一个时代的个体性，这一点王蒙先生心知肚明，毋庸多饶舌。但是，心知肚明的事情，不见得就一定是正确的。许多时候，写作实在是为抗拒心知肚明而来，潜意识里也必然是为挑战自己的认知盲区而生。这一点，我们想王蒙先生也是心如明镜的，不然，他为什么还要跟老子“叫板”，还要跟庄子“拌嘴”呢？“嘤其鸣矣，求其友声”，只要敞开自我，至少不唯自我而自我经验，不唯自我志趣而志趣，尊重“自己的尺度”并坚信它的确是来自一般社会现实的感知性体验，那么，如果还要否定“自己的尺度”，我们就想象不到，社会学的发现还能从哪里产生？

正是因为他是一位受人尊敬的老作家，是一位写出过好作品的重要作家，对于他的论评，就不能等同于一般年轻作家。如果是一般年轻作家，文本细读也许更能起到奖掖或鼓舞的作用；按照文学史、文学理论惯例梳理，也会达到历史化的效果，便于形成新经验；立足于个体与个体之间人性话题的探讨，也有利于建构基本的文学世界，从而构建文学多元化的氛围。可是，就王蒙这个特殊个体来说，这样的尺度显然远远不够，几乎太低了。对于我们这一代人曾经学习、崇拜、模仿，甚至给我们以文学启蒙的作家，理应有理由提出我们的感受。尽管王蒙先生的确没有义务为谁而写，但没有义务不等于就应该对我们这一代人正在遭遇、正在承担的社会问题，背过脸去。道德英雄主义和人格理想主义

① 余华:《我们生活在巨大的差距里》，北京十月文艺出版社，2015年。

的指责，只是问题的一个方面，重要的是当每一个人被自觉不自觉卷入改革深水区之时，像王蒙先生那样，现在还时不时需要站在前台传授经验的作家，良知的眼睛，恐怕不能闭上。如果是那样，那么，一直在后排就座，甚至因始终在后排而听不清楚前台声音的大小作家，应当如何看待呢？弄不好，后排与前台就真成了壁垒森严的两重世界。

至于王蒙先生本人，我们只见过三次。第一次是 2005 年 3 月在鲁迅文学院的讲座上，王蒙先生具体讲了什么记不清楚了，但他开场白说的一句话倒留在脑子里了，“我这个年龄了，就是谦虚也进步不了多少了，所以我还不如骄傲”。紧接着是课间休息，许多学员堵在门口让王蒙先生签名，局面比较失控，听他从里屋送出一句话来，“要签名就排好队，一个一个来”。应该说这口气有点生硬，但学员们还是乖乖地照做了。第二次是在 2011 年 11 月北京京西宾馆召开的“全国青年作家创作会议”的主席台上，他作为老作家给我们传授经验的文章题目叫《说给青春同行》，主题说的是要与青年作家竞赛，写出让青年人喜爱的作品。第三次是在 2013 年 8 月的北戴河中国作家协会疗养院的院子。有一天室内闷热难忍，我们在核桃树下纳凉，王蒙先生吃完午饭，款款地走过来了。眼见他穿着大花短裤，戴大镜框茶色眼镜，昂头向上，目视正前方，但看不出嘴唇在动。据说这是他每年这个时候经过核桃树到对面作协高级干部疗养院时的情形。几位同伴欣喜距离大师如此之近，遂凑上去与王蒙先生握手、致敬。他的样子、表情与迎面走来时没什么变化，但确实扎扎实实地分别与人握了手。我们还远远听见王蒙先生对每一个挤上前的作家说着相同的话，“好好好，你的作品很好，我看过”。尽管如此，他还是表现出了极致的耐心。合影、简短道别，然后转身，圆口黑布鞋衬托下步履仿佛格外轻盈，双臂摆动也自然，径直走向了对面那个被绿色覆盖着的目的地。

我们很欣慰王蒙先生身板如此硬朗，精神如此矍铄，口齿如此利索，记忆力如此好。这样的老人，我们深信他仍然能写出好作品来，唯愿他能心想事成。

自觉的批评与明显的局限[①]

蒙《文学自由谈》任芙康先生和黄桂元先生不弃，当我的有些观点和有些角度显得好像比较扎眼而不能被其他刊物接受的时候，这份刊物给了我莫大鼓舞，我由衷地感谢这份刊物。两位主编相继刊发了我好几篇小文，即便有些文章不被刊用，他们也总是以各种方式告知我不用的原因，而担任沟通联络的通常是黄桂元老兄。他的话有时候说得很直接，比如他说得最多的一个词是“长文呆论”，稍微柔软一点的话，我至今还记着的，可能就是“再讨论这话题似乎没多大意义了”，或者“这话题已经有人写了，本刊不予采用”之类。因为我和桂元兄是鲁院同窗，想着他可能是念同窗之谊的缘故，用与不用才都一一回信，也就觉得心安理得了。后来，偶尔出外开会碰到也投稿给该刊的作者，寒暄之间，情况居然一样。甚至透露有些回信大概有一整段的长度，说者情绪自然激动，听得出来那意思当然是作为作者被格外尊重的感觉，并且是没能受到尊重或颇感无奈无助的其他投稿经历映衬的结果。这样的事情遇到得多了，作为《文学自由谈》的作者，不管曾经是还是现在是，冥冥当中，这份刊物似乎真就成了陌生人感情升温的火苗，大家心里会不由自主“哦”一声，其他的来龙去脉仿佛完全不用多解释。那还用说吗，大家肯定是价值观念的共同体了。

当时是忙着热乎了，不可能一下子想明白这其中的原委。现在坐下来细琢磨，大家都是文学及其批评中人，投稿的刊物肯定不止一份《文学自由谈》，然而，为什么唯独《文学自由谈》会有这样的吸力？或者说，人们认为观点能被《文学自由谈》接受，为什么

① 本文为纪念天津《文学自由谈》杂志创刊30周年（1985—2015）而作。

就值得骄傲？

我不揣冒昧，在这份刊物创刊30周年纪念之际，试着说说这个话题，无论对于刊物还是对于作者，想来应该多少有点意思。

刚才我提到“价值观念共同体”，需要一点解释，不然很容易产生误解。特别是围绕在《文学自由谈》周围的价值共同体，或由《文学自由谈》导向逐渐生成的价值共同体，更需要做一必要界定。

省事的解释，当然是“本刊选稿六不思路”了，那多清楚啊！“不推敲人际关系，不苛求批评技法，不着眼作者地位，不体现编者好恶，不追随整齐划一，不青睐长文呆论。”然而，宗旨不就等于实践，这是常识。再说，类似我这样有一搭没一搭，甚至很多时候把科研选题之余或直接说把纳入不到“长文呆论”规定性的“不得不说”“不说都不行”的“思想火花”，才寄往天津市和平区新华路237号某某杂志编辑部的作者，肯定也不在少数。所以，30年来，这份刊物所形成基本稳定的文章风格特点，向来是由至少两种人文价值诉求不断滚动渗透，相互影响、相互改造的结果。一种是正儿八经的研究或创作，可能与“六不思路”并不太搭界，但长期的定向性研究或创作已经非常枯燥，憋了一肚子想说要说该说其他刊物规定性却又不会轻易容纳的话，正好适合于“自由谈”，只是文风上要真符合《文学自由谈》，必须首先训练好行文及语言措辞，最好是把“分裂”的痕迹打磨得圆润一些。这样，《文学自由谈》上占一定比例的文章，总是显得很凌厉很峻急，但观点一般属于对此时此刻文坛热点的凝聚，从而造就了《文学自由谈》总显得富有“总结性”，其“牵一发而动全局”的急先锋形象顿时被突出了。另一种是“很上手”的文章，读打头一段你就知道，该作者是“自由谈”老手。与其说“六不思路”产生了这类文章，不如干脆说正是这类作者和文章，“六不思路”才被坐实了。六条否定性标准无形无踪，不好拿捏，但读这类文章并揣摩作者运思，其对应的肯定性标准便呼之欲出了。更重要的是，呼之欲出还远远不够，肯定性标准正源源不断自发地从后面推来，紧接着气势汹汹走向无尽的前方去，这才从稿源上确保了《文学自由谈》的批评价值基础。

如此说来，围绕这份刊物而形成的价值共同体，不妨说是一种自觉的批评意识形态。

择其要者来说，我个人以为这种批评价值共同体的主要诉求，大体有三点。

首先的一点是，文章绝对写得有意思。不要小觑这个“有意思”，一个刊物中有那么几篇写得有意思，这是太正常不过的事情。但一个刊物的几乎所有文章都读起来很有意思，乃至于读完一篇就想读下一篇，读不完整个文章放不下，达到这个整体水平的文艺理论批评刊物，从我的阅读视野而言，几乎不多。当然，这个“不多”我这里只限定为议论什么暂时不去管，单就行文逻辑、话语选择和捕捉当前人们基本趣味的说话语调口气来论。否则，同样小 16 开本的《读书》《随笔》也绝对有资格说是“有意思”的刊物。《文学自由谈》的有意思，显然首先是语言层面的。有时候它的栏目是“特约”“直言”“茶座”“思考”“视野”“闲话”“讲坛”“人物”“反弹”“笔记”“序跋”，有时候有可能是“调查”“独白”“来函”，或者“推荐”“行旅”“对谈”“忆旧”“自省”，甚至“追思”“钩沉”“解读”“专题”“论坛”等等，但看得出，“特约”“直言”“茶座”“思考”“闲话”“人物”等是其主打栏目。读每个栏目下的每篇文章，能觉得出，作者反复推敲语句、尝试词语准确度的过程，也能感受得到什么是面团越揉越筋道，什么是理越掰扯越透明的道理。它们是：或者目光如炬，不看出妖气不收场；或者雅言勤勤，曲里拐弯不说服对方决不算完；或者刨根问底，不追究到祖坟不罢休；更或者怒目逼视，非得把那么点神气揭穿；更或者气定神凝，非得把那么点装劲打垮；更或者手法娴熟，非得把那么点遮羞布脱下；更或者心细如发，非得把深藏于皱褶里的污垢一一翻晒。总之，无论议论的事情大还是小，话题庄重还是谐谑，涉及的人物位居高位还是底层草民，只要不在理、不在行、不着边际、不靠谱，软硬兼施、诱敌深入、关关设伏、层层剥笋的“自由谈”，总能于短论中、片言中戳到软肋上，打到七寸处。疲惫之余，焦虑之余，迷茫之余，或是被不确定性纠缠之余，捧读《文学自由谈》，哈哈一笑，什么过不了的坎那还是个坎吗？什么不愉快的心情那还是个愁事儿吗？什么不确定的事态那还能把活人的两条腿绊住吗？

诚然，痛快该痛快，作为一份谈文艺文学或文化的刊物，最重要的乃是，读者能从作者起承转合的写法中，真正明白板着面孔讲道理是多么的不自在，正襟危坐论逻辑是多么的不入时，尤为可怕的是旁征博引最后的落脚点竟然是芝麻大点事，那该是多么的不值当？一个人的文章表现出如此语言面貌，丝毫不觉得稀罕。稀罕的是一份刊物的语言、修辞、表达方式居然也能表现得那么集中。往大里说，这不啻是一种批评方法论的张扬，抑或至少是批评语言论的示范。

其次是传统文化伦理作为就事论事的价值标准。我关注并断断续续把《文学自由谈》当作不得不读的刊物始于 2005 年。这份刊物今年已经走过了 30 年历程，前面的三分之二光景我不甚了解，只就这后面三分之一来说，以我可能不准确的感知而论，这份刊物中的大小文章，有时你感觉蔓延得非常远，几近“散谈”，但渐渐熟悉了之后，长短不一的文章，其实都不会离具体个体的道德伦理太远。也就是说，有些投稿或许不这样，但当投稿变成《文学自由谈》中的铅字，它有个万变不离其宗的“宗”在那里坚硬地挺着。这个衡文论人的“宗”便是多少从中国传统文化中转化了一下的“温、良、恭、俭、让”。说到这一点，我必须申明一下，虽然身边有好多《文学自由谈》，但我不可能诸期细读，即便细读过某几期，也不会是诸篇细读。读了谁的文章，完全取决于文章标题对我的吸引力，和我最想了解的话题。之所以说“转化了一下”，也是我个人的一个感受。前面说过，这份刊物中的几乎所有文章，从语言构建层面来说，写得都很有意思。接着语言的有意思而来的，自然是论题论析得透不透彻的问题，而透彻程度，除了表述逻辑，还有价值观。这一层看，该刊文章的“秋后算账”风格，一定程度得益于它们都是冲着常识而去。面对常识被践踏，面对常理被歪曲，面对基本经验被误识，中国传统文化系统中的某些标准，才能配上用场。进一步说，在别的媒介，特别是理论批评刊物，为了什么而有意凸显什么，以至于把“新”鼓荡得神乎其神，把“奇”蛊惑得异常突出的时候，历史感实际上早就断档了。这个时候，《文学自由谈》的作者——特别是稳定作者群，言事的道德成色，论文的伦理倾向，估人的人道主义情怀，恰好是对“历史遗留”现象的庄严回眸。甚至不为名者讳，指名道姓；不绕着问题，拷问真相的质地，可谓刮骨疗伤。惊出一身冷汗，方可换来醍醐灌顶的清醒。

李美皆笔下“总是很忙”，忙得没时间读文本却写下了一篇篇大序的陈思和；百般支吾、矫情万分的余秋雨；李银河时代的王小波；还有中产阶级化的苏童等等，都堪称这个价值支点下行文的典型性例子。读此类文章，乃至于合上刊物，认为这些人或这些事，之所以该批，重要症结，不就是不厚道、不诚实的问题吗？如若非得说他们非如此不可的原因在别处，一定多么神气，那就是成心与人抬杠了。而李美皆所用理论和评价尺度，当然也不高明，不就是下了比别人更大的文本细读功夫，以基本的传统伦理道德照出了平常心就能看出来但却被平常心一再神化或异化了的真相吗？

其他例子就不再多举。总而言之，通过个别文章窥斑见豹，在大家都一窝蜂一样一头扎向“传统文化”“国学”的当儿，《文学自由谈》对作者有选择地转化并运用传统伦理道德评价标准的持续支持，奠定了刊物的本土化理论基础，夯实了作为优秀刊物应有的稳健价值基座。当然李美皆最近发表在该刊的文章，传统道德伦理标准好像转换成了所谓“女权主义”（或“女性主义”），又由“女权主义”异化成了私密化女性心灵遭遇，是典型的以女性怨怼心理宣泄为标准的衡文论人。暂时按下不表，后面再说。

再次是格外突出了个人经验的中轴作用，最低限度澄清了许多用高深理论越讲越糊涂的道理。当然这个个人经验，不是泛泛而谈的私密化心灵遭遇，更不是通常情况下排斥政治经济、社会文化语境，仅围绕个人利益展开的自我本位主义。它是经过对论评对象全方位的占有、消化处理，再回炉吐出来的既有研究未曾发现、既有资料也不曾完全显明的东西，故而这种个人经验也可称之为主体感知性意见，是良知、正义出发的必由之路。《文学自由谈》对个人经验的彰显和眷顾，几乎无须过多阐释。仅本人的投稿体会为例，话就差不多能说一箩筐。2005年在鲁院认识黄桂元兄以后，对这份刊物的畏惧心理有所消减，然而仍不敢投稿给它，主要原因是觉得人家是谈全国性大问题，我当时还只在小范围内“跪着”仰脖注视我的观照对象，与之比较，单是我为文的姿态就驴唇不对马嘴。黄桂元兄看出了我的犹豫和怯懦，鼓励我说有现成稿子可以给他先看看。记得那时候正好有篇写西部文学精神的稿件，于是也就给了他。过了一周左右，他约我说稿子的事，主要意思是，你刚从文学史分期说事，那么你的体验是什么，这是其一；其二，你站在西部说西部文学如何是中国当代文学精神的高地，这有自我标榜的嫌疑，那么，这精神如果换成局外人来看，是否还是那个高地？不用说，这稿子肯定不能用。但我还不能马上接受他这一套理论，我的理由似乎也很充足，执拗地认为文学批评就是要学科化、学术化甚至还要尽可能理论化。当时正流行“底层叙事”，我的主要观点是西部文学大多数写的就是底层的艰辛和苦难，能否把这种写实主义精神提升到理论的层面，然后推而广之，矫正那种刚刚抬头的“新新人类”价值观对实际生活的遗忘式想象。拙文中所谓精神云者，其实是对亢奋的理想主义的批判和质疑。好了，这样的一通虽未说出口却眼神里早有的顶牛，好像激怒了桂元兄，他终于亮出了刊物撒手锏——长文呆论。这是为什么我一直很敏感这个词的几乎全部原因。它像一个警铃，鸣响于我的内心，尽管老毛病一下子改不掉，但每做文至一定长度，就会想起它。另外的例子还可顺便再举一个。比如某年某期我发的批评张颐武“架空性”写作那篇，如果没记错的话，那篇长文大概也是迄今为止该刊所发文章中用了好几个小标题的为数不多的几篇之一了。但这文发表之前很是折磨人。先是去掉了烦琐的注释，再是把通行看法一一挤掉，最后要求我再从头到尾润色一遍，达到什么效果呢？达到完全是“我”的而不是“述”和“评”的简单相加。可想而知，最终与读者见面的文章，其实与前面的几稿已经没有半点关系了。说实话，于我而言，写这类文章相当吃力，最难的还不是如何使用自己的语言的问题，而是如何使用自己的思想的问题。弄不好只有别人没自己，或只有自己没别人，更平庸的是用别人说自己，或用自己说别人，四不像。写出点真正的个人经验有多么难，我算是领教了。

至于该刊其他文章的个人经验问题，相信它的忠实读者一定有强烈的感性认识，毋庸多说。正是该刊冥冥中这样的一个导向，从我个人体会说开去的话，个体感知性经验至少有三点是为这个刊物的形象重塑加分的。一是为文坛新旧事留下了新观点；二是为重新审视文学新旧理论留下了新经验；三是为聚讼纷纭、莫衷一是的是是非非留下了民意。

这便是个人经验中最富精华的部分。当它发挥到饱和状态而不超过度，经它丈量过的文、人和事，最终显示出了与通常的“史”“述”“论”和“评”有明显区别的特色，“自由谈”作为一种批评思潮的可能性也便昭然若揭了。它比中国古代印象妙悟式点评更理性更系统，比西方现代叙事学和叙述学研究方式，更灵动更主体化——也就更价值化一些。

金无足赤，人无完人，刊物也有它的社会文化语境规定性，下面用少许篇幅说说《文学自由谈》的局限性。为了更能说明问题，希望下面所举例子不单是作者个人的，它理应是刊物趣味的具体化表征。

对应于上面的三点，局限性我也试着提出三点，与编辑老师和读者商榷。

第一，文章写得有意思，与编选者的选择有直接关系。文章普遍很有意思，这说明《文学自由谈》的编辑具有伯乐眼光，也表明该刊编辑在用什么样的稿子上具有绝对自主裁决权而不是相对自由的裁决权，更不是被动等待。另外，有意思的文章，说白了，语言表达之外，还必须得有有意思的价值追问，否则，有意思就会迅速变成漂亮的废话、油滑的饶舌、顺溜的行话。整体上说，《文学自由谈》绝不在此列，但经常确有部分文章属于此列，这在该刊常驻作者那里还是表现得比较突出的。比如《谁向谁投降》（陈冲，2010年第5期）一文，读到最后掩卷而思，不就是由《人民文学》

《收获》发表郭敬明小说的事，想追问背后的市场原因吗？然而这只是我的判断，文章并没有这样做。文章绕来绕去绕到一个很小的角度——从两个当年或现在的主编为何要发表郭氏小说的解释开刀，中间分析不是“投降”而是“妥协”，最后又回到起点——“明白向糊涂投降”。转了一大圈之后，最能触及价值哗变，从而也最能揭示主流知识分子或主流刊物集体性“转向”的地方，始终没有呼之欲出。可以想见，一直纠缠谁的解释更理论更不被人抓住把柄，谁更不会掩饰自己隐藏自己，该是多么无聊啊！就是大胆谈谈社会机制和精神文化导向问题，又能怎么样？当然，这一类文章也真不少，基本属于只做文字表述功夫，并不想也不愿把问题引向深入。本来该指向普遍的文化现象，写来写去却成了纯个人趣味的取舍，或叫“妥协”。由此可推知，语言表达得有意思弄不好会蜕变成价值判断上的“揉面团”和“打太极”。恕我直言，这一点正好暴露的是，吾国文人到了一定年龄，总喜欢儒、释、道，是以所谓超脱眼光践行“难得糊涂”人生哲学观的体现。那么，同理，一份刊物如果不加反思，先以有意思的文章为首要尺度，如此人生哲学观就会如鲠在喉，终将镶嵌在它的成长始末，这就不是加分了。

第二，以传统文化中具体的道德伦理方式方法为标准，以就事论事为疆界，好处是便于集中优势兵力攻破顽敌。但痛快之余，犀利之余，长驱直入之时，是不是有意忽视了个体与集体、文学与社会、文化与政治、人性与时代之间比例的分配？换句话说，既然是谈文学，以人性为中心、情感伦理为重点肯定没错，只不过，有问题的是剔除使人性之所以是这样不是那样，剔除使情感伦理之所以是这样不是那样的普遍性文化氛围和主流意识形态提倡的经济主义价值导向，孤零零地谈文学中的人性或虚构世界中的人事，是否可能？它的说服力在哪里？

比如《一个在校大学生该怎样练习写作》（韩石山，2015 年第 5 期）一文颇能说明问题。如文章题目所示，中心就是为在校大学生开出一套或几套有效的写作“练习法”。可是读着读着味就不对了，你让大学生屁股坐定，一门心思练习“平实叙事的本领”，还教学生如何警惕“不平实叙事”的影响——“《平凡的世界》文学品位不高，就是少了柔性，太正经了”。于纯审美而言，作为过来人，可谓“箴言”。然而，当这样的观点不止一次出现的时候，当大学生一开始练习写作，就学会玩趣味，甚至觉得趣味至上是文学的唯一要义之时，按照如此逻辑生产出来的文学，还会与作者前面批评的那些“智商不高的人”硬撑着“玩高智商游戏”的结果有根本不同吗？那些“智商不高的人”玩“高智商的游戏”，“太正经”“少了柔性”，导致“好像越是上不了大学的，越是有文学的天赋，越是上不了大学的，越能写出优秀的文学作品”，也就意味着中国当代文学整体水平不高。就中国当代史特殊性来说，作家出身与文化程度错位，是不争的事实。但这不能就此说明中国当代文学水平普遍偏低的原因就是语言表达上缺少柔性和太正经，价值问题和思想诉求算不算？有了足够的柔性和不正经，就一定在自己的思想表达上高于西方文学吗？这好像不是一个正比关系吧！

再回到在校大学生上来，钱理群穷尽几十年浸泡在高校，他对近年来高校学生价值取向的判断是“精致的利己主义”。如果这个判断是经验的，那么韩文所主张的文学价值观，正好反过来支持了钱理群的经验，即是说，韩氏恰好是在“精致的利己主义”语境中谈文学的，而不是跳出这个语境反思和批判的态度。钱理群和韩氏的思想分野，其实是现代性与传统性的区别，前者对当今大学生集体性沉陷于利己主义导致的人文后果，充满忧患意识；后者为当今大学生深得流行价值观乃至走向小技术主义经济工具，扶上马送了一程。刚进入文学场，就寻求柔性十足和不太正经的，能是现代意义上健全的人格？如果把现代意义的人格简单理解为运用自己的理性独立判断自己的社会现实和时代文化风气的话，那么，这样的大学生一经走向社会，假如成长成一个作家，还会像青年路遥那样虽文字略显粗糙但到底思考人的不自主一类问题进而力所能及触及政治吗？答案是否定的。

说到人格事关重大，韩文所牵扯出的另一问题，抽象点说，是价值观和世界观问题。顺着专业方向拼搏，精钻一门技术，或许会成为一个不错的专业技术人员，但手艺不错的专业技术人员不等于有担当的公共知识分子，这恐怕才是我们的文学很难问鼎时代前沿思想问题的症结所在，也是顾彬之流“垃圾说”的直接依据。

——这不也正是当代英国学者弗兰克·富里迪《知识分子都到哪里去了——对抗21世纪的庸人主义》一书批判的庸人主义吗？我不敢武断地说，韩文观点就是庸人主义。然而韩文提倡的柔性十足的不太正经叙事，稍有不慎，很容易变成解构求真意志来迎合流行观念的口实。一句话，这种四平八稳、安安详详、舒舒服服的文学观念，其实是今天传统文化热中衍生出来的审美观，它不同程度分布在社会各个行业，不单反映在文学上。即是说，大家都就事论事，练好讨巧的技法、活命的技能，扫干净自己门前雪得了，管那么宽干什么。

行文至此，我心里也十分不舒服，生怕有可能开罪于韩先生，于是停下来又翻了其他几期刊有韩先生文章的该刊，另外的文章读起来其实仍是一个味儿，这说明这种人生观和世界观，在韩先生那里，至少《文学自由谈》所刊发的韩先生大量文章中是经常存在的。

第三，关于个人经验作为尺度的问题，我前面说，只要个人经验的发挥没有超过度，在饱和而不漫溢的范围，正好是个体感知性意见，即良知的表达。这种表达可以不用现成知识，因为现成知识没法感知到正在变动时代的问题。但是，一般情况下，个人经验只是集体流行价值的复制，如果没有社会学、政治经济学视野支持，个人经验充其量是个不具有学理合法性的个案，很难上升到普遍性高度。如此，始终以自信的个人经验为标准，留下的只是个体仅为个人的内心絮叨。李美皆的《论周涛的反爱情主义》（2015年第5期）和《因为，你是朱苏进》（2010年第5期），可以作为例子。

应该说，这两文举证都很翔实，是典型的有一分材料说一分话。可是，材料还需要主体性照射才能被激活，否则，材料本身并不是自明的。这两文都是个人经验用过了头的范例，前者指出周涛自述中的反爱情主义，按照所引材料看，似乎没有什么不对。问题就出在作者总是以自己据说是“女权主义”的认知来打量周涛的爱情观，弄得非驴非马，周涛那一代人的历史规定性、社会文化规定性几乎被删除殆尽。留下的只是作者——我可能产生了不必要的联想，我庶几想到的是身边某个待字闺中的中年妇女没完没了的祥林嫂式倾诉。作者反而成了中心，周涛自述不过是偶尔一用的例子。后者企图揭穿编剧朱苏进与小说家朱苏进在选择失度后的堕落，但是也因过度使用个人经验，一直絮絮叨叨说的是朱苏进在两者之间的表现，及表现如何滑稽可笑的事。追求更多的钱，本来放到谁身上都不是个单纯的道德问题，但作者却偏偏在单纯道德问题上做文章，本来要谈的主题——人文知识分子沦落的社会根源，终究因为深陷女性怨怼泥淖而从文章中隐遁了。

曾有批评家撰文，指出近几年李美皆的批评文章发生了一个只罗列材料而很少价值判断的刺目“转变”。上述李氏这两文，像是重新回到《文学自由谈》的明显标志，却又给了我一个突出印象：从罗列材料到个人经验泛滥，表明李美皆起码的批评理性也失落了。当一个批评者很难平衡感性与理性的时候，不但无法稳定地辨析理性，而且自产自销的感性也会变得极其不可靠，以至于成为无处不在的道德审判者和无时无刻不在絮叨的恋己狂。这也曲折地反映了中国女权主义尽管左冲右突，似乎处处为敌，只要是男性都必然要警惕，只要利益分配不以自我为中心就必然有问题，进而必须给以无情解构的泛批判和反理性倾向。然而，究其实质，当“男权为中心”的社会结构到了“经济为中心”乃至“消费为中心”时，女权主义如果不能内在于经济社会乃至消费社会，其实已经不再是这个社会的批判性思想了，而是经济主义和消费主义的宠儿，不大可能是现代社会机制的促进者和建构者。中国遍地开花、如火如荼的“广场大妈”及其“广场舞”，就是这种主义的一个变种。看起来好像很幸福，其幸福中却没有多少男性的现实生活内容；看起来好像很有主体性，主体性中却很少有其他人群的精神感受；看起来好像很无畏，表面的无畏下却包裹着无限的脆弱和不自信。

于丹式心灵鸡汤，从源头上说来自于主流意识形态需要，但途经民间社会的街头巷尾，尤其被广场旋律借用时，被无数瑜伽会馆、健身房和洗浴中心、美容院转化成“身体美学”时，和《弟子规》《了凡四训》进小学幼儿园宣传栏一样，是传统文化和“国学”的庸俗版。正是这些东西把优秀的传统文化和“国学”弄成了四不像，也正是这些东西粉碎了作为思想之一种的女权主义，导致女权主义变成了敏感的性别主义者和亢奋的个人主义者。到这个地步，不得不说，女权主义已经终结。既然如此，女权主义作为价值标准，出现用错地方、用错对象的现象，就不足为奇了。

《文学自由谈》中这一类女性文本也着实不少，想来也不会与该刊的趣味没有关系吧！

愿以此纪念这份我珍爱的刊物，并求教于编辑和读者。

现代性批评的难度与进路

目前为止，赵炳鑫用力最勤也因此颇费心思的写作，仍然是文学批评。不过，稍有不同之处是，赵炳鑫的文学批评虽然多为具体的作家论和具体的作品论，但他的眼界和认识却始终是从大处着眼，即是说是把个案放在整体来权衡。

这样一个基本批评步骤和运思特点，读他的文章，总会觉得所谈问题很近也很实。近是说他的批评几乎很少有圈子化趣味，一般都是一些比较普遍而尖锐的社会问题、文化问题、价值观问题。说他的批评很实，指的是他的批评视角不像我们通常所见的那些文学课堂教案式的，或者会议评述、纵评式的长文呆论。这些批评文本的一个共同特点是，不管评论对象究竟怎样，总是一副从头说起的架势，拉拉杂杂，文学史常识不少，但文学新见却着实乏善可陈。有些时候，这些批评也好像专门是为文学的文学性来保驾护航的，不管外面发生多大变化，它们总是一副胜似闲庭信步的姿态，遮上署名你甚至读不出来到底是古人所写还是时人所为。赵炳鑫总能把冗长的问题史，巧妙拦腰截断，把繁复混杂的知识，果断删繁就简，然后从要害处打入敌人内部，搅得鸡犬不宁。肠肠肚肚翻腾一遍，病源便历历在目了。

当然，有说服力的批评，的确不是剔肉，也不应该是屠夫操刀的模样，即便那屠夫是庖丁，也绝非批评的至境。恰恰相反，如果“犀利”之类刽子手用语构成今天所谓的好批评标准，只能说明今天我们的文化和价值还很幼稚，也说明今天我们的文学和文化关注者的思维也还没有完全离开“文革”模式。我之所以说赵炳鑫的批评很近也很实，重要的区别正在这里。他并不是带着仇恨和怨怼之气论评对象，他也没必要咬牙切齿来看待他的论评对象，因为在他的笔下，他的论评对象实际上是一个个有着深远关联性的基本思维问题和观念形态问题，而不是某个非得放倒在地或举之上天的特定个体，亦不是有利于一种政治立场迅速崛起的文学样式，干掉另一看起来政治上已经失势的文学样式的情绪宣泄和道德判决。这是最终他把他的文学批评价值观安排在现代性思想麾下的基本意图所决定的。

赵炳鑫是学西哲出身，几年前有《哲学深处的漫步》一书行世。在那个阶段，他的思维应该说还比较模式化，缺少把西哲，特别是西方古典和现代哲学与中国当代文化和文学有机结合的价值机制，话语方式也表现得比较生硬而直接，“灵魂”“救赎”“信仰”“形而上”“忏悔”一类术语经常性出现的地方，文章的说服力也恰恰是有必要质疑的地方。如此，“漫步”本应经过的最细微最关键路径，有时候反而显得模糊而不甚清晰。当然，这是把《哲学深处的漫步》与他后来的文学批评论著视为具有必然逻辑关系时的情况，如果单独读该著，则另当别论。事实是，这部哲学随笔不但与后来的文学批评有关系，而且关系还很密切。过了没几年，他又接连出版了两部纯粹意义的文学批评论著，一部叫《孤独落地的声音》，另一部叫《批评的现代性维度》。

现在，这三部书沉甸甸搁在这里，它们构成了怎样一个批评流程呢？

熟悉赵炳鑫文学批评的读者，或许也会追问这样一个问题吧，即现代性批评在他这里，究竟到了一个什么程度，以及它是难还是易，进路怎样？如此等等，如果较深一层分析赵炳鑫的文学批评，或许能牵一发而动全身。我想，这恐怕也是赵炳鑫的初心，或者是他才能体会的苦恼吧！

作为批评共同体和价值共同体，拜读完他的《孤独落地的声音》，在承接《哲学深处的漫步》的前提下，我认为从哲学上讲，后一部书是对我们置身其中的“知识”“价值”“观念”的质疑和拷问，对我们不得不卷入其中的世俗趣味和流行价值的批判和审视。因此，《哲学深处的漫步》也就成了我们不得不面对的当下现实社会的“再启蒙”。到了《孤独落地的声音》，那种思辨的和再启蒙的诉求，终于具体化了。书中有声的“我”，不是那个令人讨厌的个人经验的载体的“我”，而是“我们”——无数云集在底层世界的无声的大众和“沉默的大多数”。他们或我们的“孤独”，既从基本的精神生活期许中来，又不仅仅是精神的孤儿；既是拖着一身疲惫的无数泥腿子，又不全是盲目任性的所谓大众。他们或我们是我们这个时代所需要的真正主体。他们或我们的可能性在哪里？这便是赵炳鑫所重点关注的问题。我们被告知，这批人的孤独，其实是今天时代社会分层中处在最下层的人们，他们基本没有向上层流动的机会，他们在情感、道德、伦理领域的困境，虽然往往被知识分子话语打扮得像是这个时代的主要问题，然而实际上，这些情感话语、道德伦理话语、文化话语、文学话语，无不产生于中国“儒宗”体系。这样一来，孤独名下的灵魂、拯救、忏悔、信仰等归属和归宿问题，其实被转化成了个人修为问题。

到此为止，赵炳鑫告诉我们，他所凸显的孤独与今天时代真正需要重视的个体处境已经分道扬镳了。紧接着，他通过具体作家和作品论企图整合的尖锐社会文化问题，也与一般主流文学批评话语产生了巨大分歧。

那些寄身在高校必修课名下的起承转合和那些被主流媒体所眷顾的个人经验的华丽修辞，一再表明的是文学批评就该严守自己的学科属性而不越雷池半步，就该反复使一批作家和作品经常经典化从而告诉它的下一代读者，文学始终是、永远是“向内转”的产物，哪怕这个“向内转”仅仅止于个人经验那也是文学的最大荣幸。“文学就是写自我”从此而获建构，“个人主义”也就从此被赋予了今天时代文学似乎不得不如此的哲学基础。

就我的体会而言，这个背景恐怕正是赵炳鑫重新进入现代性批评的价值诉求所在。第一，经过西哲的系统训练和对当代中国底层者“孤独”的谛听，他深感名义上的现代社会及其文化与主体性实际上的半封建化半宗法化之间的尴尬存在。这个时候，如果不从整体上再度唤醒文学的现代性意识，而去一味随物赋形写些不三不四的“心性论”，无异于对人本身的谋害，也无异于变成社会公害和噪声源。第二，经过“误读式”“过度阐释式”文本细读，他无非想给作家主体性和作品世界注入某种可谓超重思想负荷，期望论评对象在不断的流转和传阅中，让更多读者意识到现代性的必要性。这一层面看，他对陈继明的不厌其烦跟踪，对漠月、火会亮、李进祥、邱新荣、薛青峰等作家诗人的不遗余力褒奖，“嘤其鸣矣，求其友声”，其明明之心，可见一斑。说老实话，他对这些作家诗人的论评与这些作家诗人作品实际成色之间，多少还存在某种话语不对称性——然而，这种不对称性，好像非如此不可，根本原因就在于此。赵炳鑫是自觉的现代性思想批评，而他的论评对象多半却只提供了现代性意识，这充分说明，赵炳鑫不单是动用自觉的理论意识在批评，他还有着准确的直觉批评思维能力，而后者正好获得了现实的支持，在他论评作家诗人和作品的内在分裂中，就能明显感觉到这一点。第三，西方现代哲学即是西方现代民主社会文化的集中反映，它之于当代中国社会及其文化，本来存在一个从外部冲击到内部消化转化的过程，即通常所说的“濡化”问题。无奈之处是，这个“濡化”，现在正被一批话语权的执掌者所异化。诚如上面提到的那样，终极意义的“濡化”无疑应该指向现代社会机制的建立和人的现代化的重构。不巧的是，在一片“过剩的现代性”“反思现代性”声中，我们的现代性好像非但古已有之，而且大有过剩之势。殷海光上个世纪六七十年代就出版的《中国文化的展望》第一次提出的中国知识分子的“我族中心主义”，宿命般又回来了。

面对强大的“我族中心主义”巨流，怎么办？我想这不只是赵炳鑫的难题，还是一个批评的普遍性难题吧！

正是在这一层面看过去，赵炳鑫的批评文本有时也暴露了一些内部分裂。比如，在文学批评本身最关键的逻辑节点处，为着推动个案与普遍性的有机结合，他甚至不惜放弃文学批评的思想能量，反而向社会学、哲学求救。这不是说现代性文学批评不能借重现代社会学和现代哲学，一定程度上，应该说没有社会学现代性和思想现代性，就没有文学现代性。但是，在实践文学现代性的时候，毕竟首先需要文学自身的现代性能量来驱动和引擎，这才是自觉的文学现代性，它的世界里包蕴着社会现代性和思想现代性，而不是相反，这也是由文学首先是社会现实最直接最敏感的神经所决定的。还比如，在形式上，他的批评有时可能存在头重脚轻的比例失衡感。这不是说某一层次的作家和某一层次的作品，难以支撑现代性思想论说，而是说无论哪一层次的作家和作品，如果要在批评家手里释放出他所要的东西，批评结构就有必要从常规的价值论转化成叙事论，如此，坏的作品可能马上会被批评家激活，成为上乘之作，而好的作品，也因锦上添花，而升为新经验。本人读过无数批评文本，但近年来印象至深者却并非出自职业批评家之手，而是作家毕飞宇在南京大学所开文学课系列文章之一的《〈项链〉里的契约精神》①。这篇批评文章之所以好，就在于作者能从细微的叙事裂隙之间，看到某种已成常识的现代性习惯。在中国现当代文化中，《项链》中的多处看起来很成问题的情节，比如被几代语文老师以“假如”这个似是而非的条件关联词，来激发学生“创新性”思维的地方，在法国人和法国文化那里，却是不证自明的契约精神。因为无论什么时候无论什么情况下，法国制度及其文化深处，即便小孩子，从骨子里都不会怀疑人与人之间的契约关系。也因此说，中国文化中《项链》的“破绽”，恰好是被法国人日常化了的现代性，而法国人百思不得其解的地方，却正成了中国文化寻求“创新”的地方。可见，在我们的语境中，被文人们反复论述的“现代性”，是多么的远离人们的日常生活。正因为毕飞宇对现代性有着更加切实的理解，《项链》这个作品虽然不大也不新，但批评却显得很大很新，实现了批评走向大众、走向打通各阶层之间人为制造的话语壁垒的文化认识功能。自然，放大一点来看，所谓中国现在是“过剩的现代性”，或者到了“反思现代性”的时候，抑或中国古代就有自己的现代性，无须参照别的现代性，于是搬出孔子的“形而上”、庄子的“超脱”等等论调，有多么荒谬多么虚伪，

① 《项链里的契约精神》，毕飞宇，《钟山》2015 年第 7 期。

也就一望而可知了。

回到赵炳鑫，正因为他的问题意识太明确，导致他的主体性诉求看起来好像多少有点超出当下语境。与他的论评对象之间、与他所感受到的现实社会之间、与他直觉到的当下文化现象之间，也就反而变得很不对称。岂止不对称，许多时候简直是孤掌难鸣的感觉。每到这种情况出现之时，他就非常着急非常焦虑，以至于笔无法完全听从内心指令指挥，峻急中常常会表现出现代性思想强硬扭转论评对象，进而溢出论评文本和论评作家思维观念，单独成文的迹象。这样做，固然便利于突出尖锐问题，便利于凝聚现代性的语境针对性，也有利于从整体上推进现代性进入当下文化现象内部、文学叙事内部和社会现实内部，从而撬动既有价值观念并使之发生改变。可是，如此极端化处理，所造成的另一后果他也许多有忽略。目的与效果、过程与结论，毕竟不必然成正比。批评文章的阅读感染力，决定启蒙效果，启蒙效果反过来又要求感染力必须内在于对象内部的逻辑结构，如此，现代性就会成为根植于对象世界的一部分而存在。从内部发力，现代性能没有力量吗？能没有强度感染效果吗？

赵炳鑫文学批评的这一症候，说到底，其实也是当前中国面对现代性时所共有的价值意识裂隙。尤其暴露的是作家现代性思想的普遍性羸弱，叙事中很少有自觉的现代性信息，有的那点所谓的“现代意识”，细究起来，大概只能算“孤独个体”“性情个体”“女性个体”等等的“另类”表现。这类文化现象，的确中国古已有之，难怪批评家理直气壮地给这些中国特色的现代性行注目礼呢！赵炳鑫显然没有盲目投其所好，因而歪曲现代性的本意；也没有误导对象，因而降低现代性本身的诉求。这正是我拿毕飞宇文章作为正面例子的理由。因为他用成熟的现代契约文化关系分析的是法国作家莫泊桑的《项链》，法国作家莫泊桑的短篇小说《项链》的叙事机制，反过来也支持了当前中国语境下毕飞宇对现代性的理解。这里的叙事机制与现代性诉求之间之所以没有裂隙，其核心原因是莫泊桑和毕飞宇所践行和理解的现代性文化，都是完善的现代社会和现代文化孕育下成长起来的现代价值机制，而不是亘古就有的那个“性情个体”“孤独个体”“女性个体”，或者那个被赋予了现代性思想符号的“另类”。这一角度，赵炳鑫在为文上，也许还需进一步圆润，但他作为批评家，已经非常真诚，没有因为论评的是熟悉的作家诗人而说假话。

既然赵炳鑫的难题，也是现代性批评的共同难题，那么如何突出这一重围呢？我不揣冒昧，不妨试着提出自己未见得成熟的思索，以便共同讨论问题。

首先，我们能否自觉地在成熟现代文化和成熟现代性思想语境，谈论我们共同关注的文学问题和文化问题。这样一来，我们关注的重点便不会被大同小异的个人经验层层分解，才能获得一个宏观的和整体的视野。

其次，我们的文学人、批评人，能否从经济主义价值框架中走出来，在意义世界里反观我们所遭遇的一切，并且能自觉追问造成如此境遇的根源问题。唯有这样，文学的叙事机制与批评的论述方式，才会内在于当前消费主义语境，并从内部产生批判的激情。

第三，我们能否形成价值共同体，从而在基本共识中缔造知识分子话语体系，这关系到虽然不可能废除中国古典审美、中国传统文论范式，但现代性中国审美、现代性中国思想，毕竟已经是中国现代社会、中国现代文化、中国现代文学（含当代）的神经枢纽。早一点共识多一些这样的批评家，异化可能就会少一些，其长期停滞现状，也就会早一点结束。

尽管如此，在宁夏乃至西北这样的文化边陲，有赵炳鑫这样有着自觉现代性意识和理论的文学批评家，着实也不多，他的出现无疑提升了西部批评的境界，给西部一味传统主义、地方和少数族群知识批评的单调色调涂上了别样颜料，显得扎眼而质地凌厉。

第三编：

“地方”的负重与普遍性的淡出

“西部”被影像所建构的过程及审视

特别在近年来，“西部”以及“西部形象”“西部话语”，似乎成了人文诉求的热门议题，更有甚者，“西部”简直成了传统文化或者儒家文化的生产基地。在那里，发展主义、经济主义所导致的问题，好像完全得到了释解，进而文化现代性的问题也大有让位给宗法文明模式的理由了。情况是否真如此呢？从“西部电影”到“新西部电影”的生产流程入手，也许能窥斑见豹。

下面请允许我稍微游离得远一点，来谈谈这个问题。

作为“后见之明”，作为一段仍在照常运行但部分已被“历史化”的形象符号，无论是美学的、纪实性叙述的，还是价值论的，当把制作者、创作者的一切意图放回上个世纪80年代，在那个电视没有普及，互联网更没有上马，甚至纸介读物都还很匮乏的语境来思量，被受众接受的信息，也许也会有“被接受”因素在里面。但一般社会心理来讲，“被接受”和主动接受其实具有差不多一样的实际效果。只不过，印证性的接受，会对一部电影直接起到推波助澜的作用，弄不好，一夜之间不胫而走；而“抵触性”接受或“消化性”接受，扩散的速度可能会稍慢一点，但扩散力度也许更会经久不息。

在如此背景下，那些曾经走村串巷的露天电影，那些土味十足的沙哑旋律，那些劲风一般刮过人心的富有强烈主体性的诗歌意象，等等，不仅席卷了西部大地，更严重的在于，它也构成了都市街头巷尾的话题，有位文学研究者有过这样的描述：

> 但进入80年代以来，西部和北部中国忽然成为文学艺术家们关注的热点。西部民歌，“西北风”流行音乐在

内地都市卷起一股旋风。而且，越是在远离西部和北部的沿海都市，这股风刮得越盛；“西部片”不仅激荡神州，而且闯进了世界影坛，连连夺魁；西部诗、西部小说先后腾身而起，摇撼都市读者的神魂……[1]

西部与东部，乡村与都市，传统与现代，历史与现实，或者再加上由此而产生的愚昧与文明、滞后与发达等等二元论立场，正是率先因为西部电影而进入了整个人文界和一般的社会文化生产流程；也同时更有力地制造了话语乃至观念形态上中国的“他者”形象，并且这种定格形象，也自然而然构成了人们了解西部的前文本和前经验。

那么，当西部电影已经变成另一迥异的大众艺术形式“新西部电影”的当下，究竟该怎样理性地对待它们对西部的早期定格，以及对新世纪以来西部的重新命名呢？或者，是否该在电影叙事之外重新求解这一人文现象呢？

在回答这些问题之前，有必要重新简要勾勒一下从“西部电影”到“新西部电影”的发展轨迹，也很值得先简单描述一下前后两种性质的电影叙事对不同阶段西部的认知思维。

有志于西部电影的研究者，通常不满足于只在中国西部电影的自身生产中来看待问题，美国西部片似乎成了不得不追究的源头。1903 年埃德温·S·鲍特导演的《火车大劫案》基本成了认定美国西部片这一特殊片种的典型，紧接着是一批类型片的出现和兴盛；至 20 世纪 30 至 40 年代的《关山飞渡》（1939）、《黄牛惨案》（1942）等等，美国西部片因其鲜明特征引起理论家的高度重视，“西部片是一种神话与一种表现手段相结合的产物”。[2]那么，究竟是什么“神话”，以及究竟是怎样结合的呢？电影理论家根据《关山飞渡》得出结论说，那种把社会传奇、历史再现、心理真实和传统场面糅

① 管卫中：《西部的象征》，第 95 页，青海人民出版社，1992 年。

② ［法］安德烈·巴赞：《电影是什么》，第 242 页，中国电影出版社，1987 年。

合在一起，做得像“一个造工优美的圆轮，转到任何位置上轴向都是均匀平稳的”，这便是美国西部片的大概内涵和特殊的影像叙事手段。如此风格和神话式创作传统，一直不停息地延续、壮大到后来的任何时间阶段，如50年代的西部心理片《正午》(1952)，50年代的《搜索者》(1956)，80年代末的西部史诗片《与狼共舞》(1990)和90年代及新世纪的《未被饶恕》(1992)、《老无所依》(2007)等等，终于，美国西部片的面纱到该揭开的时候了。根据法国电影理论家巴赞的经典总结“形式特点”和“深层实际”，最近的中国西部电影研究者把美国西部片的形式特点归纳成这么几条元素：1. 视觉图谱，常常以美国西部的喀斯特地貌、荒原、沙漠、峡谷，以及小镇、驿站、酒馆，印第安人营地等为主要背景；2. 摄影构图，在运动和地平线与人之间构图，是以黄色基调为主的全景镜头；3. 人物形象，以代表正义的牛仔和警长为英雄，代表邪恶的永远是歹徒或印第安人，其他点缀人物还包括东部来的贞洁淑女、酒馆里的妓女等；4. 动作场面，基本是纵马飞驰和持枪格斗；5. 题材和主题，主要是以表现美国立国之初的拓荒、征服的西部大开发精神为主，文明征服野蛮成了基本主题要旨；6. 故事模式，一般是英雄救美、惩恶扬善、除暴安良等传奇故事；7. 道具选择，来复枪、左轮手枪、宽边帽、牛仔服、皮裤马靴、骏马、套马索等；8. 价值信息，贯穿着文明与荒蛮、善与恶、法律与暴力、白种人与印第安人等二元对立的价值观念。而所谓的“深层实际”指诸如关于妇女、马的神话，也指道德与法律的必要性及其之间的对立[①]。因为美国西部片的主要旋律不可能不是“文明征服野蛮”，那么，白种人征服印第安人这样一个具体所指，自然而然成了殖民主义的最尖锐声音，正是这一点，中国西部电影人及其理论家理直气壮地对美国西部片说了声“不”，中国西部电影也便因摆脱美国西部片而变得具有了自己的风格。于是，1984年3月6日西安电影制片厂年度创

① 王军君：《中国西部电影反思：理论建构与创作实践》，第3—4页；中国社会科学出版社，2012年。

作会议上钟惦棐的倡导，就成了中国西部电影的号角。这是一句被不断引用的话，这里再引一次，它是：“面向大西北，开拓新型的‘西部片’。”[1]

不言而喻，“新型”的对立面不是别人，是美国西部片。接下来的情节只能是实践了。从1984年提出概念到20世纪90年代末被称之为中国西部电影阶段，新世纪至今叫作“新西部电影”时段。关于前后两段的分类及研究，夹带在其他人文论著、论文中的除外，仅新世纪以来专门的研究论文（包括学位论文）已经十分丰富，比如《西部电影发展和现代性变奏》（高宇民，《西北大学学报（哲学社会科学版）》，2012年第7期）、《西部电影中的儒释道文化研究》（朱玉，学位论文，2009）、《西部现代性的影像话语：中国西部电影现代性内涵的新历史主义解读》（张倩，学位论文，2009）、《中国西部电影的现实困境与突围》（毛振华，学位论文，2010）、《中国西部电影的遗产》（马宏革，学位论文，2009）、《中国西部电影类型研究》（张晓，学位论文，2009）、《中国西部电影中农民形象塑造》（崔倩倩，学位论文，2011）、《中国少数民族题材电影探析》（张阿利，《西北大学学报（哲学社会科学版）》，2012年第7期）、《中国乡土电影论》（张雪，学位论文，2010）、《文化转型中的中国西部电影》（郭越，《电影艺术》，2004年第2期）和《论中国西部电影女性人物形象的文化意蕴》（曹小晶，《电影艺术》，2004年第2期）、《论中国西部电影与西部当代小说在文化转型中的发展关系》（海宁，学位论文，2008）、《美国西部片与中国西部电影比较研究》（任斌，学位论文，2010）等等，当然还包括站在中国西部电影之外深度审视西部电影和中国电影的重磅文章《中国西部电影简论》（王富仁，《东岳论丛》，2009年第2期）。这些文章，在中国西部电影内部的再次分类、归纳上基本没什么大的不一致，对文化转型期西部电影价值观的取向上亦无太大分歧，然而，除王富仁

① 《面向大西北，开拓新型的“西部片”》，钟惦棐，《电影新时代》1984年第5期。

文章外，其他文章则属于一般思路，包括引进现代性思想的观照在内，都还只是较普通的电影文本分析和西部规定性中的电影叙事归纳，似乎难免粗疏，也难免模式化，无论西部电影还是新西部电影，所出示的不同符号都很不清晰。

为更加清晰起见，这里借重王军君的最新研究成果[①]，将西部包括新西部电影给西部形象的早期银幕塑造总结如下：

他首先把西部电影分为三个阶段，分别是上世纪80年代（1984年始）的“黄土电影”，上世纪90年代的“类型化探索电影”和新世纪至今的“新西部电影”；又在三个类型中进一步细化出了特征及代表作；同时还把三代（第四代、第五代和第六代）导演的不同创作倾向来了个比较。这样的一个系统分析，西部电影银幕人物谱系，即西部基本人文形象就变得清晰而显在了。

先看“黄土电影”。其特征是，第一电影元素主要以黄土高原自然景观和民俗风情为主，《人生》《老井》《黄河谣》等均是这一特征的有力诠释者。长镜头下纵深而空茫的陕北黄土高原，山西太行山区无处不在的山、石、井和贫瘠土地，陕北、宁夏一带苍凉的黄河故道，都是这些电影的主体。第二是用现代意识在讲述黄土地上的人和事，因此几乎贯穿着传统与现代、文明与愚昧、城与乡、新与旧的矛盾和对峙。上举几例包括《野山》都堪称这一特征的代表作。第三，追求独特的视觉造型风格也是一大特征，比如“影片色彩通常是大俗大朴的，黄色的土地，黝黑的窑洞，红色的婚礼装饰，女人服装大红大绿，男人服装则清一色的蓝色或黑色，给人一种朴拙之感”[②]。其中，这个阶段也有初现探索的类型电影，像《黄土地》的“影象表意大于情节表意”，《黑炮事件》以荒诞的形式和语言创新来反思中国知识分子的文化心态，《猎场札撒》对成吉思汗所制定猎场“札撒”的哲学思考等，都因不同于黄土电影模式，

① 王军君：《中国西部电影反思：理论建构与创作实践》，中国社会科学出版社，2012年。
② 王军君：《中国西部电影反思：理论建构与创作实践》，第110页，中国社会科学出版社，2012年。

究竟该怎样理解其表意便停留在了人们长久的思考之中。

再看上世纪 90 年代的“类型化探索”，大概有八大类型。1. 西部传奇片，如《双旗镇刀客》《西域响马》等；2. 西部魔幻片，以周星驰等主演的《大话西游》为最甚；3. 西部现实关怀片，《秋菊打官司》《一个都不能少》为其代表；4. 西部少数民族电影，有《孔繁森》《红河谷》《一代天骄成吉思汗》《东归英雄传》等；5. 西部主旋律电影，根据陕北榆林治沙模范牛玉琴先进事迹改编的《一棵树》是个典范；6. 西部历史片，除了《一代天骄成吉思汗》，还包括《秦颂》《西夏路迢迢》《荆轲刺秦王》等；7. 西部都市风情片，黄建新导演的“城市百态三部曲”之《站直啰，别趴下》《背靠背，脸对脸》和《红灯停，绿灯行》最有代表性；8. 西部音乐剧情片，《在那遥远的地方》《边走边唱》和《桃花满天红》等是最好的例子。很显然，这一类电影格外注重“西部精神”和“西部文化”，又因该精神该文化是在历史中传奇中，故也可称之为西部传统概念的影像叙事，和用某种定型化地域人文特色建构西部历史和西部现实的影像叙事。

第三阶段就到“新西部电影”了，亦是第六代导演如贾樟柯、王全安、陆川、金琛、李杨正式出场的时候。《小武》（贾樟柯导演）、《菊花茶》（金琛导演）、《美丽的大脚》（杨亚洲导演）、《图雅的婚事》《惊蛰》（王全安导演），以及李杨导演的《盲山》《盲井》等被认为是新西部电影的代表作。所谓“新”，总结来说，一是不再以明显的二元论来解构现实；二是注重人物精神世界的复杂性；三是格外关注从“边缘”人物视角看现实秩序，贾樟柯的《小武》正是如此，以小武这个小偷看转型期西部现实的真实现状，有了另一番哲思在里面。

三阶段西部电影的生产者当然首先是导演，于是，不同代际导演的文化立场、审美趣味和思想水准，自然而然形成了不同阶段西部电影的价值取向。王军君的研究表明，第四代属于“在继承中创新”，比如这一代中的代表人物吴天明和《人生》，继承了“戏人电影”和“文人电影”的传统，注重对人物进行道德评判，因此人物形象也塑造得比较完整；对待民族文化的立场就是一种“感性的眷恋”；画面语言自然接近“传统”，属于现实主义风格。第五代导演大体是“反传统”，“注重‘探索’和‘实验’”，陈凯歌导演的《黄土地》“结构的散文化而非情节化，对风景民俗的重视甚至超过对人物的重视，风景民俗的表意功能大于背景造型功能，画面的象征性大于再现性”①。理性的批判一下子占了上风，而且因为其先锋性，美学风格则属于现代主义的写意。至于“从传统中突围”的第六代，以接近纪实性叙述既保存了某种已经丢失了的美好的传统文化与生活方式，同时也动用边缘人视角充分展开了世界的复杂相，具有了文化上的独立思考姿态，也因其语言运用的丰富，美学风格似乎撑破了任何单一的主义，走向了多元共生格局。

以上尽管很复杂，但就本质来说，还只是一个铺垫，重中之重是西部电影穷尽30多年推出的西部人文符号——庞大的西部人物形象谱系及其人与事赖以存身的厚重封闭的民间文化世界。

首先是男性形象谱系，这一谱系具体由父亲形象、硬汉形象和现代青年形象构成。从西部电影到新西部电影演变过程中，父亲形象由第四代导演那里权威、秩序的持有者即“崇父”到第五代的被解构，即对抗、厌父、弑父，到了第六代导演，父亲似乎又恢复了常态人生，他们本来就是乡村世界里极其普通、地道、真实的一个具体长辈，有他们独特的处事方式，也因此还可能是传统与现代中间的必要衔接和桥梁。这些父亲依次是80年代的高玉德、德顺爷（《人生》）、翠巧爹（《黄土地》）、万水爷（《老井》）、防风大叔和老年当归（《黄河谣》）等；90年代的瘸子（《双旗镇刀客》）、老爷（《大红灯笼高高挂》）、万庆来（《秋菊打官司》）、王生财（《一棵树》）等；新世纪的黄昌义（《盲山》）、爷爷（《惊蛰》）、王电影（《雪花那个飘》）、小武父亲（《小武》）等等。他们在开始阶段经常是保守、善良、权威、实在的代名词，往往是乡村世界秩序实际的主持者和

① 王军君：《中国西部电影反思：理论建构与创作实践》，第143页，中国社会科学出版社，2012年。

民间道德伦理的具体体现者，万水爷、德顺爷便是如此；到了第五代导演那里，父亲就变得残缺、受伤，甚至缺席了，《双旗镇刀客》中瘸子、《秋菊打官司》中万庆来要害处被村长踢伤、《大红灯笼高高挂》中那个不露面的权威“老爷”，最能说明问题；在第六代导演眼中，父辈们似乎既不是什么秩序的守护者又不是什么以空洞概念而存在的虚幻之物。他也许残疾，但依然坚强且有自尊心，《图雅的婚事》中的巴特尔便是；他可能心有余而力不足，但绝对是个普通真实的人，《小武》中小偷小武的父亲就是；他也有正常人的七情六欲，很可能还感情不专一，如《雪花那个飘》中的父亲王电影。

由此可见，西部电影中的父亲形象，差不多也是中国当代文学史，乃至思想史的具体形象化过程。这进一步说明，崇父、审父和日常化父亲的思想观念革命，它的现实基础依然适用于传统乡村文明形态保存相对完整的地方。西部因为政治经济的相对滞后、落后，较理想地保存了这个东西。与其说保存，还不如说是被现代化快车道甩出去了。即便 30 年之间西部有过两次浩浩荡荡的“大开发”，然而，被现代化了的只是一小部分公共服务设施，当然也包括人们生活水平的相对提高，至于人的现代性、社会的现代性，还远未推进到实质层面。

其次是硬汉形象谱系。研究者指出，西部电影中的所谓“硬汉子”，其实自古有之，这表明，艺术硬汉子形象与西部历史及现实生活在一定程度上构成了同质关系。总体来说，无论古代的皇族世家、民间好汉、英雄将士、刀客侠盗、土匪响马，还是当下的现代军人、知识分子、有志青年、英雄人物，所谓“硬”，其本质是“刚硬”和“刚韧”[①]。比如《红高粱》中的“我爷爷”、《双旗镇刀客》中的一刀仙、《可可西里》中的日泰队长、《五魁》中的五魁、《天地英雄》中的响马子安等等，从外形到内在气质，都表现得充满野

① 王军君：《中国西部电影反思：理论建构与创作实践》，第 232—233 页，中国社会科学出版社，2012 年。

性、粗犷豪放、刚直强悍、豪情义气，此谓之“刚硬”；而另一组人物，譬如“能屈能伸”的高加林（《人生》）、能经得住无数次“折腾”的禾禾（《野山》）、百折不挠总要打出口水井的孙旺泉（《老井》）、恶劣环境坚持治沙的王旺（《一棵树》）、为了爱情放下自尊坚持到最后的森格（《图雅的婚事》），如此等等，举不胜举，都是耐性、韧性、弹性的最好注脚。

在这个硬汉形象谱系中，还有一支现代青年形象。从高加林开始，包括禾禾（《野山》）、赵书信（《黑炮事件》）、老杆（《孩子王》）、马建新（《菊花茶》）等，“他们的性格中均混合着传统与现代的因子，体现出新与旧、城与乡、创新与守成、文明与落后、现代意识与传统观念、理想与道德的冲突和对峙”。只不过有的现代意识多于传统意识，有的所背负的传统文化因子多于现代意识[①]。

再次是女性形象谱系，通常的西部电影研究者，仍然把这一形象谱系分为西部母亲形象系列、传统女性形象系列、反叛女性和新女性形象系列。要细致分析起来，其实这些系列形象，也基本是中国文学史中的乡村世界女性一般特征，属于西部女性与全国其他地方乡土文化的共性部分。其中最能标志西部女性特点的，是西部“一根筋”式的人物，这在其他地方文化中绝无仅有。心地善良，但不依不饶就是要讨个说法的秋菊（《秋菊打官司》），可谓是中年女性代表；不管困难多么大，依然挺身而出只身去从未去过的县城找一个流失的学生的代课教师魏敏芝（《一个都不能少》），可为青年女性代表；为了给孩子买到电脑，不畏惧大款的百般刁难脖子一仰一口气喝下一瓶烈酒的张美丽（《美丽的大脚》），可谓当代西部乡村知识女性代表。无论现实生活中，还是银幕中，这样的女性，在西部大地可以说随处可见，固执而可爱，倔强而顽皮，认死理但又不乏善意，吃死亏却不无道德光芒。

如此成体系的人物，是怎样塑造而成的呢？

---

① 王军君：《中国西部电影反思：理论建构与创作实践》，第239页，中国社会科学出版社，2012年。

要而言之，一是自然景观使然。因为影像叙事注重西部自然景观的表意功能，这些人物无论在陕北黄土高原、秦岭大山、黄河边上、太行山区，还是在黄河故道、关中农村、可可西里、草原牧区、荒漠小镇，他们的生存土壤和精神土壤，无一例外都是黄土地、黄河、沙漠和戈壁，以及由此生成的野性、粗犷、封闭和滞后，从自然的“人格化”到人的“自然化”，都显出了主客体混同、互渗的人文景象；二是民俗景观使然。相应于该自然环境的民俗景观，诸如婚嫁、丧葬、诞生等人生仪式，年、节、祭、庆等岁时节日民俗，衣、食、住、行等日常物质民俗细节，家族民俗、村落民俗、民间职业组织等社会民俗事象，巫术、禁忌、民俗宗教、信仰等精神民俗事象，歌舞、讲唱、美术、竞技、游戏等民间游艺习俗，既成了西部电影的主要构图，也当然地构成了人与事相互展开的文化逻辑。即便新西部电影，为西部而西部，或者为特点而特点，在西部既定概念中诠释西部人文状态、人物形象的思维，也仍然基本未变。唯独变了的是从反思这种人文状态，到抹平反思，乃至于通过给西部注入所谓传统文化美德的方式，出示封闭环境中的人性拯救方案——即寄改变西部现状的希望于个体道德修养的完善上，而不是指向个体、群体无意识乃至西部普遍性社会现实上。这里我所谓西部电影对西部形象的早期定格，盖在于此。也就是说，当产业化扑面而来之时，站在电影制作一方来看，他们的焦虑其实是西部特点何以不能自保的危机；而站在一般人文立场观察，西部人文现实，包括生存现实，匮乏的正是西部之外价值观的正面引入。而后者的匮乏，直接导致了西部作为文化消费对象，而不是启蒙乃至审视的对象。

如果跳出西部现实及西部电影再来审视，我们发现，之所以西部形象仿佛只能是那个样子，主要原因在于，西部被当作了观看的对象，而凝视乃至对视的文化工作恰好居于次要的位置了。在西部电影的第一个阶段，因为还没有消费主义这一概念，文化产业意识也还很不自觉，观看之中，导演反而编织进了极有分量的凝视乃至对视的思想成分，黄土地上的人们究竟受制于什么的问题，也就反而非常清晰；等到了第二阶段，即类型化探索阶段，随着市场经济改革的不断深入，尤其电影业首先受到了前所未有的冲击，产业化思路被迫出场，西部于是方便地成了文化产业的一个合适符号，观看的西部被进一步强化，凝视和对视几乎淡出了电影人的视野；这种情况一直延伸到新世纪和新西部电影的降临，电影人似乎既找到了产业化出路，又摸清了文化的出口，那就是大踏步后撤，直到完全进入传统文化的深处，并以传统文化中的个体道德伦理方式方法对抗所谓的现代性危机——对西部的凝视和对视，只保留了视角的平等，其他价值因素统统转移为对外——对外对抗种种来自所谓“全球化的后果”及其连带而来的诸种概念的焦虑。真正的思想凝视和文化对视，终于被强大的中国传统文化，其实多数为封建宗法制下的具体伦理道德方式方法所消解。制约西部日常生活现代化的种种外部因素随之被挡在了消费的西部地域、宗教文化视野之外了。能否镜头化，以及镜头化过程中能否尽可能填充进足够多、足够自洽的某种传统文化内容，成了西部影像叙事的压倒性趋势。不消说，西部电影发展到新西部电影阶段，少数仍然坚持审视的导演和作品除外，一般导演考虑最多的是用西部的空间承载中国传统的文化，换言之，西部题材电影在价值观上庶几等于乌托邦式的中国传统乡土世界了。紧接着，镜头下的西部传统社会、西部人、西部乡土生活方式，开始被现代意识、现代人、现代生活方式置换了——实际上用来替换的这些以“现代”的名义出场的事物，仅仅是中国式的城市小市民文化及其生活方式、价值模式和审美趣味。为什么这么说呢？这可以从西部电影与新西部电影价值观的对比看出来。西部电影阶段，特别像《人生》《老井》《黄土地》这一类电影，长镜头下的西部自然景观和民俗文化是在表意或象征人的何去何从；到了新西部电影如《图雅的婚事》《美丽的大脚》等，西部自然景观和民俗地域文化虽然也还是起表意和象征的作用，但表意和象征的核心却是构造一个圆满自在的独属于传统生活方式和文化发挥作用的人本来的归属地——反写了“人何去何从”的主题追问。因此，强加于人的一切道具和“文化”，由西部电影中用来抵制商业化的“高级领域”（现代主义、先锋），变成了新西部电影中趋从于商品交换规则的“低级领域”（文化工业产品）了[①]。一方面是传统文化这个近年来最强劲的文化思潮需要；另一方面是不断城镇化而滋生的想象中的市民文化趣味需要。

这一角度，多数西部乃至中国电影的研究者倾力反思和分析的，只是作为大众文化艺术的电影，和作为文化产业、作为GDP指数的文化工业，而非作为中国特色精神文化生成的价值观念，也就自觉不自觉地放弃了王富仁[②]的审视路径。

在中西方电影发展的不同文化坐标上，王富仁认为西方电影是在西方社会完成了由贵族城堡文化向现代城市文化转换过程中形成的；而中国电影则是在上海这样的商业都会中发展起来的，这也就意味着中国电影是在没有成熟的资产阶级，也没有完整而成熟的工人阶级的基础架构上建立起来的。而中国西部电影则起步于“文化大革命”之后，以上山下乡的城市知青和农村的回乡知青为主体。所以前期西部电影的贡献在于“实现了中国电影从城市小市民文化视角向现当代农民文化视角的转移”，无论其思想内涵还是其艺术内涵，中国西部电影“都表现出更加鲜明的时代特色和民族特色”；90年代之所以走向了衰微，是因为“仍然是当代中国城市小市民

① “高级领域”和“低级领域”以及“文化工业”，均系阿多诺和霍克海默《启蒙辩证法》一书中的术语，转引自［英］阿兰·斯威伍德：《文化理论与现代性问题》，黄世权、桂琳译，第47页，中国人民大学出版社，2013年。

② 在这里所涉及的多数重要西部电影研究文章、论著中，王富仁重磅文章《中国西部电影简论》(《东岳论丛》2009年第2期）中的重要观点和审视思路都未被纳入进去，包括王军君最新的著作《中国西部电影反思：理论建构与创作实践》，也只是有两处地方引用了该文，一处是关于西部电影的界定，另一处是关于城市小市民文化重新勃起导致西部电影逐渐衰微的观点。而引用率极高的一部书恰恰是学者与几代西部电影人的对话集《大话西部电影：与中国西部电影精英面对面》（陕西人民出版社，2004年），自我解释、学科惯例解释和文化工业阐发，肯定不及人文精神与现代性思想的整体观照来得透彻，这种在电影文化内部探讨电影兴衰起伏的思维定势，一定程度上导致了中国电影理论的滞后。

文化泛滥的结果”，“片面追求电影技术上的进步和票房经济价值导致了电影思想内涵和艺术内涵的空虚和苍白”。

对照具体的新西部电影，这个观点所指其实不难理解，比如图雅（《图雅的婚事》）、张美丽（《美丽的大脚》）等代表性新西部电影人物形象建构，之所以相比西部电影，西部特有的自然景观和民俗景观似乎淡去了，突出了人物，但人物形象的最终丰满，实际上暴露了“社会主义现代性”学说的一个致命漏洞。图雅也罢，张美丽也罢，她们自身道德修养的完善和对他人的成全以及拯救，其旨归奔向了城市小市民文化模式，而不是成熟的现代社会秩序及其制度安排。即通过对分享、自我牺牲和照料他人等社会主义精神遗产的融合，以唤醒人们对小家庭这个温柔港湾所代表的当代文化的获得，企图对抗市场和竞争，其实质的思想轴心是相信“坚持个人可以通过自我奋斗和自我改造来获得幸福的生活”，并且认为“差异和不平等被认为是个体的机遇和努力所导致的，而非社会决定的”。当视野缩小到这里，新西部电影叙事实际受惠的两个意识形态话语系统就清楚了。一个是利用中国社会主义被提到最多的成就之一“男女平等”，通过性和家庭两性关系的私人领域编排成故事，在不伤害甚至很大程度上认可和延续传统文化对家庭责任的规定中，个体道德被转换成了实体性传统文化，其实质则只是提供了一些关于相互尊重、宽容和分享之类简单的道德声明；另一个是对“男主外，女主内”的中国传统家庭主导观念的分解利用，“自己为自己买单”就是这么来的，“当国家以改革为由回避了补偿或解决家务劳动的职责，女性只能依靠自己来缓解家庭受到的影响，女性需要对家庭负责任的观念因此得到加强”[①]。

无论是性、家庭两性关系，还是小孩子、老人、邻里等成员所构成的小家庭文化，不排除道德上的人格魅力，但究其实质，那种向内的视角因具有极强烈的自我意识，并不会组成相对稳固的集

① 吴靖:《文化现代性的视觉表达：观看、凝视与对视》，第 60—63 页，北京大学出版社，2012 年。

体，也就比农民文化都不如。“**离开家庭的农民可以依靠传统的‘江湖义气’而组成相对稳固的集体，而城市小市民则太多‘小我’的算计，太多当下的‘小聪明’，在精神上更加涣散，极难形成统一的反抗力量。即使形成，也像一阵风，倏忽而起，倏忽而散，一遇挫折，便树倒猢狲散。**”不仅如此，“传统的农业经济是高度稳定的，一个农民要想改变自己的生活命运必须依靠自己一生的甚至几辈人的坚韧的、艰苦的努力，这既可养成农民不求上进的保守守旧的心理，但也可培养农民在精神上的坚韧性，即使中下层地主家庭的成员，也要终生参加劳动，不是游手好闲之徒，所以农民阶级是一个最缺乏灵活性和投机性的阶级。城市小市民阶层的成员则与此不同，灵活性、投机性是其主要特征。这使城市小市民阶层的成员常常表现为没有一贯的道德操守，没有固定的思想信仰”[①]。只挂西部的布景，实则演绎城市小市民文化趣味，已经是新西部电影普遍性现象了，而至于在这布景中再添加电子传媒为主体的新的技术手段，按照哈贝马斯《公共领域的结构转型》一书的分析，那样的电影追求恐怕已经是“重新封建化”了。因为“重新封建化”的重要特征之一是，“传媒的全面商业化使得各种违反理性—批判原则的权力与私利得以以市场的名义和所谓自由竞争的手段攫取大量的公共话语资源来展示、炫耀并强化自己的地位及合法性，犹如封建帝王独占传媒对自己歌功颂德”[②]。多数新西部电影，或者占主导性地位的新西部电影，事实证明，正是小家庭和小家庭内部源自于宗法制文明的具体关系学说，加上由此抽象出来的泛人性，再加上

① 《中国西部电影简论》，王富仁，《东岳论丛》2009年第2期。

② “重新封建化”系德国哲学家哈贝马斯著名的“公共领域”论断中关于三种公共领域的历史形态中的第三种形态，其他两种分别是“以展示权威、张扬权力神圣为主要功能的封建专制的公共领域”和“以不受压制的自由讨论为诉求和对权力的合法批评监督为目的的自由资本主义公共领域”。第三种“重新封建化领域”便是“以技术的发展和各种政治、经济利益通过市场的手段来控制传媒、操纵公众意识并扩大自己权力为特色的晚近资本主义大众社会公共领域”。转引自吴靖:《文化现代性的视觉表达：观看、凝视与对视》，第12页，北京大学出版社，2012年。

“精致”的电子传媒技术而合成。这种合成品，究其思想来说，是对时代流行文化大势的迎合，而非对抗。因此就只好在票房的挟持下服服帖帖履行“安全消费”原则，不敢也不愿像西部电影时期那样植入强劲的审视目光。既然新西部电影只是在超时空背景讲述一般人性问题，叙事一般道德伦理和传统“美好”生活方式，“西部”也就走向了终结。

另外，美国西部大片似乎也成了冥冥当中，西部影人对抗的一个靶子，在剔除美国西部片中的种族歧视、殖民征服等时，也一并扔掉了那种对于现代性思想的探索，矫枉过正，其结果只有回到中国传统文化。价值上的相对主义和文化上的平均主义，也导致了新西部电影似乎因“不追赶”而保持住了“西部”符号，其实不然，“不追赶”的代价是僵死于泛人性论、纯人性论的窠臼，文化现代性在西部的具体进度，也就彻底让位给了更具有消费性的都市小市民文化趣味。

总而言之，要突围出西部电影对西部的早期定格，可能并不单是电影学的问题，其复杂程度，至少包括对人的现代性、城市现代性和社会现代性、审美现代性等众多方面的努力和探索，才能建立真正新的西部电影话语和表意系统。

“西部形象”及其人文话语批判

中国“西部形象”与相应的“人文话语”，是建立在西部艺术符号之上的一个凝练形式。没有相对独特的西部艺术符号，西部形象及相应的人文话语，就很难成立，更谈不上再生产。显而易见，这里所说的符号再生产，借鉴了文学理论分支中的结构主义或符号学研究成果的一些启发。法国著名结构主义文学理论家和文化评论家罗兰·巴尔特有本薄薄的册子叫《符号学原理》[①]，可算是文学符号学的开山之作。因为它属于一种“实用性、暂行性较强的分析方法汇编”[②]，并且其主要目标是朝向文化和文学现象的两种普遍意义构造的，即直接意义系统（直指作用）和间接意义系统（涵指作用）的构成分析。严格说，巴尔特的符号学原理其实是文学文本的结构主义分析方法论，所谓“分析者和批评家应该透过文学和文化文本的表面意思，达到其底层及诸隐喻层上的‘背后’意思”[③]，实在重视的是文学和文化文本内因特殊视点而导向的作者意图。巴尔特之后把符号学发展到成熟阶段的前苏联文学理论家洛特曼和把叙事学活用到符号学的法国学者A·J·格雷马斯的研究正是如此。据说他们两个的探索，代表了符号学的新进展。前者通过古罗马诗人维吉尔作品中宇宙的两个空间轴和但丁《神曲》中不同层次空间感，得出结论说，在但丁那里，淫、贪、盗、诈等不是不同的罪恶，而是同一罪恶的诸种外显形式，由此可见“中世纪文化

① 罗兰·巴尔特:《符号学原理》，中国人民大学出版社，2008年。

② 李幼燕:《译者前言》,《符号学原理》，第2页，中国人民大学出版社，2008年。

③ 朱立元主编:《当代西方文艺理论》，第252页，华东师范大学出版社，2001年。

数字表达系统与当时意识形态的关联”[1]。后者举例中国古典小说《聊斋志异·鸲鹆》，鸟最终抛弃有钱有权的王爷回到原主人身边，说明鸟与原主人呈友谊关系，与王爷则呈金钱售买关系[2]，这个方法由对人物关系的清晰把握而被广泛运用于结构主义文化和文学研究。

基于西部人文情况的实际体验，觉得这样的方法，或可获得一点收效。

苦难形象道德化

“苦难”有实体层、虚化层和概念层之分。实体层是指由物质上的极度匮乏、自然环境的异常恶劣、社会意识的严峻制约和人本身先天条件缺失或主观局限等造成的“自在的类本质”生活难以维持的一种困窘状况。在给“自在的类本质”生活沉重打击的因素中，可能是其中任意一种，也可能是两种抑或三者、四者合力所为。按照匈牙利哲学家阿格妮丝·赫勒对日常生活的划分，“自在的类本质”代表被“理所当然地”占用的人的可经验的普遍原则，“**‘自在的’对象化领域的属性之一在于，虽然是人的目的论活动促使这一领域活动并使之改变，但它却是作为‘给定的’秩序而矗立于每一‘个人’面前**”，即使“个人”绝无条件承担但因不得不被动接受致使经常陷于无助境地，日常生活的再生产因此被迫停止。而“自为的类本质”则代表着运用自由意志的对象化领域，对于这一领域的反思体现了先前的意志行为和反思行为的具体化。赫勒认为，“自为的类本质对象化”领域包括传说、神话、思辨（哲学）、科学、视觉象征（艺术）等等。“**这些成分的共同特点是，它们都为**

① 参见朱立元主编:《当代西方文艺理论》，第 254 页，华东师范大学出版社，2001 年。

② 参见朱立元主编:《当代西方文艺理论》，第 254 页，华东师范大学出版社，2001 年。

生活提供意义。它们能使现存秩序合法化，并能在同样的程度上对现存秩序的合法化提出质疑。”[①]即是说，如果前者遭遇经常性困厄，人的主体性只会停留在最低限度甚至突破最低限度，以至于无法维持正常再生产；后者本来体现了人的自由，极端一点说，如果外部环境允许，那么人性可以在给定时代达到所应达到的最高自由程度，从而改写既有日常生活秩序，为重建新的秩序准备意识条件。

显而易见，虚化层是由实体层中的后者分化出来的，即是说是从“自为的类本质对象化”领域抽象出来的精神和价值。在多数西部人文论述中，“西部精神”“西部价值”似乎成了一个应然结论、一个论述套路，它可以完全不考虑该精神该价值的参照物是什么，以及该精神该价值在何种条件下是有效的和成立的，真正在乎的是其发源地。经过这样“自致角色”的一个后果是，无论自古文献而来的“天人合一”，还是从晚近产业化民俗文化程式抽取出来的“西部标签”，诸如西部蓝天白云、沙漠戈壁、黄土高原，抑或者是西部人的慢生活、隐忍、坚强、讷于言而敏于行的共性，以及各种文化生活的仪式化形式和各种神圣性的民间宗教活动等，只要能恰当地对应于非西部、非都市文化趣味、非商业氛围，那么，西部价值和西部精神的逻辑铺垫就算完成了。因为“拾到篮里都是菜”，所以只要是西部的，就似乎都是值得价值眷顾和意义首肯的了。但事实恐怕并非如此，所谓西部精神、西部价值，究其实质是对苦难的实体层的美学赋形和修辞处理。其一，它把西部想当然地看成了未被现代化所“化”的纯净之地，在思想意识中西部仿佛是用以抵

① 衣俊卿：《中译者序言》，转引自［匈牙利］阿格妮丝·赫勒：《日常生活》，衣俊卿译，第5页，黑龙江大学出版社，2010年。

制现代性[1]的大后方，过去闭关锁国导致物质极端匮乏中的平均主义，在幻觉中想象似乎中国曾经有过人心朴实的一片净土，它就在西部；其二，借着西部多少数民族的底子和人类发祥地的悠久历史，争论了100年的东西方文化优劣之论又兴起了，出现了“国学热”，西部后发展地区好像恰好成了佐证“国学热”之必然并使“国学”重新生根发芽的土壤，成了开出中国现代性药方的现实样品。概括来说，支撑其之所以如此的条件不外乎这样两个：一个是西部在可预见的将来，它可能始终是、永远是传统意义上的乡村世界；另一个是在城市化规划中，西部民间宗教文化在信仰缺失的中华民族本土文化建设中，无疑增添了信仰的底色，而且这个信仰文化底色纵可以打通古今血脉，横似乎也可以确立与基督传统的西方现代价值系统对话的资质。前者负责垫底，后者负责提升。二者合二为一之时，苦难的虚化层便被结实地绑架到实体层并且成为了实体层的华丽转身理据。当苦难的实体层和虚化层遭遇语境性打造，人们接受的，实际是变异了的苦难或者说是内涵不同的苦难。在文学批评领域，有人还把这个变异了的苦难叙事称之为“苦难美学”[2]。这时候，苦难实体层实体的内涵显然已经被取消了，虚化层即无论什么环境人的主体性都是无比强悍的这一层意义反过来被有意放大了。

---

① 特别是近年来，伴随着高层对中国传统文化的首肯和倡扬，类似“现代性危机”“反思现代性”，甚至批判、重估“五四”启蒙的思潮在慢慢兴起，这其实是把极端经济主义、发展主义和科技主义、重理工轻人文的急功近利追求所造成的社会发展不平衡、价值失调等，强塞给现代性思想的一种流行观点，问题的实质恰好不是我们在人的现代化，即文化现代性路上走得太远，而是太轻视批判理性建设，乃至于直接放纵工具理性——经济的后果。最突出例子是英国社会学家安东尼·吉登斯的《现代性的后果》中译本于2000年出版面世，中国学者叶舒宪模拟“现代性的后果”的《现代性危机与文化寻根》，也于2009年出版于山东教育出版社，该书基本结论就是批判现代性而把理想社会形态托付给原住民或原始社会形态，这可谓是从哲学人类学质疑文化现代性的较早范例了。

② 比如陈晓明的《乡土叙事的终结和开启——贾平凹〈秦腔〉预示的新世纪的美学意义》，《文艺争鸣》2005年第6期；《荒谬的苦难美学》，狄马，《随笔》2005年第6期，等等。

这恐怕是20世纪五六十年代“人定胜天”“与天斗其乐无穷”到80年代“苦难大地”，再到今天“内在性”的一个宿命式复归，不同在于今天的“内在性”，是披上了文化外衣的，甚至是以寻求人自身的认同为目标的，它也就没必要再过多考虑苦难的实体层问题。有了“内在性”垫底，今天考虑的中心问题显然是苦难的虚化层及给虚化层以理论形式的概念层。在概念层的构建过程中，重中之重不是别的，是内涵其中并经过美学修饰后的苦难的道德化。因为只有道德化，苦难在新意识形态下的形象才是合乎情理的，同时也是大体符合“全面实现小康社会”这个顶层设计意图的。另外，道德化后的苦难形象，才配文化自觉这个来自日常生活秩序内部的价值诉求。那么，什么是概念层苦难呢？概念层指的是用来讲述、叙述、建构虚化层的话语方式和理论理念，正因如此，概念层或许直接就是某种强势的意识形态本身。

这里说的苦难形象的道德化，指的便是后两者。毫无疑问，西部文学及其批评和西部历史文化论述，在苦难概念层的重建上担当了重要角色。而这两个议题在实际构建过程中，关系的确比较微妙。简单地说，西部历史文化论述的角色主要是给西部价值和西部精神赋予一定的学术合理性；文学及其批评话语，则是以形象的完整性和审美为主的方式，反过来对历史文化论述进行进一步的日常化处理。只有到了日常生活层面，苦难形象的道德化才能形成并得到广泛认同。

诚如余斌的划分[①]，他把西部文学区分为两系，一系是“夸父”，另一系是“扶伏民”。就更不用说了，那是理论家和作家用理论话语、文学形象首次凸现西部形象并提出西部话语的佐证之一。被纳入这两系的西部现当代文学，的确以感性的形式清晰地再现了一般西部社会现实的观念形态，“苦难”便从中华民族的宏大叙事层面和几千年历史的隧道逼近了独属于当代西部的空间。毅力意志的坚韧和坚强，被迫流寓迁徙的卑微与负罪感，再加上“大开发”

① 余斌:《中国西部文学纵观》，青海人民出版社，1992年。

之前西部大地的荒芜与贫穷、文化观念的保守与迟滞、生产力的相对落后等等，这时候的苦难，应该专指物质的极度匮乏和观念意识的异常保守。正像作家路遥的三部曲长篇小说《平凡的世界》所全方位展示的那样，以陕北黄土高原为圆心，半径向四面八方扩展开去，除游牧区以外，整个西北农村的情况，差不多就是孙氏父子赖以生存的石圪节双水村的模样：农民全部的生活围绕种地展开，破衣烂衫、缺吃少穿，农民的终极理想只是把黑面馍变成黄面馍或白面馍而已。“典型环境典型人物”是恩格斯用来评价“批判现实主义”文学的一个理论概念，本来是讲人物的主体性能否能动于环境、多大程度能动于环境的问题，可是，当这样一个经典论述方法被新的意识形态撑破，即把人物交给文化来处理时，环境的制约就变成了体现人的主体性的一个衡量尺度，完全成了积极的因素。于是，“励志”“理想”“浪漫”“梦想”“好心态”“幸福故事”等等，配合着与之一同兴起的“内在性”观念，共同承担起了把环境对人的制约变成人在有限的环境条件下无限的精神能量。而且因为这种精神能量，来自于传统农耕文明，来自于农耕文明下的宗法文化秩序，那么，以家为单位，以貌似“自由”表达的个体意愿为核心的价值追求和精神预期，似乎只用了一步就跨到了道德伦理的一边。如此一来，实体层的苦难便顺理成章地转化成了虚化层的苦难。紧接着，中国经验中最有说服力的部分——概念层的西部苦难，便成形了。那就是由“典型环境典型人物”中的“典型人物”蜕变而来的具有绝对道德优越感的西部底层民众，来替代原来的那个无助者、弱势者和迷茫者，甚至沉默者。

道德化形象的最大特点就是在合适的时候发声，在该行动的时候率先行动，在价值混乱的语境主动输出正能量。产生于并形成于西部典型环境的道德形象及其道德力量，正是在需要励志故事、需要率先行动的环境、需要适当发音扬声的时候的一次成规模的文化思潮运动，它对应着并消解着都市文化中的“慵、懒、散、软”，也对应着并消解着商业文化中呈甚嚣尘上之势的私利主义和金钱至上主义，亦对应着并消解着经济主义价值观中的一次性消费和破坏行为。一句话，当实体层的苦难形象被道德化后，它是正面的、积极的和强烈向上的力。这种力的背后支撑，不是别的，是中国传统文化——或者直接说是古典西部历史文化知识。因为，诚如上文所提到的那样，理想的西部人文多数时候被收藏在文献里和文人们的论述里。而文献和文人们的论述，一般是被置于中华民族的神话起源和宗教信仰观念形态中的。换言之，“天人合一”或者“温柔敦厚”，只有被重新建构后，才是有意义的，也才能足够消解和融化因特定二元家庭[①]导致的一系列具体问题。

当然，用文化来处理这样一个社会学问题，可想而知，结果一定不那么乐观。关于这一点，还可以举个例子来进一步说明。比如在贺雪峰著的《新乡土中国》[②]及其主编的《回乡记：我们所看到的乡土中国》等著作中，除西南以外，按西北这个通常代表西部的范畴来说，两著中只有两三篇调查报告涉及西北的陕西农村，其余均为西北之外的农村。而就陕西农村而言，相比较宗祠意识非常强的其他农村社会，陕西农村基本没有什么宗祠文化，有的只是西北非常普遍的城镇化后果——“386199”部队，即留守妇女儿童和老人。另外的一大特点，就是年节返乡的农民工、学生、城市工作人员在乡村短暂逗留期间，对乡村既定生活格局的冲击不可不考虑，有时可能构成颠覆性改变。祭祖和社仪被冲击因而变了味就最为突出。根据贺雪峰等人不多的调研信息可知，陕西农村的祭祖远没有有宗祠的地方那么浓重，因为没有固定宗祠，也因为家族早被分离成了小家庭，祖坟也如同分家一般，五代以上可能有共同祖坟，五代以内则基本各有各的血缘最近的人可供祭祀（所谓“一代亲，二代表，三代就没了”），共同的祖坟也就基本处于被荒疏和遗忘的境地，再加上暂时逗留人口的不重视，祭祖也就变成了小年大年乃至清明节简单的焚香烧纸，认祖归宗的巨大象征意义被城市生活的实

① 《陕南山区的“城乡二元家庭”》，冯小，见贺雪峰主编：《回乡记：我们所看到的乡土中国》，第128—133页，人民东方传媒、东方出版社，2014年。

② 贺雪峰：《新乡土中国》，北京大学出版社，2014年第3次印刷。

利实惠，以及流寓城市的无助感、迷茫感所打断，人们处在认祖归宗虚无和归属城市又倍感煎熬的缥缈状态，只好选择活在当下，见机行事罢了。社仪活动也仅限于应付性的参与，谁也不把它当作真正的仪式，仪式应有的庄重、威严和神秘性、神圣性也被嘻嘻哈哈的氛围消解了，社仪只因为是某种习惯而被有一搭没一搭地潦草对待罢了[①]。毫无含糊，丁壮年季节性返乡，忙着去办其他一些应急性事情，显然比四平八稳想象性地勾勒象征意义更实惠。按照贺雪峰的“差序格局”与“团结格局”的概念来解释，传统乡土中国以血缘关系为基础，以家庭制度为手段存在下来，并且深受儒家孝悌思想影响，每个人都被儒家思想在血缘关系的网络中安排了具体的道德义务，以及家庭制度又进一步在组织和制度上强化了这种义务的文化格局，叫“差序格局”，核心是以“己”为中心的人伦关系和利益关系。那么，什么是“团结格局”呢？是指西方的宗教信仰和国家概念削弱了中国式血缘关系中的那些义务后，建立在朋友圈之上的互利性关系，遵循利益分享面前的平等和自由。以上例子表明，西部农村社会，其实正处在这二者之间。

不言而喻，苦难本身就包含着笃定的道义担当，临阵脱逃、见风使舵，本来就谈不上苦难。但问题的关键是，当道德化构建抛开已经失去了稳定的使之赖以生长的社会结构不考虑，只奔某种相当正确的、正面的形象之时，人文学术上的自洽，能否弥合西部农村普遍城乡二元分住而带来的一系列具体社会问题？能否解释即便不被城市化但也已经深受经济社会致命影响的信教村社在精神实质上的断裂呢？答案是否定的。它们摇摆于现代市场运行机制与传统社会宗法文化模式之间，似乎两边都沾点，其实两边都严重脱节，价值认同处于半漂浮或完全漂浮的状态。青年藏族学者杨公卫（尼玛扎西）的著作《村落终结与乡土重建：西藏拉萨城市化进程中柳梧村失地农民文化观念变迁研究》，所提出的问题在整个西部信教村

① 贺雪峰主编：《回乡记：我们所看到的乡土中国》，第128—133页，人民东方传媒、东方出版社，2014年。

社颇具代表性。在直接涉及农民土地观念与消费观念的第四、五、六章中，他用得最频繁的词语是“冲突”和“调适障碍”。在农民消费观念的变迁上，以往农民的收入主要是农业产品；失地后货币收入开始急剧增加。失地前农民一般将生产收入投入到生产积累的过程中，而现在更多用于消费活动。这里的问题出现了，消费观念的变迁导致过去农民向寺院提供稳定持续的宗教供施开始崩溃，使得宗教消费完全处于一种不确定的状态。供施难以确保，宗教共同体就会面临诸多问题，这其中自然包括建立在宗教信仰文化之上的日常生活秩序是不是会产生危机的问题。更应引起思考的还在于，以原典宗教话语解释如此现实，是不是有效呢？在农民身份观念转变上，由于农民婚嫁由血缘外婚向自由婚姻转变，“熟人社会”已经被改变，取而代之的是适应市场的劳动供求关系。这样一来，失地后农民的再就业问题和农民农业生产技能实际受到市场主导“素质论”的影响，便成了真正阻碍西部城市化进程的文化“冲突”和“调适障碍”[①]。当然，普遍的研究和国家政策会把注意力集中在“城市安居园”“城郊城中村”和“劳动力区外反转移”上，但是，结合我们这里重点讨论的苦难形象道德化现象来说，这一系列的硬性指标下，切实的现实问题是不是与人文论述中的概念层苦难——一种经过了几重修辞掩盖的话语表述相吻合呢？如此等等，苦难形象的道德化，作为西部人文话语再生产之一种，都将并不是越走越贴近现实，而是表现出了诸多相反的迹象。

神秘主义文化普遍化

苦难形象道德化作为西部人文话语再生产的一种表现形式，本质上属于文化传统主义，充满着人文构造的浓厚色彩。首先，它的

① 杨公卫（尼玛扎西）:《村落终结与乡土重建：西藏拉萨城市化进程中柳梧村失地农民文化观念变迁研究》，第3页，民族出版社，2012年。

生成依赖于西部神话学传统，比如文学艺术表达上的“元形象”夸父一系和扶伏民一系的叙事学影响，就明显贯穿于西部文学的各个阶段。在这个传统中，西部人文形象有了自觉的面目，但同时也在等级制的文化格局中被赋形为一种道德伦理的承担者，领受者角色。慢慢地，这种臣子对君王、在野对庙堂的负罪感便开始有所扩散、有所蔓延，直到把它普遍化为下对上、小对大、弱对强、低对高的一般性道德伦理格局为止。我们所见到的西部文学艺术形象，于是或多或少会体现这样一种读之令人别扭令人极为不舒服的不平等感。无论劳动者之间、家庭成员之间，还是单独的个体与个体之间、不同属性的社会化身份之间，交流总免不了支配与被支配、给予总免不了施与与受施的关系，所谓隐忍、承受，以及由此衍生的坚韧与决绝等等品性，不由分说构成了外界识别西部的首要符号。其次，它赖以建构的历史知识来源于西部民族记忆或原生态文化诉求。西部先民日神一统的多元图腾综合体形成的民族背景，无疑是西部苦难形象道德化塑造的原初知识谱系。从信仰龙图腾的氏族到传说中的原始三大部落，再到《礼记·王制》《史记·匈奴列传》《汉书·地理志》《水经注·渭水注》或者《太平御览》以及各级地方史志、史话等正规的文人叙事，西部形象的话语合法性便有了依据。盘古与龙图腾、伏羲女娲与龙凤虎图腾、炎帝黄帝与龙凤虎龟图腾、西王母与龙凤虎图腾，乃至龙、凤、虎、龟的神秘化。由太阳崇拜而下降到日常生活世界的火祀与祀火，由龙图腾的变体——文身与五彩丝的象征符号成形，神秘性可以说无处不在。西部婚礼中的生殖意识和葬礼中的灵魂观念，无不打上以上图腾物的烙印。比如长命水与生育旺盛的象征，蛇蛙礼馍与性交行为的模拟，还有灵魂的复活与形变、丧葬礼仪中的灵魂情结等等，在今天西部人的生活细节中都能找到它的变异形式，集中的体现是传统节日中越来越邪乎玄乎的文化加码行为——比如年节的天人交际、清明节的神鬼祭、端午节的五行意识、乞巧节的宗教世俗化、中秋节的巫术体验和重阳节的阴阳观念[1]。而仔细审视这一成体系的意识框架，人的被动性，即人与物的不平衡性皆被合情合理地统摄于一种显而易见的传统知识中。在此前提下，人对自然的冒犯或者说人对自己置身其中的知识、神圣性仪式的冒犯，都将意味着对正统道德的僭越，是最大的不道德行为。不能不说苦难形象的道德化走到这里，已经不单是一个单纯的文化学问题了。

除了文化传统主义惯性的原因，苦难形象的道德化再生产，当然还有它迫切的意识形态因素在里面。自从被称之为“新西部电影”发轫之作的《美丽的大脚》（2003，杨亚洲导演）等开始，西部所有问题好像都被收缩成一个问题，即人心的不古。于是如何能解决好这个问题，便成了判断西部乃至整个价值问题的核心。这时候，解决道德问题既成了弥合人与人恒定情感的纽带，同时也被无限放大为解决尖锐现实问题的良策，苦难叙事消沉，温情故事兴起了。

在此背景下，生成于古代社会并构成今天具体方式方法的道德文化，于是获得了进一步发展的时代契机。换句话说，既有民间民俗宗教文化也罢，文学艺术形象也罢，抑或西部日常生活中的诸种仪式化现象也罢，只有重新象征化或神秘化，才方有能量突出于消费主义语境，也就才有可能成为西部特征而从根本上撰写传统文化的魅力。之所以如此，是因为这样做，向上可以对接信仰缺失这样一个前提性判断，神秘体验或神秘主义文化正好是宗教神秘主义的另一存在形式，何不就地取材加以改造利用呢？向下则可接通地气，既然它产生于民间民俗自在性文化氛围，那么“个体”自发性意愿及由此构成的围绕个体展开的民间世界便是自足和自洽的了，这无疑是符合哲学所构想的从个体到集体乃至民族的构建蓝图的。如此主题预设一旦构思完成，西部话语的再生产就有了前进方向和哲学底蕴，这是神秘或神秘主义文化构成西部话语再生产的另一显

① 详细论述参见武文、武圣华：《民族记忆与地域情韵：中国西部原生态文化论稿》，第六、七、八章，中国人民大学出版社、山西教育出版社，2009 年。

著现象的重要原因。

一般意义的神秘主义文化，也是比较宽泛的，比如，它可以是特指的艺术创作过程中，创作者私密性个人经验体验，像徐岱在《论神秘——审美反应的体验性阐述》[①]一文中讲到的那样，神秘的不是世界，而是我们对世界的把握，是一种精神活动。“美感，本质上是一种生命感，表现为对生命奥秘的体验和关注”，所以，通过“神秘”，进而从一个方面抓住文学艺术的本质和审美活动的特点，欣赏张若虚的《春江花月夜》，主体面对浩渺而“黑暗”的江面，体验到的不只是个体“小宇宙”，譬如情感缺失、命运不济等，而更在于对“大宇宙”，譬如“无限”“阔大”的领悟，于“无”中生“无”、于“空”中写“实”。这种体悟方式便是通过“静”和“空”，因为这两个状态能使我们直接面对、触及生命本身：“空”能容纳“无限”，它不仅包孕着“有”，而且是“万有”。这就与宗教文化相区别了。“因为在审美的神秘体验里，生命主体能够与外在于自身的遍布整个宇宙时空的生命力相认同，从而获得一种生命力释放的喜悦感。与此不同，在宗教的神秘体验里，生命主体无法与生命本体相认同，因为他体验到的是生命借助于异己的上帝的力量，来对生命中的失控现象作出控制，他感到仿佛有一只看不见的手在不断驱使他走向毁灭的深渊，为此生命主体感到恐惧，而不再像在审美体验里那样，是一种惊惧。因为这是生命力的负面：是一种破坏力而非创造力。”所以，美感与宗教体验终究还是同“路”而不同“道”，貌合而神离。

文学艺术创作状态中经常出现的这样一种神秘体验，显然构不成“主义”，也就不是这里要谈论的神秘主义文化了，毋宁说它是某种凭借直呈直觉和感觉，并以灵感为载体把内心活动付诸形式的特殊现象，因为究竟是一种特殊才能，它也就无法变成被普遍感知甚至作用于普通日常生活的秩序。

① 《论神秘——审美反应的体验性阐述》，徐岱，《文学评论》1997年第3期。

与西部这个地域规定性有关，并形成了一般形式的神秘主义文化，此处特指西部民间宗教文化经过典型化处理后，构成西部话语再生产的某种普遍现象。它与地方性知识、政治权力、制度之间形成的微妙关系，决定了它不单是宗教的，或者说它主要是以“修辞化”的方式存在。

当然，这里仍然有必要先解释一下学者眼里的“神秘主义文化”，因为达到“修辞化”的功能，首先可以认定，神秘主义文化在其产生之初所具有的反叛性和非理性本质。正是这一点，在其泛化或者说世俗化的过程中，渗入了日常生活并且生成另一新事物，力图具有普遍性。按照相关学者的梳理，在宗教范围，神秘主义与苏非主义密切相关，而苏非主义则是伊斯兰宗教内神秘主义的主流。在历史上，苏非主义曾作为对奢侈时尚、权力斗争等世俗化倾向的抗议，并因为对外在化和制度化的体制性宗教的反动而兴起。“神秘主义以个人的主观直觉和内在体验来突破教法的外在束缚，给严峻冷漠的教义礼仪注入新鲜的宗教情感，从而对民众产生强大的感染力。”[①]威廉·詹姆士的《宗教经验之种种——人性之研究》（1902），将神秘体验归纳了四个特征，即超言说性、知悟性、暂现性和被动性。根据以上特征，神秘主义的实践既包含身体和思想的训练，也包括生活方式的因素，“通常说来，这种实践有长期的礼拜和祈祷，隐身独处和流浪乞讨，咏唱圣歌和诵读赞词，变换身体姿势和呼吸吐纳的技巧，饮食禁忌和斋戒绝食，集体舞蹈和运动训练，以及使用陶醉品等”[②]。基于神秘实践的这一特点，黑格尔发展了宗教神秘主义文化，把它延伸为一种具有隐喻功能的文化政治形式，发挥了神秘主义的颠覆性、解构性社会批判作用。他说，神秘主义“**认为人的精神直接知道上帝这个观点的伟大之处，即在于承认人的精神的自由。在人的精神的自由中包含着（直接）认识**

---

① 周燮藩、王俊荣、沙秋真、李维建、晏琼英：《苏非之道——伊斯兰教神秘主义研究》，导论，中国社会科学出版社，2012 年。

② 《苏非之道——伊斯兰教神秘主义研究》，导论，北京，中国社会科学出版社，2012 年。

上帝的源泉；在这个自由原则里，一切外在性、一切权威都被取消了”[①]。

黑格尔的观点不见得就是为支持西部这一显著人文话语再生产而生，但这一显著话语再生产的集体诉求，对人主体性方面的理解却吻合了黑格尔观点。这里征引黑格尔观点正是考虑到此处所论述问题是宏观的审视，而非微观的阐释的原因。这样看，有些例子可能首先产生于学科的规定性和惯例，但里面所透露的信息却是一般性的。比如西部现当代文学与伊斯兰宗教神秘主义文化这一代表性主题就有这个特点。西部现当代文学创作主体的经验肯定先来源于一般社会现实，但精神文化方面西部的一般社会现实可能更包括分散在西部诸省（特别是西北地区）的伊斯兰信教群体经验，这是由文学的特点所决定的。但当这种集体无意识一旦触碰伊斯兰宗教原典话语，其结果往往是前者对后者的变异处理，即通过世俗化后者来适应并凸显前者的日常性——使日常性变得“自为”而超越于此时现实，成为某种想要的理想世界的标准，达到文化建构的目的。这个层面，信教作家和汉族作家找到了凝聚经验体验的共通点。大德大能、尽美尽善因高度抽象而无法具体化，但西部大地的雄伟、苍凉、严酷、贫瘠、荒寒却能被感知性主体领悟为造就奇人异事的原始神秘、雄浑大气的氛围来，“奇异叙事”便被披上了寓言色彩，“非解释性”好像反而更接近并捍卫了人们孜孜追寻的那种极致境界，“大而化之”的致思方式于是成了获得并呵护神秘主义文化——一种强烈地针对工具理性或物化思维的价值观[②]。永远“在路上”的漂泊状态、别无选择的“承担”和寂静缄默的“领悟”，既是形而上所需要的提升结果，更重要的是它还因其“静”“无为”“沉思”而被想象为一般个体对政治经济话语所鼓励的“发展”机制所导致越来越“浮躁”的现实人生的制

① 黑格尔:《哲学史讲演录》(第 4 卷)，第 253 页，商务印书馆,1960 年。

② 《神秘主义文化与神秘主义文学——伊斯兰文化与中国当代西部文学论之一》，杨经建,《天津社会科学》，2002 年第 3 期;《伊斯兰文化与中国西部文学》,《人文杂志》，2003 年第 2 期。

衡作用。有了这样一个神秘主义文化发现，能不能形成有效的社会机制，是否具有内在于消费主义的实践有效性，研究者并不想去过多考虑，他们考虑最多的是借着伊斯兰宗教文化的东风，直接把“受苦意识”和“坚韧精神”转化成普遍性“受难与救赎”，从而以死亡来反观活着的意义，以仪式化生活来穿越生死阈限的终极意义[①]。如此，神秘体验是有了一定的形式，但得来的神秘主义文化却只徒有哲学色彩而无一般性特质。也就是说，此神秘主义，只能在超时空中存在而不具有普遍适用性，终因纯粹的个人宗教修为使研究结论变得越来越修辞化，现行经济社会运行机制由开始的导因地位终而屈居其次的诉求，究竟走向与该个体内在性生活无关的地步了。

不过，从修辞化程度来看，这一路神秘主义文化，的确应该还是希望指向现实社会状况的，问题就出在对伊斯兰宗教原典文化的理解上。伊斯兰宗教文化的确分布在西北诸省，西北诸省的确也都是“西部大开发”或城市化中城与乡价值错位最严重的地区之一，但要能动于“快速发展”所导致的诸多社会问题，伊斯兰宗教神秘主义文化显然不能总在原典话语层面周旋，那是意义不大的。这是这一类论述脱离当前现实的根本原因。

另一类似乎更有历史雄心的西部话语研究，面好像铺得更宽，根基也好像扎得更稳健，然而，正因如此，宏伟的构想却反而使

① 《文化与原型——回族文学原型概说》，苏文宝，《西北民族大学学报》（哲学社会科学版）2013年第2期；《受难与救赎原型视野下的回族美学思想解读》，《民族文学研究》2013年第6期；《死亡：最后的生命仪式——石舒清作品的“死亡”原型研究》，《宁夏师范学院学报》2010年第5期。

西部话语再生产进一步成了“神话化”，而不是“去神话化”[①]。与西部民族集体记忆或原生态文化作为知识的建构稍有不同之处在于，在人类学视野“穿越”西部时空生命的“韵律”，西部人文话语的根基不是文人们感性十足而又充满语境驱赶的创作和编排，是通过学术范式推演的结果。程金城和韩伟所著《穿越时空的生命韵律——人类学视阈中的中国西部艺术》[②]就具有这样的特点。全书结构框架相对封闭，中心词围绕人类共同情感模式展开，先立人类学理论范式，再讲文艺人类学基本范式，然后是维柯文艺人类学著作《新科学》和弗雷泽文学人类学著作《金枝》作为经典的支撑，最后具体分析藏族史诗《格萨尔》与后发展起来的藏族审美延伸、

① 哈贝马斯批判维柯《新科学》中“神话”思维和霍克海默、阿多诺《启蒙辩证法》建立在再度神话化立场的对启蒙理性的质疑，非常深刻也非常正确。他说他们的“全面拒绝现代社会”和“告别现代性”，其实是“自然的非社会化和人类世界的非自然化”的过程，神话使用的语言，尚未抽象到与现实完全分离的程度，还不能使常规符号与它的语义内容和所指彻底分开，语言世界与真实世界秩序仍然是绞合在一起的。而“解神话化”，即“去中心化”，就是我们不断打破对世界的现有认识，采纳新的认识范式，用所谓“可理解性较高的复合物替换可理解性较低的复合物”的方式，更新我们对世界的理解。“而这样一个过程，实际上也就是‘启蒙理性’在建构‘现代性’过程中的必由之路。”西部神秘主义文化话语力求普遍化的过程，与哈贝马斯批判的对象如出一辙，都是想通过再度神话化并使用神话思维和语言，在“总体性”框架内想象西部的一种方式，按照哈贝马斯的思想，这一学术渊源上可追溯到尼采的“酒神精神”，下到《启蒙辩证法》，他们都陷在了“总体性”认识误区中而不自拔，即使说受直觉驱使或强调敏感等而产生的关于存在、主权、权力、差异和非同一性概念，只不过都是审美经验的内容，与现实社会，特别是社会学视野所看到的东西，关系不大。相关观点转引自盛宁：《现代主义·现代派·现代话语——对“现代主义”的再审视》，第108—109页，北京大学出版社，2011年。另外，主客体混为一谈而妄论类似中国古代哲学“天人合一”“物我相融”的，在哲学人类学家那里也早有结论，“互渗律”这一概念分析的就是此现象。相关论述参见[法]列维-布留尔:《原始思维》，丁由译，第二章，商务印书馆，2014年。

② 程金城、韩信:《穿越时空的生命韵律——人类学视阈中的中国西部艺术》，中国人民大学出版社、山西教育出版社，2010年。

西南诸省区由傩衍生的宗教民俗象征仪式等详细内容，达到维柯所谓“诗性智慧”的终极目的。作者的核心结论之一确实具有一定代表性，“**维柯对诗性智慧的探讨在今天亦显现出重要的价值，当今天的人类学家用‘原住民’取代了欧洲中心主义色彩浓重的‘原始人’‘原始社会’的时候，或者说不再把‘原始’与野蛮、落后联系在一起的时候，‘诗性智慧’的价值就凸现出来了**”[①]。前面提到过叶舒宪的一本书叫《现代性危机与文化寻根》，其实结论也是这样，都或多或少从神话学及原型理论得到启发，进而再通过变化称谓而达到以“原住民”对应逻辑推理中的现代性危机，并把决策层面的科技主义、发展主义所引起的一系列社会学问题，推到所谓过度的现代性思想头上，其逻辑旨归仍然主要在个体精神内部，而不是外部现实。这样一来，“回不去”或者说“怎样回去”这一硬性指标和方法论，同样不是论者的主要关切。原住民也罢，原始社会文明形态也罢，笼罩其上的神秘体验和形式化了的神秘主义文化诸仪式，也就很难进入已经经过再三改造、塑造，乃至重新组织为经济主义思维神经的人们实际物质的和精神的生活秩序。非但如此，当神经重新组织后的人群再度进入日常生活再生产流程之时，因价值反差过大而更加无法认同那种“大而化之”却并不受用的神秘主义文化及其价值期许了。

同理，再读类似《人神共舞：青海宗教祭祀舞蹈考察与研究》[②]，或《神秘的风水》[③]一类著述，著作者的目的当然毋庸置疑，无非是穿越时空，最好是跨越当下，把当下文化产业滋生的仪式化民俗对接到古典西部的文献撰述中去，恢复部落的和民间的图腾并以此来撬动庞大而坚硬的现代化工业机器。为全球化和电子化时代地球变成一个“村庄”而抗拒，还“脱下古老的衣服的民族”一件该有

① 程金城、韩伟：《穿越时空的生命韵律——人类学视阈中的中国西部艺术》，第101页，中国人民大学出版社、山西教育出版社，2010年。

② 马盛德、曹娅丽：《人神共舞：青海宗教祭祀舞蹈考察与研究》，文化艺术出版社，2005年。

③ 王玉德：《神秘的风水》，广西人民出版社，2004年。

的衣帽和身份标签；抵制强势文化对弱势文化的侵略和霸权，为弱者预留一席之地，使“和而不同”不要只是一种理想[①]。且不说神秘而至于阴阳风水、迷信八卦之后的建构有效性如何，就是古典文献中极尽起承转合、深文周纳而生的体系，之于当前社会现实到底有多少能耐，恐怕不得不打一个大大的问号吧！

结语

西部人文话语再生产走到神秘主义文化普遍化的地步，其实暴露的是从一个极端到另一个极端的问题。因为比全国其他地区在经济上后发展一步，他们选择用边远的和少数民族的知识、语言、神话和仪式，有了语境性支持；又因为语境性支持的误区，使得他们相当错位地只用文化传统主义眼光来讲述西部（我们已经看到所谓多元其实最终指向了一个结论），由于共用的话语并未自觉内在于当前社会现实，造成的一个事实是，越是传统或者传统力量越强大，文化现代性的机制就越发变得脆弱和无力。这就意味着，神秘主义文化话语作为西部话语的再生产，实际已经从内部消散了。在今天的特殊语境和文化背景重塑少数民族传统、民间民俗文化，力争“非遗”保护、晋升为“非遗”，或者为旅游及文化产业保驾护航，说到底，仍是一个较低的层次。较高的层次恐怕在于通过重构，真正起到文化的社会学功能，以至于最终作用于人的现代化进程。从这一意义而言，王斯福《帝国的隐喻——中国民间宗教》所发现的那样一种真正具有批判功能的中国“汉人”的民间仪式——另一形式的神秘主义文化，其“隐喻”便被屏蔽了，也就意味着其对应于行政管理的语言、神话和仪式失去了其应有的张力，只作为单纯的民俗文化活动而存在了。

---

① 程金城、韩伟:《穿越时空的生命韵律——人类学视阈中的中国西部艺术》，前言，中国人民大学出版社、山西教育出版社，2010年。

篇幅所限，这里只提一个核心问题：在中华帝国时期，民间民俗文化仪式通过模仿帝国等级，有效地沟通了官方与民间的体制认同。到了现代的行政制度阶段，因为传统制度被取代，民间民俗文化仪式便开始瓦解，官方支持的民间文化活动，因新型媒介的植入，比如家户网络、手机、电视等，而无法对换成象征意义以致与人们的日常生活秩序分离了。后一情况正是现在的具体语境，那么，该怎样发挥民间民俗文化仪式的隐喻功能呢？王斯福的看法是，帝国权威的隐喻逆转，可能会成为民间社会对权力的再定义。什么意思呢？在城市化和地方性权力的双重背景下，应该结合两样东西，才能给予地方认同。即工业企业以及作为一个党或村“集体”的村干部的参与。这样的话，地方民间民俗文化仪式过程，就得至少从结构上启动对应于现行行政管理模式，以自洽的和自为的方式实现对现有体制弊端的撬动，从而能动地改善现行制度所造成的价值错位问题。之所以如此，是因为说来说去，民间民俗文化仪式的终极不单是对应才认同，更重要的乃是从错位本身发挥作用力。不过，王斯福又说，“这仅仅是在中国许多地方性政治文化中的某些文化中才会发生”[①]。西北的现有情况，显然并不具备，这一类西部人文话语再生产，也就不具有思想观照的有效性。

① ［英］王斯福：《帝国的隐喻——中国民间宗教》，赵旭东译，第318页，凤凰出版传媒集团、江苏人民出版社，2011年。

新世纪地域“特色”文学批判

从“西海固”看新世纪地域文学局限

“地域文化”“民间文化”是两个不同的概念，前者的养成需要特定的地理地貌气质长期的滋补，我们经常看到的直观描述，如高原的豪放、粗犷，大碗大碗地喝酒、大块大块地朵颐夹生牛羊肉，女人的红脸蛋、粗壮的手指，那并不是无奈和颓废，而是健康和美；又如草原的宽广、洒脱，那里的天空就只能属于鹰的翅膀，长调短调、长裙短裙，因此，腾格尔的短促、低沉、力量的歌声，德德玛悠扬、舒缓、深情的调调等等，都可能是地域文化所热衷的描述方式和甄别角度。这一点而言，地域文化就不仅仅是个人个性气质的张扬，同时也是那个地域中生活的人群基本共性精神的选择性凸现。以上两种粗线条的感性形象描述就应该属于地域文化范畴，在此基础上所建立的富于地域特色的文学，就是地域文学。并且如果方向相反，即立足点不是趋向于审美，恰恰相反，是审丑。也就是揭示地域范畴内的疾苦、苦难、不堪和不得圆满的人生镜像，关注点不一样，情感态度不一样，只能说思想力有深有浅，但总的特征肯定仍属于地域文学。因为它存在、彰显以及到形态特征的最终相对稳定化，往往有赖于一批有共性气质、生活经验作家作品的持续发掘，所以地域文学实际上就是某个流派文学的显在征兆，或者前提条件。比如云南的“昭通文学”及其名目下脱颖而出的夏天敏、雷平阳等作家；甘肃“甘南诗歌”或以甘南人文为精神原点的甘肃诗群，像诗人叶舟、阳飏等；江苏作家群及朱文、朱文颖等；宁夏“西海固文学”及其代表作家石舒清、郭文斌等。这些地域的文学形象与它们的作家作品的审美品质就成了一个可以画等号的等价物：作家作品标志着地域美学气候，地域的人文积淀暗示着这些作家的基本文学走向。

至于“民间文化”以及属此范畴的“民间文学”，迄今为止，如果不是深入到学科内部的考虑，也就是在作为学科的“民间文学”之外谈论民间文学，这个民间文学通常指的是文学创作中的“传统文化”。把民间文化等同于传统文化，实际上正是新世纪以来的一个文学事件。直接说，站在文学自身规律的角度看，这种等同对文学创作而言是负面大于正面价值的一种评价尺度。多数论者、研究者给文学开出的价值方程式是相当牵强的。他们往往带有情绪地认为，中国文学的“中国化”似乎不得不在发掘民间资源的道路上持续地探索下去，否则，就是“去中国化”，就是不“底层”。探索现实中的艰难问题，书写弱势者的心灵号呼，最终拐弯抹角地达到介入现行政治的决策走向，使得“底层文学”获得了文学史地位。但我们不得不说，当用心良苦的“底层文学”有一天走向它的反面，把苦难变得审美化，尤其当文学研究者的神经不再敏感于苦难，乐于从无助者的身上、涌向城市的农民身上，搜索新世纪审美“脱身术”的时候，“底层文学”就已经被强大的意识形态收编，失去了当初的情感动力，变成了另一种来势凶猛的文学下脚料。取消作家作品的差别性，就意味着忽略所属的地域文化本身，一个直接后果就是把地域文学逐出文学的伊甸园。事实正是这样，尽管辨析的声音一直很尖锐，但“新世纪文学”拥有的庞大的研究阵容和研究本身具有的强大吸附力，与之唱反调的文学之声，它们的地盘庶几全无，这可能是“底层文学”的身影渐行渐远，至少锐气大幅度减弱的根本原因。

出示这样一个大致背景，正是与我下面谈的话题有关：西海固文学。西海固文学肯定不是一个恰当的文学命名，它只是一个便利的称谓。然而，这个叫法一经流行，它会马上成为一批文学的集体性标志。这个标志会导致一批后续作家自由创作的紧箍咒。直面现实的酷烈，直抵人心的尖锐，介入社会结构的有效性，都使得“西海固文学”在同一级别的地域文学中十分扎眼，也向全国文坛输送了一批叫得响的作家作品。可是拉开一定距离看，“西海固文学”中一些共性的东西，比如后视型的苦难叙事，比如童年视角的诗意情节，比如漂泊型的人生遭际，比如社会问题性的乡约乡规，等等，在它完成了它的首创期形象塑造以后，本能地构成了后来者操持的便利资源。以“近传统”的姿态，它打开了一个文学史空间，也发掘了一种“难”的文学书写方式，“西海固文学”可谓功不可没。但宏观考察，尤其当自觉接受这个传统的后来者还不能以理性的眼光分析这一段文学史生成的历史原因，也就是不能在当下的文学语境中拥有重建“西海固文学”的价值雄心时，草创期“西海固文学”的模糊形象就很可能成为创作的一个心灵障碍。事实是，我看到的有拉杆独标趋向的“西吉文学”已经有如此的前文本迹象，这是不能不让人格外担心的问题。其实“昭通文学”“甘南诗歌”“江苏作家群”也都有类似的问题存在。夏天敏、雷平阳，叶舟、阳飏，朱文、朱文颖等等之后都跟随着一批堪称庞大的创作队伍。可是，那些无名者还有多少人能记住他们的名字呢？问题不在于这些先行者占尽了一地的风光，给后来者造成了人们所习惯想象的“影响的焦虑”，而在于后来者首先匮乏一种超越的思想资源——对于一个地区，不可能一两个人在有限的时段内就能穷尽它的资源，问题只能是后来者乐意“跟着走”，不是“逆着走”。反过来，在已经形成的地域文学的胎记上，先行者也同样面临着路越走越窄的穷途末路迹象，至少审美趣味的趋同化以及由此而折射出来的主体性的同一性精神诉求是这样。这里，不妨以“西吉文学”与“西海固文学”之间的微妙牵连为分析对象，看看这些大同小异的地域文学，在新世纪文学的强大意识形态洪流中，将会应对哪些棘手的问题。

西吉文学是西海固文学的当然组成部分，我们表示担心的不是说西海固已非昔日的贫瘠和苦难，而是说西海固文学在这两个用力最勤成绩也最突出的方面，无形中把现实西海固简单化了。现实西海固的多面性在一再的文本流传中被简化成一条或几条可以概括的信息的事实，可以从外界一惊一乍的描述中清楚地看出来。西海固的今天到底该怎样叙述？这就给今天的文学从业者一个难题：第一，你了解的今日西海固，是否直接来自你的听觉你的视觉你的心灵感受？第二，你能写出今日西海固吗？你的文学叙述到底有多少是真正从石舒清等人未发现的地方出发的？第三，你的文学思路、价值观如果离开了西海固前文本的无意识影响，它对今日西海固还继续有效吗？西海固文学存在的待解问题，也是西吉文学必须解决好的题中应有之义。

地域文学何以可能

西吉文学得以成立的一个强有力的依据是，它拥有数量庞大的创作者队伍。据一组公开的数据显示，有作品结集出版、作品引起全国性大型文学刊物关注的作家就不下20人，这对一个小小县城而言，在全国恐怕也属少见。不妨将这一组数据援引如下，“西吉籍作家于秀兰、郭文斌、张光全、了一容、火仲舫、马存贤、罗存仁、郭宁、火会亮、赵炳鑫等，都有专著结集出版。现在，已有十余位西吉作者跻身于‘西海固作家群’，成为一支较为雄厚的文学创作队伍:周彦虎、李义、李耀斌、张树鹏等人的作品多次打入《诗刊》《小说选刊》《散文选刊》等国家级权威刊物；火霞、马金莲、马强、李怡、樊文举等人的创作已引起区内外文学界的关注，成为西吉青年文学创作的主力军；同时，西吉校园文学创作蓬勃发展，新人新作不断涌现。”[①]我作为西吉人，几年前不得不走出西吉，但又无法不时刻怀念那片故土。就文学而言，我深知，已经做出了成绩的作者恐怕远不止这些。庞大的文学再生队伍表明，西吉作为一个地方它可能很小，但这个小地方它有相当多的资质养育文学，这是西吉特有的文化传统，也是西吉与其他地方相比较不多见的人文承袭习惯。说实在的，作为较早出走的西吉土著人，我当然地优先享受到了城市物质的快捷和便利，也不能全然否认优雅的城市文明

①《西吉：文学热土，艺术家园》，《朔方》2006年第11期，封三。

对我心灵的涤荡。我之所以在还远不到靠回忆过日的年龄无法克制我对那片故土的莫名的怀念，原因自然很多，但我一下子能拎清楚的，是那个地方对个体价值自我的健康的有效的评价体系，我指的是民间社会精神性监控系统的良性循环。

比如说，当某个人遭遇来自单位、团体、家族等多方面作用力的时候，他会本能地出示相应的对策，狭隘、自私，宽容、利他，乐观、开朗，综合的人文素质会汇集在一个人身上，这时候，决定这个人继续走下去的往往不是某个长官的一句话，或某个单位量化的评价导向，而是发自民间社会的对这个人精神亮点的集体性肯定。再具体化这个例子，比如你也许没有出色地完成你的工作业绩，但人们都知道你有超出一般人的文学创作才华，例如你有见诸报刊的作品被可能并不关心文学的人阅读到了，或许瞧见的仅仅是你变成铅字的署名，那么，他们几乎无可置疑地认为你是一个有价值的人，至少是一个暗藏着某种未被发觉的前景的人。当然，发现你并不意味着起用你，评价和使用是两个系统，前者表明一个地区的本质性价值观，后者是尖锐的人事问题。价值观形成人才观，人事问题指向单位的容纳性质，正确的人才观影响社会整体性的“正面肯定性形象”，单位的容纳性质只负责工种的有条件的分配。

指出这一点，我想强调的是，某种程度上我们谈论这样那样的作家群，一定范围内先得破除某些评价思维上的高空作业行为：如果不首先分析地域文学的后续问题，只盲目地就文本分析文本，就风格分析风格，就作家分析作家，最终导致的后果，就是抓牛头与抓牛尾的关系。事实证明，迄今为止，西吉作家群中的多数成员，并不是寄生在文学生产单位（文联、作协、编辑部等等），他们都在出色地做着他们自己的分内事情，文学基本上仍然是他们的业余爱好。以爱好、娱乐的心态搞创作，反使他们的文学格外的感人和有力量。我想，有眼光的批评家、研究者面对这种现象，应该认真研究的是出现这种现象的背面网络——社会本质性的评价系统，而不仅仅是现象本身。停留在现象本身，许多问题是无法持续言说下去的。今天个人性地任意放大西吉文学的前景显然为时尚早，但不关注西吉有那么多的人为什么在紧张的工作（有些从事的是辛苦的劳作）之余，还如此热烈地奔向文学这个一开始就意味着受难的事业，多半的研究可能会注定了要扑空。虽然分析一个文学的社会学问题，至多也只能算准文学话题，但对于西吉和西吉文学而言，仍然是适用的。

另一些例子也很类似，贵州作协 2005 年以来，也公开发行了一份名叫《贵州作家》的超厚本纯文学杂志。除了不多的几页批评内容（基本上是向外界评论家约的评本省作家作品的短评文章）外，其余篇幅均为推出本省作家服务（多数作家为名不见经传的新人）。还有甘肃的《阳关》，内蒙古的《鹿鸣》，宁夏的《六盘山》《黄河文学》，其他如《雪莲》《红豆》等市级文学刊物，它们的稿源、主要作者都来自本地区，刊物的宗旨也就必然是为本地区“文学艺术事业的繁荣”而甘做嫁衣的了。及时性地看，这种办刊行为为当地的文学艺术事业发掘了人才，繁荣了当地的文学事业，成了本地文化文学艺术版图上一块重要的组成部分；放大了看，它们的持续存在，它们所体现出的特色和原创性，就是地域文学的一个个“细胞”，这样无数的细胞才构成了今天我们谈论宏观地域文学的基础和背景。尽管论证某个特色的地域文学，通常所取的样本不会是有该特色作家群的全部，只会是一两个侥幸地“脱颖而出”的人。但没有“全部”，“个别”也就不会烘云托月般出世。这是研究今天的“本土性”，不能不严肃考虑的个别与一般的问题。

如何突出已有的认识论域限

作为地域文学之一种，就现在我经常能阅读到的一批作品性质而言，西吉文学大体上还只能属于乡土文学的范畴。创作主体多为农裔作家（作者），甚至许多时候，他们还得身挑两职：一边要不断地深入到农村，担起赡养父母、救助兄弟姐妹的重担，季节性的田野作业耗去了他们相当多的精力和心情；另一边他们是地道的单位公务员，在量化考核的作息氛围中，如何快捷省事地拿下一个个山头似的工作任务，拼尽全力地挤进体制队伍不至于被甩出去，吞噬着他们已经储备不足的情感库藏和审美空间，这一点在他们略显疲惫的文学叙述中已是十分明显。

其次，就作品呈现的共性特征而言，能看得出来，无论是小说、散文，还是诗歌，他们似乎很愿意承袭西海固文学确立之初，就基本奠定的一切文学观念和审美习惯，这使西吉文学就目前可分析的文本来看，大致表现为两种叙述路向。一方面，对西海固文学格调的顺延性表达，西海固文学在创始之初全部的精力倾斜在对底层者的精神代言上。因此，姿态的决绝程度、人物的承担性品质、情节的写实性介入，都汇集为一股不容置疑的强大的生存现实图景，正是这样一种力量型的文学期待，人们接受它的时候，道德情怀压倒了审美感悟。也就是西海固文学之所以能撕开中国当代文学的一个口子，成为一段坚硬的存在，它的文学史遗产主要是道德的而不是审美的，价值上的贡献主要是对抗性的，而不是潜入性的——很大程度上，对抗性容易赢得接受美学的喝彩，潜入性因为其蛰伏在人性深处的慢、细，它的力量被通常认为是软性的和无效的。石舒清新世纪以来的小说，由擅长的“死亡叙事”转为日子化的“日常叙事”反而不如前者受文坛的关注，就很能说明这一问题。

西吉文学的众多创作者自然是认识到了这一来得太快的审美哗变。看得出来，他们几乎是在极不情愿地关注和书写日常情事的，由坚硬的文学冲突转移到牵肠挂肚、情意绵绵的审美空间，西吉文学实际上在今天的语境中，美学趣味还相当散漫，缺乏令人信赖的与农耕秩序吻合的价值定位意识。我指的是由现有的西吉文学分析显示的趋向：要么沉浸在与现实无关的本本主义情绪氛围的间接叙述；要么有意识地再度书写局外人的怀乡情感。都可能还不是西吉文学最擅长的文学形态。这表明，西吉文学作为艺术样式还很不自觉，多数人的创作还自觉不自觉地停留在文学的前文本时期，基本创作动机差不多可以这样描述，情来则抒，兴尽而去，去之不留痕迹。所以，看上去，西吉文学显得很有生活，底层者的生存事象，无助环境的百般折磨，众多人物的不得圆满——事实上，这些因素的确要比一些观念性写作中的同类叙事真实得多。但苛刻一点，对于文学而言，这些林林总总的条件，还远非现实西吉的深层真相，只不过并没有对经济社会人群急剧分化而导致的人情世故的裂变撒谎罢了。

因此，我个人以为，西吉的作家（作者）为避免不致走弯路，首先面临的问题是如何看待身边的西海固文学传统问题，准确地说，是如何看待自己本来置身其中的西海固文学所开创的文学思维。西海固文学着力书写的现实凌厉的一面，即强烈的介入性和文学有效性的文学观，是永远有价值意义的。不过，很多时候，它属于方法论层面，也就是说，坚持文学的有效性没错，利他型的苦难呈示也永远必要。但是，经济全球化的今天，批判性的、呼吁性的文学诉求是否还能观照到复杂的意识形态维面，当把书写苦难看得重于一切之时，生活本来的面貌就要变形，人性深处的褶皱或许面临着被简化的危险。这就是我曾经在不止一篇文章中反复表述过的意思：当“底层叙事”把苦难变成“苦难美学”的时候，苦难还是那个我们本想真心实意要说清楚的苦难吗？更何况，西吉不可避免地沐浴在强大的意识形态网络中，四平八稳、本质上沉浸在个人酸酸麻麻的心灵感受层面的文学，它到底多大程度上能划归到“他者”的世界？这难道不是文学的本体性问题吗？西吉文学想要从西海固文学的大框架中挣脱出来，成为自己，它确实做了自己力所能及的努力。在审美习惯上，有意识地把农耕个人交给了城市市民意识的检阅，体现出了许多破碎的画面，这表明西吉文学某种程度上发现了西海固文学不曾触及的一些领域；在价值取向上，西吉文学多注重对现代性渗透中的个人心像的再现，心灵净地的流逝、精神的无聊等等大量涌现，是不是也说明以西吉文学为代表的地域文学要提前迎来文学的“后现代”？肯定不是。西海固文学，阳飏、叶舟等人表达甘南及藏地信仰的诗歌，夏天敏类似于《好大一只羊》呈现底层者生存艰难、艰辛的小说，雷平阳白描式的展现民工生活画面、乡村小学校状况的社会问题散文，都一再地反证着底层社会还相当不堪的持久困难。它们之所以能在成堆的地域文学中引起人们的关注，一个直接原因就是它们的社会批判性。放弃了尖锐的社会批判，这些林林总总的文学个体很可能就被马上湮没了。那么，一个严峻的问题就推到眼前来了：地域文学除了批判为主的尖厉声音，还有可能开辟别的路子吗？尤其当现实批判越来越成为重复事象的当下，地域文学的写作者如果没有站在地域之外鸟瞰生存问题的高视界，“地域”这个标签，可能真面临着被“人类”这样更泛化的概念所代替的危险了。

到那时候，地域就只能是中国民间社会的笼统代称，而不再有个别性了。实际上，巫术、迷信、民族婚葬仪式、祭祀活动已经在一些主流文学叙事中大行其道了。文学不可能不写民间社会的藏污纳垢，但当糟粕的东西不得不成为文学唯一的看点之时，理性的、现代的、公民的意识就有可能再一次占据人们的意识潜层，这不只是如何确保地域文学的问题，而是整体国民性建设如何走上良性循环的大问题。所以，地域文学要在全球化语境中既保持自己的个性，又不失为精神的引领作用，主要的问题还是如何建立自己的世界观问题。

如何克服狭窄的个人经验

毋庸做太多的展开，“狭窄的个人经验”是当代中国文学普遍性的弊病，它指的是那种假“想象”之名，实际上奉行胡编滥造之实的叙事风气。这种文学的表征之一是，把个人内心事象显微化，把提倡人性复杂的“人的文学”误当作书写人/兽同体、体现人的“藏污纳垢”。“新世纪文学”命名以来，语焉不详的“新”成了多数人追赶的文学潮流，新生活方式、新都市、新新人类、“架空性写作”等等不一而足。在“新”字当头的一批审美意识形态描述中，冲击最大的应该是地域文学，它们放弃了对民俗民情继续关注的耐心，它们放弃了精雕细刻的自然描写，取而代之的是粗枝大叶的情绪勾勒和飘飘忽忽、千篇一律的西方文化模型。地域文学不可能不受其影响，最突出的表现是，以乡土的底子表达都市颓废的人生体验。结果是，要么把正常的乡村境况写成半城半乡、城市文化下的情感模式；要么把本属于个人内心的疾呼放大到普遍性的社会心声，使得尖叫有余而沉稳厚重不足；要么假心假意地沉醉在旧时田园牧歌式的乌托邦幻境中不得自拔，等等。种种迹象表明，地域文学要从开始能快捷地进入到地域文学的自身轨道，现在，它还需要从意识领域、认识领域清理许多东西。审美价值上的依附性，认识论上的局限性和书斋气，视界上的个人性——一种一定要消灭对外部世界关注热情的“私人化写作”，等等。可能是包括西海固文学在内的多数大同小异的“××× 文学”相当趋同的共性问题。

我想，最终的地域文学，应该是立足于本土，投射着人类共性，或者是深入到人类共性领域，却能明显地指认出地域特色的具有艺术自觉的文学世界。

从内刊《石嘴子》看新世纪传统文学面临的困境

当前宁夏文学仍然大致分布在三个区域内，一个是以传统乡土社会为主要写作对象的乡土文学，文化传统主义以及与之相伴而生的传统伦理道德秩序，构成了这个地区大多数作家、诗人不可逾越的价值尺度。这些作家、诗人多数云集在宁夏中部的同心和宁夏南部山区的西海固。他们的写作虽然也基本以小说、散文、诗歌、文学批评为主要题材，但近年来的主要成就还是数小说和诗歌为最上乘一些。一个是以银川平原为圆心向周边不断扩展的半城市半乡土的商业文化氛围写作。受惠于银川这个首府城市的政治经济、文化交流、教育培训等优先条件，这个地区的作家、诗人从心理上大概更愿意代表“宁夏”。因此，他们的作品也就似乎更容易被《朔方》《黄河文学》《银川晚报·副刊》《银川日报·副刊》等相中。时间长了，忽忽悠悠，文学读者好像基本把他们的创作与宁夏文学的近况画上等号，“宁夏文学”的等级制便有所表露了。他们偶尔下去，仿佛真是带着经验而来，张口说话的底气也就仿佛比“基层”的有把握得多。

不过，文学的质量究竟与地理位置没多少必然联系，至少未必是成正比关系。否则，一直待在美国南部基层的福克纳，以及一辈子也未曾离开过推销业务的卡夫卡等，就不可能成为世界级大师。事实也的确如此，今天人们继续阅读这些大师作品，只是觉得这些经典讲出了不同人群最根本的命运遭遇，以及制约自由的根本原因之所在，而并没有人给他们加一个限定语，类似于今天的什么“农民作家”“草根作家”“网络作家”等等。原因就在于，身份也许会影响体验经验的来源，但不必然决定体验经验的思想价值。最终决定体验经验思想价值的是胸怀和良知。不然，许多人阅读鲁迅作品，总感觉鲁迅本人大概是一个流浪汉，就无法解释了。其实终其一生，鲁迅虽然也是东躲西藏、颠沛流离，可他未曾贫穷过。即便是寄居北平期间，他一个月的稿费收入也能雇用140多个保姆，由此可见，他是多么的不缺钱。当然，有时候因为所处位置稍微优越一些，可能会多少带点架子，这是可以理解的，只不过，文学是天下公器，与作者的架子、经济地位、环境位置，没有关系。这是在我眼里，根本不考虑作者身份而只看文学成色的主要原因。

另一个是以银北地区为半径而展开的石嘴山作家作品。这个地方比较复杂，需要多说几句。

经济形式上石嘴山地区本来是以煤炭等矿产生产为主的新型工业城市，外来人口几乎占本地人口的一半以上。人口流动大，再加上其他煤炭深加工业的兴起，这个地方曾一度成为宁夏工业的重镇，宣传口也曾有意打出“移民文学”的旗号。但实际上，无论工业文化，还是移民文化，都几乎缺乏后劲，因此而得来的工业文学、移民文学，似乎始终循环在内部，并没有产生多么大的动静。客观上，石嘴山到现在为止还没有一份像样的公开出版的文学刊物，仅有的两份公开发行的报纸，《石嘴山日报》《煤炭报》（现改名《新能源报》），其中一份也连同社址一并搬迁到银川了。可想而知，这样的一个硬支撑，的确大大制约了文学的发展。大家都挤到内部发行的《贺兰山》（原来本是季刊，近几年才改版为双月刊），不要说质量，单就容量而言，实在是太少了。当然，石嘴山市所辖平罗县、惠农区也都拥有自己的内刊，执掌这些内刊的文学艺术家，在有限条件下，确实也在四处张罗、全面撒网，是有一些风生水起的意思。但总的来说，内刊的刺激还是远远不够的。客观制约，说到底还是人的主观性所致。石嘴山文学艺术界管理者当然会说，办一份公开发行的刊物不容易，既要经费又要人才，更何况出版署早几年就已经限号了，要申请刊物可以，但必须是下马一份上马一份，一个萝卜一个坑。这是事实，然而，这事情的确不是刚刚发生——据我所知，差不多20多年前，石嘴山文学艺术家就有这个呼吁，那时候应该说办一个公开刊物还是有可能的。如此等等。总而言之，这个地方的文学艺术硬件都要比银川地区、西海固地区差得多。综合权衡，恐怕都是制约文学艺术发展的关键环节，特别是主要靠刊物、报纸平台传播的文学，其影响也就更大了。

鉴于此，石嘴山文学的整体风格特征，也就变得比较模糊，总给人以无根而漂浮的印象。当然，要说全面，分析石嘴山的文学近况，最好是纳入《贺兰山》。限于精力和时间，我不妨把惠农区创办的文学内刊《石嘴子》作为分析对象，希望能窥斑见豹。

先说好的一面。仅我手头有的2016年四期《石嘴子》论，有两条可以拎出来的特点。

一是这个地方的作家、诗人的确充满激情。这个激情表现在对季节的敏感和对大自然的热切拥抱。申明一点，我说的真实感受，没有丝毫贬损之意。这个激情可以在对比中体现出来。比如西海固文学，虽然它有厚重的乡土文学底子，但新世纪以来，这个乡土的底子也就兜售得差不多了。表现在新青年文学作者那里，深入的自然环境描写几乎不多，多的是从第一代、第二代，甚至石舒清等新生代作家那里接过的衣钵。即便写当下自然环境，除了破碎、酷烈、苦难、艰难等，新发生变化的成功叙述进文学的乏善可陈。这是一个严重问题。因为自西部大开发以来，农村社会结构就已经产生了致命动摇；而到了市场经济、新型城镇化建设、生态移民，西海固农村社会可能依然是艰难的、酷烈的和破碎的，然而，以人的现代化程度和现代社会机制建设进程反过来审视，固有的乡土社会和固有的传统文化秩序所发生的剧变，其中肯定也蕴含着人们普遍的觉醒。以此观之，那个看来仍旧不堪的自然环境，应该表达着人们对新社会形态的思考，这是往前走所必须有的人文思索。事实却是，新青年作者非但对这一重大时代问题漠视、不见，反而大有往回走的趋势。出卖一些自家丑事、铭记一些自我意识，就算完事了，这显然并非知识分子写作。即是说，从此开始，西海固作家、诗人其实终结了思想者面目，开启了自传性、家事体写作，无力撑起西海固文学的社会化内容了。相比较来看，石嘴山在这一领域做得比较好。无论诗、小说、散文，还是杂记，能使读者清晰而完整地了解这一地区的自然风貌和乡俗风情，也能不失时机地思考社会转型过程中，乡村向城市、一般城市市民趣味向更高级城市文明流动的艰难历程。薛青峰发表在“散文广场”栏目的《刷白》、张玉秋发表在“小说天地”栏目的《时间窗口》、李晓园发表在“诗歌长廊”栏目的《迟开的玫瑰最美》等等，都不同程度有这样的思想意识，都不同程度把作家、诗人强烈的主体性摆进去了，写下了“我不认同”或“我认同的并非如此现实”这一层追问。

二是这个地方的作家、诗人显得都比较诚实。也申明一点，诚实并非文学唯一的和更高的评价标准，因为它到底属于道德伦理层面。但石嘴山文学的诚实，则可能会成为一个可贵经验被继承下来。大家知道，诚实的反义词是狡诈、奸诈和欺骗、撒谎、虚假等，当有些文学连起码的事实都不顾，一味宣示某种耸人听闻、不食人间烟火的“大道”之时，忠实于自己的眼睛、恪守自己心灵的真切呼唤、相信自己脚板体验的文学写作，就会成为一种重要的人文诉求。这种人文诉求，自然也不可无限拔高，但正因它有意抵达常识，也就有了某种高贵和坚守。不能说唯常识的马首是瞻、常识之外什么都是浮云，就一定多么高明。最起码，连常识都不是的写作逻辑，一定不能是成功的文学，这也是常识。石嘴山文学中的诚实，主要表现在有一说一这样一个实证主义精神上。从《石嘴子》我发现，至少惠农区文联似乎经常有文学活动举办。有了活动，就有征文，这使得《石嘴子》就有了大量这类散文随笔被发表出来。纵观这些随物赋形的文章，文本背后的作者，都显得很是谦虚。不知道的不说不写；知道不多的也尽量谨慎从文，很少妄说瞎说；知道得足够多但尚未找到理想表达方式的，不多说或省着说。《石嘴子》2016 年第 3 期有一专栏，叫“红柳滩采风作品小辑”，一共发表了近 20 篇同类散文。因为熟悉红柳滩的缘故，便一口气读下来，觉得文章感染力极强。有的重在考证，严谨而缜密，读之长知识；有的重在描述现在，俏皮而直率，读之倍感亲切；有的有志于传说，起承转合妙趣横生，读之令人神往；有的干脆不是我写红柳，而是红柳写我，汪洋恣肆，浪漫而率真，读之倍加爱怜。

不得不说的是，这类文章一段时间文坛称之为“文化大散文”。所谓“大”，其意为有“文化”。而有“文化”的重要标志便是以点带面，屁大点事总要拉拉杂杂扯出中华文化几千年的根根筋筋，简直是牵一发而动全身的架势。其实不然，这种文法，才是真正的虚张声势，极为不诚实。比如写一块普通石头，因铺得太大、动用资源太杂，读着读着，反而不明白作者东一榔头西一棒子要干什么，石头不像石头，人不像人，完整的东西成了四不像。助长这种文风的原因当然很多，然而往本质上说，恐怕与作者的自恋自负，以及狂妄不无关系。只有放纵的自我及自我经验，才会导致文学变得玄而又玄，丧失了普通劳动者的感觉。

现在我把《石嘴子》里表露出来的不足，做一适当放大，略说说它所代表的传统文学表达所面临的时代困境。

《石嘴子》上所发作品，大致都是本地作家所为。而本地作家，也都基本以切身体悟为文。前面所提到的石嘴山文学给人总体印象，似乎是无根而漂浮和审美特征模糊的感觉，其原因不外乎以下几点。

第一，之所以好像充满激情，实际上，这个激情既是优点也是缺点。因为如何用激情怎样用激情，激情本身一般不出道德伦理范围。当所观察之现象所体会之对象，被主导性政治经济话语、新闻话语和宣传文化话语所主宰时，作家自身的经验和体验就顿时变小了，甚至被瓦解而消失了。严重者，甚至出现不会用理性词语、理性表达方式表达的现象。这说明作家、诗人激情处理的事物，并非如此有激情，而是如此思维模式的作家、诗人看上去该事物似乎显得有激情罢了。传统文学主要指传统乡土文学，它有个致命思维误区是，以传统社会长期形成的宗法宗族文化秩序的道德伦理，来看待新生的城市文化及社会形态。凡不符合既有道德伦理规范的，就是欲望，就是堕落。而欲望和堕落的衡量标准，却又不是在市场经济、水涨船高的城市生存成本中去衡量，因此很容易把人性想得更糟糕，觉得只要变了就一定是不能接受的、是坏的。这就严重忽略了城市社会的构造，以及严重轻视了变了的人性对更高级的城市文明的诉求。希望在合理的现代文化机制中舒展人本来的自由和民主生活而不得的焦虑、迷茫、无助，与因物质相对匮乏而产生的怨恨、惆怅、弱势心理，是完全不一样的性质。关注前者，写作时，就会自觉启用理性思维，进行审视、反思、质疑、批判地看待对象，所发现问题一般指向使个体人的人性变异的社会机制根源；服从后者，写作时，表达方式立刻会被流行价值及其话语所同化，认同、认可、赞同以上所说几种主导性价值与表达方式，叙述也就更容易选择修饰性、表彰性、抒情性、浪漫性词语，所有问题似乎只在个体人的人性上。这是目前为止有志于传统文学的作家最致命的一种思想误区，《石嘴子》及其作家、诗人，当然也不例外。

第二，之所以诚实有好的一面也有局限的一面，是因为，诚实的衡量尺度在过去，是说按长期以来的说法或老祖宗的方式来评价，不符合过去既定的和老祖宗方式的，在道德伦理上就是不诚实的。但文学毕竟为天下公器，谁玩都没有关系，但只要玩的是文学，进入文学的门槛，最低限度只能是冲着真知、真理的发现而去，决不能随大流。当然，这里有个现象需要解释一下。比如大诗人拜伦，在个人道德上可谓“流氓”，但他的诗作却铭写了人的觉醒或如何不觉醒，具有普适性人文价值，鲁迅之所以把这样一批作家、诗人名之为“摩罗诗力”，意思大概就在这里。这意味着，要判断文学所蕴含的思想能量，不能简单与现实中的作家、诗人道德生活画等号。相反的例子也很多。一个在现实中老实巴交、捏住鼻子张不开嘴的人，要他从事文学写作，看法不见得超出一般人的认识，更遑论思想性。一个在现实生活中总被意识形态警惕的所谓“异己分子”，被认为不是所谓规范中的好人，但他一旦从事写作，其认识也许高于一般人或一般意识形态所规定的范围，因而具有发现真相的思想意义。

所以，诚实作为个体的品质，永远值得褒奖；但把文学标准仅降低到道德伦理是否诚实的水平，只说明文学没有存在的必要，而不是说文学一定多么了不起。因为我们天天听到的新闻、天天看到的红头文件和天天受到影响的政治经济学规划，包括网络段子等等，多数本来比如此文学还显得“新鲜”，还显得“真实”，何必还要点灯熬油弄文学呢？这是今天社会生活对文学提出的更高要求——即是说，一五一十、有一说一的文学，在满足基本道德伦理需求的同时，还要往高走走，最好是有发现其他学科发现不了、其他表达渠道无法形象表达的社会现实和人生世相的理念。这就势必需要调整传统文学思维定势，进入当代社会及当代文化内层，然后从内层发力。否则，一直一个嘴脸，只追求文学就是个人“真实”和写个人“真实”，文学就是表达个人经验的“真情实感”和“真情实感”层面的个人经验，那么，文学的公信力就会丧失，堕落成小圈子化的自娱自乐了。哪又与几个人坐下来搓麻将、酗酒作乐有什么两样呢？不关心重大社会问题和文化精神问题，不关心他人命运的文学，即是文学生命的终结。趣味相投的几个亲朋好友喝彩的文学，不是真正的文学，毋宁说是文学的真正堕落。

话说到这里，需要插一句。在不大不小的文学圈里，的确有些人的眼里、心里，目前的现实生活似乎只剩下美好、享乐和幸福了，因此，除了天天幸福、日日快乐、时时安逸、刻刻享乐可写外，其余没什么东西可写的。这是典型的没有问题意识的作者，写多少年也不会有出息。我奉劝这种幸福动物，还是干别的去为好，何必在文学上瞎费功夫呢？

也许《石嘴子》及其作者，未必能承担起如此使命，但正因《石嘴子》及其作者穷其经年、孜孜不倦，一直在为文学奔走号呼，我想，提出以上困境，也就未必多余。

后 记

最先接到著名文学批评家、中国作协书记处书记、中国现代文学馆馆长吴义勤先生的通知，他说作家出版社打算编辑出版一套以纯粹批判性为主的文学批评丛书，不知我这方面的文章能不能凑够一个集子。听到这个消息，我异常感激而惶恐。

感激的是，义勤先生居然还关注着我的研究，并且一旦有了出版的机会，仍惦记着我这个偏居边地作者的难处；惶恐的是，虽自认为向以批判性为主的文学批评文章，是不是够档次、够一定数量？

就这么一个偶然的通知、偶然的机会，我进行了十多天的搜集整理，勉为其难，符合此条件的文章差不多有30多万字，然为了尽可能整齐、尽可能主题聚焦，删繁就简后，就剩下了这么点文字。

至于为什么整理成“三编”，为什么“三编”中是现在的文章而不是其他，等等，已在自序中做了一些自我说明。

后记里倒想多啰唆几句的是，除了吴义勤先生和作家出版社编辑翟婧婧女士外，我还要特别感谢长期以来支持和鼓励我的各类报刊及其主编、编辑，他们是《文学评论》的吴子林老师，《小说评论》的李国平老师，《当代作家评论》的高海涛、韩春燕老师，《南方文坛》的张燕玲老师，《文学自由谈》的黄桂元老师，《当代文坛》的杨青老师，《扬子江评论》的丁帆、黄发有老师，《宁夏社会科学》的白洁老师，《文艺新观察》（已更名为《长江文艺评论》）的蔡家园老师，《朔方》的漠月、火会亮老师，《黄河文学》的闻玉霞老师，以及《光明日报》的彭程老师，《文艺报》的周玉宁老师，《中国文化报》的杨晓帆老师,《中国艺术报》的何瑞涓老师，等等。格外强调的乃是不管此处提到的还是未曾提到的，本集中的几乎所有文章，差不多都首先经过编辑老师的法眼定夺，才得以面世，这份深情，我将时常铭记。

愿他们能继续支持和鼓励我，也愿他们的刊物或报纸越办越好。

牛学智

2017 年 4 月 14 日

图书在版编目（CIP）数据

当代社会分层与流行文学价值批判 / 牛学智著. -- 北京：作家出版社，2017. 11

（剜烂苹果 · 锐批评文丛）

ISBN 978-7-5063-9585-4

Ⅰ. ①当… Ⅱ. ①牛… Ⅲ. ①中国文学 - 文学评论 - 文集 Ⅳ. ①I206-53

中国版本图书馆CIP数据核字（2017）第175482号

当代社会分层与流行文学价值批判

作　　者：牛学智
责任编辑：汉　睿　翟婧婧
装帧设计：曹全弘
出版发行：作家出版社
社　　址：北京农展馆南里10号　　**邮　　编：**100125
电话传真：86-10-65930756（出版发行部）
86-10-65004079（总编室）
86-10-65015116（邮购部）
E-mail:zuojia@zuojia.net.cn
http://www.haozuojia.com（作家在线）
印　　刷：中煤（北京）印务有限公司
成品尺寸：152 × 230
字　　数：278千字
印　　张：20.25
版　　次：2017年11月第1版
印　　次：2017年11月第1次印刷
ISBN 978-7-5063-9585-4
定　　价：48.00元